ANYA NIEWIERRA

IL CAMMINO

traduzione dal neerlandese di
David Santoro

NERI POZZA EDITORE

Per Frans
E tu sei il mio sole

La prima vittima di ogni guerra è il buon senso.

A. den Doolaard, scrittore olandese (1901-1994)

Tutti i più grandi pensieri sono concepiti mentre si cammina.

Friedrich Nietzsche (1844-1900)

VIA PODIENSIS

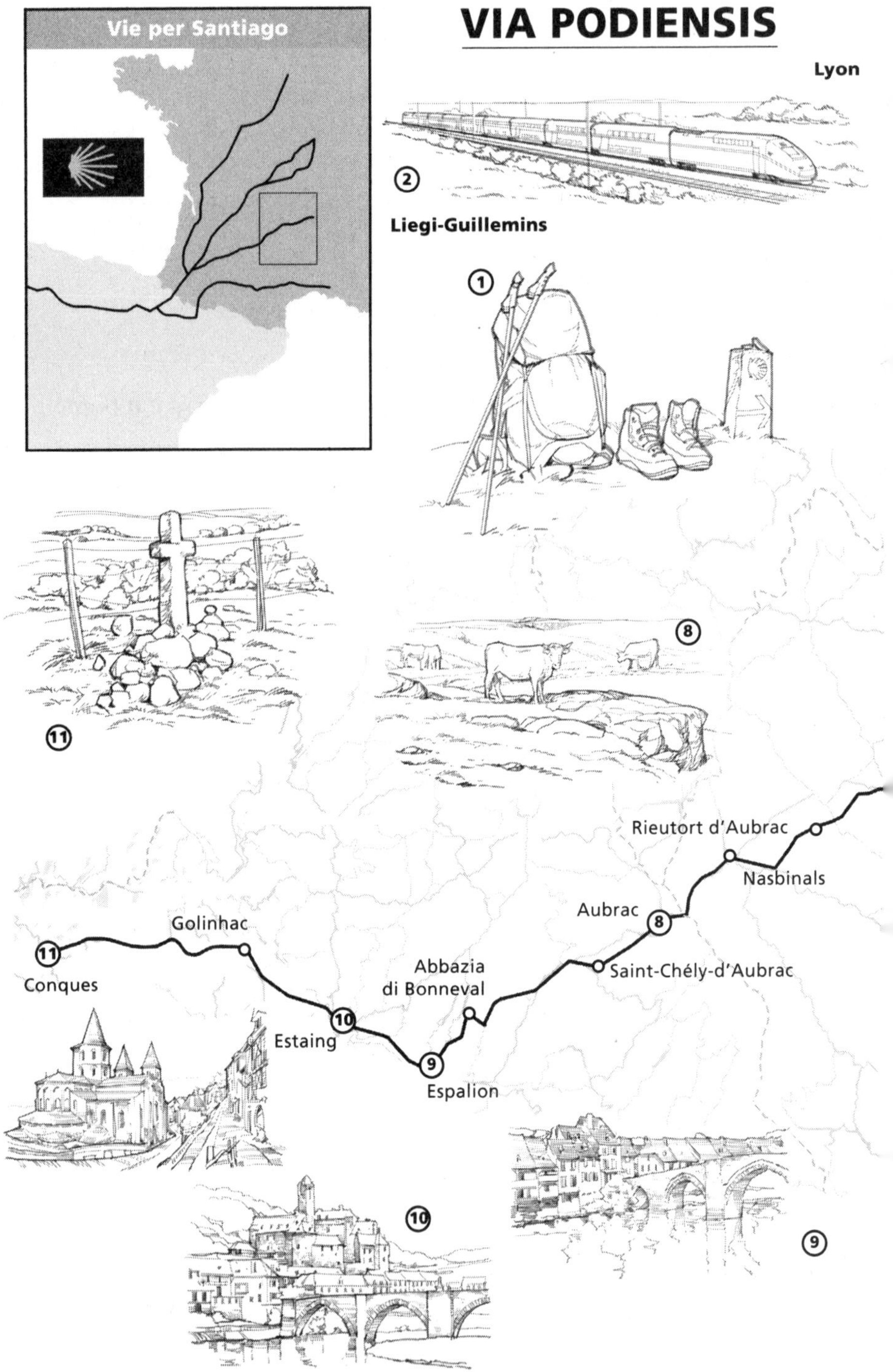

GR 65

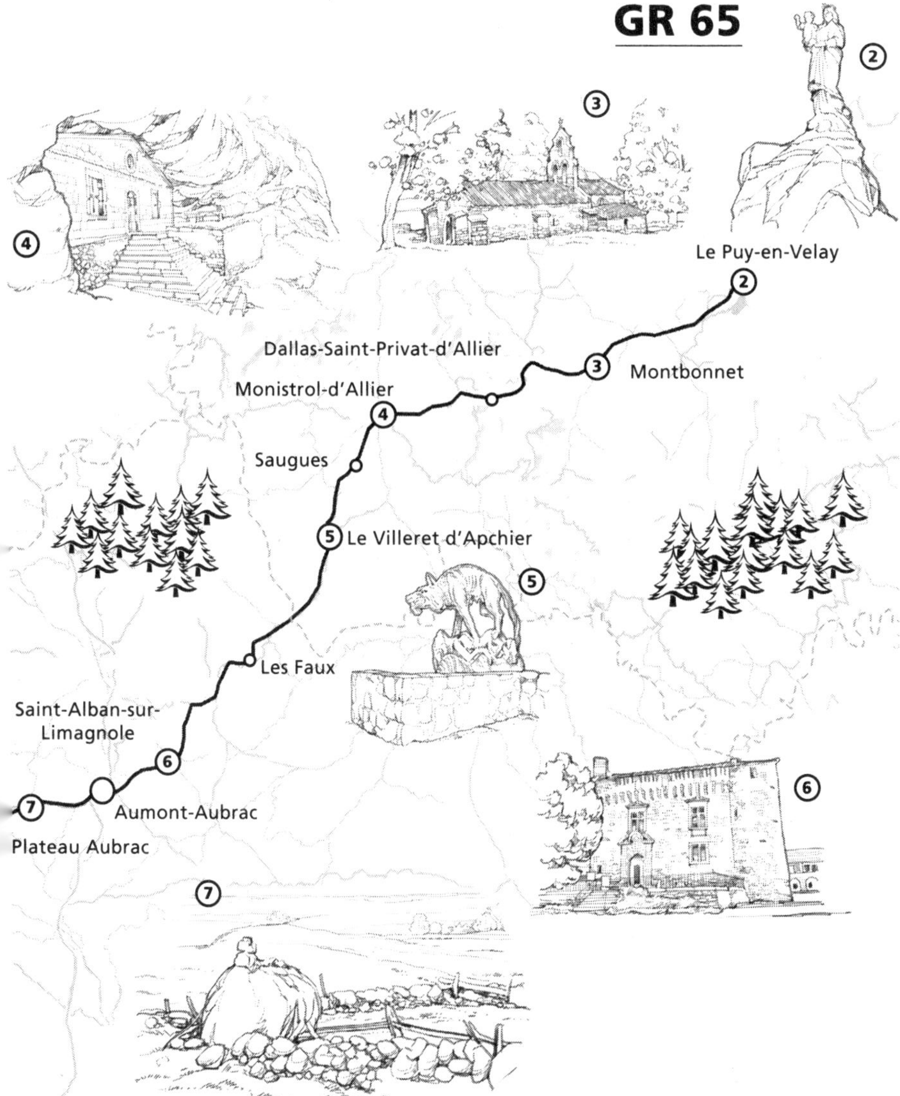

Le Puy-en-Velay
Montbonnet
Dallas-Saint-Privat-d'Allier
Monistrol-d'Allier
Saugues
Le Villeret d'Apchier
Les Faux
Saint-Alban-sur-Limagnole
Aumont-Aubrac
Plateau Aubrac

12

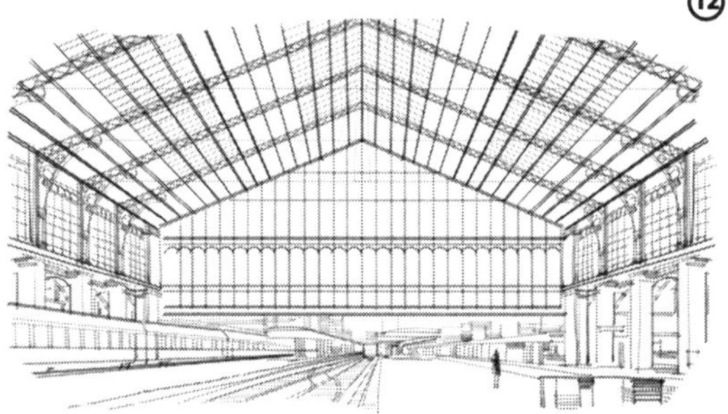

Prologo

6 agosto
Sul Cammino di Santiago di Compostela, nei boschi di Conques, dipartimento francese dell'Aveyron

Si è tolto lo zaino con calma, lo ha posato sul muschio soffice ai bordi del sentiero e si è inginocchiato. Il tempo era stato piovigginoso per tutta la mattinata, ma proprio in quell'istante le nuvole si sono diradate ed è spuntato il sole. I raggi colpivano lo zaino e la conchiglia bianca di Santiago. Era come se una potenza superiore volesse enfatizzare il momento. Il canto degli uccelli si era fatto più acuto e proprio come nell'estate del 1995 dominava l'odore di terra esalato dalle felci.

Il vento gonfiava la sua camicia aperta. La peluria nera e folta che gli ricopriva il petto brillava sotto la luce intensa. I miei pensieri scorrevano più lenti e mi accorgevo di cose che normalmente non avrei mai notato, come il colore dei suoi vestiti. Il grigio somigliava a quello della croce di pietra sgretolata a due metri di distanza.

Poi ha estratto il coltello dal fodero e si è avvicinato la lama scintillante alla gola. Ha chiuso gli occhi e ha mormorato qualche parola. Ero accanto a lui, ma non riuscivo a muovermi. Potevo solo guardare quello che succedeva davanti ai miei occhi. Stava accadendo davvero?

Quindi ha raddrizzato la schiena, ha preso ancora un profondo respiro, ha gridato il tuo nome e si è tagliato la gola; poi, gorgogliando, è caduto a terra con un tonfo sordo. Il sangue gli sgorgava dalla gola e colava sul sentiero sabbioso del Cammino.

Non riuscivo ancora a muovermi. Tremavo in tutto il corpo. Ho scorto la fede sulla sua mano sinistra e ho pensato a te, la donna che lo aveva spinto a quell'atto eroico. Lotte…

Undici mesi dopo

13 luglio
Charlotte in Bosnia ed Erzegovina

Il fragore della cascata è impressionante. Che frastuono! Mi chino, sollevo l'urna con Emil e la tengo stretta contro la camicia bagnata. Procedo ancora per qualche metro controcorrente, mi fermo e mi guardo intorno. Sì, è questo il posto della foto. Mi tolgo le scarpe da ginnastica, faccio qualche passo sui grossi ciottoli e mi rimetto in ascolto. Non mi ero mai accorta che un fiume potesse produrre tanti suoni diversi, dal mormorio delicato al rombo selvaggio.

L'alta parete rocciosa con le acque spumeggianti della cascata sembra protendersi in avanti. Annuso. La corrente impetuosa ha il tipico odore di fango e del bosco dopo un acquazzone. Poso l'urna, saltello sui ciottoli bollenti verso la riva, afferro un ramo e lo getto nelle acque vorticose. Il pezzo di legno scivola via rapido tra i flutti verso la curva e poi scompare alla vista. Respiro a fondo un paio di volte. Ancora un po' e il ramo raggiungerà la casa in cui è nato il vero Emil Jukić. La villa si trova a metà collina, qualche centinaio di metri più in là, dove il fiume torna a snodarsi placido e quasi silenzioso. Da lì si possono udire gli uccellini cantare e si gode la vista dell'acqua, di un blu profondo, e delle colline verde scuro. C'è una tale pace. Secondo un'anziana, lì dietro abitava il vero Emil Jukić e i figli giocavano qui, in questa insenatura circondata da rocce grigie, dove il fiume selvaggio copre il battito del cuore. Proprio qui dove mi trovo è anche stata scattata la foto con i suoi due amici, la foto che nel 1995 ha portato con sé nella sua fuga dalla Bosnia.

Lo facciamo qui. Raggiungo di nuovo l'urna di ottone, la sollevo, torno verso l'acqua, apro il coperchio e lo infilo nella borsa. Sul bordo, in caratteri eleganti, c'è inciso *Emil Jukić*. È strano vedere il suo nome così. È chiaro che devo ancora abituarmi al fatto che mio marito non si chiamasse affatto Emil Jukić. Del vero Emil Jukić si sono perse le tracce dall'estate del 1995, mi ha detto Omer Zečinić, un avvocato bosniaco specializzato nella ricerca di persone scomparse che avevo assunto per scoprire chi fosse in realtà Emil. Ho parlato con lui mercoledì scorso, nel suo studio a Sarajevo. Il vero Emil Jukić è sparito dopo che una milizia serbo-bosniaca aveva trucidato mezzo villaggio ed eliminato tutti i croati di Bosnia e i musulmani. Solo nel 2017 i suoi resti sono stati ritrovati in una fossa comune e identificati. Sono rimasta di stucco quando Omer Zečinić me l'ha detto e sono scoppiata a piangere sulla sua scrivania. Che vergogna. Da quel colloquio in poi le mie emozioni hanno cominciato ad alternarsi in modo incontrollabile, passando dallo sgomento alla rabbia e dall'incredulità alla tristezza. Un momento cammino nervosamente nella mia stanza d'albergo nel cuore della notte e un istante dopo spalanco la finestra in preda al panico per prendere una boccata d'aria fresca. Oggi tengo sorprendentemente duro, per via dei ragazzi ovviamente. Il mio istinto materno mi assicura la forza primordiale che non manca mai, quando si tratta dei figli. Loro non devono accorgersi di nulla. Non devono sapere nulla. Non ancora.

Passo il pollice sulle lettere incise sull'urna. Ma… chi era allora? Con chi sono stata sposata per ventun anni? Chi era il padre dei miei figli? Sospiro e soppeso l'urna tra le mani. Ora Emil è soltanto un paio di chili di cenere. Sbatto le ciglia e ripenso alla sua figura tozza, al viso quadrato dalle labbra sottili, gli occhi scuri infossati, le orecchie un po' a sventola, le sopracciglia nere e i peli ispidi e scuri che aveva dappertutto. Lo prendevo in giro ogni tanto chiamandolo «il mio gorilla» e in qualche modo lo era, con i suoi movimenti pesanti e la peluria scura: un gorilla umano. Lo sento ancora telefonare ai ragazzi, informarsi con interesse sull'università e ridere malizioso alle proprie battute salaci che divertivano tanto Stefan e Joran. O la sua voce allegra e il suo tipico accento quando mi chiede cos'ho inventato di nuovo oggi nel mio laboratorio con il cioccolato. Pensavo di conoscerlo bene, e invece non è così. La sola cosa che so con certezza è che i miei figli sono nati dal suo seme. Tutto il resto, di lui, può essere vero o falso.

Mi volto e faccio un cenno ai ragazzi, che attendono accanto all'auto il mio segnale. Stefan e Joran tengono delle rose bianche in mano e parlano con Jelena, la studentessa di giornalismo di Banja Luka che da due settimane fa ricerche per me e mi fa da interprete. «Lasciamo qui papà!» grido il più forte possibile per coprire il frastuono della cascata e indico il punto in cui ho gettato in acqua il tronco.

Stefan alza il pollice e tutti e due vengono verso di me.

Metto il naso nell'urna e annuso. Mi viene subito da starnutire. Cristo. E così, queste sono le ceneri di mio marito. Mi chino, bagno l'indice nell'acqua, poi lo infilo nella cenere e osservo il dito ormai grigio. Chi è che sto lasciando qui? Chi era? Dondolo un po' sui piedi e cerco di concentrarmi. Emil, perché per me continua a chiamarsi così, mi ha portato in questo posto. Dopo quasi un anno di lutto volevo uscire da quel buco nero. Volevo una cerimonia di addio che alleggerisse il mio animo e rispettasse il suo suicidio, perché quello è il mio problema: è già un anno che cerco di fare i conti con il fatto che si è tagliato la gola lungo il Cammino di Santiago con il suo coltello da caccia iugoslavo.

«Ha un aspetto diverso» aveva detto per avvertirmi il comandante francese, prima di farmi strada verso la camera mortuaria. Stefan mi aveva cinto le spalle con un braccio e si era offerto di effettuare l'identificazione, ma avevo rifiutato. Volevo vedere l'uomo che giaceva lì e controllare che fosse vero. Non potevo credere che il mio Emil si fosse suicidato. Era tutto un equivoco. L'uomo nella cella frigorifera doveva essere qualcun altro, ne ero certa. Ma il morto era proprio Emil. Giaceva come se dormisse. A un tratto mi ricordai delle cicatrici che aveva sulla schiena ed ebbi l'impulso di toccare ancora una volta quelle linee. Con una forza insospettabile girai il suo corpo rigido e accarezzai la sua pelle ispessita. Tre paia di mani maschili mi afferrarono e mi allontanarono dal piano metallico. Non mi era permesso toccarlo. Ma ormai avevo sentito sotto le dita quel mosaico in rilievo e la sua pelle fredda mi aveva detto la verità. Emil era morto e non gli avrei mai più asciugato le pieghe della pelle con l'angolo del mio asciugamano dopo la doccia.

Come avevo potuto non accorgermi che era stanco della vita? Mi ero concentrata troppo su me stessa? Sulla mia arte pasticcera? Emil era lì, semplicemente, e invece a un tratto non c'era più. Quando si stava avvicinando il primo anniversario della sua morte, nella mia testa è risuonata una voce che mi ha esortata ad agire. Così non si poteva andare avanti. Mi dovevo riprendere. Dovevo accettare che era finito su una strada parallela che deviava verso la morte. Mi sono messa a leggere libri sull'elaborazione del lutto e mi sono imbattuta in uno studio che descriveva gli effetti positivi di una cerimonia di addio. Sì, è una buona idea, ho pensato, ho fatto una foto dell'abstract e l'ho inviata ai ragazzi. Ho aggiunto: «Diremo addio a papà» e ho chiesto loro se potevano venire a casa nel fine settimana per parlarne. I corsi volgevano al termine e non c'era granché da fare ad Amsterdam. Così sono venuti e abbiamo discusso del grande addio. Stefan e Joran hanno fatto riflessioni profonde. In che luogo papà era stato più felice? Abbiamo preso l'album di fotografie e abbiamo sfogliato commossi il nostro passato. Abbiamo iniziato con la nascita di Stefan, ventun anni fa, nell'ospedale di Heerlen. Secondo Emil quello era stato uno dei giorni più belli della sua vita, ma lo squallido edificio dell'ospedale Zuyderland non ci sembrava il posto adatto. Mentre riguardavamo le foto di una gita in canoa di qualche anno prima lungo l'Ardèche, in Francia, Joran ha proposto di scegliere le cascate vicino al paese di nascita di Emil, in Bosnia.

«Papà andava a giocare lì da bambino. Quelle cascate si vedono anche in una foto che ha scattato durante la sua fuga. E ti ricordi di quando stavamo sulla riva dell'Ardèche e a un tratto lui si è accasciato e si è messo a piangere? Diceva di ricordarsi ancora del fiume del suo villaggio, che ci era andato a giocare da bambino per molte estati di seguito. Te lo ricordi, mamma?»

Sì, mamma se lo ricordava bene, perché mi aveva sconvolto vedere Emil in quello stato. Mi ero chinata, l'avevo stretto a me e avevo preso a cullarlo tra le braccia. Emil si era ripreso, si era rialzato, mi aveva baciato affettuosamente e aveva detto che ero la cosa migliore che gli fosse capitata.

A parte quel momento lungo l'Ardèche, Emil ha sempre parlato raramente della sua vita in Bosnia. Troppa guerra, diceva. Conoscevo ovviamente i suoi dati anagrafici e qualche aneddoto della sua infanzia, ma non molto di più. Fino alla settimana scorsa pensavo che Emil fosse un profugo di guerra croato-bosniaco che aveva chiesto asilo in Germania nell'autunno del 1995. Sapevo che aveva ottenuto un permesso di soggiorno tedesco. Abbiamo dovuto presentare quei documenti al comune quando ci siamo sposati nel 1998 e poco dopo Emil ha chiesto la nazionalità olandese. E sapevo anche che tra il 1990 e il 1995 aveva passato molti brutti momenti, perché potevo vederlo con i miei occhi. Aveva un taglio su uno zigomo e anche varie cicatrici sulla spalla, davanti, e dietro, sulla schiena, e soffriva di un sibilo all'orecchio. Lo sentiva da quando gli era esplosa vicino una granata, aveva detto anni fa a un otorinolaringoiatra da cui eravamo andati insieme.

Così sono partita per la Bosnia per il grande addio. Durante le prime due settimane avrei percorso i luoghi della sua giovinezza con l'aiuto di una guida e nient'altro che tre fotografie come bussola. I ragazzi mi avrebbero raggiunta nell'ultimo fine settimana per la cerimonia nei pressi del suo paese natio. Il viaggio doveva segnare il momento di passaggio tra la mia vita con Emil e quella senza di lui. Abbiamo scelto il suo compleanno come data per la commemorazione, per rendere il momento più simbolico. Gli avrei detto addio accanto al suo amato fiume, alle alte cascate, nel suo paese natale, il giorno del suo compleanno. Ero entusiasta, benché il dolore fosse ancora opprimente, perché quel che facevo era ben fatto. Ma non sapevo ancora che in questo luogo avrei preso commiato da un estraneo.

Mi pulisco il dito sui pantaloncini e ingoio il pezzo di cioccolato semisciolto. La lingua gioca ancora un po' con le foglioline di menta che ho mischiato al cacao. Il libro diceva che dovevo annusare, ascoltare, guardare, sentire e gustare. Dovevo attivare tutti i sensi durante il Grande Momento. Massima attenzione. E ora il ricordo. Stefan e Joran sono accanto a me con il viso rigato di lacrime. Mormorano qualche parola sull'amore e sull'addio e mi appoggiano una mano sulle spalle. Pianto saldamente i piedi sui ciottoli e passo le mani sull'urna. Cominciamo. Respiro profondamente. Nella mia testa rivedo di nuovo il film dell'anno trascorso, da quella sera del 6 agosto. Quando è suonato il campanello ero davanti alla tv, sono andata alla porta e ho aperto. Due poliziotti mi hanno guardato seri e hanno chiesto se potevano parlarmi un istante. Intorno al tavolo della cucina mi hanno comunicato che mio marito si era suicidato lungo il Cammino di Santiago, presso Conques. Un pellegrino lo aveva trovato in tarda mattinata. Ho risposto che doveva trattarsi di un equivoco. Mio marito non si sarebbe mai suicidato. Erano venuti nel posto sbagliato.

Penso che se si fosse rotto il collo cadendo avrei potuto elaborare meglio la sua morte. Una cosa normale. Il suo suicidio non lo era. Mi arrovello ancora sul perché. Come è possibile che il mio uomo, amante della vita, così felice di essere sopravvissuto a quel maledetto cancro allo stomaco, si sia portato il coltello alla gola e ce lo abbia affondato dentro? E per di più mentre percorreva il sereno Cammino di Santiago, un paio d'ore dopo avermi inviato un messaggio per dirmi quanto mi amava. No, no, ho pensato dopo che i due agenti se ne erano andati, le persone che si suicidano sono fortemente depresse e mandano dei segnali. Hanno qualcosa. Emil non aveva *niente.* Era sano e allegro. Così mi sono recata a Conques e ho detto alla polizia francese che non poteva trattarsi di suicidio. Emil era stato costretto. Dovevano avviare un'indagine, ho gridato, e ho mostrato i suoi messaggi pieni di smile e cuoricini, ma la conclusione restava la stessa. Era stato effettuato un esame medico-legale scrupoloso. Emil si era effettivamente suicidato. Non c'era alcun dubbio. E il mio smarrimento era cominciato.

Sollevo l'urna e faccio qualche passo nel fiume. I ragazzi mi seguono. Scorrendo, l'acqua mulina intorno ai miei polpacci nudi e ho l'impressione che voglia trascinarmi via. Quando mi arriva alle ginocchia mi fermo. È una distanza sufficiente. Traballando sui piedi mi metto con il vento alle spalle. Mi chino, immergo l'urna nell'acqua e la rovescio. Le ceneri di Emil escono dall'urna e formano per un istante una striscia scura, poi il fiume le trascina via con sé.

«Ciao, mio caro Emil» sussurro tra le lacrime.

«Ciao, papà!» gridano Stefan e Joran in coro e depositano le rose sull'acqua. Ci abbracciamo. Quando i fiori e la striscia scura delle ceneri di Emil scompaiono, raddrizzo la schiena, estraggo il coperchio dalla borsa e lo riavvito sull'urna. Camminiamo in silenzio verso l'auto tra lo scricchiolio dei ciottoli. Jelena annuisce con discrezione rivolta a noi, apre la portiera e prende posto sul sedile posteriore. Ho il fiato grosso, come se avessi appena corso una maratona. La cerimonia d'addio purtroppo non ha aiutato neanche un po'; il panico torna ad affiorare. Apro il bagagliaio, con gesti bruschi infilo l'urna vuota in mezzo alle valigie e lo richiudo rumorosamente. Poi mi siedo al volante.

«Tutto bene, mamma?» chiede Joran aprendo lo sportello dietro di me. «Sei così... diversa».

«Sì. È stato duro per me, poco fa. Ma ho preso una decisione». Metto la borsa accanto al freno a mano.

«Una decisione? E quale?» chiede Stefan sedendosi accanto a me e guardandomi.

«Andrò in Francia». Infilo la chiave nel quadro.

«In Francia?» chiede Stefan allacciandosi la cintura di sicurezza.

«A fare cosa?» sento domandare alle mie spalle. Joran mi accarezza i riccioli.

«Il Cammino che stava facendo papà».

26 luglio
Un uomo a Le Puy-en-Velay, Francia, sul Massiccio centrale

Ciao Boris, è tutto pronto. Sono a Le Puy-en-Velay.
M.

Poso il telefono accanto a me, sfoglio di nuovo il rapporto su Lotte Bonnet, mi soffermo sulla sua foto e la osservo per qualche istante. Una donna particolare. Apro la cartina e segno uno dopo l'altro gli indirizzi dei suoi pernottamenti lungo il Cammino. Dopodomani dorme a Le Puy-en-Velay all'Hotel Galain. Perciò ho prenotato anch'io lì. Arriverà alla stazione alle 17:37. Dopo essersi registrata andrà a mangiare da qualche parte. Forse visiterà la cattedrale prima della messa, è quello che fanno quasi tutti i pellegrini. Lascerà con ogni probabilità i bagagli nella sua stanza. Il primo giorno molti camminatori sono felici di togliersi quel fardello dalle spalle. Allora cercherò di piazzare un localizzatore nel suo zaino. Poi la seguirò durante l'ultimo tragitto del suo viaggio in treno, da Saint-Étienne, per farmi un'idea di lei da vicino; come suona la sua voce dal vivo, come osserva l'ambiente intorno a sé e come entra in contatto con gli altri. Durante il Cammino sarebbe più difficile, darei nell'occhio. In treno la presenza di altre persone confonde la vista.

Boris sottovaluta questo aspetto. La sua unica preoccupazione è che lei possa trovare informazioni compromettenti, ma ormai il meccanismo si è messo in moto. Quella donna è pericolosa. Sa troppe cose. Bisogna eliminarla. Ma la sua morte deve sembrare un incidente. Non deve dare luogo a un'indagine, o saranno guai peggiori.

Torno a studiare la mappa e annoto i luoghi in cui sarebbe possibile farla fuori. Ieri ho fatto un sopralluogo. Il sentiero che sovrasta il fiume presso Monistrol-d'Allier è il posto più adatto. Lì posso inscenare una frana. Una volta piazzato il localizzatore potrò seguire i suoi passi con precisione. Quando starà attraversando quello stretto passaggio farò rotolare giù le pietre che ho preparato oggi e provocherò una frana che la trascinerà nel precipizio. Una bella morte, non se ne accorgerà neppure. E se no, non mancano altre opzioni. Apro il laptop e mi riguardo i video sul suo account Instagram. Lotte Bonnet è accanto a un piano di lavoro in acciaio con la divisa bianca da cuoca sopra una gonna dai colori accesi. Con un cucchiaio prende un po' di cioccolata liquida da una ciotola e se la porta alle labbra. La lecca con un sorriso seducente. Poi fa tutto un racconto in olandese di cui non capisco una parola. Quindi le sue dita sottili si allungano verso dei barattoli di spezie. I suoi gesti sono rapidi e lenti al tempo stesso. Mentre parla tutto si muove. Quella donna è piena di contrasti. Ha un che di ribelle, con le sue movenze vivaci, i lunghi ricci castani e le gonne zingaresche. È il prototipo dell'artista. Anticonformista e con un'espressione malandrina, quando si rivolge alla telecamera. Si muove rapida e agile nel laboratorio. È piena di temperamento, e si vede. Questa notte l'ho sognata che gemeva sdraiata sopra di me con i suoi capelli che mi coprivano il viso. Mi sono svegliato con un'erezione.

Richiudo in fretta il laptop. No, non devo guardare quei video. Non è sensato. Devo mantenere la distanza.

Lotte procede sul Cammino di Santiago,
lungo la Via Podiensis,
da Le Puy-en-Velay verso Conques

Giorno 1
Venerdì 16 luglio
La preparazione

Forse tutta la vita non è altro che una lunga preparazione a lasciarla.

John Banville, scrittore irlandese (1945–)

ELENCO BAGAGLI DEFINITIVO

VESTITI

- 1x scarpe da trekking (ai piedi)
- 1x giacca a vento impermeabile con pile interno (indossare solo in caso di freddo)
- 1x giacca di pile (indossare solo in caso di freddo)
- 1x pantaloncini (1x addosso)
- 1x pantaloni modulabili lunghi
- 2x camicie ad asciugatura rapida (1x addosso, 1x di riserva)
- 1x abito leggero per il tempo libero *nero di seta*
- 1x asciugamano in microfibra misura M
- 3 paia di calzettoni, 2 lunghi e 1 corto (1x addosso, 2x di riserva)
- 2x reggiseni sportivi (1x addosso, 1x di riserva)
- infradito per la doccia e per far riposare i piedi
- poncho leggero *Holland Cape di Stefan*
- cappello per il sole

caricare sul cellulare 3 foto portate da Emil dalla Bosnia

PRODOTTI PER L'IGIENE

- spazzolino, dentifricio, deodorante, paracetamolo
- crema Nivea da 100 ml (giorno e notte)
- 2x mini creme solari protezione 50
- minispray repellente insetti
- burro di cacao con protezione solare
- spazzola per capelli (pieghevole)
- pinzette
- tagliaunghie con lima
- disinfettante tipo betadine (mini)
- 2 bottiglie da viaggio in silicone
- assorbenti
- saponetta e portasapone
- shampoo secco (mini)
- elastico per capelli
- tappi per le orecchie
- cerotti per vesciche misure varie

rossetto e mascara

ALTRO

- marsupio per telefono, documenti, patente, soldi e credenziale del pellegrino
- lampada frontale *torcia*
- bastoni da passeggio
- occhiali da sole
- documento con informazioni importanti e fotocopie passaporto
- nastro adesivo
- telefono, caricatore e power bank
- caricatore doppio Usb
- borsa di nylon per la spesa
- sacchetti con zip
- 8 mollette per bucato
- 2 moschettoni piccoli
- fazzoletti
- posate da viaggio
- sacco lenzuolo
- piccoli snack *20 tavolette di cioccolato (mie)*
- carta stradale in caso non ci sia campo
- 2x bottigliette d'acqua da mezzo litro
- fischietto di sicurezza con bussola incorporata
- coltellino *comprare a Le Puy*

Giorno 1: venerdì 26 luglio, mattina
Vijlen, Paesi Bassi: elenco definitivo dei bagagli
Cielo molto nuvoloso con sporadici acquazzoni e molto vento. 20°

Esamino i mucchi sul letto e controllo di nuovo la lista definitiva delle cose da portare per il Cammino: «La regola per i bagagli è portare al massimo il dieci per cento del proprio peso corporeo». Tutti gli esperti dicono la stessa cosa: non mettere nello zaino più del dieci per cento del proprio peso, altrimenti si finirà a pezzi. Ora, sul mio letto ci sono 13,2 kg e il mio massimo è 6,5 kg. Devo fare delle scelte.

Mi chiedo se portare con me il tablet. Lì dentro ci sono i rapporti sulla guerra in Bosnia, ma posso leggerli anche sul mio smartphone. Guardo di nuovo i bagagli, prendo il tablet con il caricatore, ne valuto il peso e lo deposito sul lato sinistro del letto, dove finisce tutto quello che resterà qui.

A quanto pare ho in casa tutto l'occorrente a parte il coltellino, che comprerò a Le Puy-en-Velay. Mentre ricontrollo la lista ripenso al coltello da caccia con cui Emil si è suicidato. Non era tra gli oggetti restituiti dalla polizia francese. Per fortuna: non mi avrebbe fatto nessun piacere trovare nella scatola lo strumento con cui si è dato la morte. Nel pacchetto c'era invece il fodero di cuoio scuro finemente lavorato, ma l'ho subito gettato via. Ora me ne pento, perché conteneva qualche indizio sul suo passato. Faccio spesso sciocchezze quando agisco d'impulso.

Sospiro e sollevo da terra lo zaino blu scuro di Emil. Passo una mano sulla conchiglia bianca di Santiago, fissata a una spallina con un nastro rosso. L'aveva comprata il giorno del suo arrivo a Le Puy-en-Velay, l'anno scorso, il 27 luglio. Sorge una domanda: me la tengo o me ne compro una domani nello stesso negozio? No, me ne comprerò una. Farò tutto quello che ha fatto Emil. Così emotivamente mi sentirò più vicina a lui durante il percorso. Quindi domani andrò anch'io alle 18:47 da Le Coin nel centro di Le Puy-en-Velay.

Prendo le forbici, taglio il nastro rosso e annuso la conchiglia. Ha un odore chimico che ricorda quello dei vestiti usciti dalla lavanderia. Con un gesto deciso, la getto nel sacco dell'immondizia traboccante, che poi chiudo e deposito nel corridoio accanto a tutte le altre cose da buttare.

Accendo la luce perché fuori il tempo è deprimente. La pioggia batte sulla finestra e avvolge il paesaggio in un velo grigio. Le colline di fronte sono ridotte a sbiaditi contorni ondulati. Anche l'anno scorso, quando Emil ha preparato il suo zaino, faceva brutto tempo. Ero seduta sul nostro letto e seguivo i suoi movimenti, poi si è avvicinato, mi ha abbracciata, mi ha fatto il solletico e sono scoppiata a ridere.

Riguardo lo zaino di Emil. Continuo a farmi domande. Uso il suo o ne compro uno nuovo oggi? Lo sollevo, giocherello con le zip e tasto le tasche. È un costoso Osprey ed è stato usato solo per due settimane. Non c'erano macchie di sangue sopra quando me lo hanno restituito, ma l'ho fatto lavare lo stesso. Me lo metto sulle spalle per l'ennesima volta. È comodo. Sì, confermo la mia decisione, porterò il suo zaino. Non è che i soldi abbondino. Ora lo riempio e mi attengo alla lista ufficiale dei bagagli per il Cammino di Santiago. Quindi niente scarpe col tacco, niente gonne, niente trucchi, niente asciugacapelli, niente smalto, niente di tutto questo. Per le prossime settimane non sarò una donna, ma una pellegrina. Ce la farò. Devo farcela.

Mentre compongo due pile di oggetti, quelli che mi porto e quelli che lascio qui, lo sguardo mi cade sulla parete e sulle due foto che Emil aveva portato con sé durante la sua fuga dalla Bosnia. Le ho appese lì solo dopo la sua morte, sulla parete dei nostri momenti belli. Non voleva averle sotto gli occhi perché gli ricordavano un mondo perduto.

Da vivo le teneva in un cassetto della scrivania, dove le ho trovate per caso qualche anno fa mentre cercavo il mio passaporto. Erano dentro una busta marrone. In una foto ci sono tre ragazzi vicino a una cascata, d'estate. Emil mi aveva detto che aveva dieci anni ed era quello al centro. I bambini sono solo piccole figure, in piedi sui ciottoli nel posto in cui abbiamo sparso le sue ceneri.

Il fotografo evidentemente voleva immortalare soprattutto la cascata, visto che domina l'immagine. Le facce dei bambini non si riconoscono.

La seconda è una foto scattata durante le vacanze che ritrae una ragazza di notevole bellezza, con i capelli scuri e un vestito bianco alla moda, appoggiata a un muro di pietra. Ha circa quattordici anni e fissa pensierosa l'orizzonte. Avevo fatto incorniciare di nascosto le due foto e le avevo regalate a Emil per il suo compleanno. Quando aveva scartato i pacchetti era scoppiato a piangere e mi aveva detto che la ragazza era stata un suo amore adolescenziale e che era morta, e che anche i suoi due amici di infanzia erano morti durante la guerra. Tutto il suo corpo era scosso dai singhiozzi. L'avevo abbracciato e mi ero ripromessa di non parlare mai più della sua giovinezza.

In quel cassetto c'era anche una terza foto. Raffigura, in formato A4, una croce serbo-ortodossa nera in ferro battuto in mezzo a un altopiano desolato. Sulla croce è appollaiato un falco grigio e accanto c'è un agnello nero. Entrambi gli animali guardano dritto nell'obiettivo. L'immagine ha un che di minaccioso e mi ha affascinato appena l'ho vista. Solo dopo la mia visita in Bosnia e la lettura del libro *Viaggio in Iugoslavia* che l'autrice inglese Rebecca West ha scritto nel 1937 durante un viaggio in Iugoslavia ho cominciato a sospettare che dietro quella foto si nascondesse una dichiarazione politica. Rebecca

West, nel suo racconto, mette in guardia in particolare dai demagoghi e dal fascismo nascente.

Emil mi aveva detto che non voleva vedere quella foto perché gli ricordava delle sciagure. Durante la Seconda guerra mondiale accanto a quella croce erano stati assassinati donne e bambini. Mortificata, avevo ritirato il quadretto e poi l'avevo appeso a una parete nel piccolo spogliatoio del mio laboratorio, dove Emil non metteva mai piede.

Ora il mio sguardo continua a scorrere sui tanti scatti dei bei momenti che la nostra famiglia ha conosciuto e si ferma su una foto con me e Marjo, la mia amata cuginetta, in spiaggia. Stavamo sempre insieme, eravamo non solo cugine ma anche amiche del cuore. Siamo nate nella stessa settimana, nell'aprile del 1975, qui nella fattoria. Io ero una sorpresa, i miei genitori erano ormai intorno ai quarantacinque anni quando sono arrivata. Anche la zia Annie, divorziata e instabile, abitava con Marjo nella nostra cascina. Papà aveva ristrutturato una stalla facendone un appartamento per loro, accanto alla nostra casa. Io e Marjo siamo cresciute come sorelle, ma eravamo antitetiche in tutto. Marjo era superintelligente e portata per l'analisi, e ha concluso brillantemente il liceo; io avevo più difficoltà nello studio e ho preso a malapena il diploma. Marjo poi si è iscritta all'università e si è laureata in chimica con lode; io ho frequentato una scuola di pasticceria e mi sono specializzata nella lavorazione del cioccolato. Le nostre differenze di carattere in questa foto si notano bene.

Papà l'ha scattata in un giorno d'estate sulla spiaggia di Domburg quando avevamo diciotto anni. Stiamo accanto a un castello di sabbia. Marjo indossa un abito rosa attillato e nessun gioiello, mentre io ho una vistosa gonna zingaresca a fiori e un variegato insieme di perline e collane al collo e alle braccia. Papà diceva che avevamo un'aria di famiglia. Può darsi, ma solo se si faceva caso ai particolari. In effetti eravamo entrambe alte e snelle, con la corporatura leggera della famiglia Bonnet e i caratteristici occhi grandi color blu topazio dei nostri avi, ma Marjo aveva i morbidi capelli biondo oro di suo padre e io gli scuri ricci castani di mia madre. Anche i nostri visi erano del tutto diversi. Marjo aveva il volto lungo e ovale, dai lineamenti severi. Il mio invece era a forma di cuore, con le sopracciglia nerissime, il naso piccolo, le labbra carnose e un'aria sbarazzina. Da ragazza le amiche mi dicevano che ero la versione bruna di Meg Ryan nel film *Harry, ti presento Sally*. C'era qualcosa di vero e si vede anche in questa foto, che dimostra bene il carattere prorompente che si manifestava già quando eravamo ancora bambine nel box. Mentre Marjo giocava tranquilla con i blocchi, io escogitavo sistemi per evadere dalla mia prigione di legno, e ci sono anche riuscita salendo sulla sua schiena. Mentre lei alle elementari ascoltava attenta la maestra, io combinavo sempre qualche monelleria. Quando a vent'anni ho fatto uno stage di cucina a bordo di una nave da crociera della Holland-Amerika Lijn e navigavo per il mondo, Marjo faceva ricerche sulle vitamine in un laboratorio universitario. Mi scriveva lunghe lettere in cui mi raccontava quanto le piaceva il suo lavoro tra provette e teche climatizzate. Le leggevo sempre quando la nave era ormeggiata in qualche porto e mi godevo il racconto delle sue noiose scoperte sui nanometri quadrati. Io le scrivevo soprattutto delle mie innumerevoli relazioni, perché all'epoca passavo ancora da un'avventura all'altra. Marjo invece si manteneva vergine e attendeva il vero amore.

E un bel giorno di primavera è arrivato, ad Aquisgrana, nella persona di Paul Müller, polacco.

Mi spuntano di nuovo le lacrime. Quella scena sulla spiaggia mostra in modo così chiaro la tranquilla Marjo accanto all'esuberante Lotte. Lei sorride come Monna Lisa e ha le mani educatamente intrecciate sul ventre mentre io scoppio in una risata a braccia aperte. Ci compensavamo reciprocamente in tutto. Eppure, nemmeno io ho potuto evitare che nella sua mente si affollassero pensieri neri. Proprio come zia Annie, Marjo soffriva di depressione e aveva paura di tutto. L'angoscia talvolta turbava la sua visione della vita. Ma Marjo non si è suicidata a causa dei demoni che aveva nella testa, come aveva fatto zia Annie. Marjo ha avuto un incidente poco dopo la nascita di sua figlia Caroline, un giorno in cui, contro le indicazioni, si era messa alla guida dopo aver preso degli antidepressivi.

Sulle scale risuonano passi pesanti. Parli del diavolo... Ecco che arriva Paul.

«Ciao Lotte» dice entrando nella mia stanza da letto. I suoi occhi scuri mostrano preoccupazione. Non gli sembra affatto una buona idea che una donna vada da sola a fare il Cammino di Santiago. Questa mattina mi aveva già segnalato un articolo che parlava di un'americana assassinata l'anno scorso in Spagna lungo il tragitto. Mi parla di «indurre in tentazione» e di «andare a cercarsela». Inoltre, è ancora deluso perché domenica non partirò per la Florida con lui e Caroline. Il viaggio era stato prenotato già a Carnevale e Caroline ne parlava da mesi. Quando le ho detto che non ci sarei andata è scoppiata in lacrime e se c'è qualcosa che Paul non può sopportare sono le lacrime della sua bambina. Ma io resto ferma sulla mia decisione, perché devo mettere un punto finale alla mia vita con Emil. E poi la conosco abbastanza per sapere che tornerà a sorridere appena visiterà Disneyland mano nella mano con Paul. Ogni estate trascorre un paio di settimane in vacanza da sola con lui e va sempre bene.

«Ci sono dei sacchi di roba da buttare nel corridoio» dico indicando la porta. «Quelli con gli adesivi bianchi sono per l'associazione che rivende gli abiti di seconda mano. Il resto può andare alla discarica».

«Va bene».

Paul esamina le cose sul letto.

«Va tutto dentro il tuo zaino?» domanda.

«No, devo fare una selezione. Seguo la lista». Indico sul comò il foglio stampato.

«Ah».

Paul si siede sul letto accanto a me, sullo stesso punto in cui mi trovavo un anno fa più o meno a quest'ora, poco prima che spuntasse Emil e facessimo l'amore per l'ultima volta. Se avessi saputo che era l'ultima ci avrei prestato più attenzione. Mi ricordo solo che ero preoccupata per via di Caroline e delle sue amiche. Piano, gli avevo detto, e gli avevo messo una mano sulla bocca. Fare sesso di giorno e con dei bambini in casa. A chi viene in mente? Emil aveva riso e mi aveva baciata, ma ero così tesa che non mi sono goduta per niente l'ultima volta con mio marito. Con Emil Jukić, che in realtà era qualcun altro. Mi ha ingannato con la sua menzogna. Perché se uno mente sulla sua identità, non mente forse su ogni cosa? Mi sale di nuovo la rabbia e ho voglia di prendere a calci qualcosa. Chi era, perché ha preso il nome di un morto? Doveva ben sapere che il vero Emil Jukić giaceva in una fossa comune. Non si ruba l'identità di una persona viva mentre si presenta una domanda di asilo. Il rischio di essere scoperti è troppo grande. Chi era? Un disertore? Scappava dalla mafia? Un criminale di guerra? No, non poteva assolutamente essere stato un assassino. Emil era una brava persona, un padre affettuoso e un marito amorevole.

Paul si alza e va verso la parete con le nostre foto di famiglia. Stacca dal muro il quadretto con me e Marjo.

«Era tanto cara» dice in un sussurro.

«Lo so, Paul». Gli do una pacca sulla spalla. «Ma hai ancora Caroline. Le somiglia tanto».

«Sì, per fortuna».

Paul carezza con un dito il volto sereno di Marjo. Mi avvicino a lui e guardo le altre foto. Io sorrido in tutte, Marjo in una sola: quella del loro matrimonio. Era stato amore a prima vista. C'ero anch'io, quello splendido giorno di primavera del 1997, e ho visto Cupido fare centro al primo colpo.

Io e Marjo eravamo sedute a un tavolino all'aperto di uno dei nostri caffè preferiti sulla piazza di Aquisgrana, con vista sul duomo, e bevevamo una bibita. Marjo parlava del processo di solidificazione del cioccolato, un tema che avevo sollevato io perché in quel periodo iniziavo a fare esperimenti con il cacao. Mentre stava comincian-do a parlare dell'aggiunta di alcol, il sole era spuntato tra le nuvole facendo risplendere i suoi lunghi capelli biondi. Marjo aveva fatto per prendere gli occhiali da sole dalla borsa, ma il gesto si era interrotto. Qualcosa aveva attirato la sua attenzione. Due ragazzi attraenti si stavano avvicinando al tavolino libero accanto al nostro. Avevano entrambi un'aria mediterranea, con le sopracci-glia e i capelli neri e gli occhi castani. Italo-tedeschi? Uno era alto e magro, con le spalle larghe e il passo elastico. L'altro era più basso e tozzo, più rigido nei movimenti. Lo sguardo di Marjo si era illuminato e sembrava non staccarsi più dal ragazzo alto. Anche Paul si era fermato e la fissava. Era come se un incantesimo gli avesse con-gelato il corpo con un colpo di bacchetta magica. Emil si era avvicinato ed era venuto a sedersi accanto a noi, seguito da Paul.

Avevo osservato il viso di Emil mentre spostava la sedia. Una riga rossa gli attraversava lo zigomo destro, come se si fosse fatto un segno con un rossetto. Sembrava un in-diano sul sentiero di guerra. Il volto spigoloso e le labbra sottili rafforzavano quell'impressione. Già in quel pome-riggio gli avevo chiesto come si era procurato quella cica-trice. Emil aveva risposto che era un souvenir di guerra, senza altri dettagli. Solo in seguito, quando siamo diven-tati amici, mi ha raccontato dopo molte insistenze che si trattava di una ferita da arma da fuoco che aveva riportato durante la guerra in Bosnia, e non aveva aggiunto altro. Da giovane ci aveva spalmato sopra del correttore di tanto in tanto, per cui non si notava più molto. Sulla nostra fo-to di matrimonio la riga rossa è solo una vaga ombra che accentua leggermente il suo zigomo alto. Quando si è am-malato ha smesso di coprire la cicatrice, come se si fosse riconciliato con i ricordi visibili della sua vita.

Comunque, quando Paul ed Emil si erano avvicinati a noi in quell'assolato pomeriggio ad Aquisgrana, tra Paul e Marjo era scattato subito un colpo di fulmine. Marjo si era messa gli occhiali da sole con le dita che le tremavano. Aveva preso il menu e aveva fatto finta di studiarlo, visibilmente arrossita. Paul si era seduto, ma continuava a fissare Marjo ed era tornato in sé solo quando Emil l'aveva urtato con un gomito e gli aveva chiesto qualcosa in tedesco. Era stato Emil a prendere l'iniziativa e a cominciare la conversazione. Mi aveva chiesto da dove venivamo. Aveva indovinato che tra noi due ero io quella loquace e dopo qualche minuto i due avevano girato le sedie ed eravamo tutti intorno allo stesso tavolo. Non erano italo-tedeschi. Paul era polacco e veniva dalla Slesia, dove viveva ancora una piccola minoranza tedesca. Emil veniva dalla Bosnia ed Erzegovina. Si erano incontrati durante la ristrutturazione di un ristorante ad Aquisgrana. Paul tirava su i muri ed Emil si occupava della stuccatura. Fra loro era subito nata una simpatia. Marjo e Paul si erano messi insieme il giorno stesso.

Alla zia Annie non andava giù «il polacco» e aveva cercato di ostacolare la relazione, senza riuscirci, perché nel giro di un anno i due si erano sposati. I miei genitori non hanno mai conosciuto Emil. Quando l'ho incontrato gestivo la fattoria con un cugino, che poi se n'è andato in Australia quello stesso anno per avviare un'azienda agricola in proprio. Io non sapevo bene cosa dovevo fare, ma Emil sì. Mi ha aiutato in tutto e nei mesi successivi siamo passati dall'amicizia al matrimonio. Ci siamo sposati quando sono rimasta inaspettatamente incinta. Ma nessuno di noi due era entusiasta della vita del contadino. Perciò dopo la nascita di Stefan ho deciso di smetterla con la produzione di latte. Ho venduto gli impianti e ho affittato i terreni a un contadino di Vijlen, dopo di che sulla cascina è sceso il silenzio, le stalle sui lati sono rimaste vuote e si è aperto un mare di possibilità commerciali.

Nello stesso periodo l'impresa immobiliare di Paul ha conosciuto una crescita esplosiva. Prima di partire dalla Slesia nel 1992 aveva abbandonato gli studi in economia e lavorato come muratore a Breslavia, ma poi era venuto ad Aquisgrana a trovare un amico e ci era rimasto. Lavorando sodo e risparmiando ogni centesimo è riuscito a comprare un edificio cadente in città. Lo ha ristrutturato e ha cominciato ad affittare camere agli studenti. Con i proventi ha poi comprato un secondo edificio, e poi un altro, e un altro e un altro ancora. Emil è diventato capo progetto nell'azienda di Paul. I due lavoravano a stretto contatto. Paul si assumeva i rischi finanziari ed era la mente creativa. Emil supervisionava la contabilità ed era a capo della programmazione. E sebbene Emil fosse alle dipendenze di Paul, non ho mai avuto la sensazione che tra loro ci fosse un rapporto gerarchico. Probabilmente ciò dipendeva da Caroline.

Il mio sguardo si posa sulla foto di Marjo e Paul con la piccola Caroline. Entrambi contemplano felici e contenti la splendida neonata. Caroline è venuta al mondo dopo dieci anni di ricerche e terapie. Ma la gioia per la sua nascita è durata poco, perché due mesi dopo Marjo ha avuto l'incidente. Paul non riusciva a superare la sua morte ed è caduto in depressione. Dietro mia insistenza si è trasferito nella nostra fattoria, andando a occupare l'appartamento in cui avevano abitato Marjo e zia Annie. Io mi sono presa cura di Caroline e sono diventata istintivamente sua madre. Nel corso degli anni, alla fattoria, Caroline è diventata la mascotte di quattro uomini, perché non solo Paul adorava il nostro angelo biondo, anche Emil, Stefan e Joran cercavano di cogliere ogni desiderio della bimba nelle espressioni del suo viso. Tuttavia, Caroline amava e ama soprattutto stare con me. In ogni momento libero cerca la mia compagnia. Mi aiuta nelle mie creazioni con il cioccolato e nel frattempo non la smette di parlare.

Dopo la morte di Marjo, Paul non ha avuto altre relazioni stabili. Si è tuffato nel lavoro ed è diventato un immobiliarista ricco e ben noto ad Aquisgrana. Emil mi ha raccontato che di tanto in tanto ha avuto qualche avventura, sempre con donne alte, magre e bionde. Quando l'ho saputo ho provato compassione per lui.

Studio un primo piano di Emil, l'uomo con cui sono stata sposata per più di vent'anni e di cui, malgrado ciò, ho saputo così poco.

«A cosa pensi?» domanda Paul.

Alzo le spalle.

«Penso che il suo suicidio abbia a che fare con il suo passato. Qualcosa di cui non so nulla. Deve essere successo qualcosa lungo il Cammino di Santiago. Lo sento».

Paul fa un passo indietro. Sulla fronte gli spunta la ruga tipica di quando riflette.

«Lo senti». Risuona dell'ironia nella sua voce.

«Sì» rispondo brusca voltandomi verso le pile di oggetti sul letto. «E ora finisco di fare i bagagli, Paul. Vai tu a prendere Caroline? E porta giù i sacchi dell'immondizia».

«Sì, capo» risponde andando alla porta. «A che ora mangiamo?»

«Alle sei. E di' a Caroline che preparerò il suo piatto preferito, spaghetti alla Lotti!»

«L'ultimo pasto del condannato».

«Piantala di insistere, Paul». Apro la cerniera dello zaino di Emil. «Farò il Cammino, qualunque cosa tu dica».

Paul borbotta qualcosa e attraversa il corridoio, poi si sente il fruscio dei sacchi di plastica. Fa sempre quello che gli chiedo. Dopo la morte di Emil la nostra amicizia è diventata ancora più stretta. Paul è stato anche il primo che ho chiamato quando in Bosnia ho scoperto che l'identità di Emil era falsa. Siamo rimasti un'ora al telefono, io dietro il tavolo spoglio di un hotel Ibis a Sarajevo e lui a casa, sul divano a fiori del soggiorno. All'inizio era completamente disorientato, come me qualche ora prima, ma poi si è ripreso e ha cominciato a rivolgermi domande puntuali. Dove avevo ottenuto quelle informazioni? Come facevo a esserne tanto sicura? Come aveva potuto passare attraverso le maglie della procedura di asilo in Germania? Era stato commesso qualche sbaglio? E così via.

Quando si è reso conto che Emil Jukić era stato davvero assassinato dai serbo-bosniaci nel 1995 e che il suo corpo era stato identificato attraverso l'esame del DNA nel 2017, per un istante è sceso il silenzio, poi mi ha chiesto se lo avrei detto ai ragazzi e io gli ho risposto che volevo aspettare. Prima volevo conoscere tutta la storia e poi decidere come raccontarla a Stefan e Joran. Paul aveva ascoltato con attenzione mentre esaminavo i pro e i contro. Chi in tempo di guerra scappa dal proprio paese e assume un'altra identità non lo fa senza motivo. C'era qualcosa dietro. Forse era stato testimone importante di qualche crimine di guerra e temeva per la sua vita? In quegli anni capitava che dei testimoni venissero eliminati. O forse aveva commesso lui stesso degli abusi? Poteva anche essere che fosse un disertore, no? Il motivo doveva comunque essere grave, altrimenti non avrebbe mentito sulla sua identità per un quarto di secolo. In questa fase dovevamo entrambi essere discreti e non parlare con nessuno della faccenda.

Questo era anche il consiglio del mio avvocato, Omer Zečinić, ho aggiunto.

Paul ha compreso il mio punto di vista e si è detto d'accordo. Finché non avessimo saputo chi era veramente Emil, non c'era motivo di stravolgere la vita dei ragazzi.

Sfinita, mi sono poi trascinata fino al letto in quella squallida stanza di Sarajevo e mi sono infilata tremando sotto le lenzuola. La menzogna di Emil doveva restare nascosta ancora per qualche tempo, e non solo per via dei miei figli. Anche Omer Zečinić lo trovava più prudente. In passato, aveva detto, i parenti di criminali di guerra e mafiosi avevano subito minacce e regolamenti di conti.

Prima dovevamo scoprire perché mio marito aveva assunto l'identità di un morto ed essere sicuri di non correre rischi.

Giorno 1: venerdì 26 luglio, pomeriggio
Vijlen, Paesi Bassi: screenshot di messaggi WhatsApp

Cielo coperto, pioggia e vento. 23°

19 luglio, 13.05

Gentili clienti, a partire da venerdì 26 luglio sarò in ferie per tre settimane! Percorrerò un tratto del Cammino di Santiago in Francia, la Via Podiensis. E questo è il mio zaino! BonneBon riapre lunedì 19 agosto! Con nuovi bonbon a forma di conchiglia di Santiago ☺. Avete ancora una settimana per inviare ordini. BonneBon voyage! ☺

Ecco fatto! Tutti i social media di BonneBon sono stati aggiornati. Il mio post della settimana scorsa sull'imminente inizio del Cammino di Santiago ha suscitato una pioggia di messaggi. Rispondere mi è costato un bel po' di lavoro. Mi disconnetto da tutto. Scorro le foto sul cellulare e controllo se quelle di Emil sono state caricate correttamente. Sì! Sono orgogliosa di esserci riuscita. Secondo i miei figli sono un tipico esempio di analfabeta digitale. Può darsi, perché la tecnologia non mi dice niente. Era Emil che si occupava di tutto e quando guardavamo la tv insieme io usavo solo il pulsante di accensione e i tasti del volume. In mano, il mio telefono nuovo pesa non poco. È uno smartphone supersonico che ho comprato ieri in tutta fretta perché il mio vecchio cellulare stava perdendo colpi. Ho scelto questo per via dello schermo grande, per poterci leggere i rapporti sulla Bosnia, ma comincio a dubitare della mia scelta. Capisco poco di tutte queste funzioni e non ho il tempo per studiarle. Comunque, le cose principali le ho imparate: telefonare, inviare mail, navigare e scattare foto. Apro di nuovo la cartella con i messaggi di Emil.

Me ne ha mandati un sacco mentre percorreva il Cammino. Quindi, ero ben presente nel suo mondo e nonostante questo si è suicidato. O i suoi messaggini tanto affettuosi erano falsi? Cos'è successo nella sua testa la mattina in cui si è tolto la vita? Mi cade l'occhio sulla cartella con la versione digitale delle foto che aveva portato con sé nel 1995, in fuga dalla Bosnia. Apro l'immagine della vasta pianura con la croce, l'agnello nero e il falco grigio. Quando sono stata in Bosnia, ho visitato questo altopiano nei pressi del villaggio del vero Emil Jukić. Jelena mi aveva indicato la strada e confermato che la croce era stata piantata in ricordo delle donne e dei bambini serbi trucidati dai fascisti croati durante la Seconda guerra mondiale. Quindi Emil aveva detto la verità, era il luogo di una disgrazia. Ho cominciato a capire che sono le storie che stanno dietro le immagini a cambiare il nostro sguardo. Forse Emil ha visto qualcosa lungo il Cammino che ha fatto vacillare la sua visione della vita?

Con un gesto rapido metto in carica lo smartphone e accendo il computer per stampare i biglietti del treno. Ci sono quasi. Il percorso e gli indirizzi per il pernottamento coincidono. Tutto è stato prenotato lo stesso giorno, solo esattamente un anno dopo. Anche il mio viaggio inizia esattamente alla stessa ora: domani alle nove del mattino parto con il Tgv dalla stazione di Liegi.

Mi volto di nuovo verso lo schermo, apro la mia mail, comincio a stampare e scorro le prenotazioni. Al contrario di Emil non vado all'avventura. Emil mi comunicava spesso solo nel tardo pomeriggio l'indirizzo del posto in cui avrebbe pernottato. «Il letto per la notte è la mia sorpresa del giorno» mi aveva detto scherzando alla seconda tappa con uno smile impaurito, quando non riusciva a trovare un posto a Saint-Privat-d'Allier e dopo molte telefonate aveva dovuto fare una deviazione fino al paesino di Dallas.

I miei letti non sono una sorpresa, perché dormirò dove ha dormito lui. I proprietari sono stati comprensivi quando nel mio miglior francese ho scritto loro che ero la moglie dell'uomo che il 6 agosto dell'anno scorso si era suicidato sul Cammino di Santiago, in un bosco dalle parti di Conques, e che per elaborare il lutto avrei ripercorso, esattamente un anno dopo, lo stesso tragitto, negli stessi giorni, alle stesse ore e che quindi avrei desiderato anche dormire nello stesso letto del mio defunto marito. Le risposte erano state tutte gentili, con le condoglianze del caso e la conferma della prenotazione della stanza. E domani per il tratto da Parigi a Lione occuperò lo stesso posto di Emil, il 37C, vagone 28.

Mentre infilo la carta nel cassetto della stampante mi viene da pensare a mio padre e a mia madre.

Mi hanno continuamente invitata alla prudenza, perché da giovane avevo sempre il desiderio di scoprire cose nuove e spesso flirtavo con il pericolo. Ma non conoscevo la paura, finché qualche anno fa durante una vacanza a Tenerife non sono quasi annegata. Ero da sola all'alba e camminando mi ero addentrata troppo nel mare, l'acqua mi arrivava alle spalle e mi dondolavo piacevolmente al ritmo delle onde che andavano e venivano. Poi a un tratto mi sono accorta di una corrente sotterranea che mi tirava per le gambe per cui dovevo lottare per restare in piedi. Non ci riuscivo. Mi sono spaventata e ho gridato aiuto, ma non c'era nessuno. Ansimando, ho cercato di dirigermi verso le dune, ma si facevano sempre più piccole e lontane perché a ogni passo mi sbilanciavo un po' e la corrente mi sollevava. La paura si è trasformata in panico e ho capito che dovevo scegliere: staccarmi dal fondo e nuotare verso la riva o continuare a camminare e a lottare contro la corrente, con il rischio di sfinirmi, dopo di che il mare mi avrebbe trascinato verso chissà quale profondità. Nuotare era rischioso, perché non sapevo dove mi avrebbero portato le onde. Tuttavia, ho deciso di lasciare il fondo sabbioso. Ho puntato i piedi con tutte le mie forze e mi sono tuffata su un'onda in arrivo e ho nuotato così, di onda in onda fino a raggiungere una spiaggia, completamente sfiancata. Ora sto facendo lo stesso. Lascio il terreno sicuro di casa e mi tuffo nel passato di Emil, ripercorrendo il suo Cammino, senza sapere dove mi porteranno le onde…

L'idea di trovare delle risposte facendo il suo percorso era nata già a Sarajevo, dopo il colloquio con Omer Zečinić.

Mi appoggio allo schienale e mi giungono ancora le esalazioni delle sue sigarette pestilenziali. Quando ero entrata nella stanza piena di fumo dello studio legale, mi era venuto un attacco di tosse. Omer mi era stato consigliato da Jelena. È un'autorità in Bosnia, dà la caccia ai criminali di guerra dal 1996 e aiuta i parenti a ritrovare i loro cari scomparsi.

«Due facce della stessa medaglia» mi aveva detto Jelena descrivendomi il lavoro di Omer. «Dalla ricerca dei corpi in innumerevoli fosse comuni emergono spesso indizi sulle milizie coinvolte negli eccidi».

Al centro dello studio di Omer c'era una classica scrivania di quercia coperta da pile di dossier. Omer si era alzato e mi aveva stretto vigorosamente la mano. La sua corporatura esile e le mani piccole ed eleganti contrastavano con la faccia grossa e non rasata, i riccioli grigi e i penetranti occhi neri.

«Si accomodi, signora Bonnet» mi aveva detto in inglese indicando la poltrona in pelle davanti alla scrivania. Dopo una breve introduzione Omer mi aveva confermato che nel 2017 Emil Jukić era stato identificato grazie a un nuovo esame del DNA.

«L'Icmp, l'International Commission on Missing Persons, un paio di anni fa ha iniziato a raccogliere dai familiari delle persone scomparse campioni di sangue che sono poi stati registrati in una banca dati e successivamente comparati con i resti delle persone ritrovate nelle fosse comuni. La madre di Emil Jukić si era fatta prelevare il sangue e in base a quello l'Icmp ha potuto identificare le ossa del figlio».

«La madre non è più in vita, quindi non posso domandarle niente» ho detto giocherellando con la fede nuziale. «L'interprete mi ha detto che tutti quelli che prima abitavano in quel paese sono morti o scappati, tranne un'anziana donna, che non era più del tutto lucida, ma si ricordava che Emil era stato assassinato nel 1995».

Omer aveva annuito e aveva fatto un altro tiro di sigaretta. «È così, la pulizia etnica è stata efficiente».

Era calato uno strano silenzio e avevo ripensato alle terribili foto della guerra che avevo visto nei giorni precedenti, durante il mio viaggio in Bosnia. Emil era vissuto in mezzo a quella guerra e vi aveva preso parte. Qual era stato il suo ruolo?

«E come faccio a scoprire chi era mio marito?»

«Raccogliamo tutto ciò di cui lei è a conoscenza, signora Bonnet, sia sul suo passato in Bosnia, sia sul periodo successivo. Le invierò un questionario. I dati relativi alla procedura di asilo sono particolarmente importanti. Dove ha presentato la sua richiesta? Quando? Chi c'era con lui? Ha ancora amici di quel periodo? Mi sarebbero utili anche delle fotografie chiare di suo marito degli anni Novanta. E anche un campione di sangue suo e dei suoi figli. Forse nella banca dati c'è il DNA di qualche parente di suo marito. In questo modo avremmo uno spunto per ulteriori ricerche».

«Un campione di sangue?» Avevo scosso la testa. «Non è possibile! Dovrei già dire ai miei figli che il loro padre non era Emil Jukić. Assolutamente no. Lo farò solo quando avrò saputo qualcosa di più».

Omer mi aveva guardato pensieroso. «Conosco un laboratorio in cui effettuano la ricerca del DNA a partire dalla radice dei capelli. Però mi occorre un capello intero di uno dei suoi figli, strappato dalla sua testa con la radice e tutto».

«Nessun problema, ci penso io». A Joran piaceva ricevere delle carezze energiche da sua madre.

«Bene. Allora mi metto subito al lavoro con la sua richiesta».

«Perfetto, grazie». Avevo dato uno sguardo alla scrivania ingombra di carte. Così tante persone scomparse. Così tanti criminali. Così tante disgrazie. Ma anche tanta conoscenza, e sospetti istintivi.

«Secondo lei perché mio marito ha usato il nome di Emil Jukić?» La domanda mi era scappata di bocca. «È successo spesso?»

Omer mi aveva sorriso, ma il suo sguardo era serio.

«Sì. Capita in particolare con i criminali di guerra, ma anche con le persone che si rendono conto di costituire un potenziale pericolo per personaggi altolocati, per via di quello che sanno sui crimini di guerra o sui contatti con la mafia» aveva risposto mentre aspirava di nuovo una boccata. «Dobbiamo dare per scontato che suo marito conoscesse Emil Jukić e sapesse che era morto. Quindi è importante anche continuare a spulciare nella vita di Emil Jukić. Chi frequentava?»

Poi Omer mi ha dato un'ampia spiegazione dei rapporti di potere in Serbia, Bosnia ed Erzegovina e Repubblica Serba di Bosnia ed Erzegovina, lo stato federale autonomo serbo-bosniaco, dove si erano nascosti molti criminali di guerra serbo-bosniaci.

Ho preso mentalmente in considerazione diverse ipotesi e sono giunta alla conclusione che probabilmente Emil era scappato perché temeva di sapere troppo. Sì, per questo motivo non mi aveva mai detto nulla. Era di certo un pericolo per qualche personaggio importante assetato di potere e aveva taciuto per proteggere me e i ragazzi.

«Tra l'altro, di cosa è morto suo marito?»

La voce di Omer mi aveva riportato nel suo ufficio fumoso.

«Si è suicidato». Avevo allungato la mano verso i fazzoletti di carta che tengo sempre nella borsa, le lacrime mi stavano spuntando. «Mentre percorreva il Cammino di Santiago. In modo del tutto inaspettato».

Omer aveva sollevato il capo e mi aveva guardato pensieroso.

«Mi scusi» avevo mormorato mentre mi asciugavo gli occhi.

Omer mi aveva sorriso con gentilezza.

«Il suo dolore è comprensibile, signora Bonnet. Ma, lei ha detto quindi che suo marito si è tolto la vita? Sul Cammino di Santiago?»

«Sì, neanche io potevo crederci. Fare il Cammino per festeggiare di essere sopravvissuto a una malattia grave e poi suicidarsi. Non è possibile! L'ho detto anche alla polizia francese. Un'ora prima mi aveva mandato un messaggio pieno di allegria. Era felice. Ma si è trattato proprio di suicidio. L'indagine non ha lasciato dubbi sulla dinamica».

«E come sono andate le cose esattamente?»

«Si è tagliato la gola con un coltello» avevo risposto accompagnando le parole con un gesto.

Omer era rimasto in silenzio e aveva scarabocchiato qualcosa su un foglio.

«Può essere che sia accaduto qualcosa lungo il Cammino, signora Bonnet» aveva detto tamburellando con la penna sul foglio. «Forse durante la camminata suo marito ha visto o sentito qualcosa che lo ha spinto al suicidio. Potrebbe essere stato scovato dal suo passato».

Avevo incontrato lo sguardo penetrante dell'uomo seduto di fronte a me e a un tratto avevo capito che aveva ragione. Era successo qualcosa durante il tragitto. Ma dove? In quel momento avevano bussato alla porta e la sua assistente gli aveva fatto presente che il cliente successivo si trovava già da un certo tempo in sala d'attesa.

«Grazie, signora Delić, abbiamo finito» le aveva risposto annuendo, poi si era di nuovo rivolto a me.

«Lei ha un indirizzo email privato?» aveva chiesto alzandosi. «Un indirizzo dove le arrivano messaggi che può leggere solo lei e nessun altro?»

«Certo» avevo risposto stupita. Avevo preso un post-it giallo e una penna dalla sua scrivania, ci avevo annotato sopra il mio indirizzo email e gliel'avevo dato.

«Grazie». Aveva attaccato il post-it sulla cartella di Emil e letto ad alta voce il mio indirizzo. «lotte@bonnebon.nl. Giusto?»

«Giustissimo».

Omer aveva sorriso e mi aveva teso la mano.

«Ancora una cosa, signora Bonnet» aveva detto stringendomi forte le dita. «Le consiglio per il momento di parlare con meno persone possibile della falsa identità di suo marito, per la sua sicurezza. Non sappiamo chi era e con chi aveva a che fare».

«Ma ci sono già un paio di persone che lo sanno».

«A questo non possiamo rimediare. Ma è meglio che la cerchia non si allarghi».

Avevo annuito, avevo lasciato la sua mano ed ero uscita dallo studio con le gambe che mi tremavano.

Mentre i miei biglietti ferroviari escono lentamente dalla stampante, mi cade lo sguardo sulla piccola e sporca guida tascabile con la descrizione della *Way of St. James in France*. Emil ne ha fatto un uso intenso. La sera prima di partire mi aveva letto qualche pagina sulla storia del Cammino. Stavo cucinando e avevo ascoltato distrattamente, e adesso devo farci i conti. Non posso mettermi sul Cammino di Santiago senza sapere cosa andrò a percorrere. Apro il libretto e vado alla pagina che parla della storia di san Giacomo e della famosa via di pellegrinaggio. San Giacomo era uno dei dodici apostoli di Gesù Cristo. Dopo la crocifissione lasciò il Medio Oriente per portare il cristianesimo in Occidente. Cominciò la sua opera in Spagna. La missione ebbe successo, ma a lui costò la testa. Letteralmente. Perché nel 44 d.C. venne decapitato mentre stava facendo visita a Maria in Giudea. I suoi seguaci ne riportarono le spoglie in Spagna e attraccarono su una spiaggia della Galizia dove lo seppellirono. Guardo la foto di una splendida costa rocciosa, volto pagina e continuo a leggere. Quando nei secoli successivi il cristianesimo si diffuse in Europa, i pellegrini di tutto il continente presero a recarsi sul luogo dove era sepolto san Giacomo e vennero così a crearsi dei percorsi fissi. Uno di essi è la Via Podiensis, entrata in voga a partire dal X secolo. Il tragitto va da Le Puy-en-Velay nel Massiccio Centrale, in Francia, verso Saint-Jean-Pied-de-Port, sui Pirenei. Qui i pellegrini deviavano verso Santiago di Compostela, dove facevano sosta, e prima di ripartire verso casa proseguivano ancora un po' fino alla spiaggia di Finisterre. Qui raccoglievano una conchiglia che riportavano a casa con sé, per dimostrare di essere davvero andati a visitare san Giacomo. A partire dal XIII secolo la conchiglia è diventata il simbolo dei pellegrini, che se la cucivano sulla giacca o sul cappello.

I pellegrini di oggi percorrono il Cammino per le stesse ragioni di quelli di un tempo, ossia per mettersi alla prova fisicamente e spiritualmente. E così ha fatto anche Emil.

È partito da qui l'anno scorso il 27 luglio per riflettere camminando sul «valore della vita», come aveva detto lui stesso. Non ha scelto a caso Le Puy-en-Velay come punto di partenza. Cinque anni prima stavamo viaggiando con tutta la famiglia verso l'Ardèche e ci eravamo fermati in quella splendida cittadina dell'Alvernia rimanendo sbalorditi di fronte a tutti quei pellegrini che, in piena calura e curvi sotto il peso dello zaino, salivano le scale della cattedrale per pregare o farsi apporre un timbro sul libretto. Ai tavolini di un caffè fuori della chiesa Emil si era messo a parlare con due olandesi sulla cinquantina che erano in cammino già da un mese e mezzo. Apparivano magri, stanchi e un po' trascurati, ma erano sereni e raggianti. Era come se vedessero qualcosa che a noi sfuggiva. Quando i bambini avevano cominciato a innervosirsi li avevo portati a fare una passeggiata in città, ma Emil si era trattenuto ancora un po' con i pellegrini. Dopo, in auto, era rimasto stranamente silenzioso. «Anche a me piacerebbe farlo» aveva poi detto quando eravamo arrivati al nostro hotel e i ragazzi si dirigevano già verso la reception.

«Cosa?»

«Solo camminare, mangiare e dormire, e abbandonare il mio passato».

Ero sobbalzata e mi ero girata verso di lui. «Abbandonarci?» gli avevo chiesto «me e i bambini? Perché?»

«Ma no, amore mio» aveva esclamato abbracciandomi. «Per me siete tutto. Voglio dire quella maledetta guerra».

Ero rimasta in silenzio perché sapevo che non avrebbe risposto alle mie domande su quella "maledetta guerra". È stato durante quella stessa vacanza che Emil ha perso l'appetito e ha cominciato ad avere un dolore continuo e bruciante al ventre. Anche il suo aspetto era cambiato, il viso smagrito metteva ora in risalto gli zigomi alti e la cicatrice rossa.

Una volta tornati nei Paesi Bassi, gli accertamenti medici avevano dato esiti drammatici, Emil aveva un tumore allo stomaco. Era sopravvissuto all'operazione e alla chemioterapia e l'anno scorso, a luglio, dopo cinque anni di controlli, era stato dichiarato guarito. Era così contento all'uscita dall'ospedale dopo l'ultimo colloquio con l'oncologo, e aveva attraversato il lungo corridoio del reparto con la sua vigorosa camminata da gorilla.

«Lo farò» aveva detto poco dopo, raggiunto il parcheggio.

«Cos'è che farai?» gli avevo chiesto sorpresa mentre prendevo dalla borsa il biglietto del parcheggio e lo infilavo nella cassa automatica.

«Il Cammino di Santiago».

Giorno 1: venerdì 26 luglio, sera
Vijlen, Paesi Bassi: la domanda
Cielo coperto con vento moderato e temporali sporadici. 22°

Ripulisco il piano di lavoro, asciugo gli stampi e li ripongo nell'armadio. Scatto una foto delle mie ultime paste fiorentine. Come se una volta finito il lavoro stessi facendo una selezione. Così sembra più dinamico che non con qualche biscotto su un vassoio, l'ho imparato in un workshop di fotografia che ho seguito su suggerimento di Emil. Era stato lui a esortarmi a essere presente su Instagram e Facebook con foto artistiche e storie particolari. Da quando metto in mostra con stile la mia arte di cioccolatiera, le ordinazioni fioccano. Emil sapeva come funzionano le cose sul piano commerciale.

«Vendiamo illusioni di piacere, amore mio» mi aveva detto quando avevo aperto un account Instagram per BonneBon e mi aveva consigliato di postare qualche foto almeno ogni due giorni. Il mio Emil ne ha vendute di più di illusioni.

Dopo aver caricato il mio post, porto i vassoi con le fiorentine uno per uno nella cella frigorifera. Le metterò nelle scatole solo più tardi, adesso sono ancora troppo fragili. Chiederò a Paul di portarle domani ai clienti. Spengo la cappa aspirante, vado all'ingresso e mi slaccio il grembiule. Si sente ancora forte il profumo della mia ultima creazione: cioccolatini con un misto di cacao e formaggio di capra. Squisiti.

«La tua è una dolce arte» aveva detto Emil quando ho iniziato a fare esperimenti con cacao e formaggio. Gli piaceva stare con me in cucina mentre lavoravo alle mie creazioni. Emil era effettivamente la persona che mi aveva spinto a mettere su una mia attività e a specializzarmi in prodotti esclusivi al cioccolato con ingredienti speciali. Ho seguito il suo consiglio e dopo un solo anno rifornivo ristoranti e negozi di lusso. Riuscivo a stento a soddisfare le richieste e la nostra cucina si era trasformata in laboratorio di pasticceria. I miei materiali e ingredienti erano ovunque.

Perciò Emil aveva proposto di ristrutturare una parte della fattoria e collocarvi il mio laboratorio, con uno spazio di lavoro, una cella frigorifera, un ufficio, un magazzino e uno spazio moderno per i corsi. Ero entusiasta, inoltre Emil si occupava personalmente di gran parte dei lavori e così i costi erano sostenibili.

Aveva dato perfino il nome alla mia azienda: BonneBon, una combinazione del mio cognome, Bonnet, e *bonbon*, cioccolatino. Poi aveva progettato un logo, un sito, la carta da lettera e i biglietti da visita e si occupava della promozione. Le sue iniziative commerciali erano un successo.

BonneBon è cresciuta sempre più. I miei corsi di formazione sul cioccolato erano sempre pieni e io ideavo sempre nuove combinazioni di gusti. Tutto è andato bene... fino al suicidio di Emil. Con la sua scomparsa non ho perso solo mio marito, ma anche il mio responsabile delle risorse umane, il capocontabile, il responsabile degli acquisti e della logistica. Io mi occupavo solo di selezionare gli ingredienti migliori, di produrre cioccolatini originali e di tenere i corsi. Solo dopo la sua morte mi sono resa conto di tutto il lavoro che aveva fatto e di quanto poco sapessi in realtà sul funzionamento della mia azienda. Paul mi ha salvato e con il suo aiuto sono tornata al laboratorio artigianale che meglio si adatta alla mia attività artistica. Da aprile lavoro da sola e realizzo creazioni al cioccolato per qualche cliente esclusivo. Ho ridotto anche il numero di corsi. Paul ha poi reclutato Monique, una ragazza piena di entusiasmo che abita in paese; aveva appena avuto un figlio e desiderava lavorare da casa in modo autonomo. Ha una formazione finanziaria e ha cominciato a occuparsi della contabilità e degli aspetti organizzativi di BonneBon. Insieme siamo un'ottima squadra.

Spengo la luce nell'ingresso. Apro la porta e mi volto verso il laboratorio. «Ci vediamo fra un paio di settimane!» dico allo spazio vuoto e poi esco. Mi siedo sul divano del soggiorno con il mio blocco da disegno per preparare il progetto di una torta nuziale per una coppia che va matta per i cavalli. In cerca di ispirazione guardo un quadro appeso al muro. Raffigura due pony su un prato e si trova qui da prima che nascessi. Ho cambiato poche cose nella fattoria dopo la morte dei miei genitori. Anche Emil trovava la nostra casa fantastica così com'era e gli piaceva l'atmosfera nostalgica e signorile che vi regnava, con le numerose decorazioni e i soffitti alti.

Paul entra nella stanza. Oggi ha messo lui a letto Caroline perché lei voleva parlare del viaggio in Florida. Va verso il mobile bar, si serve un bicchiere della sua costosa vodka Beluga, apre la porta della terrazza e resta qualche istante a guardare le colline ondulate. Il vento si è calmato, ma le nubi sono rimaste. Ha il fiatone, si vede dal movimento ritmico del torace. Beve un sorso, alza il capo e osserva le nuvole. È a piedi nudi e indossa comodi pantaloni di lino beige e una polo bianca. Ricomincia a piovere e un odore di bosco umido si propaga per la stanza.

Dopo qualche minuto, Paul si gira, si siede sulla poltrona di fronte a me, posa il bicchiere con la vodka e prende un libro. Il mio sguardo si concentra sul bicchiere. L'ha riempito quasi fino all'orlo e la cosa mi preoccupa. Poco dopo la morte di Marjo abbiamo scoperto che Paul soffre di un'insufficienza cardiaca. Ha dovuto fare una cura e il medico gli ha consigliato di limitare l'assunzione di superalcolici, il che gli risulta difficile. Paul ha problemi di insonnia e trae beneficio dal bicchierino serale. Dice che lo calma e che è una tradizione che ha portato con sé dall'«Est». E chi sono io per ricordargliene i pericoli? Non sono sua moglie, ma qualcosa che gli somiglia, dato che sono la madre adottiva di sua figlia. Se va al Creatore io e Caroline restiamo da sole. Gli dico qualcosa o no, su quel bicchiere un po' troppo pieno?

Proprio mentre sto per aprire bocca, Paul interrompe il filo dei miei pensieri.

«Diventa sempre più difficile farla andare a letto presto» dice sorpreso. «Soprattutto adesso, durante le vacanze». Poi apre il suo libro.

«Già. Nei prossimi mesi ci saranno molti cambiamenti per lei, con il liceo e tutto il resto».

«Lo so».

Ci guardiamo. Dietro quello sguardo cova qualcosa. È diverso dal solito.

«A cosa pensi?» chiedo.

Alza le spalle e sfoglia il libro.

«Al momento giusto per farti una domanda importante». Punta gli occhi su di me.

«Una domanda importante? E quale? Non vorrai ricominciare con il Cammino di Santiago?» Sospiro in segno di protesta. Ecco, adesso proverà di nuovo a farmi rinunciare a prendere il treno domani.

«No, Lotte. La mia domanda è più importante. E forse questo è il momento giusto».

Lascia cadere il silenzio per un istante.

«Vuoi sposarmi?» chiede, assumendo a un tratto un'aria formale.

Le sue parole mi arrivano al rallentatore... *Vuoi sposarmi?* Metto via il blocco da disegno, mi sporgo in avanti e tocco il tavolo come se ci fosse un pulsante da premere per riascoltare la sua domanda.

«Sposarti? Io?»

«Sì».

Mi sistemo meglio sul divano e lo fisso. C'è qualcosa che non va. «È uno scherzo o cosa?»

«No, Lotte. Sono assolutamente serio. Voglio sposarmi con te». Mi sorride in modo seducente. Non mi guardava in questo modo prima. Cosa sta succedendo? Comincio ad avere caldo, mi passo una mano sulla fronte.

«Ma tu non mi ami affatto. E nemmeno io te».

«Non è vero. Io ti amo sul serio». Continua a sostenere il mio sguardo. Sul suo viso spunta un sorriso fascinoso.

A un tratto ho l'impressione di trovarmi di fronte un uomo del tutto diverso. Non il buon padre di Caroline e l'addolorato vedovo di Marjo, ma il disinvolto milionario a caccia di una preda per la notte. Con quello sguardo penetrante ha di certo corteggiato tutte le sue splendide bionde.

«Piantala con questa assurdità, Paul». Mi alzo perché ho un bisogno impellente di muovermi. «Tu non mi ami affatto. So bene com'è il tuo sguardo quando sei innamorato di una donna, perché so come guardavi Marjo. Lei era il tuo vero amore! Non mi guarderai mai in quel modo. E adesso basta, va bene? Siamo amici e niente di più. Smettila con le stranezze».

Paul accavalla le sue lunghe gambe.

«No, non va bene. Dico sul serio, Lotte. Voglio sposarti. E ti amo davvero. Non nel modo adorante che avevo per Marjo. In questo hai ragione. Il mio amore per te è diverso. Con te sto bene e mi sento a casa. Sei allegra e senza complicazioni. È bello stare con te e sei anche una cuoca divina. E anche io ti piaccio. Lo so».

«Certo, vado matta per te, ma questa non è una ragione sufficiente per sposarsi, Paul».

«Invece sì, Lotte. Un proverbio cinese dice "Prendi in moglie colei che hai scelto come amica". Da anni siamo l'uno il migliore amico dell'altra e di fatto viviamo insieme già da nove mesi come marito e moglie. Abitiamo insieme in questa casa, mangiamo insieme, guardiamo insieme la tv, leggiamo insieme, facciamo la spesa insieme, ridiamo insieme, alleviamo insieme Caroline, abbiamo gli stessi interessi e non litighiamo quasi mai. Che altro vuoi?»

Vado su e giù per la stanza e nel frattempo continuo a osservarlo. In un certo senso ha ragione. Dopo la morte di Emil, Paul e Caroline hanno lasciato l'appartamento di Marjo e hanno traslocato nella mia spaziosa casa.

Caroline si è installata con tutte le sue cose nell'enorme stanza degli ospiti e Paul nell'ampia mansarda. La nuova situazione sarebbe stata più comoda soprattutto per Caroline che non avrebbe più dovuto attraversare il cortile con la sua borsa ogni volta che Paul era in viaggio per lavoro. E io e Paul avremmo avuto entrambi un nostro spazio, secondo il nostro ragionamento.

Di sopra aveva un piccolo appartamento in cui poteva vivere con Caroline, ma già dopo un paio di settimane abitavano entrambi giù da me, perché così desiderava Caroline. Attualmente Paul sale le scale per andare nel suo monolocale solo per dormire e fare la doccia. Se riesce a dormire, perché Paul soffre di insonnia e di notte vaga spesso per casa.

Da quando Emil si è suicidato anch'io dormo male e a volte ci ritroviamo entrambi nel cuore della notte sul divano a bere tè e chiacchierare prima di tornarcene di sopra. Ognuno nella sua stanza. E ora dovrebbe quindi diventare una stanza sola? Un solo letto?

Paul si appoggia allo schienale della poltrona con la testa un po' girata di lato. Il mio sguardo si posa sul cavallo dei suoi pantaloni.

«Ma noi non dormiamo insieme, Paul! Voglio dire, marito e moglie fanno sesso insieme, noi no».

«È vero, non ancora». Il suo sguardo è intenso.

«Paul, piantala. Sono strane idee». Mi rimetto seduta, piego le gambe e mi copro le cosce nude con la camicia da notte.

«Ti disturba tanto quest'idea, Lotte? Ti disgusto? Fisicamente, intendo». Paul si alza e viene a sedersi accanto a me, al posto da cui di solito guarda la tv. Mi scosto e abbraccio le ginocchia.

Paul scuote la testa. «Santo cielo, Lotte. Non ti faccio niente» dice alludendo al mio atteggiamento. «Non ti toccherò mai se tu non lo vuoi. Perciò rilassati, d'accordo?»

Sebbene io e Paul sediamo ognuno al suo posto abituale e vi sia abbastanza spazio tra noi, per la prima volta lo sento troppo vicino a me. Ci guardiamo. Ha lo sguardo tenebroso e un'energia erotica che impone la sua presenza. Con le sue parole ridesta in me pensieri che erano assenti. Pensieri su di lui in quanto uomo. È obiettivamente attraente. Anche le mie amiche lo dicono e si comportano di conseguenza. Mi accorgo perfettamente del loro modo di fare quando lui entra nel soggiorno o di come lo guardano di nascosto quando scende dalla sua costosa Bmw. So che è bello fin dal nostro incontro ai tavolini di quel caffè di Aquisgrana, ma non l'ho mai tradotto in un sentimento che andasse oltre l'amicizia. Fin dal primo giorno, per me lui era il Paul di Marjo e poi il padre di Caroline. Questo vale anche per il mio ambiente. Per quanto ne so, in paese non circolano pettegolezzi su di noi. Del resto, è il vedovo di Marjo e abita già da anni nella fattoria.

Cambio posizione. Con quelle poche parole Paul si è trasformato da amico di famiglia in uomo. Mi accorgo ora per la prima volta che ha mani eleganti, dalle dita sottili e le unghie perfettamente curate. Fino a oggi semplici mani maschili. Erano attaccate alle sue braccia e pelavano patate, o lavavano piatti, frugavano nel sacchetto delle patatine che si trova a volte in mezzo a noi quando guardiamo la tv, qui sul divano, eppure non le avevo mai notate. Fino alla domanda di poco fa. Osservo le mie mani. Sotto le unghie ho ancora le tracce di cacao delle preparazioni del pomeriggio.

«Dimmi, Lotte. Non ti piaccio? È per questo?»

«No, di certo sei attraente». Allungo le gambe. «Ma mi sorprendi con la tua domanda. Con Emil non è andata così».

«Cioè?»

«Be', mi sono sposata con lui per ragioni pratiche. Ero incinta. Inaspettatamente. Dopo una sola volta. Io ed Emil eravamo ubriachi e ci eravamo lasciati andare. Mi sono accorta di essere incinta solo al quarto mese. Ero scioccata e non sapevo cosa fare. Ero qui da sola in questa fattoria dopo che mio cugino era partito per l'Australia e per di più con un bambino in arrivo... ero nel panico. Quando Emil è venuto a saperlo, mi ha subito chiesto di sposarlo e ho risposto di sì. Era il mio amico e mi trattava come una regina».

«Ma eravate così attaccati l'uno all'altra». Nella sua voce risuona stupore.

«Sì, eravamo un'ottima combinazione, Paul, e più passava il tempo più lo amavo. Ma non ne sono mai stata innamorata».

«Ecco! Andrà così anche con noi». Suona come se il pesce avesse abboccato e stesse per metterlo nel paniere.

«No, Paul, non andrà così». Stropiccio la stoffa della camicia da notte. «Emil mi adorava. Tu no».

Paul poggia i piedi nudi sul tavolino e si fissa le dita. Restiamo in silenzio.

«A cosa pensi?» domando.

«A quel momento ad Aquisgrana, al giorno del nostro primo incontro. Io mi sono innamorato all'istante di Marjo ed Emil ha avuto un colpo di fulmine per te. Quella sera abbiamo parlato di voi. Lui aveva già colto quello che a me ancora sfuggiva, la tua vitalità. Sai, Lotte, quando entri in una stanza è come se la gioia entrasse con te. Con gli anni me ne sono accorto sempre di più. Soprattutto nei periodi in cui Marjo cadeva in depressione e tu venivi a sistemare le cose. Con la tua risata e la tua decisione catturi le persone. Perfino gli animali vogliono un po' della tua attenzione. Ti ricordi di quel cane aggressivo mentre facevamo una passeggiata nell'Eifel a Pasqua? Mi ringhiava, ma quando ti sei rivolta a lui si è accucciato e si è lasciato accarezzare da te. E sai, dopo la morte di Marjo a volte ero geloso di Emil per via del calore e della stabilità che riceveva da te, malgrado la tua natura selvatica. Prima di te andava con tutte le donne che gli capitavano a tiro, ma quando avete iniziato ad avere una relazione è diventato monogamo. Ero sorpreso. Durante il lavoro avrebbe potuto procurarsi quante scappatelle voleva, ma non lo prendeva neanche in considerazione. "Dopo Lotte le altre donne sembrano bambole di plastica" mi ha detto una volta che eravamo in un bar e due tizie cercavano di rimorchiarci. Non gli ha dato retta. Erano solo dei corpi, mi ha detto. Tu eri diversa. Faceva il pieno di felicità quando era tra le tue braccia. Questo era quello che diceva. Letteralmente. La tua purezza scacciava i suoi demoni. Più o meno così».

Tace un istante, prende il bicchiere e manda giù un sorso di vodka, poi mi rivolge uno sguardo penetrante. Ripenso a Marjo e ai suoi periodi neri, imprevedibili come il tempo.

«E io provo lo stesso, Lotte, sono ormai nove mesi che abito in questa casa. Respiro più a fondo e sono calmo. E con Marjo non era così per via delle sue depressioni, lo sai anche tu. E voglio sposarti, prima che arrivi un altro uomo e io e Caroline dobbiamo andarcene. Perché i pretendenti iniziano già a manifestarsi ora che sentono che il tuo periodo di lutto sta volgendo al termine. E io voglio anticiparli. Non voglio perderti, Lotte. Forse non siamo mai stati innamorati, ma ci piacciamo. Non puoi negarlo. Stiamo così bene insieme, meglio della maggior parte delle coppie che conosco. Abbiamo un rapporto rispettoso e affettuoso, e non voglio perdere la nostra bella vita familiare, contando anche Stefan e Joran. Sono anni che io e ragazzi siamo buoni amici. E con me sei certa di trovare un uomo che ha un gran rispetto per la tua arte di cioccolatiera».

Lo fisso e non so cosa dire. È vero, c'è una bella sintonia fra noi. E in effetti mi stimola nel mio lavoro artistico. La sua proposta di matrimonio sembra quasi logica, almeno dal suo punto di vista. Vuole assicurarsi la vita con me e Caroline. Lo stesso vale in un certo senso anche per me. Caroline per me è come una figlia, ma in termini formali ovviamente non è così. Paul è suo padre e domani potrebbe decidere di andarsene a vivere con lei da qualche altra parte. Giuridicamente non avrei nessun appiglio per oppormi. Dopo la morte di Marjo ho avuto a lungo paura che Paul incontrasse un'altra bionda e andasse via con la mia piccola Caroline. Ma per fortuna non è accaduto. E ora forse ha anche lui la stessa paura. Pur se infondata.

Mi sporgo di nuovo in avanti, prendo delle noccioline e me le infilo in bocca. Il respiro di Paul è regolare. Siamo qui seduti come sempre, eppure tutto è diverso rispetto a mezz'ora fa. Ora, invisibili onde elettriche vibrano tra noi e danno a ogni pensiero una carica diversa. Come è accaduto con Emil in quella calda sera d'estate del 1997 quando dopo quella gran festa siamo andati a letto insieme. Di quella prima volta ho solo vaghi ricordi, come il mio stupore per il suo corpo villoso, il suo tocco leggero e i molti baci che mi dava. E che continuava a sussurrarmi parole dolci in bosniaco. Sì, quella prima volta Emil faceva l'amore, io sesso. E non si è accesa nessuna fiamma neppure quando ci siamo sposati. Forse sarà perché metto già tutta la mia passione nel cioccolato? Potrei provarne altrettanta per un uomo? Quella vibrazione, quella magia? Con la mente vuota e solo brividi di energia erotica che pervadono il corpo? L'ultima volta che sono stata innamorata persa e non riuscivo nemmeno a pensare ero adolescente e il ricordo del viso di quel ragazzo è ormai sfumato con gli anni. Forse Paul ha ragione e l'innamoramento svanisce con il tempo. Però, il sesso non è una questione da niente. Se ci sposiamo poi dovrò andare a letto con lui e qui sta il problema. Il suo corpo nudo sopra il mio? No! Bah! O forse dovrei solo provarci. Quando l'abbiamo fatto per la prima volta io ed Emil ero ubriaca, e poi è andata bene. Emil era un amante esperto. E poi quanto è importante il sesso, in realtà? Negli ultimi anni con Emil era spesso un'attività un po' abitudinaria. E dopo il suo suicidio non ho più fatto sesso e non ne ho sentito la mancanza. Il dolore ha scacciato i desideri di prima; anche mangiar bene non mi entusiasmava più. Il dolore mi ha disturbato perfino il sonno, provocandomi un calo di creatività per cui non riuscivo più a inventare nuovi prodotti.

«Russi?» domando.

Paul scoppia a ridere.

«No, Lotte, questo è quel che intendevo. Il tuo modo pragmatico e diretto ti rende unica! No, non russo. O perlomeno nessuno se ne è mai lamentato».

«Questo è un lato positivo». Ora rido anch'io.
«Allora la tua risposta è sì?»
«No, mi hai preso alla sprovvista, ma sei fortunato» rispondo con un sorriso. «Da domani, durante il cammino avrò tutto il tempo per riflettere sulla tua proposta».

La lettera

I. Un fantasma dal passato

Carissima Lotte, ora sono a Conques e oggi scrivo le ultime parole di questa lettera. È diventata lunga, perché desidero, e soprattutto spero, che tu mi capisca. La spinta a parlarti di quegli anni bui, di prima che tu illuminassi letteralmente la mia esistenza, si è manifestata per la prima volta a Le Puy-en-Velay, il primo giorno del Cammino, nella cattedrale, davanti alla modesta statua di san Giacomo. Ogni sera prima di andare a dormire ho scritto qualche riga e ho ripreso il filo della mia giovinezza. Mi sono tornati ricordi che per decenni avevo considerato persi. Sì, ti ho taciuto la mia vera identità e voglio spiegarti in tutta calma perché non potevo raccontarti il mio vero passato. Con questa lettera, inoltre, mi accomiato da te, nella consapevolezza che con tutta la tua gioia di vivere e la tua creatività percorrerai nuovi sentieri. Mi causa un dolore infinito non poterli seguire insieme, a causa del mio passato.

Sai, ce lo portiamo sempre appresso, anche quando ce lo siamo ormai lasciato dietro le spalle. E quanto più è oscuro, tanto più pesante è il fardello. Il mio è un passato nerissimo.

Sono fuggito dalla Bosnia nel 1995 e non ci sono mai più tornato. Nel corso degli anni ho imparato che esiste una zona d'ombra tra i fatti bellici raccontati nei libri di storia e i ricordi di un bosniaco sopravvissuto a quella follia. Le storie che raccontano i media su Srebrenica, ad esempio, o sui misfatti dei nostri politici non sono le mie. I miei ricordi sono quelli di un uomo che è cresciuto in una Iugoslavia pacifica e a ventiquattro anni è stato risucchiato nel combattimento. Non associo quella guerra ad azioni militari e a frontiere continuamente ridisegna-

te, ma al fetore dei corpi, alle torture, ai colpi di mortaio, agli stupri, alla fame e soprattutto a una furia cieca...

In tutti gli anni successivi ho fatto del mio meglio per dimenticare la guerra e costruire una nuova vita. Pensavo anche di essermi lasciato il passato dietro le spalle. Invece non era così. A un tratto si è ripresentato di fronte a me e mi ha riportato in Bosnia, in quella selva oscura, e l'ho sentito gridare.

Giorno 2
Sabato 27 luglio
In treno da Liegi a Le Puy-en-Velay
Prendere le distanze

> Viaggiare è il miglior modo di studiare se stessi.
>
> KARL JULIUS WEBER, scrittore e autore satirico tedesco (1767-1832)

Giorno 2: sabato 27 luglio, mattino
Tgv – stazione di Liegi-Guillemins, in attesa del treno

Tempo soleggiato e vento moderato. 19°

Salgo le scale della stazione di Liegi-Guillemins progettata da Calatrava. Giunta in cima mi giro per l'ultima volta e saluto Paul e Caroline, rimasti sotto accanto alla Bmw. Ricambiano il saluto, poi entro nell'atrio e guardo il tabellone delle partenze. Il mio treno parte alle nove per Ostenda-Bruxelles Midi dal binario 3. Manca mezz'ora. Vado al binario. I miei passi rimbombano sul pavimento di cemento e lo zaino mi pesa già sulle spalle. Stamattina pesava 6,9 kg senza acqua né cibo. Ho con me una mela, due panini al formaggio, venti tavolette di cioccolato con molte noci fatte da me e un litro d'acqua, diviso in due bottigliette, una nella tasca esterna laterale destra e l'altra in quella sinistra, in modo da equilibrare il peso, come consigliato dall'Associazione del Cammino. Ora il carico è di nove chili e già ansimo alla prima rampa di scale. E devo salirne ancora un'altra. Santo cielo, in cosa mi sono imbarcata.

A metà rampa mi squilla il telefono. Mi fermo, apro la tasca laterale e prendo l'apparecchio. Stefan! In videochiamata!

«Ciao, tesoro» esclamo a corto di fiato. Sullo schermo compaiono i volti di Stefan e Joran.

«Addirittura due tesori!» dico ridendo.

«Sì, mamma, volevamo farti un saluto». Joran agita la mano.

«Che bello!» Mi si scioglie il cuore alla vista dei miei figli. Come somigliano a Emil, e che gentili a chiamarmi.

Hanno ereditato da lui questa premura. Non da me. Io dipendo dal cellulare, che mi ricorda con le sue notifiche i compleanni e le scadenze. Emil si interessava davvero agli altri ed era una persona socievole. Il peso dello zaino torna a farsi sentire. Cerco di scacciarlo e di concentrarmi sui visi allegri dei ragazzi. Appoggiata alla balaustra chiacchiero un po' sulle prossime vacanze con il loro gruppo di amici. Partono domani per Salou, in Spagna. Faccio loro promettere di comportarsi bene in quella Sodoma e Gomorra e di mandarmi ogni sera un messaggino per farmi sapere che è tutto a posto. Dopo qualche bacio virtuale interrompiamo la comunicazione e riprendo a salire le scale.

Ansimando raggiungo il binario 3. Mi tolgo lo zaino, mi siedo su una panchina di metallo e mi stiracchio. Prendo il telefono e apro la schermata con il primo messaggio mandatomi da Emil l'anno scorso mentre aspettava il treno. È una foto del suo zaino e del soffitto bianco di Calatrava.

8.46

Ah, amore mio mi manchi già ♥ e ancora non sono partito. La stazione di Liegi è proprio gigantesca. ♥

Alzo la testa e sbatto le ciglia. Oggi il sole è tornato a splendere e l'enorme costruzione in vetro e acciaio riflette una luce abbagliante. Emil ha visto le stesse architravi bianche esattamente un anno fa e le ha trovate gigantesche. Cos'altro avrà pensato? Faccio fatica a trattenere le immagini di Emil. Il mio presente spinge il passato sempre più lontano. In questo quadro, è ingombrante come un macigno la proposta di matrimonio di Paul e il modo in cui ci siamo salutati accanto alla macchina, la sua mano che mi accarezza leggera una guancia mentre sussurra in tedesco «*Tschüss, liebe* Lotte...». Un brivido di repulsione mi corre lungo la schiena. Ci vorrebbe una spinta davvero forte per farmi decidere di sposarlo.

Punto lo smartphone sulla campata bianca della stazione e scatto la mia prima foto del Cammino. Mentre osservo l'immagine, l'apparecchio vibra. È arrivata una nuova mail di Selma Jensen: di sicuro qualche altro rapporto sulla Bosnia. Jensen è docente di psicologia all'università di Amsterdam ed è specializzata in traumi di guerra. Ho trovato il suo nome sulla pagina Facebook della comunità bosniaca dei Paesi Bassi. C'era un post con un link a una sua intervista in cui parlava della sua tesi di dottorato sull'elaborazione dei traumi di guerra tra i bosniaci dei Paesi Bassi. Lei stessa è nata in Bosnia e ha conseguito il master in psicologia all'università di Banja Luka. Nel 1991 ha ricevuto un incarico temporaneo ad Amsterdam, dove ha incontrato un olandese che ha poi sposato prendendone il cognome. È rimasta a vivere ad Amsterdam e ha fatto carriera universitaria. Ma neppure lei è uscita indenne dalla guerra, perché suo fratello è scomparso nell'agosto del 1995 durante l'Operazione Tempesta nella Bosnia occidentale e non è mai più stato ritrovato. Dopo aver letto il suo profilo ho capito che dovevo parlare con lei. Forse poteva dirmi perché Emil si era tolto la vita? Le ho scritto dell'inspiegabile suicidio di mio marito, Emil Jukić, e della mia decisione di ripercorrere il suo tragitto lungo il Cammino di Santiago. Le ho chiesto se aveva informazioni su suicidi analoghi. O forse qualche studio che avrei potuto leggere durante il percorso, in modo da capire cos'era successo nella testa di mio marito. Non ho accennato alla sua falsa identità.

Selma Jensen mi ha risposto quello stesso pomeriggio. Il caso di Emil l'affascinava e trovava particolare che una vedova volesse ripercorrere il viaggio del marito morto lungo il Cammino di Santiago. Mi avrebbe inviato un po' di documentazione, ma dubitava che da profana potessi interpretarne il contenuto scientifico. Avremmo anche potuto sentirci per telefono. Le ho scritto che mercoledì 24 luglio sarei andata ad Amsterdam a trovare i miei figli e che sarei passata da lei volentieri. Conoscevo l'università di Amsterdam perché ci studiava il maggiore dei miei ragazzi. Quel giorno abbiamo conversato nella sua squallida stanza che si affacciava su palazzoni grigi e spazi verdi allestiti con criteri funzionali. Nell'ambiente aleggiava odore di fumo di sigarette. Era chiaro che di nascosto violava il divieto di fumare. Le avevo portato una grossa scatola di cioccolatini, che già durante il nostro incontro ridusse della metà. Le sue prime domande riguardarono il luogo di nascita e il retroterra etnico di Emil.

«Quando è nato suo marito? E dove?»

«È del 1967» ho risposto e le ho indicato il nome del paese in cui era nato. Mentre prendeva appunti su un foglio, i capelli castani ondulati le sono caduti sul viso ovale, davanti agli occhi grigi.

«Jukić suona croato».

«Sì» ho risposto con un colpo di tosse. Avevo cercato il cognome Jukić in Bosnia e avevo scoperto che era molto comune tra i croato-bosniaci. Mi sentivo a disagio per averle comunicato i dati di un uomo che non era mio marito. «Suo nonno era originario della Croazia e aveva combattuto con Tito contro i nazisti» ho aggiunto per dare maggior forza alla mia bugia.

La sua domanda circa l'etnia di Emil mi ha colpito, ma non era una novità. Durante gli anni del nostro matrimonio mi era capitato di sentire le persone provenienti dalla ex Iugoslavia informarsi sulla rispettiva origine etnica appena facevano conoscenza l'una con l'altra, se non bastavano nome e cognome a indicarla. A volte lo facevano in modo sottile, altre più direttamente. Selma Jensen in questo non faceva eccezione. Evidentemente, un quarto di secolo dopo la guerra, le differenze etniche erano ancora rilevanti anche per lei.

Selma Jensen mi ha poi rivolto altre domande sul passato di Emil. Poi ha chiesto notizie sul nostro matrimonio e il comportamento di Emil appena prima della partenza per Le Puy-en-Velay. Cercava indizi di un disturbo da stress post-traumatico, PTSD in termini professionali, e io le ho detto che Emil non aveva sofferto molto di incubi o reazioni strane. Solo quando si era ammalato di cancro erano emersi sintomi psichiatrici, ma erano legati alla malattia e alla chemioterapia. Erano normali per la maggior parte dei malati di cancro. Parlava poco della guerra perché ormai era finita. Ma il suo silenzio, secondo Selma Jensen, non significava nulla. A volte i sintomi si manifestavano dopo decenni. Conosceva una musulmana bosniaca che nel 1992 era stata internata nel campo di concentramento di Omarska, dove era stata vittima di stupri. Dopo la guerra aveva ripreso la sua vita e sembrava stare bene, senza apparenti problemi finché, più di vent'anni dopo, a Sarajevo, in un afoso giorno d'estate in un autobus affollato, si era ritrovata accanto a un uomo con una camicia verde aperta sul petto e lo sguardo le era caduto sulla sua catenina d'oro e la peluria imperlata di sudore. L'immagine l'aveva riportata dolorosamente a Omarska, durante la calda estate del 1992, e al primo stupro di gruppo che aveva dovuto subire. Lì in quell'autobus di Sarajevo, alla vista della catenina d'oro insieme all'odore del sudore maschile, si era messa a gridare e a menare colpi a destra e sinistra, per cui avevano dovuto ricoverarla in una clinica psichiatrica. Forse a mio marito era accaduto qualcosa di simile, ha suggerito Selma Jensen. Forse Emil aveva incontrato qualcuno, o visto o sentito qualcosa, o addirittura percepito un odore che nella sua testa aveva fatto crollare gli argini.

Mentre Selma Jensen parlava appassionatamente del PTSD e mi bombardava di analisi scientifiche, io cercavo il momento adatto per porle la domanda che mi premeva davvero: come può una persona mentire per tutta la vita sulla sua identità?

Selma stessa, poco dopo, ha portato la conversazione su questo argomento parlando del periodo successivo alla Seconda guerra mondiale, in cui erano accaduti fatti analoghi e i soldati tedeschi in famiglia tacevano sistematicamente sulle loro esperienze al fronte.

«Molte donne tedesche non avevano idea di cosa avessero combinato in guerra i loro coniugi. A casa parlavano solo in termini generici delle atrocità che erano accadute. Basta leggere *Uomini comuni* di Christopher R. Browning e si capisce meglio il meccanismo. E dall'altra parte è accaduta la stessa cosa. Nel 1945, durante la loro avanzata, i russi hanno violentato mezzo milione di tedesche nella Germania orientale, ma dopo la guerra le vittime hanno mantenuto collettivamente il silenzio. Come se non fosse successo nulla. I bambini nati dagli stupri di massa sono stati semplicemente registrati come figli del coniuge tedesco».

«Ma come è possibile?» ho detto interrompendola. «Come fanno le persone a vivere in coppia senza parlare del proprio passato?»

«Possono, perché adattano la loro identità alla nuova situazione, al nuovo posto in cui vivono, alle nuove persone con cui si relazionano. Si rispecchiano negli altri» ha risposto. «L'ho visto da vicino dopo la guerra. Tra le mie amicizie ci sono alcuni serbo-bosniaci che hanno commesso cose gravi, ma non ne parlano. Dubito spesso della veridicità dei racconti che fanno gli ultracinquantenni quando parlano degli anni tra il 1990 e il 1995, semplicemente perché si trovavano al fronte. Questo riguarda soprattutto la Repubblica Serba di Bosnia ed Erzegovina. Per questo con loro sono anche molto prudente con le parole. Non sai mai con chi stai parlando» ha detto prendendo ancora un cioccolatino.

I miei pensieri allora sono tornati ai tristi racconti di Jelena, la mia interprete, su questa repubblica, uno stato federale autonomo serbo all'interno della Bosnia ed Erzegovina. Jelena è ancora giovane, ma sembrava vecchia quando parlava della situazione politica del suo paese. Secondo lei i politici obbedivano ciecamente ad alcuni oligarchi che si erano arricchiti durante la guerra, e citava un esempio dopo l'altro; storie di clientelismo, corruzione, favoritismi in cambio di posti di lavoro, ingerenze straniere, giornalisti troppo amici di politici e sospetti di crimini. Ricordo che ero addolorata, perché fuori, oltre il finestrino della nostra auto attraversavamo panorami mozzafiato, con persone così belle, infangate da personaggi che avevano trascinato un'intera nazione in una spirale di infamia.

Io e Selma ci intendevamo bene e al momento di concludere il colloquio, quando abbiamo parlato un po' del mio progetto sul Cammino di Santiago, mi ha dato il suo numero di cellulare.

«Quando parti?» mi ha chiesto quando ci siamo alzate.

«Sabato alle nove del mattino, poi prendo il Tgv a Liegi».

«D'accordo. Allora lunedì ti mando ancora qualche rapporto sulle domande che mi hai fatto» ha detto mentre ci dirigevamo verso la porta. «Ma non illuderti di trovare *la* risposta. Dopo venticinque anni di ricerche sulla guerra in Bosnia, sto ancora brancolando negli angoli più oscuri della mente umana».

Il binario 3 si riempie di passeggeri. Il treno sta per arrivare. I raggi accecanti del sole mattutino battono sul mio zaino. Colgo una strana verità: non farò il Cammino di Santiago solo per scoprire perché Emil si è ucciso, ma anche per me stessa. Da quando so che mio marito ha mentito sul suo passato, vago anch'io in un labirinto di pensieri cupi, chiedendomi come abbia potuto vivere con un mentitore senza accorgermene. E farò di tutto per uscire da quest'orrida oscurità, come parlare con esperti e leggere libri sulla Bosnia.

Apro la mail di Selma Jensen. Dice che nel fine settimana scorso ha pensato a me e ha trovato dei rapporti che forse possono aiutarmi. Purtroppo non c'è niente in olandese. Subito dopo arriva un link via WeTransfer con i documenti. Li scaricherò più tardi in albergo quando avrò il wi-fi.

Scorro l'elenco di complicati titoli scientifici e sono di nuovo grata ai miei genitori per avermi iscritta a un corso biennale presso la prestigiosa scuola Cordon Bleu a Londra e Parigi, dove oltre alle mie raffinate tecniche pasticcere ho imparato anche un buon inglese e un francese decente.

Giorno 2: sabato 27 luglio, ora di pranzo
Stazione Tgv a Lione: pranzo su un blocco di cemento

Soleggiato con nubi in avvicinamento. Vento debole. 30°

I grilli intonano il loro monotono canto e smorzano ogni altro suono. In lontananza Emil cammina su per una collina con la sua tipica andatura da gorilla. La vegetazione intorno a me è selvaggia e mediterranea, con massi sparsi ovunque, querce da sughero e cespugli spinosi di more. Emil porta il suo zaino e un'uniforme militare verde e tiene un coltello in mano. La lama scintilla al sole. La conchiglia bianca è appesa allo zaino e dondola di qua e di là a ogni passo. Cerco di raggiungerlo, ma non avanzo. Sono in un cimitero con migliaia di minareti bianchi in miniatura, il terreno su cui arranco è una distesa di melma. È come se a ogni passo sprofondassi di più e i miei scarponi restassero attaccati al fango. La distanza tra me ed Emil aumenta. «Aspettami!» grido più forte che posso, ma lui non reagisce e prosegue la sua marcia serrata.

Risuonano dei rumori. Una voce gracchiante fortissima dice qualcosa in una lingua sconosciuta. Emil sparisce e io mi sveglio. Mi guardo intorno confusa e mi rendo conto di essere in treno. Sono le 13:54, dice il mio orologio. Accidenti, ho dormito un'ora. Ma ero anche molto stanca dopo una notte praticamente in bianco passata a rimuginare sul mio viaggio e sulla proposta di Paul.

Mi raddrizzo sul sedile, allungo le gambe e controllo che lo zaino sia ancora accanto ai miei piedi. Per fortuna sì. Lo stomaco protesta. Devo mangiare qualcosa, ma non ho nessuna voglia dei panini al formaggio che Paul ha preparato per me questa mattina.

Emil a Lione aveva mangiato un'insalata variopinta e bevuto un vino bianco. La foto del suo piatto mi aveva fatto venire immediatamente l'acquolina in bocca. Farò anch'io la stessa cosa: godermi il sole per un'oretta al tavolino di un bar. Il treno rallenta e il capotreno prosegue con il suo annuncio. Ci avviciniamo a Lione. Mi alzo, prendo lo zaino, me lo metto in spalla e stringo bene la cinta alla vita. Il peso mi spinge in avanti e, curva come una vecchia, esco dal treno e scendo le scale fino all'atrio sotterraneo della stazione. È opprimente e troppo angusto per quella massa brulicante di gente. Ci sono soldati ovunque. Probabilmente a causa di recenti attentati terroristici. La loro presenza mi appare minacciosa e mi affretto verso l'uscita. Ho un'ora per pranzare prima che il mio Tgv parta per Saint-Étienne.

Fuori, il mio desiderio di un buon pranzo seduta al sole sfuma, perché tutta l'area è un unico cantiere. Per raggiungere i ristoranti sul lato opposto dovrei fare un giro molto lungo e non c'è tempo. Sospiro e studio lo spazio intorno a me. Alla mia sinistra, sotto dei giovani platani si trovano dei blocchi di cemento giallo tra le macerie ammassate qua e là. Alcuni ragazzi li usano come panchine. Seguo il loro esempio, prendo l'ultimo posto libero ed estraggo i panini schiacciati dallo zaino. C'è traffico e il sole batte. Prendo il cappello e me lo metto. Resto seduta qui? Non sarebbe meglio attendere nell'atrio della stazione? All'ombra? No, lì dentro c'è un'aria truce con tutti quei soldati. Ripenso al sogno di poco fa. Anche Emil era un soldato. Verso dove marciava? E cosa c'era dietro quella collina? Bevo un sorso d'acqua e in quell'istante arriva una notifica sul telefono. Una mail di Omer da Sarajevo. È lunga, la scorro lentamente.

Dice che dopo la mia visita ha avviato una ricerca sulla procedura di asilo di Emil in Germania. Le indagini lo hanno portato a Sabine Ehring, di Brema, che nel 1996 lavorava per il Bundesamt für Migration und Flüchtlinge, l'Ufficio federale per la migrazione e i rifugiati, del centro di accoglienza di Colonia, dove alloggiava anche

Emil. Sabine Ehring era la responsabile del suo dossier e negli anni successivi ha fatto carriera fino a diventare responsabile del centro di accoglienza di Brema, ma nel 2018 ha cominciato a diffondersi la voce che avesse concesso illegalmente il permesso di soggiorno a dei richiedenti asilo. Contro di lei è stata avviata un'inchiesta giudiziaria che però si è interrotta perché mercoledì scorso Sabine Ehring è stata investita e uccisa. Della persona alla guida non c'è alcuna traccia. Le autorità tedesche hanno aperto un'inchiesta sulla faccenda, che considerano sospetta.

Omer sta cercando i nomi di altri funzionari o rifugiati con cui mio marito era stato in contatto nel 1996 durante la sua procedura di richiesta di asilo.

Altri nomi? Spalanco gli occhi e fisso il marmo rosso scuro di cui è ricoperta la stazione del Tgv di Lione. L'edificio ha lo stesso colore del mio famoso liquore alle ciliegie di cui Emil andava matto e che usavo per insaporire i miei brownie al cioccolato. Una volta Emil ci si è ubriacato. È stato la sera dopo che gli era stato diagnosticato il tumore allo stomaco ed era in attesa che lo chiamassero per l'intervento. Eravamo scioccati e stavamo mangiando sulla terrazza davanti a un tramonto spettacolare, come se il cielo volesse rallegrarci con il suo scintillio arancione. Emil beveva un bicchiere dopo l'altro perché voleva approfittare del mio nettare divino. Per lui poteva anche essere l'ultima volta, diceva. L'ho lasciato fare, stupita, perché Emil beveva raramente alcol. A volte durante una cena particolarmente squisita si versava un paio di bicchieri di vino. Al termine di una serata con qualche eccesso diventava spesso malinconico e raccontava aneddoti della sua giovinezza in Bosnia mescolando l'olandese con la sua lingua madre. Allora facevo fatica a seguirlo, ma ascoltavo comunque con attenzione, perché era così raro che parlasse dei suoi anni giovanili.

Quella sera, dopo aver bevuto l'ennesimo bicchiere, mi aveva raccontato con la bocca impastata una storia sconclusionata su un centro di accoglienza a Colonia e il vicino frutteto dove c'erano ciliegi talmente carichi che i rami si piegavano sotto il peso dei frutti. Ero sorpresa. Era la prima volta che cominciava spontaneamente a parlare del suo soggiorno in un centro per richiedenti asilo. Durante i nostri primi anni insieme gli avevo chiesto varie volte qualche informazione in proposito, ma la sua risposta era sempre la stessa: «Una ferita deve rimarginarsi, Lotte, e questo non succede se la riapri di continuo». Così l'avevo lasciato in pace e avevo smesso di fargli domande. Ma quella sera al tramonto aveva cominciato lui stesso a raccontare della sua fuga dalla Bosnia, del duro cammino attraverso passi di montagna, dei luoghi luridi in cui aveva dormito, della caccia al cibo, delle umiliazioni subite durante la procedura di asilo, ma anche dell'amicizia, e poi aveva continuato a parlare del suo soggiorno nel centro di accoglienza, delle stanze sovraffollate, della noia, delle lezioni di lingua e del suo compagno, un certo Boris. Mentre raccontava, Emil aveva chiamato qualche volta questo Boris anche per cognome, che cominciava per *A* e in cui c'era anche qualcosa come una *t* o una *d*.

«E dov'è adesso questo Boris?» gli avevo chiesto. «Sei ancora in contatto con lui?»

Alla mia domanda Emil era sembrato riprendersi dall'annebbiamento, perché mi aveva guardato sobbalzando. Aveva scosso la testa, aveva spinto la sedia indietro, si era alzato a fatica ed era andato in soggiorno con passo incerto. Sembrava essere stato preso dal panico. Preoccupata, l'avevo seguito e gli avevo chiesto di nuovo chi fosse quel Boris, ma Emil aveva urlato che dovevo lasciarlo in pace e mi aveva allontanata con uno spintone. Ero andata a sbattere pesantemente contro la vetrinetta e avevo gridato mentre i bicchieri cadevano alle mie spalle. Cosa gli era preso? Emil si era spaventato.

«Scusa, angelo mio» aveva esclamato. Aveva giunto le mani e si era inchinato davanti a me come se fossi la sua Madonna. «Scusa, scusa amore mio» aveva detto di nuovo. «Perdonami, l'alcol risveglia il demone negli uomini.

Scusa». Poi mi aveva abbracciato e aveva cominciato a piangere. Il suo corpo sussultava e le lacrime cadevano sulle mie spalle nude.

«Non volevo farti male, Lotte. Sei tutto per me. Scusa» aveva detto di nuovo.

«Lo so, Emil». Con le dita avevo accarezzato i suoi ruvidi capelli neri. Abbiamo continuato a dirci parole affettuose finché lui non si era sciolto dall'abbraccio, si era girato, si era trascinato fuori della stanza ed era andato a dormire. Non sapevo cosa pensare. Perché era esploso in quel modo quando gli avevo chiesto di Boris? Chi è o chi era quell'uomo? Uno strano impulso mi aveva spinto verso la mia stanza, avevo acceso il computer e avevo cercato il nome Boris A. Avevo trovato una sfilza di Boris il cui cognome iniziava per *A* e, continuando a navigare, a un certo punto mi ero imbattuta anche in un certo Boris Žigić, una guardia carceraria serbo-bosniaca, condannato dal Tribunale penale internazionale dell'Aja per crimini di guerra commessi in campi di concentramento ai danni di musulmani bosniaci.

Quando avevo conosciuto Emil avevo già fatto qualche ricerca sulla guerra in Bosnia ed Erzegovina, ma nei primi anni di Internet le informazioni erano ancora limitate, tuttavia non avevo mai approfondito. In quel momento invece le atrocità di cui leggevo sembravano attirarmi. A un tratto volevo sapere tutto, e cliccando ero passata da un misfatto all'altro. Non potevo credere che persone della mia generazione avessero davvero potuto infliggere quelle torture, persone moderne, con un'istruzione elevata e a conoscenza dell'Olocausto. Non dimenticherò mai una foto. Secondo la didascalia si trattava di due bambini con la madre che erano stati rinchiusi in una cantina e poi bruciati vivi. L'immagine mostrava i corpi carbonizzati di un bambino e una bambina che tenevano tra le mani contorte un'automobilina annerita. La madre giaceva accanto alle loro teste. Tutto indicava che nell'agonia aveva cercato di proteggere i piccoli dalla furia del fuoco. Alla vista di quella foto mi si è rivoltato lo stomaco e ho sentito il sapore delle patatine alla paprika che avevo mangiato un'ora prima. Così mi sono resa conto che quello era il mondo in cui il mio Emil aveva combattuto. Quello era l'inferno da cui era riuscito a scappare. E ho capito perché non voleva parlare del suo passato, perché non voleva che quella sudicia ferita venisse continuamente riaperta. Quella ferita poteva ancora suppurare e infettare la sua vita con la follia.

«Mio marito ha fatto il nome di un uomo» scrivo a Omer Zečinić. Due piccioni fissano il panino che ho posato accanto a me. «Si trovavano nello stesso centro per richiedenti asilo. Il nome è Boris, il cognome inizia per *A* e c'è anche una *t* o una *d*».

Giorno 2: sabato 27 luglio, sera
Le Puy-en-Velay: l'uomo di Azzaro
Soleggiato e senza vento. 29°

Esco dalla stazione di Le Puy-en-Velay, giro a sinistra e procedo lentamente in direzione del centro. Mentre attraverso il Boulevard de la République spunta all'orizzonte una cima rocciosa con una gigantesca statua rosso scuro della Madonna con un paffuto Bambino in braccio. Il luogo mi è noto, e non solo perché siamo stati qui sei anni fa. Da questo incrocio Emil aveva scattato la sua prima foto di quella gigantesca Maria. Ne avrebbe fatte innumerevoli altre, la statua lo affascinava, ma non mi aveva mai detto perché. Aveva scattato tutte quelle foto per via della forma singolare di quella cima rocciosa o era la Madonna con il Bambino ad attrarlo? Cosa lo colpiva? Quando avevo guardato la foto poco dopo il suo suicidio avevo pensato che a colpirlo fosse stato il paesaggio vulcanico attorno a Le Puy-en-Velay, con i sottili canali magmatici da cui un tempo fuoriusciva la lava. Ma dopo il mio viaggio in Bosnia mi sono resa conto che la forma di quella protuberanza con la Madonna somiglia molto a quella degli alti campanili delle chiese ortodosse bosniache. Questo gli ricordava la sua giovinezza o la guerra?

Da quando ho fatto quel viaggio mi chiedo continuamente a quale gruppo etnico apparteneva Emil. Era un croato-bosniaco cattolico? O forse un serbo cristiano-ortodosso? O un bosniaco musulmano? Suddivisioni del tutto irrilevanti nei Paesi Bassi, ma che in Bosnia erano motivo di odio o amicizia. Nelle settimane passate mi sono immersa nei ricordi alla ricerca di qualche manifestazione di simpatia per un gruppo o per l'altro, ma si è rivelata un'impresa. Emil parlava poco di politica e, a posteriori, sembrava avere un atteggiamento guardingo verso la religione. Ricordo un solo incidente. Qualche anno fa giravamo in auto per Rotterdam e abbiamo visto in lontananza alcune donne musulmane che venivano nella nostra direzione avvolte nelle loro lunghe vesti nere. Io ero al volante ed Emil era seduto accanto a me e parlava concitatamente.

«Attenta!» aveva gridato quando le donne avevano improvvisamente attraversato la strada. Avevo frenato e mi ero fermata appena in tempo. Quando ero ripartita avevamo cominciato a parlare dell'Islam e delle sue diverse correnti. Emil sembrava ben informato su quell'argomento e mi aveva detto che i musulmani della Bosnia erano un popolo slavo, come i russi, i serbi e i croati, con la sola differenza che sotto il dominio turco si erano convertiti all'Islam. Quando nel 1990 era scoppiata la guerra, la maggior parte di loro era musulmana solo sulla carta. Tutt'al più celebravano ancora qualche festività islamica.

«Allora perché serbi e croati hanno commesso tante stragi?»

Emil aveva alzato le spalle, aveva girato la testa e si era messo a guardare fuori. Le lacrime gli rigavano il viso.

Mi fermo davanti alle strisce pedonali e mi guardo intorno. Tutti procedono tranquillamente senza badare a me. Eppure è da Saint-Étienne che mi sembra di sentirmi addosso lo sguardo di un estraneo, come se qualcuno mi seguisse. La sensazione è cominciata già in treno, quando il macchinista ha annunciato la stazione di Le Puy-en-Velay. Ho preso in fretta le mie cose e ho seguito gli altri passeggeri verso l'uscita, ma avevo la sensazione che qualcuno mi tenesse d'occhio. Ho scrollato la testa per liberarmene. Forse Stefan e Joran hanno ragione. A loro sembra assurdo che insegua il fantasma di Emil. Non eravamo andati tutti e tre in Bosnia per dirgli addio? Allora perché non lo lascio in pace? Le sue ceneri sono tornate alle sue origini, nel paese in cui era nato e cresciuto. Bastava così. No. Per me non bastava ancora. È il fantasma di Emil che ora mi raggiunge? Perché lo seguo lungo il suo sentiero verso la morte? No, morto è morto. È solo la tensione che provo per quello che sto per fare.

Lo sguardo mi cade sulla cima rocciosa. Prendo il telefono, faccio un passo a destra e scatto una foto della Madonna proprio dallo stesso punto in cui l'aveva scattata lui. Esamino il risultato: niente di speciale. Quella di Emil era più bella e incisiva. Era bravo a fotografare. Rimetto il telefono nel marsupio, riprendo il cammino e percepisco l'odore del mio corpo. La mia camicia ha il tipico odore del sudore mischiato alle fibre sintetiche. Comincio a dubitare di aver fatto bene a portare con me indumenti ad asciugatura rapida. Il cotone puzza di meno. E con questo caldo non farebbe forse presto anche il cotone ad asciugarsi? Sì, Lotte, ma pensare «e se invece» non serve a niente. Metterò subito a mollo tutto quello che ho addosso e domani sarà di nuovo fresco e profumato. Dov'è quell'albergo? Mi guardo attentamente intorno e individuo in lontananza l'insegna in bronzo fin-de-siècle della foto riprodotta sulla conferma della prenotazione. Meno male! Non vedo l'ora di togliermi lo zaino dalle spalle!

L'edificio si trova su un angolo ed è largo appena un paio di metri. Apro la porta e seguo le indicazioni per la reception. Mi ritrovo in un corridoio scuro e stretto con immagini di santi in bianco e nero appese alle pareti. Nell'aria aleggia un odore familiare e raddrizzo la schiena. Possibile, Pierre Lascoli è qui? Questo è il suo dopobarba, il meraviglioso Azzaro pour Homme! Sarebbe davvero una sorpresa, poter di nuovo parlare dopo tanti anni con il mio maestro pasticcere! I ricordi del periodo dei miei studi a Parigi con il mago francese del cioccolato affiorano di nuovo alla memoria. Pierre mi ha fatto entrare nel magico mondo dell'arte cioccolatiera. Grazie a lui mi sono dedicata anima e corpo alle mousse, ai tartufi, alle salse, alla panna, alla gelatina, ai sorbetti, alla crema ganache, ai carré, ai caramelli, ai croccanti, ai babà, ai biscotti, alle torte, alle bavaresi, alle fiorentine... Il suo stimolante dopobarba Azzaro pour Homme aleggiava nel laboratorio già al nostro arrivo di primo mattino, quando ci leggeva il programma della giornata sulla lavagna bianca. L'aromatico *fougère* continuava ad avvolgerlo per tutta la mattina ed era meravigliosamente in sintonia con l'aroma del cacao. Quando ero tornata a casa ne avevo comprata una bottiglietta per Emil, ma addosso a lui aveva un cattivo odore e così è finito nel lavandino.

Mi affretto e raggiungo l'angusta reception. C'è solo un uomo nella stanza. Mi avvicino un po'. In effetti è lui a profumare di Azzaro, ma evidentemente non è Pierre. Non riesco a vederlo in faccia perché mi dà le spalle e sta parlando con l'impiegata al bancone, ma è alto e snello, con i capelli ondulati grigio scuro che gli si arricciano sul collo. No, non è affatto Pierre Lascoli, lui era grosso e alto quanto me.

Mi avvicino di un passo e annuso. Ha un odore diverso da quello di Pierre. Ancora migliore! Chi è quest'uomo? La ragazza dai capelli rossi della reception lo sta registrando. Mi tolgo lo zaino e aspetto. Al suo zaino bordeaux sono agganciati una tenda e un tappetino, ma ancora nessuna conchiglia. Forse è anche lui un debuttante come me? O la porta appesa al collo con una catenina? Può anche darsi. Molti pellegrini fanno così. Oppure la disegnano su qualcosa che portano con sé, come un tipo con cui ho chiacchierato in treno che si era disegnato la conchiglia sullo zaino con un pennarello nero. L'uomo che profuma di Azzaro in ogni caso ha camminato, perché ha la maglietta sportiva blu oltremare sudata e gli aloni sotto le ascelle. Gli spallacci dello zaino gli mettono in risalto i muscoli della schiena. Lui e la ragazza della reception parlano in francese. Ha la voce calma con il timbro di un uomo in equilibrio con se stesso, che non si fa influenzare dall'umore altrui. Ho l'impressione che ne avranno ancora per un po'. Muovo le spalle per sciogliere un po' i muscoli. Ho già il collo indolenzito e non ho ancora camminato nemmeno un chilometro. Come farò domani? Secondo lo schema di Emil dovrò percorrere ventiquattro chilometri. *Non pensarci Lotte. Pensa solo alla doccia calda che stai per farti e ai vestiti puliti. Yeah…*

La ragazza della reception prende una chiave dal muro e la porge all'uomo davanti a me, che dice ancora qualcosa e poi si gira. Sorride amichevolmente mentre mi passa davanti. Io scatto come una molla e sorrido a mia volta. Annuso di nuovo e mi gusto la piacevole combinazione del profumo di Azzaro e del suo sudore. Il mio sguardo segue il suo passo elastico finché non sparisce dietro l'angolo.

«*Madame?*»

Mi volto verso l'addetta alla reception.

«Ho prenotato a nome di Lotte Bonnet».

Squilla il telefono.

«Un momento» dice la ragazza con un cenno del capo e risponde. La conversazione è breve, posa di nuovo la cornetta.

«Grazie per la pazienza». Digita qualcosa sul suo schermo. «Sì, eccola qui. E lei voleva assolutamente la stanza 28, sotto il tetto? Giusto?» Sembra stupita dalla mia richiesta.

«Giusto» rispondo.

«E la vuole ancora?» chiede mentre dà uno sguardo al mio zaino. «Non abbiamo ascensore e in quella stanza non c'è l'aria condizionata. Se vuole posso anche offrirle gratuitamente una sistemazione migliore. Con aria condizionata al primo piano. Ho appena ricevuto una disdetta» dice indicando il telefono.

«No, non la voglio» rispondo decisa. «Voglio la numero 28». Mantengo il proposito di ripetere tutto quello che ha sperimentato Emil, quindi anche quell'asfissiante stanzetta sotto il tetto.

«Benissimo» dice e prende una chiave dal gancio fissato al muro.

«Domattina la colazione è servita tra le sei e mezzo e le dieci. La reception è aperta fino a mezzanotte. Non abbiamo un portiere di notte, ma può aprire il portone con questo codice». Mi porge la chiave e un bigliettino e poi anche una cartina di Le Puy-en-Velay.

«Le scale sono dietro l'angolo» dice indicando un punto alle mie spalle. «Lì trova anche un distributore automatico di bevande in caso abbia bisogno di una bibita o di uno snack. La sua stanza è al quarto piano».

«*Merci*».

Raccolgo le mie cose, metto i documenti nel marsupio e m'infilo la chiave in tasca. Poi prendo lo zaino, attraverso il corridoio e svolto a destra.

«Oh no!» esclamo alla vista della ripida scala che mi aspetta, lasciando cadere lo zaino.

«Qualche problema?» dice qualcuno accanto a me.

Volto la testa verso sinistra. L'uomo con l'Azzaro è lì in una nicchia e preleva una bottiglietta d'acqua dal distributore, poi la mette dentro lo zaino posato a terra accanto a sé.

«Le scale» rispondo in inglese e indico vero l'alto. «Sono tantissime. Io sto al quarto piano».

Il suo sguardo corre dalla scala al mio zaino.

«L'aiuto io!» Senza chiedermi il permesso prende lo zaino da terra e comincia a salire. Decido di non fare la femminista, mormoro «*merci*» e lo seguo. I suoi polpacci pelosi richiamano la mia attenzione e noto il movimento delle sue natiche mentre saliamo. Sul primo pianerottolo faccio caso alla sua mano. Mentre porta il mio zaino, le nocche sono diventate bianche. È come se qualcuno mi avvisasse che devo prestare attenzione, sto notando cose che di solito mi sfuggono.

Una volta giunti al pianerottolo del quarto piano mi chiede il numero della stanza.

«Ventotto» rispondo ansimando. Già al terzo piano mi mancava il respiro. Che succederà domani, quando dovrò affrontare la prima collina, e con lo zaino sulla schiena?

«Allora siamo vicini!» dice indicando la porta accanto alla mia su cui campeggia il numero 30.

«Oh» è l'unica cosa che mi riesce di dire mentre uno strano brivido mi percorre la spina dorsale.

Posa lo zaino accanto alla porta della mia camera e si gira verso di me.

«*Merci!*» Provo a un tratto l'impulso di mostrare la mia gratitudine e sulle mie labbra si disegna un sorriso radioso.

«Di niente».

Restiamo qualche istante in silenzio l'uno davanti all'altra sullo stretto pianerottolo. Abbiamo il fiato grosso e l'odore del nostro sudore si spande nel piccolo ambiente. Gli occhi verde chiaro dell'uomo catturano i miei. Mi osserva nel modo in cui io esamino i frutti del cacao in cerca di qualche particolarità della buccia che riveli l'essenza dei semi. Faccio la stessa cosa anche adesso e calcolo che sia sulla cinquantina. Ha gli zigomi alti, il naso dritto e le labbra carnose, ma non è bello nel senso classico del termine. Sono la sua energia sensuale e le sue movenze fluide ad attirarmi, il modo in cui sta ora davanti a me, con la testa un po' di lato e il corpo slanciato appena appoggiato alla balaustra. Il viso ovale ha un'abbronzatura regolare e mostra le rughe di chi passa molto tempo all'aperto. Ha un che di ribelle, eppure si comporta educatamente. Un uomo pieno di contrasti. Se provo a immaginare quale sia la sua professione penso a qualcosa che abbia a che fare con la natura o con l'arte. Questo improvviso interesse per un uomo mi stupisce. È come se dopo un lungo cammino attraverso una selva oscura mi ritrovassi a un tratto in un campo aperto e mi apparissero chiari dei particolari che nell'ombra erano invisibili. Mi tornano in mente le parole di Shirley MacLaine. "Quasi tutti i pellegrini hanno dei pensieri erotici perché si staccano dal mondo abituale", ha scritto circa a metà del libro sul suo pellegrinaggio. Un'utopia per questa vedova inaridita, ho pensato quando ho letto questo passaggio. Ma ora comincio ad avere dei dubbi in proposito, perché improvvisamente riconosco l'eterno rituale della seduzione.

«Ho una cosa per lei» esclamo. «Come ringraziamento, voglio dire, per avermi portato lo zaino». Lo prendo, apro la tasca laterale e tiro fuori una tavoletta di cioccolato.

«Ecco! L'ho fatta io con dei semi *criollo* bianchi messicani. Con prugne e noci del mio giardino. Faccio la cioccolataia. Questa è una bomba energetica. C'è più forza qui dentro che in sei tavolette con il muesli. Forse adesso il cioccolato è un po' molle per via del caldo, ma poi si solidifica di nuovo».

L'uomo fa un passo indietro, inarca le sopracciglia nere e prende la tavoletta.

«*Merci!*» Sorride soppesando la tavoletta. «Non era necessario, comunque, molto gentile. Fa il Cammino di Santiago?» chiede indicando il mio zaino.

«Sì, fino a Conques. Inizio domani».

«Anch'io, stesso percorso. Quindi ci incontreremo ancora di sicuro».

«Spero di sì» mi lascio uscire di bocca.

«Io mi chiamo Nicolas». Mi tende la mano.

Nicolas, un bel nome. Gli sta bene.

«E lei?» domanda.

«Io? Ah, sì, scusi, mi chiamo Lotte, sono olandese».

Ci stringiamo la mano e nel frattempo continuiamo a osservarci.

«Bene, non la trattengo oltre» dice lasciando la mia mano. «Tra poco c'è la messa per i pellegrini nella cattedrale e vorrei andarci».

Piego un po' le dita. La mano mi scotta per la sua stretta.

«Anch'io!» Un po' restia, prendo la chiave della stanza dalla tasca dei pantaloni. «Ma prima voglio fare una doccia e mettermi dei vestiti puliti» aggiungo tanto per dire qualcosa.

«E chi no?» Ride. Ha i denti irregolari, ma la cosa non mi disturba. Anzi. L'imperfezione si addice a quest'uomo.

«*Enfin*, buona serata, Lotte». Si volta e scende le scale per andare a prendere il suo zaino. Lo seguo con lo sguardo e prima di sparire dalla mia vista oltre il pianerottolo del terzo piano anche lui guarda per un istante verso l'alto. I nostri occhi si incontrano e sul suo volto compare un'espressione seria.

«Ciao Lotte» dice, e dopo una breve esitazione riprende a scendere.

«Ciao!» Per automatismo faccio un cenno di saluto con la mano libera verso il corridoio vuoto, poi ascolto ancora per un istante i suoi passi sugli scalini scricchiolanti.

Sto sdraiata sulla schiena, immobile e in silenzio, e fisso le ombre della mia stanza d'albergo. Le tende sono chiuse, ma la luce dei lampioni filtra dalla strada attraverso la stoffa a righe e lascia intravedere le linee dei listelli sul soffitto. Da fuori giunge il suono frenetico della città, così diverso dal silenzio che regna a casa mia. Sono stanca morta, ma non riesco a addormentarmi. La mia attenzione va all'uomo della stanza accanto, Nicolas. Alla fine non era nella cattedrale stasera; peccato, è stata una bella cerimonia. Quando è rientrato nella stanza verso le nove, ero già a letto e da quel momento ho preso nota di ogni suo movimento. Ha continuato a rovistare fino a qualche istante fa e solo dopo è andato a dormire. Le pareti di questo vecchio albergo sono sottili e ho potuto seguire tutto quello che faceva: camminare, aprire e chiudere un armadio, spostare una sedia, sedersi al tavolo, lavarsi i denti, ricevere e scrivere un messaggio. I bip del telefono risuonavano smorzati e stimolavano la mia curiosità.

Con chi stava chattando? Con una donna? Figli? Un amico? Un rapporto d'affari? Il cigolio del suo letto e un colpo di tosse mi hanno rivelato che il suo cuscino si trovava proprio dall'altra parte del muro. In linea d'aria la sua testa è appena a mezzo metro di distanza dalla mia. Immagino di sentirlo respirare. Tutta la mia attenzione è concentrata su quell'affascinante straniero dall'altro lato della parete. Sospiro e mi giro su un fianco. Con cautela e senza fare rumore sollevo una mano e accarezzo con le dita la carta da parati ondulata all'altezza della sua testa.

La lettera

II. L'infanzia nella Iugoslavia di Tito

Sai, Lotte, per farti capire qualcosa della mia storia devo parlarti della mia infanzia. Allora, «libertà» è la prima parola che mi viene in mente. Può sembrare strana sulle labbra di una persona cresciuta sotto una dittatura comunista, eppure questa è la sensazione. Certo, Tito governava il paese con il pugno di ferro, ma di questo non ho ricordi. I miei genitori erano brave persone, e non si interessavano di politica. Perciò a casa nostra l'atmosfera era serena quando si parlava di Tito. Il nostro paesino era un luogo idilliaco privo di interesse strategico per il governo e sorgeva su una collina sotto cui si snodava un fiume con i suoi meandri, e tutt'intorno c'erano le montagne.

Da bambini vivevamo secondo le stagioni. Soprattutto non dimenticherò mai le spensierate e interminabili estati. Passavamo le giornate al fiume a nuotare e sulla riva e la sera ci divertivamo in piazza a giocare a palla avvelenata e nascondino. Anche i nostri falò erano memorabili. Nelle fredde sere d'autunno ci sedevamo in circolo coi nostri maglioni e arrostivamo le patate che avevamo raccolto nei campi durante il giorno. Pelavamo via la buccia abbrustolita e le mangiavamo ancora bollenti, facendo attenzione a non scottarci la lingua. Nel frattempo, giravano bottiglie di birra Ožujsko sgraffignate dal frigorifero di casa e ci raccontavamo storie inventate. Ancora adesso sento in bocca il tipico sapore affumicato di quelle patate alla brace. Per quanto possa sembrare strano, ho anche dei bei ricordi del nostro «giocare alla guerra». Lo facevamo in autunno e in primavera sullo spoglio altopiano che era stato teatro di aspri combattimenti durante la Seconda guerra mon-

diale. Le tracce erano ancora visibili e tra l'erba alta si potevano ancora trovare bossoli e pallottole. Li tenevamo in vasi da conserva e li usavamo come posta quando giocavamo a biglie. Riconoscevamo con precisione da quale pistola o fucile erano usciti i proiettili. Sì, fin da piccoli eravamo esperti di guerra. Durante il gioco indossavamo anche abiti mimetici verdi e avevamo pistole e fucili di legno. Facevamo finta di essere i partigiani del grande maresciallo Tito e combattevamo contro quegli "sporchi fascisti". Solo quando alla scuola media abbiamo cominciato a interessarci alle ragazze, abbiamo appeso al chiodo il nostro armamentario. In seguito mi sono chiesto come era possibile che da bambini non vedessimo il lato crudele della guerra. Ma in realtà neanche i ragazzi di oggi se ne rendono conto e giocano a combattere online. Forse il nostro entusiasmo per giocare alla guerra è il preludio dei massacri che possono avvenire durante la vita adulta.

E quando sulle alture cadeva la neve, ci spostavamo a giocare sulle montagne e ci lanciavamo spericolati e ridendo giù per i ripidi pendii con gli slittini, per poi subito risalire ansimando. Nelle lunghe serate buie ce ne stavamo di solito nella biblioteca di casa a giocare a carte. Quando è arrivato il televisore guardavamo serie avvincenti, come quelle di Winnetou *o* Sandokan.

Sì, l'orologio della mia giovinezza ticchettava lento, perché tornavamo a casa solo quando avevamo fame e ce ne andavamo spensierati in giro per il paese. Le porte di casa restavano aperte e la criminalità non esisteva. Eppure la Iugoslavia di quando ero giovane era un paese moderno con un livello di comfort paragonabile a quello che c'è qui. Potevamo viaggiare liberamente, perché non eravamo rinchiusi dietro il Muro, come quei poveretti dell'Est. La Iugoslavia non era sotto l'influenza sovietica, perché i partigiani di Tito avevano cacciato i nazisti dal paese senza l'aiuto dei russi.

Da bambino mi sono accorto ben poco delle differenze etniche che in seguito mi avrebbero rovinato la vita. E lo stesso vale per Milan ed Emil. Fin dai primi anni della scuola erano entrambi i miei migliori amici e a quei tempi le nostre differenze etniche per noi erano come fare il tifo per una squadra di calcio diver-

sa, cioè una cosa non davvero importante. Naturalmente sapevo che la mia famiglia aveva un passato glorioso. Lo vedevo anche. Abitavamo in cima a una collina, in un piccolo castello accanto a quella che un tempo era una roccaforte. Milan invece abitava in una fattoria piccola e umida in basso. Emil abitava anche lui nell'ambita parte alta del paese e dalla sua casa si capiva che i suoi appartenevano alla nuova élite. Avevano costruito la loro sontuosa villa all'inizio degli anni Settanta, su un terreno che si trovava sotto la nostra casa, un po' spostato di lato. Mia madre si lamentava ogni giorno di "quel foruncolo bianco" che le impediva la vista del fiume. La villa aveva preso il posto della stalla in pietra naturale che nostro nonno aveva dovuto vendere due decenni prima per mancanza di soldi, ma questo lei tralasciava di dirlo.

Insomma, noi eravamo i vecchi ricchi, e i genitori di Emil i nuovi ricchi. Ciononostante, l'altezzosa madre di Emil era invidiosa di noi, perché la nostra rocca restava ovviamente l'edificio più importante del paese e una prova della nostra storia illustre.

Fin da giovane sapevo che discendevamo da una prestigiosa famiglia ottomana musulmana che nel corso dei secoli aveva governato in nome del sultano sulla nostra contrada e sugli schiavi serbi da cui discendeva Milan. Un mio lontano antenato aveva acquisito nel XVII secolo, durante qualche guerra, il titolo onorifico di beg, e si era fatto fare un ritratto a olio. Il quadro del «turco» era appeso in soggiorno sopra il camino, a dimostrazione del fatto che nelle nostre vene scorreva sangue nobile. Ma lo strapotere della mia famiglia era già in declino nel 1967, quando sono nato io. Ci aveva pensato Tito, nazionalizzando i terreni agricoli della mia famiglia dopo la Seconda guerra mondiale. Mio padre si è dovuto rassegnare a non essere più un proprietario terriero e ha studiato medicina. È diventato il medico della nostra contrada e ha quindi continuato a essere una persona importante. Come il padre di Emil, che era un esponente di spicco del partito e direttore di una fabbrica nelle vicinanze. Quindi anche nelle vene di Emil scorreva sangue nobile, ma da una data più recente, poiché suo nonno era stato decorato come eroe di guerra e aveva combattuto insieme a Tito contro i fascisti.

I miei genitori erano musulmani solo sulla carta. Né mia madre, né mia sorella hanno mai portato il fazzoletto sulla testa e avevano un elevato grado di istruzione. Mia madre era ingegnere meccanico e guadagnava anche più di mio padre, perché il suo lavoro era più prestigioso. Mio padre era un ateo convinto e quando si beveva la sua šljivovica *dopo cena ironizzava perfino su Allah. L'unica che seguiva ancora la tradizione islamica era mia nonna. Era considerata analfabeta, ma non lo era. Sapeva leggere e scrivere l'arabo, che aveva imparato da bambina alla moschea. Ricordo ancora il suo delizioso baklava, un pane alle noci che cuoceva per la festa della fine del Ramadan.*

I genitori di Milan erano ufficialmente serbo-ortodossi, ma neanche loro credevano in Dio. Preferivano non parlare dell'argomento, perché vivevano nella fattoria della nonna di Milan, che era rigidamente ortodossa. I genitori di Milan erano dei semplici agricoltori e lavoravano per la zadruga, *la comune agricola del nostro paese, diretta in particolare dai serbi. Nel tempo libero il padre di Milan se ne stava sul divano in soggiorno a guardare la tv o all'osteria a farsi una buona bevuta. Era un personaggio di poco conto che aveva una grande opinione di sé, ma era un buono a nulla. Avevo compassione per la madre di Milan, perché la povera donna le buscava dal marito e viveva nel terrore della suocera. La nonna era infatti quella che comandava in casa e aveva riempito tutte le stanze di icone serbo-ortodosse. Entrando in soggiorno da Milan, si aveva l'impressione di trovarsi in una chiesa. E la casa ne aveva anche l'odore, un misto di muffa e incenso.*

E poi c'era Emil. Suo padre era comunista e credeva solo nella dottrina di Marx. Emil era stato battezzato dal prete del paese perché la sua nonna cattolica lo aveva preteso e il padre non voleva discussioni. La presuntuosa madre di Emil era cattolica solo sulla carta, ma le piacevano le tradizioni cattoliche, come cercare le uova a Pasqua o decorare l'albero a Natale. Ma in Dio non credeva. Anche lei era una convinta marxista e attivista del partito. Faceva parte della direzione della scuola nella città che distava qualche chilometro dal paese e dove lavorava come insegnante di inglese.

Comunque, sebbene nessuno di noi tre credesse nel suo Dio, potevamo tuttavia dire con precisione chi in paese apparteneva a un determinato gruppo etnico. I nonni e le nonne sapevano tutto a riguardo. Potevamo indicare le case dei croati cattolici, dei serbi ortodossi e dei bosniaci musulmani. Ma la religione dei nostri vicini in quegli anni non aveva importanza. Almeno, così credevo.

Quando nel 1986 siamo andati tutti e tre a fare il militare, abbiamo scoperto che per la gente di città l'origine etnica era ancora meno importante. Alcuni non sapevano nemmeno a quale etnia appartenevano. Molti erano nati da coppie miste, anche se la definizione all'epoca non esisteva ancora. Anche il contesto da cui provenivano i ragazzi che frequentavamo era difficile da individuare. Solo il nome a volte poteva tradire la provenienza. Ma non sempre. E dall'aspetto non si poteva dire nulla. I musulmani bosniaci appartenevano ai popoli slavi, come i croati e i serbi. Geneticamente non avevano quindi niente di «turco». Molti erano biondi, con la pelle chiara e gli occhi azzurri. Ricordo ancora che nell'estate del 1989 dopo un discorso razzista del serbo Slobodan Milošević camminavo per le strade di Sarajevo cercando di individuare le differenze etniche tra tutte quelle persone. Io non le vedevo, Milošević invece sì.

Qualche anno dopo anche Milan ha cominciato a vederle, perché ha partecipato alla pulizia etnica della famiglia di Emil. In quel rovente giorno del 1995 la sua milizia serbo-bosniaca ha fatto irruzione nella loro villa. La banda ha trascinato la famiglia di Emil e gli altri croati e bosniaci nella chiesetta cattolica del paese e ha rinchiuso vecchi, donne e bambini tra quelle spesse mura. Poi il capo ha scagliato delle bombe incendiarie all'interno e mentre dalle finestre rotte giungevano le loro grida ha scandito slogan di guerra serbi. Emil era legato sulla jeep della milizia e ha dovuto assistere al massacro dei suoi familiari che venivano bruciati vivi. Solo sua madre è sopravvissuta alla guerra, perché quando i paramilitari sono entrati in paese era in visita da un'amica. Ha passato il resto della sua vita a cercare il figlio scomparso.

Giorno 3
Domenica 28 luglio
Da Le Puy-en-Velay a Saint-Privat-d'Allier, 24 km
Delitto e castigo

Bisogna sopportare con rassegnazione ciò che si subisce meritatamente.

Ovidio (43 a.C. - 17 d.C.)

Giorno 3: domenica 28 luglio, mattina
Le Puy-en-Velay: un messaggio per Santiago
Soleggiato e poco ventoso. 24°

7.59

Amore mio, ho appena depositato un biglietto nella cassetta dei desideri di Santiago nella cattedrale di Le Puy. Ci ho scritto che il mio più grande desiderio è diventare molto vecchio insieme a te, Lotte. Mentre ero lì mi è venuto da piangere, ma poi ho pensato al tuo viso sorridente e tutto è tornato a posto.
♥♥♥♥♥♥♥♥♥♥

PS Oggi cammino 24 km fino a Saint-Privat-d'Allier

Adesso è ufficiale: sono registrata come pellegrina! Poco fa abbiamo ricevuto la benedizione del vescovo durante una breve messa e ora ho anche il primo timbro sulla mia credenziale del pellegrino. Il libretto è perfino numerato. Io, una pellegrina? Devo ancora rendermene conto. La statua di legno del santo attira la mia attenzione. Decine di candele accese circondano la sua sobria figura. Ai suoi piedi è posta una cassetta delle lettere con sopra una ciotola piena di penne e foglietti di carta. I pellegrini possono depositare qui una preghiera personale. Il messaggio verrà affidato a un altro pellegrino che pregherà per me durante il mio *Chemin, Weg, Way, Camino*...

Che ci scrivo? So cosa ha scritto Emil, ma la sua preghiera non è stata esaudita, dato che dieci giorni dopo era morto. Perché tutt'a un tratto non ha più voluto invecchiare insieme a me?

Mi giro e controllo se il mio zaino è ancora sul banco. Sì. Ieri sera, quando sono tornata dalla messa nella cattedrale, era caduto e finito sul pavimento sudicio, mentre quando mi stavo facendo la doccia e cambiando i vestiti stava ancora diritto, fiero e immobile sulla sedia su cui l'avevo posato. Ho avuto la tentazione di chiedere alla reception se per caso qualcuno era entrato nella mia stanza, ma poi non ho telefonato. In ogni caso non era stato rubato niente dal bagaglio, né dalla stanza, quindi forse era stata solo la forza di gravità.

La chiesa è praticamente vuota, perché gli altri pellegrini sono già partiti, nell'intento di coprire qualche chilometro prima che cominci a fare caldo. Anche Nicolas si è dato da fare presto. Alle cinque e mezzo sono stata svegliata da alcuni rumori che venivano dalla sua stanza, poi si è chiuso la porta dietro le spalle ed è sceso per le scale. Io sono rimasta a sonnecchiare ancora un po'.

Nella cattedrale aleggia l'aroma familiare dell'incenso e attorno al santo regna una quiete serena. Qual è la mia preghiera personale?

Il sole del mattino splende attraverso le alte vetrate e illumina il fragile Cristo sopra l'altare. Qual era il suo desiderio quando i romani lo hanno inchiodato alla croce? Ha pregato per gli altri o per se stesso? Sono tentata di pregare per i ragazzi e per Caroline, e di scrivere sul biglietto che spero che i miei figli possano vivere a lungo e felici. Rigiro la penna tra le dita. Ma perché prego per il loro benessere? È perché desidero che loro siano felici o sono io che voglio continuare a esserlo? Perché i figli infelici rendono infelice anche la madre. Quando Omer Zečinić mi ha detto nel suo soffocante ufficio che Emil non era Emil, per prima cosa ho pensato con ansia ai ragazzi. Cosa avrebbe significato per loro questa scoperta?

«Pensi sempre prima ai figli» diceva Emil quando adattavo le scelte importanti che dovevamo fare alle esigenze dei ragazzi e di Caroline. Di fatto anche il matrimonio con Emil è dipeso dai figli, perché se non fossi rimasta incinta avremmo continuato a essere semplicemente amici. E sono rimasta sposata con lui perché era un padre meraviglioso e perché mi stimolava a sfruttare appieno il mio talento creativo. La nostra relazione era priva di complicazioni e con lui potevo essere me stessa. Amava il suo bimbo scatenato e sopportava i miei sfoghi con una risata. Ero rilassata con Emil. Anche per questo il suo suicidio è stato un colpo così duro. Quell'atto non rientrava per niente nella suddivisione dei ruoli che c'era nella nostra coppia. Le esplosioni emotive non appartenevano a Emil. Ero io la furibonda che sbatteva le porte. Emil aspettava sempre paziente che si placasse la tempesta, poi mi prendeva tra le braccia, mi baciava e sussurrava che ero il suo amore. Il mio lutto per Emil dura da così tanto proprio perché non riesco ancora a capire il suo gesto. Resto legata a lui perché sono sconcertata e provo un gran senso di colpa per non averne colto i segnali. Il mio egocentrismo ha chiaramente annebbiato la mia capacità di osservazione. Il viaggio in Bosnia non ha fatto che accrescere la confusione nella mia testa, perché oltre al suo inatteso suicidio ora c'è anche l'inspiegabile falsificazione della sua identità. Tutto questo arrovellarsi mi stanca.

Ma da oggi ripercorro il suo Cammino...

Tengo le mani sopra le candele accese a san Giacomo. Il calore delle fiammelle mi provoca un leggero solletico.

Non si fa il Cammino per qualcun altro, ho letto da qualche parte. Il percorso si fa per se stessi.

«Forse uno parte pensando ad altri» c'era scritto, «ma alla fine il Cammino lo costringe a guardarsi dentro, a quell'essere errante che si trova dentro di lui».

Tamburello con la penna sul legno della cassetta.

Dai, Lotte, sbrigati! Qual è la tua preghiera personale? Fisso il foglietto bianco. Respiro un paio di volte. Già, quello che voglio in realtà è prendere le distanze da quell'arcobaleno di emozioni che da quando Emil si è suicidato domina con le sue tinte i miei sentimenti.

«Voglio tornare in equilibrio!» scrivo sul foglietto, poi lo piego e lo infilo nella fessura.

Giorno 3: domenica 28 luglio, pomeriggio
Montbonnet: la chiesetta in mezzo al prato
Soleggiato e poco ventoso. 30°

Mi faccio un selfie accanto al cartello stradale con il nome di Montbonnet e mando la foto a Paul e ai ragazzi. «Anche qui regna un Bonnet» scrivo come didascalia e aggiungo un'icona vittoriosa. Evito di aggiungere che questa Bonnet di Vijlen è completamente sfinita. Rimetto via il telefono e mi trascino avanti. Dopo cento metri incontro l'incantevole Chapelle Saint-Roch. Il basso edificio in pietra naturale con le tegole rosse sorge solitario in una valle, circondato da prati riarsi con qualche albero da frutto qua e là. Ci sono alcune persone davanti all'ingresso. Guardo l'orologio per l'ennesima volta. Sono quasi le due e mezzo. Ho due ore di ritardo rispetto al programma di Emil e sono già a pezzi. Secondo il contapassi faccio 2,6 km all'ora, anche una lumaca è più veloce. Il primo tratto andava ancora bene, in qualche modo. Il paesaggio morbido e luccicante ricordava un po' le piacevoli colline del Limburgo meridionale, ma dal borgo di Tallode la situazione si è fatta seria e il percorso era tutto in salita. A mezzogiorno avevo già finito le scorte per il pranzo. Tra un attimo mi fiondo su una tavoletta di cioccolato semisquagliato e nel prossimo paese riempio le due borracce d'acqua. Per via del caldo bevo più del solito. Su uno steccato verde poco prima avevo letto: «Bisogna sopportare con rassegnazione ciò che si subisce meritatamente». Questa massima scarabocchiata con la vernice bianca mi torna in mente già da un po', ed è proprio vera. Adesso non posso lamentarmi perché il mal di schiena me lo sono procurato da sola. Lungo il Cammino si incontrano scritte o cartelli con altri aforismi, e mi accorgo di riflettere qualche istante su ogni citazione. Dunque accade davvero qualcosa nella mia testa. Sì, sì, questo sentiero ha qualche effetto su di me. Alle mie spalle si ode di nuovo un ticchettare di bastoni. Un altro pellegrino che mi supera. Brulica di camminatori. Calcolo che la metà siano turisti, perché indossano scarpe da ginnastica e portano piccoli zainetti. L'altra metà sono pellegrini. Si riconoscono perché usano bastoni e si caratterizzano per il passo militare, l'atteggiamento serio e il ritmo costante. Nel mio caso non c'è ancora ombra di un ritmo. Mi fermo troppo spesso. Appena scorgo un muretto non troppo alto mi ci siedo e mollo a terra lo zaino per alleggerirmi le spalle un istante.

Uscendo dalla cattedrale mi ero ripromessa di riflettere su me stessa durante questa camminata. E lo faccio, ma non nel modo giusto. Penso soprattutto ai miei dolori fisici: alle dita dei piedi, alle ginocchia, alle spalle, alle mani gonfie e perfino ai denti, perché poco fa ho avvertito qualcosa di simile al mal di denti. Ora è passato, ma è stato sostituito da una fastidiosa pressione sulle anche. E tutto questo già dal primo giorno! Cosa mi spinge a farlo? Devo smetterla con il Cammino di Santiago, non è una cosa per me. E Paul purtroppo aveva ragione. Aveva previsto che entro quarantotto ore sarei tornata a casa. «Non sei allenata, Lotte», aveva detto quando stavamo arrivando alla stazione di Liegi. «La tua mente forse vuole portare avanti questa impresa, ma il tuo corpo ti rimanderà a casa entro quarantotto ore. Dagli retta. Non sovraffaticarti, perché questo tipo di infortuni dura a lungo». Infatti. Tutto il mio corpo si ribella, e non solo i muscoli e le giunture. Perfino i denti e la pelle sono in rivolta. La schiena mi prude terribilmente nonostante lo spazio di aerazione dello zaino. Merda.

Il pastore della Chapelle Saint-Roch è davanti all'ingresso e mi rivolge un cenno di saluto. I capelli fini del religioso sono candidi come la sua camicia a maniche lunghe ben stirata. Non ci sono abiti estivi per i preti? Scendo le scale e raggiungo il tavolino accanto al sobrio ingresso. Due signore anziane mi offrono un po' d'acqua. Certo, di sicuro. Mi tolgo lo zaino per l'ennesima volta, mi gratto la schiena, prendo avida un bicchiere e lo svuoto all'istante. Una delle donne mi chiede da dove vengo.

«Paesi Bassi» rispondo. Su una lista aggiunge un trattino accanto alla sigla NL e poi mi chiede in un inglese abbastanza buono perché faccio il Cammino di Santiago, tenendo la punta della matita vicino alle possibili opzioni elencate a destra.

«Mio marito la scorsa estate si è suicidato lungo il Cammino, e ora io seguo il suo tragitto esattamente un anno dopo, per scoprire perché l'abbia fatto».

La matita della donna resta immobile. Non ci sono caselle per questa risposta.

«Lei è la moglie dell'uomo che si è suicidato l'anno scorso a Conques?» dice una voce alla mia destra.

«Proprio così». Mi volto verso la voce e incontro gli occhi celesti del prete.

«Si ricorda di mio marito?» Prendo il telefono, vado alla galleria e gli mostro la foto di Emil in tenuta da pellegrino.

Il prete la osserva.

«Sì, è lui! Lo riconosco dalla cicatrice sul viso. Abbiamo avuto una breve conversazione e poi l'ho visto poco dopo che piangeva seduto su un muretto». Indica le scale accanto alla strada.

«Mio marito piangeva?» Mi porto una mano alla bocca.

Il prete esita.

«Voglio sapere tutto» sorrido supplicandolo. «Per poterlo capire».

«Sì, piangeva ed era scosso dai singhiozzi. Come se fosse crollato. Ma quando mi sono avvicinato per offrirgli aiuto si è alzato e si è affrettato ad andare via. Per questo me lo ricordo ancora. Non è una cosa che capiti spesso».

Emil era scoppiato a piangere. Sgomenta, mi guardo intorno e lascio che il luogo idilliaco eserciti la sua influenza su di me. Perché qui?

Sopraggiungono altri pellegrini. Il prete lascia spazio e si sposta di qualche passo. Lo seguo all'ombra di un vecchio albero di noce.

«E si ricorda di cosa ha parlato con lui?»

«No, non proprio. Ma c'è un altro motivo per cui mi è rimasto impresso nella memoria». Indica il tavolino con il modulo di registrazione. «Quando le signore gli hanno chiesto da quale paese veniva ha risposto "Iugoslavia". Allora la signora Madeleau ha osservato che quel paese non esisteva più. Suo marito ha reagito con una lieve irritazione e ha chiesto se almeno la Bosnia ed Erzegovina figurava nell'elenco».

«Ha indicato la Bosnia come il suo paese?»

«Sì, e anche questo mi ha stupito, perché qualche giorno dopo è risultato che era cittadino olandese».

Il prete fa ancora un passo indietro verso l'ombra.

«Come mai? Chi gliel'ha detto?»

«Be', ho sentito alla tv che un pellegrino si era suicidato. France 3 Auvergne ha mostrato delle immagini del giorno della sua morte. Dell'inaugurazione di una mostra in una galleria d'arte a Conques. Suo marito era alla cassa per comprare un regalo quando la troupe è entrata e ha girato qualche filmato. Nel video lo si vede affrettarsi verso l'uscita ancor prima di aver pagato. L'ho riconosciuto subito dalla cicatrice sulla guancia. È stato il primo suicidio sulla Via Podiensis e la notizia ha fatto scalpore. È uscito anche sui giornali, che era olandese, voglio dire. Con una foto. Strano, perché con noi aveva insistito a dire che veniva dalla Iugoslavia».

«Ha visitato una galleria? Non lo sapevo». In effetti non aveva comprato nulla, visto che tra gli oggetti che mi aveva restituito la polizia francese non c'era niente di artistico. Ricordo ancora bene quel momento, quando mi avevano consegnato la scatola. Ogni oggetto era impacchettato singolarmente in un sacchetto blu con la zip. Avevo tolto dalla scatola i suoi pochi averi uno a uno e ricordo di aver portato alle labbra tra le lacrime il suo fischietto di sicurezza, immaginando che Emil mi baciasse per l'ultima volta.

«Ha detto che c'erano riprese televisive? Mio marito è apparso in tv? È possibile rivedere quella trasmissione?»

Il prete alza le spalle. «Non lo so. Forse si trovano ancora in Internet. Altrimenti forse può richiederle. Aspetti, gliele cerco io».

Il prete prende il suo smartphone da una tasca e digita qualcosa, scorre e scrolla la testa. «No, i filmati risalgono solo fino a tre mesi fa. Quelli dell'anno scorso non sono più online, ma se ne fa richiesta a France 3 Auvergne glieli invieranno di sicuro. Potrebbero chiederle un piccolo contributo per le spese. Il nome della galleria lo trova senz'altro in Internet. La sua foto durante la mostra era sul giornale del giorno dopo».

«Farò certamente questa ricerca, perché voglio rivedere mio marito. Voglio sapere che aspetto aveva il giorno della sua morte».

«Aha». Scende il silenzio per qualche istante. «Tra l'altro, suo marito ha scritto un breve testo sul registro dei visitatori».

«Sul registro dei visitatori?» La mia testa si volta di scatto verso la porta della chiesa, come se lì ci fosse ancora qualcosa di Emil.

«Sì, un paio di frasi. In cirillico. Illeggibili per me».

«In cirillico? E ha ancora il testo?» domando.

«Certo».

«E non ha detto niente alla polizia?»

«No, a che scopo? Si trattava di un suicidio. E la notizia non mi ha sorpreso, perché ho subito ripensato a quel momento lì sul muretto, quando piangeva. In seguito, mi sono chiesto se non avessimo mancato in qualcosa. Se non avremmo dovuto intervenire in qualche modo». Indica le donne all'ingresso della cappella. «Abbiamo anche parlato di lui, ma non potevamo immaginare che fosse stanco della vita».

«Nessuno aveva previsto il suo suicidio, *mon père*». Gli accarezzo un braccio in un gesto consolatorio. «Neanche io. Posso leggere quel testo?»

Annuisce e mi precede nella cappella. Si ferma davanti a un tavolo su cui si trova un grosso e vecchio quaderno con la copertina in pelle rossa e lo sfoglia all'indietro fino a una delle pagine iniziali.

«Ecco» dice, «28 luglio dell'anno scorso».

Mi allunga il quaderno. Il mio sguardo scorre su quelle frasi illeggibili in cui non riconosco la scrittura di Emil, e si ferma sulla sua sigla, invece ben riconoscibile, e sulle parole *From Yugoslavia*, con cui aveva firmato il suo testo. Faccio un passo indietro e vado a sbattere contro uno dei banchi della chiesa. Il cuore mi batte all'impazzata. *From Yugoslavia.* Proprio così. Iugoslavia. Perché? Quel paese non esiste più dal 1990. Tre decenni fa! Non viveva forse nei Paesi Bassi e aveva la nazionalità olandese? E non sapevo neppure che sapesse scrivere in cirillico. Cosa significa? Devo sapere che cosa c'è scritto! Fotografo il testo con il telefono e lo invio d'impulso a Selma chiedendole di tradurmelo. Poi mando la stessa immagine per mail a Omer e gli scrivo che durante il Cammino di Santiago mio marito ha lasciato queste righe su un quaderno per i commenti dei visitatori in una chiesa in Francia, e chiedo anche a lui cosa possa significare.

«Tutto bene?»

Mi volto. Il prete ha lo sguardo preoccupato.

«Non lo so» rispondo con sincerità.

Giorno 3: domenica 28 luglio, sera
Dallas, presso Saint-Privat-d'Allier: le cicatrici
Soleggiato, vento moderato. 28°

Clicco su «Invia», chiudo la mail e vado in bagno. Ora bisogna solo sperare che France 3 Auvergne possa mandarmi in fretta le immagini dell'inaugurazione di quella galleria d'arte. Secondo le informazioni riportate sul loro sito, la lavorazione richiede al massimo due settimane dal ricevimento del pagamento. Troppo tempo! Ho già trovato e letto l'articolo sul giornale del 7 agosto. C'era una foto di Emil e della Galerie Art Conques, scattata dalla troupe che era entrata senza preavviso per riprendere delle immagini della mostra. L'articolo era banale e non diceva niente di nuovo.

Mi spoglio ed entro nella doccia. Mentre l'acqua mi scorre sui capelli, disegno caratteri cirillici sulle mattonelle bianche. Selma mi ha inviato questo pomeriggio la traduzione delle frasi scritte da Emil: «Tanto tempo fa, nell'altra mia vita, mi trovavo presso una chiesetta come questa e ho udito donne e bambini gridare. Sono stati bruciati vivi lì dentro. Odo ancora le loro grida. Il fetore dei loro corpi carbonizzati mi dava i conati».

Quando l'ho letta sono rimasta sconvolta. Selma mi ha inviato più tardi un messaggio per dirmi che la scrittura in cirillico potrebbe indicare che l'autore era serbo. Croati e bosniaci attualmente non usano più l'alfabeto cirillico, ma quello latino, diceva, e poi mi ha chiesto se il testo fosse stato scritto da Emil. Allarmata dalla sua domanda, ho deciso di raccontare una verità che però era una bugia.

No, il testo è stato scritto dopo la morte di Emil.

Poi Selma mi chiedeva come andava con il Cammino e se ero riuscita a seguire il mio programma. Giorni fa le avevo comunicato il mio percorso. Ho risposto affermativamente. Lei ha reagito con uno smile dagli occhi stupiti e un pollice alzato. Secondo me pensa che stia macinando molti chilometri. Lo penso anch'io.

Anche Omer ha risposto, dicendo che croati e bosniaci a scuola un tempo imparavano anche il cirillico, perciò non è detto che chi ha scritto il testo fosse serbo. Nella sua ricerca teneva ancora aperte tutte le opzioni.

Per tutto il tragitto dalla Chapelle Saint-Roch al mio B&B a Saint-Privat-d'Allier ho cercato di associare Emil a quello scritto, e le parole mi tornano sempre alla mente. Emil era un serbo-bosniaco, e allora perché l'anno scorso ha scritto in cirillico su quel quaderno?

«Penitenza» è la parola che il prete ha usato quando gli ho letto la traduzione di Selma e quella che continuo a ripetermi. «Pénitence». Non avevo ancora interpretato in questo modo il Cammino di Emil; come una penitenza, una riflessione sulla sua vita, sui suoi peccati, sulle eventuali atrocità commesse durante la sua esistenza terrena. Ma forse era proprio questo, perché su quel quaderno non ha scritto niente sulla gioia che aveva conosciuto nella sua vita. Pensava alle sofferenze della morte. Lì andavano i suoi ricordi, alla follia della guerra. *Pénitence.* Molti pellegrini fanno il Cammino di Santiago come penitenza, ho letto da qualche parte. Nel Medioevo i giudici ecclesiastici a volte imponevano il pellegrinaggio lungo il Cammino di Santiago come penitenza per le malefatte terrene. Era così anche per Emil? Davanti a quella graziosa chiesetta ha ripensato alle urla di persone che venivano bruciate vive. C'era anche lui. Ma in quale veste? Di incendiario? O di uno che si era nascosto e aveva assistito alla scena da lontano? Le immagini della guerra in Bosnia non mi abbandonano e mi opprimono il ventre. Devo liberarmene, perché adesso sono qui, sul Cammino di Santiago. E il mio passato non è in Bosnia.

Alzo il saliscendi della doccia e mi faccio scorrere l'acqua sul viso. Al posto di questo B&B una volta c'era una fattoria. L'edificio è stato ristrutturato tre anni fa da un'anziana coppia francese ritornata in patria dalla Guadalupa. Lui era stato insegnante e lei infermiera ed entrambi si ritenevano troppo giovani per smettere di lavorare quando, a cinquantacinque anni, erano andati in pensione. Così si sono organizzati una nuova vita professionale nel turismo. Emil aveva già osservato che erano soprattutto degli anziani ancora attivi a gestire gli ostelli. Questo posto rientra perfettamente nella sua analisi ed è arredato splendidamente con delle tinte caraibiche. Il bagno è enorme e molto simile al nostro. Quando Stefan e Joran sono partiti per Amsterdam, Emil ha deciso di trasformare una delle stanze da letto in un grande bagno con sauna.

Così ce ne stavamo spesso insieme nella nostra doccia a filo pavimento: Emil mi lasciava sempre il posto migliore, sotto il getto a pioggia. Lui invece usava quello normale. Erano bei momenti. Chiacchieravamo tutto il tempo. Gli piaceva in particolare quando gli asciugavo con la punta dell'asciugamano le cicatrici che aveva sulla schiena.

«Sì, mi ricordo di suo marito» ha detto la proprietaria in un buon inglese quando le ho chiesto se si ricordava di Emil, al momento della registrazione. «È stato il primo pellegrino olandese da quando abbiamo aperto il B&B. Ma erano state soprattutto le sue cicatrici a impressionarmi». Si indica la schiena.

«Ha visto la sua schiena?» Non potevo nascondere la mia sorpresa.

«Sì, per caso, gli sono passata accanto mentre stendeva i panni in giardino» ha detto facendomi strada su per le scale. «La sua schiena mi è rimasta impressa a lungo, ancora di più di quella cicatrice che aveva sul viso. Orribili quelle frustate. Come gli è capitato?»

«Frustate? Ma no!» ho detto mentre attraversavamo il corridoio. «Erano ustioni».

La donna si è fermata e mi ha rivolto uno sguardo indagatore. Mi sono fermata anche io e ho sentito il peso dello zaino sulle spalle.

«Quanti anni aveva suo marito quando si è procurato quelle ustioni?» mi ha chiesto guardandomi con le sopracciglia corrugate.

«Non lo so» ho risposto dopo una breve esitazione. «Mio marito non voleva mai parlare della sua schiena. Così ho immaginato che fossero ustioni. Per via della guerra. Veniva dalla Bosnia ed Erzegovina ed era fuggito nel 1995». La proprietaria ha scrollato il capo.

«No, signora» ha detto con tono risoluto. «Quando facevo l'infermiera ho curato molte ustioni e posso dire che hanno un'altra struttura e non lasciano righe simili. Le cicatrici di suo marito sono state quasi certamente provocate da frustate. Durante i primi anni in ospedale ho medicato una paziente che era stata colpita dal marito con una frusta. La pelle era squarciata e si era infettata. Le ho curato a lungo la schiena, anche dopo che tutto si era rimarginato. La pelle sulla schiena aveva esattamente la stessa struttura rigonfia di quella di suo marito».

«Frustate» ho ripetuto scioccata, mentre mi tornavano alla mente le immagini della crudele fustigazione di Kunta Kinte nella serie *Radici*. Ho visto quello sceneggiato da adolescente e non ho mai scordato quelle immagini.

«E mio marito poi ha detto qualcosa?»

«No, parlava poco» ha risposto aprendo la porta della mia stanza. «I nostri ospiti sono soprattutto francesi e suo marito non aveva molta confidenza con loro. Per via della lingua, suppongo».

Quindi erano frustate, penso di nuovo mentre chiudo il rubinetto della doccia. Mi è tornata la nausea. Quanto deve avere sofferto! Terribile. Probabilmente è successo durante la guerra. Quindi deve essere stato prigioniero. Terribile. Un altro trauma. Per questo indossava sempre una maglietta quando nuotava e faceva in modo che nessuno gli vedesse la schiena. Solo io ero a conoscenza di quelle cicatrici. Solo io potevo accarezzare quei rilievi sulla sua pelle. Emil taceva sistematicamente sulle circostanze che avevano portato a quelle ferite sulla schiena e proferiva solo frasi vaghe a riguardo, tipo: «Voglio dimenticare quel periodo della mia vita. Lascia stare».

E così ho fatto, e dalle sue risposte poco chiare ho dedotto che si trattasse di ustioni. Ma perché? Perché non ho insistito a domandare? Volevo sempre conoscere tutti i particolari dei miei semi di cacao, ma di mio marito no. Mi interessavo davvero a Emil? C'era e basta. Faceva la spesa, accompagnava i ragazzi a calcio, teneva la contabilità, organizzava concretamente la nostra esistenza. E a me andava benissimo e mi dedicavo alla mia vita di cioccolataia. Già in quegli anni non facevo più veramente parte della famiglia, vivevo praticamente nel mio spazio di lavoro e andavo in visita a casa, dove mi concentravo soprattutto sui miei figli. Emil era il vero perno della famiglia e teneva tutto insieme. Era lui a interessarsi se c'erano problemi con i ragazzi o con Caroline, era lui che interveniva nei colloqui con gli insegnanti, lui ha creato la nostra chat di famiglia, postava lui la maggior parte dei messaggi, ha trovato lui l'appartamento per i ragazzi ad Amsterdam, è stato lui a ristrutturare la fattoria. Era lui che coordinava praticamente tutto. A parte cucinare e fare la spesa. Questo lo facevo io, anche perché è una cosa che mi piace. E in tutti quegli anni ho pensato che fossimo davvero una squadra. Ma mi sbagliavo, perché vivevo con un estraneo che mi teneva nascosta la sua giovinezza. Il suo silenzio era in realtà una mozione di sfiducia. Dubitava del mio amore per lui? Temeva che lo avrei allontanato se avessi saputo che durante la guerra aveva commesso dei crimini? Era questo il motivo? O dubitava della mia capacità di tacere? Aveva paura che divulgassi il suo segreto? O non credeva che avessi la forza di sopportare la sua sventura? A che serve essere sposati se poi uno non può condividere le sue vere preoccupazioni?

«Di fatto era solo» dico alla mia immagine allo specchio mentre asciugo la condensa con l'asciugamano. Annuisco a me stessa e sento tornare le lacrime. Non devo pensarci adesso. Vado rapidamente verso il letto, mi siedo sul bordo e mi asciugo i piedi, mi alzo e mi infilo il mio abito di seta nera. Mentre mi avvicino al comò per prendere l'asciugacapelli mi cade l'occhio sul telefono. È arrivato un messaggio. Un selfie di Paul con una sorridente Caroline. Ci sono aeroplani sullo sfondo. Sono in aeroporto pronti a imbarcarsi per Orlando. Lei aveva voglia di questa vacanza, mi ha detto oggi quando le ho telefonato durante la pausa pranzo. Non sembra ancora sentire la mia mancanza. Per fortuna. Paul mi chiede come va. Rispondo con qualche banalità su una vescica e gli sciami di zanzare che rendono impossibile mangiare all'aperto di sera. Il B&B si trova vicino a un allevamento di cavalli, scrivo, e tutto ha un odore di cavallo. Invio qualche foto della giornata.

Mi chiede se oggi è capitato qualcosa di particolare. Non so se raccontargli del testo trovato nel quaderno per i visitatori, ma no, meglio di no. Non voglio rovinargli con storie di guerra i momenti sereni che può passare insieme a sua figlia.

Poi squilla il telefono. Paul.

«Lotte!» La voce di Caroline mi rende subito felice.

«Ciao tesoro, allora, sei contenta di andare a Disneyland?»

«Sììì!» esclama entusiasta e poi d'un fiato mi racconta tutto quello che vedranno. Caroline è una ragazzina intelligente, come sua madre, ma per fortuna con quel tocco di spensieratezza che invece mancava a Marjo. In sottofondo risuona l'annuncio che invita i passeggeri a imbarcarsi.

«Ehi, Lotte». La voce di Paul. «Stiamo per imbarcarci».

«Ho sentito. Buon viaggio, Paul».

«Sì, andrà tutto bene. Tu come stai?»

«Tutto a posto. Solo una grossa vescica sul dito di un piede».

Segue un instante di silenzio dall'altro capo della linea.

«Aha. E hai pensato ancora alla mia proposta?»

Esito di nuovo. Dopo la cappella non ho più pensato a Paul.

«Sì, certo». Non sto mentendo, mi dico. Stamattina ho pensato a lui un paio di minuti.

«E?»

«Piantala Paul, non essere insistente. È solo il mio primo giorno di viaggio».

Da sotto risuona un gong. Ora di andare a tavola.

«Devo scendere in sala da pranzo. Mi scrivi quando sarete atterrati?»

«D'accordo».

Mando alcuni baci e chiudo la comunicazione. Mentre infilo i sandali decido di mandargli ancora un messaggio affettuoso. Poi mi scatto un selfie in cui atteggio le labbra a un bacio e aggiungo: «Un bacio a entrambi!» Aggiungo qualche cuoricino e clicco su Invia.

Prendo il phon e mi asciugo i capelli. Mentre l'aria calda mi soffia sulla testa ripenso alla sua proposta di matrimonio. Ma perché non dico di sì a Paul? Cosa mi trattiene? Anche con Emil mi sono sposata pur non essendo davvero innamorata di lui. Mi chino in avanti e sbroglio i ricci con le dita in modo che si asciughino meglio. Marjo avrebbe approvato questo matrimonio, penso. Già allora mi incoraggiava a sposarmi con Emil. «È fatto per te, Lotte» diceva. «E con lui non sarai la regina, ma l'imperatrice. Rispetta la tua aspirazione alla libertà. Con lui potrai fare e non fare quello che vuoi». E in questo aveva ragione. Oggi pomeriggio, mentre camminavo, parlavo con Emil, e tenevo la testa alzata verso le chiome degli alberi che ondeggiavano al vento. Era come se fosse seduto lassù su un ramo e mi guardasse dall'alto. Io parlavo senza sosta e lui sembrava così vicino, come prima della sua morte, quando entrava spontaneamente nel mio laboratorio e si sedeva accanto a me, e mentre lavoravo conversavamo piacevolmente di nuovi gusti e particolari combinazioni di cioccolato. Oggi ho detto commossa a Emil che mi dispiaceva tanto di non avergli mai raccontato quanta gioia mi davano le sue visite e che mi mancava molto. Un'improvvisa folata di vento mi ha sfiorato una guancia ed è stato come se lui mi avesse accarezzato. Allora non ce l'ho fatta più e sono scoppiata a piangere.

Mi sono ripresa solo quando una giovane coppia mi ha raggiunto e chiesto se andava tutto bene. Ho annuito e ho proseguito con decisione, ma poco dopo è riaffiorata la rabbia per le sue menzogne. Dopo il viaggio in Bosnia le mie emozioni oscillano da un estremo all'altro.

Stacco il phon dalla presa e lo rimetto sul comò. Andando alla porta passo davanti alla finestra della stanza da letto. Giù in giardino un uomo alto dai capelli neri e bagnati appende una maglietta sgocciolante al filo del bucato. È a torso nudo. Non riesco a vederne la faccia, solo la schiena. L'immagine mi colpisce, mi fermo e seguo i suoi movimenti. Ha un bel fisico, e il sole del tardo pomeriggio sottolinea il profilo regolare dei suoi muscoli dorsali. Ad accarezzargli la schiena, non si sentirebbero rigonfiamenti, solo una superficie liscia e omogenea. Passo mentalmente in rassegna le schiene degli uomini prima di Emil, ma trovo solo ricordi sfumati. Gli eccessi rendono spesso confusa la normalità. Chiudo gli occhi e quelle righe rosse si ripresentano. Passo l'indice lungo i solchi della sua pelle malconcia e avverto l'umidità che vi si raccoglie in mezzo. Il mio respiro accelera e una sgradevole sensazione di vuoto mi preme sul ventre. No, non asciugherò mai più le pieghe di Emil con la punta dell'asciugamano, e lui non mi abbraccerà e cullerà più amorevolmente. Mi afferro al davanzale e comincio a singhiozzare. L'uomo accanto al filo del bucato si volta e alza lo sguardo. Lo riconosco: è Nicolas. I nostri occhi si incontrano e stabiliscono il contatto. Mi sorride, incoraggiante, nello stesso modo in cui mi avevano guardato gli amici al tempio crematorio, passando accanto alla bara di Emil prima che sparisse nel fuoco.

La lettera

III. Nella scuola di Tito

Nella nostra classe era appesa una foto enorme del nostro onnipotente leader, il presidente Josip Tito. Ha iniziato nel 1945 a costruire il paradiso iugoslavo dei lavoratori. Tito governava col pugno duro, come il collega Stalin in Unione Sovietica, eppure il nostro maresciallo era popolare, perché era attento alle necessità della popolazione. Potevamo viaggiare liberamente, avevamo l'assistenza sanitaria gratuita, un lavoro sicuro e delle buone pensioni. Inoltre, lasciava spazio alle espressioni culturali regionali, come musica e danze popolari. E soprattutto, Tito ci ha assicurato una concreta prosperità economica. Tra il 1945 e l'anno della mia nascita, il 1967, il numero dei frigoriferi, delle lavatrici e dei televisori è aumentato del cento per cento. E così è stato anche a casa nostra. Nel 1971 mio padre è stato il primo abitante del paese a possedere un'auto. Questo privilegio gli derivava ovviamente dalla sua professione. In quanto medico doveva percorrere molti chilometri, e faceva più in fretta con la sua Zastava grigia.

Un paio di anni dopo, la madre di Emil è stata la prima donna ad avere una lavatrice completamente automatica. Ricordo i discorsi in proposito a casa nostra, attorno al tavolo della sala da pranzo. Io, mia sorella e mio fratello sedevamo di fronte ai nostri genitori e ascoltavamo annoiati quel che diceva nostra madre. Era furiosa con quella rompiscatole della Jukić, perché la sciacquatura spumeggiante della lavatrice andava a finire dritta nel nostro orto, per cui le verdure sapevano di sapone. In quegli anni la nostra strada era ancora priva di fognature e la famiglia di Emil scaricava l'acqua della cucina sul nostro terreno, da dove poi scorreva fino al fiume. Non era mai stato un problema, fino all'arrivo di quella lavatrice...

Un'altra abile mossa di Tito è stata quella di concedere alle repubbliche federali di Slovenia, Macedonia, Montenegro, Croazia, Serbia e Bosnia Erzegovina un certo grado di autonomia. Grazie a questa strategia in stile divide et impera *i leader regionali aderivano ubbidienti alla linea nazionale. Il messaggio era chiaro: i vari popoli dovevano vivere in pace tra loro e i sentimenti nazionalisti venivano repressi senza pietà. In tv la Iugoslavia appariva come una grande Woodstock comunista, con le immagini che raccontavano di allegre riunioni tra fratelli delle varie etnie. E nel frattempo i vescovi, gli imam e i patriarchi vedevano assottigliarsi il loro seguito. Tito aveva condannato la chiesa a un ruolo marginale, e ovviamente ciò non andava a genio al clero.*

Un elemento importante del successo iugoslavo era l'istruzione. Subito dopo la guerra Tito ha introdotto un sistema d'istruzione gratuito centralizzato, in cui i libri di testo cantavano le lodi della nostra splendida nazione e ovviamente le gesta eroiche del nostro maresciallo. E anche la nostra storia vi veniva riscritta.

In breve, Tito era l'indiscusso maschio alfa della società iugoslava. E quando è morto nel 1980, tra i maschi alfa delle sei repubbliche è iniziata la lotta per occupare il posto più alto nella gerarchia. E questa lotta per l'egemonia è stata condotta sulla base delle differenze etniche. Influenzati dai leader delle repubbliche avidi di potere, croati, serbi e bosniaci hanno ricominciato a disprezzarsi reciprocamente e a rimproverarsi gli eccidi del passato. Anche i leader religiosi dei tre gruppi etnici hanno intravisto l'occasione di riguadagnare seguito e hanno sostenuto apertamente i populisti.

Il fatto che stessero precipitando verso una guerra non li preoccupava, volevano solo riottenere il loro potere.

Gli abitanti più istruiti e benestanti delle città all'inizio sono rimasti insensibili alle origini dei loro vicini e amici. Spesso non erano nemmeno note. Ma nelle campagne povere le cose stavano in modo assai diverso. Soprattutto nelle aree rurali, dove le famiglie si conoscevano da secoli, la gente aveva ancora vivi-

di ricordi del passato e il fuoco covava sotto la cenere. Era così anche a scuola, dove avevamo un insegnante di origini croate che odiava i serbi.

Il croato Emil era l'eroe della classe. In primo luogo, perché suo padre era il capo del partito comunista della regione, ma anche perché lui stesso era superintelligente. Prendeva i voti più alti in tutte le materie. Anche io e Milan eravamo tra i primi della classe, ma Milan, che era serbo, non faceva che essere bersaglio di critiche. Tutto per colpa di quell'insegnante. Il padre di Milan aveva fatto parte degli ustascia fascisti e dopo la guerra era stato in prigione. In seguito, non era più riuscito a ottenere un lavoro decente. E a causa di quel passato da ustascia, c'erano stati vari incidenti tra l'insegnante e il padre di Milan. Quell'uomo si vendicava sul figlio e cercava continuamente occasioni per punire Milan. Le punizioni corporali erano proibite, perciò l'insegnante agiva in modo più sottile e in un certo senso più grave. Umiliava Milan a parole, davanti agli altri bambini. Gli rivolgeva domande alle quali non era in grado di rispondere e poi lo derideva e diceva che era stupido, e poi gli altri bambini lo ripetevano nel cortile, perché quel che diceva l'insegnante non poteva che essere vero. E chiaramente tacevamo sul fatto che neanche noi conoscevamo la risposta.

Rivedo ancora chiaramente Milan in piedi nell'angolo sinistro della classe con la faccia contro il muro e le mani dietro la schiena. Perché succedeva regolarmente che l'insegnante lo accusasse senza un vero motivo di cattivo comportamento e lo facesse restare per ore in castigo nell'angolo. E durante l'ora di ginnastica doveva fare qualche lavoretto stupido. Ho ancora impressa nella mente la sottile violenza esercitata su Milan. Accadeva soprattutto durante le lezioni di ginnastica. Ad esempio, in palestra dovevamo saltare la cavallina e l'insegnante ci prendeva dall'altro lato per evitare che cadessimo sul pavimento. Quando toccava a Milan saltare, l'insegnante si spostava e lui cadeva faccia avanti. Poi si tirava su e si trascinava al suo posto in fila. Quando toccava di nuovo a lui, l'insegnante si spostava ancora e Milan finiva a terra un'altra volta. Il dolore gli si leggeva sul volto, ma lui restava in silenzio. Stringeva le labbra e le lacrime gli rigavano il viso, ma faceva finta di nien-

te. Quando, un giorno dopo la quarta caduta, Milan non ha più avuto il coraggio di saltare, l'insegnante lo ha rimproverato davanti a tutta la classe dicendo che era un codardo. E cosa abbiamo fatto noi? Abbiamo chinato la testa e siamo rimasti zitti. Vedevamo chiaramente cosa stava succedendo, ma non abbiamo detto nulla. Me ne vergogno ancora oggi.

Giorno 4
Lunedì 29 luglio
da Dallas-Saint-Privat-d'Allier a Saugues, 24 km
Un caso pianificato

Ognuno forgia la propria sorte, ma il caso si dà da fare anche lui.

Fliegende Blätter, settimanale umoristico tedesco (1844-1944)

Giorno 4: lunedì 29 luglio, mattina
Attraverso i boschi verso Monistrol-d'Allier: occhi tra i cespugli

Soleggiato con vento debole. 23°

La distanza tra me e le tre sorelle francesi aumenta. Ormai sono puntini che si perdono nel verde.

Questa mattina, quando ho consultato la cartina della mia guida dal titolo infantile *Miam Miam Dodo*, ho visto che il tragitto odierno è in gran parte boscoso, così ho deciso di tenermi vicina alle tre sorelle. Nicolas era già partito quando sono andata a fare colazione, altrimenti gli avrei chiesto di accompagnarmi mentre attraversavamo il bosco. Certo, ieri sera abbiamo parlato poco, perché sedeva all'altro capo del lungo tavolo, ma dalle poche parole scambiate si è manifestata di nuovo una simpatia reciproca. L'intuizione mi dice che è il tipo che aiuta volentieri una donna in difficoltà, e questa donna è in difficoltà. I racconti di Paul sugli stupri non hanno mancato di sortire effetto. A casa passeggio per i boschi tranquillamente, ma qui temo di trovare un aggressore dietro ogni cespuglio. Che strano, fino a ieri questo tipo di paura mi era del tutto sconosciuto. Viaggio da sola da quando avevo vent'anni e non ho mai avuto paura. Perché ora sì? Devo rifletterci. Sospiro e rallento, mentre le sorelle spariscono dalla mia vista.

Le tre francesi sono delle quasi quarantenni loquaci, piccole, ma toste, e fanatiche camminatrici. Tutte le estati percorrono un gran tratto di una delle *Grandes randonnées* francesi. Quest'anno tocca alla Via Podiensis. Ieri, durante la cena, si è subito stabilito un buon contatto tra noi. Non hanno paura degli assalitori. Logico, sono insieme e hanno sei bastoni. Io ho solo me stessa e un coltello. Per attenuare la mia nuova paura, questa mattina a colazione ho chiesto agli altri pellegrini se si era saputo di qualche incidente ai danni di donne sole.

«Di che incidenti parli?»

«Be', è stata violentata o assassinata qualche donna?»

Tutto il tavolo è scoppiato a ridere. La mia domanda suonava evidentemente come uno scherzo. I proprietari mi hanno assicurato che non c'era mai stato nessun «incidente con le donne». Ho ringraziato un po' imbarazzata, ma la paura ha continuato a covare dentro di me. Avevo sperato di ridurre la mia inquietudine restando appiccicata alle tre sorelle, ma dopo un inseguimento di un'ora devo ammettere che quelle capre di montagna francesi sono troppo veloci per le mie gambe olandesi. Non riesco a raggiungerle. Col fiato grosso, decido di fare una pausa. Con un sospiro mi tolgo lo zaino, mi siedo su un muretto di pietre scure, bevo un sorso d'acqua, stacco un ramoscello da un cespuglio e mi gratto la schiena sudata. Mi strappa un gemito di piacere, perché il prurito mi stava facendo impazzire.

Osservo il paesaggio abbagliante con qualche fattoria grigia all'orizzonte. Emil aveva scritto in uno dei suoi messaggi che qui le case somigliano a quelle delle nostre parti. L'anno scorso non ho prestato attenzione a quell'osservazione. Quando ho ricevuto le foto mi sono concentrata soprattutto sui gerani rossi in primo piano e non ho badato alle fattorie sullo sfondo. Solo ora mi rendo conto che con «le nostre parti» non intendeva il Limburgo meridionale, ma il suo paese in Bosnia. In effetti lì usavano spesso quella pietra grigia. In Limburgo si vede solo sporadicamente, nella zona di Vaals, al confine con la Vallonia. Un altro esempio del fatto che vivevo in un altro mondo rispetto al suo. Getto il ramoscello e cambio posizione sul muretto. Passo l'indice sulla pietra ruvida e sbadiglio. Ho dormito male, perché ho continuato a rimuginare tutta la notte sulle frasi che Emil aveva scritto sul quaderno dei visitatori e sulle parole con cui aveva terminato: dalla Iugoslavia. Si sentiva originario di un paese che non esiste più. Abitante di un mondo perduto.

Be', ora basta filosofare. Bisogna proseguire!

Riparto ed entro in un bosco incantevole. Riconosco anche questo tratto grazie alle foto di Emil. Il sentiero diventa sempre più stretto, costeggiato da alti muri a secco di pietra grigia. Il profumo del caprifoglio stordisce, esili raggi di sole penetrano attraverso il fitto fogliame. Gli uccelli cantano e si odono risuonare le acque di un ruscello. L'intimità e la bellezza del sentiero mi toccano e i miei pensieri sembrano rallentare. La paura si dissolve lentamente e la mia andatura acquista un ritmo costante. Dopo qualche chilometro inizia una ripida discesa. Il percorso serpeggia verso il fondovalle e termina in una macchia piena di cespugli. Faccio qualche passo e analizzo la situazione. Santo cielo. È davvero ripido e c'è uno strato di sabbia sulle pietre consumate. Scendere da questa parte è come sciare su una pista nera con il ghiaccio sotto la neve. Quindi, attenzione. Studio il terreno con lo sguardo, in cerca di un altro sentiero, e in basso a sinistra noto uno strano bagliore, come se qualcuno scattasse delle foto con il flash. Prendo il telefono, attivo la telecamera e la punto con lo zoom al massimo lì dove ho scorto il lampo. Mi si mozza il fiato, perché sullo schermo compare un binocolo tra i rovi. Due lenti sono puntate su di me e mandano riflessi quando i raggi del sole colpiscono il vetro attraverso il fogliame che ondeggia lieve. Non è possibile riconoscere l'uomo o la donna che lo sorreggono, ma vedo chiaramente delle mani dalla pelle bianca. Il cuore comincia a battermi all'impazzata.

Cosa diavolo sta succedendo? Scatto subito una foto. Scruto di nuovo i cespugli, ma il binocolo non c'è più. È sparito! Rimetto a posto il telefono e guardo confusa il fondovalle. Cosa ci faceva quella persona lì tra i cespugli? Osservava cervi? Api? Uccelli? O me?

Stupidaggini. Stamattina intorno al tavolo lo sapevano tutti. Qui non accadono incidenti alle donne. E ora andiamo avanti! *A Le Puy-en-Velay hai comprato quell'elegante coltello, Bonnet.* Infilo la mano in tasca e stringo in pugno l'arma. Ma non serve a niente, la paura resta. Faccio qualche passo indietro, poi mi giro e mi affretto di nuovo verso il sentiero da cui sono venuta. Mi nascondo dietro una grossa quercia con il coltello pronto. Col cuore in gola, appoggio la schiena all'albero.

E adesso? Adesso niente. Aspetterò i prossimi pellegrini e scenderò insieme a loro la scarpata.

«Vigliacca!» esclama il mio cervello. «Non avrai paura di un binocolo!»

«Come no!» grida il mio intuito, e vince.

I tavolini all'aperto del Repos du Pèlerin a Monistrol si riempiono poco a poco di clienti. È ora di pranzo, ma non ancora per me. Do l'ultimo morso al mio squisito dolce al cioccolato e cerco di ignorare un ronzio continuo. Il rumore viene da una centrale idroelettrica distante qualche centinaio di metri e mi dà sui nervi. Mi ha accompagnato ininterrottamente negli ultimi chilometri della discesa senza che potessi liberarmene. Dopo un'intera mattinata a camminare per boschi silenziosi i suoni delle macchine sono difficili da sopportare. Non potrei abitare in questo paese.

È *midi,* quasi mezzogiorno. La coppia che mi ha trainato con sé dopo il mio incontro a distanza con i binocoli ha appena ordinato. Secondo la tradizione francese si divoreranno un pasto da tre portate. Io devo rimandare il pranzo ancora un po'. Emil aveva mangiato quel che aveva con sé al margine del bosco a 1090 metri di altezza, poco dopo il borgo di Rognac. Quindi farò anch'io così, anche se sono due ore in ritardo rispetto a lui. Apro la carta e studio il percorso. Monistrol si trova a 599 metri, quindi devo salire ancora di quasi cinquecento metri! Il mio sguardo scorre sulla grigia parete rocciosa sulla sinistra e si ferma su una striscia verde di pini all'orizzonte.

I quattro studenti francesi al tavolino accanto al mio accennano a ripartire. Perfetto. Lo farò anch'io, perché anche la salita che mi aspetta passa attraverso un bosco oscuro e preferisco non trovarmici da sola. I giovani mi fanno pensare a Stefan e Joran. Hanno la stessa energia giovanile e puzzano decisamente di sudore. Di sicuro non lavano i vestiti da giorni. Prima ho scambiato due chiacchiere con loro e ho chiesto cosa facevano. Studiano al politecnico e percorreranno il Cammino fino all'inizio di settembre. Sperano per allora di aver già coperto un buon tratto di strada verso Santiago.

Portano nello zaino la tenda e il necessario per dormire e per la notte si accampano dove possono. Ufficialmente il campeggio libero è vietato, mi dicono strizzandomi l'occhio, ma la zona è così poco abitata che nessuno fa caso a una tenda piantata chissà dove. Gli credo sulla parola, dopo una mattina passata a camminare per un bosco deserto. Vogliono arrivare oggi a Le Sauvage, una zona inospitale dopo la cittadina di Saugues. Hanno quindi ancora un bel po' di chilometri davanti a sé.

«Forza, Bonnet» mi dico spavalda infilando le mie cose nello zaino. Proprio mentre chiudo la zip del marsupio squilla il telefono. È un numero lungo che comincia con 387. Qualcuno dalla Bosnia ed Erzegovina! Rispondo.

«*Hello*, signora Bonnet, sono Omer Zečinić. La chiamo da un hotel di Banja Luka, posso parlarle un attimo?»

Capire il suo inglese con accento bosniaco non è facile. Devo trovare un posto tranquillo.

«Certo» rispondo, prendo lo zaino, mi alzo, attraverso il corridoio del ristorante e mi fermo davanti alla porta del bagno.

«Ho i risultati dell'analisi del DNA, sulla base della radice dei capelli del più giovane dei suoi figli. Ho scoperto un nome e parecchie altre cose su suo marito, signora Bonnet. Vado subito all'ufficio postale per spedirle un rapporto. Non riesco a passarlo allo scanner. Si trova in Olanda al momento?»

«No, sono sul Cammino di Santiago, signor Zečinić. Può spedirne una copia in Francia? E l'originale al mio indirizzo in Olanda? Se ha un momento cerco l'indirizzo».

«Certo» risponde. Lo sento frugare tra le sue carte.

Controllo sul telefono il mio programma di viaggio. Tra quattro giorni sarò a Nasbinals. La lettera dovrebbe essere arrivata per allora. La cartolina che avevo spedito a Caroline da Sarajevo ci aveva messo tre giorni. Controllo sulla guida se a Nasbinals c'è un ufficio postale. Sì.

«Ho qui davanti a me il suo indirizzo olandese» dice Omer e per sicurezza me lo legge.

«Perfetto» rispondo.

«E in Francia a quale indirizzo?» chiede. «Glielo spedisco per raccomandata».

«Le mando subito un messaggio. E cosa c'è nel rapporto? Come si chiamava mio marito?»

«È una storia lunga, e inquietante, signora Bonnet. Suo marito faceva parte di una milizia paramilitare e nel 1995 è fuggito all'estero».

Squilla un telefono in sottofondo.

«Un momento, signora Bonnet. Devo rispondere. È importante».

Risponde e comincia a parlare in un'altra lingua. Non capisco niente, dal tono della sua voce non deve essere una conversazione piacevole. Nel frattempo gli mando l'indirizzo dell'ufficio postale di Nasbinals. *La Poste. Place du Foirail 48260.*

«Signora Bonnet?»

«Sì» rispondo. «Le ho spedito l'indirizzo dell'ufficio postale».

«Grazie, è arrivato».

«Ma cosa stava dicendo di mio marito? Come si chiamava? E cosa ha potuto sapere?»

«Posso richiamarla più tardi?» Sembra inquieto. «Devo risolvere una questione urgente. Ha tempo stasera? Le spiegherò tutto. Anche cosa dice il rapporto».

«Certo. Sicuro. Ma non può farmi una sintesi intanto?» insisto.

«No, devo proprio andare». La sua voce ha un tono deciso. «Mi dispiace. E mi raccomando, *be careful,* stia attenta. La chiamo questa sera. Le informazioni che devo darle richiedono una spiegazione approfondita. Non è una cosa da un minuto. A questa sera».

Omer interrompe la conversazione. Guardo confusa le piastrelle bianche e nere del corridoio. Sembra che si muovano.

«*Be careful*» ha detto. Cosa intendeva? È solo un modo di dire, come qui che ti dicono ovunque *buen Camino*? O voleva dire che devo stare davvero in guardia perché sa qualcosa per cui sono in pericolo? Ma in che modo? Emil è morto e la guerra è finita nel 1995. No, non devo lambiccarmi il cervello. È colpa di Paul che mi ha instillato la paura con le sue stupide storie sugli stupri, e la paura non mi appartiene. Sono sempre stata la ragazza più coraggiosa della classe, e adesso com'è possibile che veda all'improvviso pericoli ovunque? Dovrei davvero prenderlo a schiaffi. Mi ha piantato dentro coscientemente il seme della paura e questa mattina era diventato panico quando ho notato quei binocoli tra i cespugli. Quando ci siamo passati davanti è risultato un capanno per *bird watcher*. Per la miseria, sono rimasta più di un'ora ad aspettare su quel muretto per colpa di qualcuno che stava a osservare gli uccelli! No, quello «stia attenta» era solo un modo di dire e me lo aveva detto anche a Sarajevo quando ci eravamo salutati. Semplicemente, il suo inglese non è abbastanza buono e confonde *take care* con *be careful*. Ho voglia di insultare Paul per avermi instillato questa paura, ma non è possibile. In questo momento sarà immerso in dolci sogni con Caroline a Disneyland.

Giorno 4: lunedì 29 luglio, pomeriggio
Tra Monistrol e Saugues: le cose iniziano a muoversi
Soleggiato, vento debole. 27°

Entrando nella sala del ristorante scorgo i quattro studenti attaccare già la salita lungo il sentiero. I miei protettori se ne stano andando. Presto, presto. Mi metto lo zaino in spalla e parto. Li seguirò fino alla Chapelle de la Madeleine, una cappella a 700 metri di altezza costruita in una grotta. L'anno scorso Emil mi ha spedito tutta una serie di foto del posto e del suo splendido paesaggio, della cui storia aveva parlato con una volontaria. Spero che quella donna ci sia anche oggi. Forse si ricorda di lui.

Mi inerpico su per la montagna appoggiandomi ai bastoni, ma la distanza tra me e i ragazzi cresce sempre più. Avrei dovuto chiedere loro di procedere insieme. In quel caso sarebbero andati più lenti, sono ragazzi educati, proprio come i miei figli.

I miei pensieri durante il tragitto girano intorno alla telefonata di Omer. Emil faceva quindi parte di una milizia paramilitare. Non erano certo dei tipi raccomandabili. Ma da che parte combatteva? Ricordo i video della guerra in Bosnia su YouTube; immagini di uomini in uniforme verde con i fucili spianati che perlustravano paesi, bruciavano case e abbattevano uomini.

L'avrà fatto anche Emil? Non mi pare possibile. Emil era una persona gentile. Omer si sbaglia. Oppure no? Emil ha mentito anche sul suo nome. Il vero Emil Jukić giaceva in una fossa comune già da vent'anni e aveva lasciato una madre disperata che per tutti quegli anni aveva cercato il figlio scomparso. Emil sapeva di sicuro che il vero Emil era morto e ciononostante ha lasciato soffrire sua madre. Questa mi sembra la cosa peggiore, il dolore di quella donna. Lui lo sapeva! La mia rabbia cresce a ogni passo.

«CI HA INGANNATI TUTTI!» grido asciugandomi le lacrime dettate dall'impotenza. Inalo rabbiosa l'odore dell'erba secca e scosto i cespugli con i bastoni, mentre proseguo nella salita costante. È quasi incomprensibile. Come posso conciliare l'immagine di un marito affettuoso con quella di un criminale di guerra?

Scalcio via un sasso. Rotola giù oltre il bordo del sentiero. Lo seguo con lo sguardo e il precipizio mi spaventa. Dio mio. Qui devo stare attenta. Deglutisco e sbuffo sonoramente per scacciare la paura. Il sentiero si restringe sempre più e ora cammino lungo una sporgenza con un profondo burrone alla mia destra. Sotto scorre il fiume Allier. A sinistra si erge una parete ripida coperta di felci e rovi. È proprio la *corniche* dalla quale la guida metteva in guardia i pellegrini.

In fondo, un treno entra nella stazione di Monistrol. Lo stridio si mescola al ronzio costante della centrale idroelettrica. Il sentiero adesso è terribilmente stretto e cammino più lentamente, come se mi tenessi in equilibrio su un trampolino. No, non è più divertente. Sto per raggiungere uno stretto tornante tra le rocce. Cosa c'è dietro? Non oso più guardare a destra, per quanto è ripida la scarpata. All'improvviso dal basso, sul tratto che ho appena percorso, risuona un fischio acuto. Sembra una sirena e ha un volume altissimo. Mi fermo di scatto e mi inclino in direzione del suono. Un fischietto di emergenza! I pellegrini lo usano per avvertirsi di un pericolo. È successo qualcosa lì? Qualcuno ha bisogno di aiuto? Torno indietro di qualche passo in direzione del paese. Sento un rimbombo alle mie spalle. Mi volto e alzo la testa. Un macigno rotola giù e poco dopo piomba in acqua con un tonfo. Del pulviscolo mi avvolge la faccia. Mi rannicchio e proteggo gli occhi. Dopo qualche secondo trovo il coraggio di riaprirli. Il sentiero davanti a me è ricoperto di sassi e rami. Con le gambe che mi tremano, mi rialzo e osservo il pietrame. Cerco di capire cosa è successo e poco a poco me ne rendo conto. Una frana! E se non fosse stato per quel fischietto adesso sarei morta! Cristo. Devo andarmene da qui. Possono staccarsi delle altre rocce. Questo posto è pericoloso. Ridiscendo rapidamente a Monistrol e intanto cerco la persona che ha emesso il segnale d'emergenza, ma non c'è nessuno. Mezz'ora dopo sono in paese e racconto al proprietario del caffè che quel tratto del Cammino è stato interrotto da una frana. Devono bloccare l'accesso. Sì, avevano udito il segnale d'allarme e poco dopo avevano visto una nuvola di polvere sopra il fiume. Sapevano che era successo qualcosa, ma non dove. Ora varie persone si danno da fare e poco dopo una cameriera porta verso il sentiero un cartello rosso e bianco con su scritto «CHEMIN BARRÉ». La polizia è stata avvisata, annuncia il proprietario, e ispezionerà il tratto colpito dalla frana. Anche qualche anno fa era crollata una parte della parete, ma era aprile ed era iniziato il disgelo. Da allora il sentiero viene controllato periodicamente e sono state adottate delle misure a monte. Ma a quanto pare non sufficienti.

Chiedo come posso continuare il mio percorso in modo sicuro. Il proprietario del caffè prende una piantina di Monistrol e mi indica un'alternativa lungo la strada asfaltata. Sarà più lungo, ma potrò raggiungere la Chapelle de la Madeleine senza correre rischi. Poi da lì potrò riprendere il Cammino sull'altipiano. Di nuovo gambe in spalla.

Alzo lo sguardo e trattengo il respiro. È splendido! La Chapelle de la Madeleine si trova una decina di passi più in alto, e sembra costruita dentro una grotta. In una rientranza naturale della parete rocciosa hanno inserito la facciata romanica di una chiesa, per cui la cappella sembra penetrare nella roccia sovrastante. Gli studenti francesi mi hanno raccontato che era stata costruita per pregare per le tante donne sbranate da qualche bestia feroce che infestava la contrada nel XVIII secolo. Nella cittadina di Saugues c'è perfino un museo dedicato alla *Bête du Gévaudan.* I ragazzi hanno accompagnato la storia con dei versi ringhiosi e ridacchiano. Ho ridacchiato per dovere.

Bevo un sorso d'acqua ed esamino il paesaggio. Il luogo ha un'aria serena e tranquilla. Il ronzio della centrale idroelettrica quasi non si sente più. Apro la porta in legno di quercia ed entro nella cappella. Davanti a me si apre una grotta raccolta, con una decina di banchi.

Il soffitto basso e le pareti rocciose grigie sembrano avvolgermi. Sulla sinistra un altare di legno dipinto di bianco è addossato al muro e accanto ha due angeli dorati luccicanti. L'insieme ha un'aura barocca e si staglia contro la parete scura.

«*Bonjour madame*» sento dire dietro di me. Mi volto. Un'anziana signora dai corti capelli grigi e in abiti scuri siede in un angolo, le mani poggiate su un libro aperto. Accanto a lei c'è un tavolo con opuscoli e foto incorniciate.

«Vuole bere qualcosa?» dice indicando una bottiglia d'acqua.

«Volentieri». Mi avvicino e curioso un po' tra gli opuscoli in cerca di un libro dei visitatori.

Mentre la donna mi versa dell'acqua in un bicchiere di plastica, chiedo in un misto di francese e inglese se anche il 29 luglio dell'anno scorso ha accolto dei pellegrini in questa cappella. Scuote la testa. È la sua prima estate nella Chapelle. Prendo il bicchiere che mi porge e accanto a una pila di opuscoli scorgo un registro dei visitatori aperto. Lo prendo, lo sfoglio all'indietro fino al 29 luglio dell'anno scorso e mi imbatto di nuovo in un commento di Emil, anche stavolta in cirillico. Il testo è abbastanza lungo. Anche qui si è quindi preso il tempo per scrivere un piccolo racconto. Lo fotografo, faccio qualche passo verso la porta, controllo se c'è campo e invio lo scatto a Omer con l'indicazione del luogo. Invio la foto anche a Selma, ma senza l'ubicazione. Per lei aggiungo un breve messaggio.

Ciao Selma, ecco qui un'altra citazione che ho trovato. Quando torno dal Cammino di Santiago ti spedisco una scatola dei miei migliori cioccolatini se mi aiuti anche stavolta con la traduzione. Lotte Bonnet

«Vuole un altro timbro sulla sua credenziale?» chiede la donna.

«Certo!» Prendo il passaporto del pellegrino e glielo porgo. Mentre attendo il timbro, il mio stomaco comincia a protestare. Sì, devo abbandonare la tabella di marcia di Emil e mangiare qualcosa adesso. Le calorie di quella squisita torta al cioccolato sono già state consumate. Ringrazio ed esco dalla cappella, mi tolgo lo zaino, mi sfilo scarpe e calze e mi sistemo su un grosso masso all'ombra e muovo le dita dei piedi. Per via del caldo e a forza di camminare, il cerotto si è trasformato in un pezzo di plastica bianca che non offre più alcuna protezione. Prendo il pranzo che mi ero preparata questa mattina, libero il panino con brie dalla carta argentata e gli do un morso generoso.

Mentre mangio mi tornano davanti agli occhi le frasi in cirillico scritte da Emil. Poco a poco i miei ricordi dell'uomo che ha scritto quelle parole si fanno più vaghi. Poco fa, lungo il percorso, avevo difficoltà a ricordarne il viso mentre parlavo con le chiome degli alberi. La sua scrittura elegante continua a danzare davanti ai miei occhi. Cosa significa? È l'inizio dell'addio a Emil? Se è così non procede secondo le regole del manuale di elaborazione del lutto, perché non è l'atteso «rasserenamento» che allontana sullo sfondo il mio dolore, ma lo fanno la rabbia e la paura. A tratti sono addirittura furiosa, perché mi ha mentito per tutti quegli anni sul suo passato, e mi prende il panico se penso ai miei figli. Cosa racconterò loro, e come?

Il contatto con Stefan e Joran è diventato un po' superficiale negli ultimi giorni, arriva solo qualche messaggio tipo «tutto ok». Ora si divertono con *Wein, Weib und Gesang*, vino donne e musica, come ha efficacemente formulato Paul in tedesco. Sospetto che abbia incoraggiato lui i ragazzi a organizzare questo viaggio in Spagna. Nell'ultimo anno si è assunto spesso il ruolo di padre, e ha risolto i problemi tra uomini senza che dovessi intervenire.

A prescindere dalla sua richiesta di matrimonio, Paul è il mio compagno. Alla prossima sosta gli invierò un messaggio affettuoso. Adesso starà ancora dormendo.

Ingoio l'ultimo boccone, bevo un sorso d'acqua, raccolgo le mie cose, mi alzo e metto lo zaino in spalla. Il peso mi schiaccia di nuovo le spalle, ma il corpo inizia ad abituarsi al carico che trasporto, il torso gli si va adattando, cammino un po' più curva e trovo il mio passo.

Mentre scatto una foto della Chapelle, squilla il telefono. La risposta di Selma.

Ciao Lotte, la traduzione è: «Questo luogo mi fa pensare a quello vicino a Lušci Palanka. Anche la salita è simile. Perfino la vegetazione è la stessa. Anche allora era estate. Poco fa sedevo su un banco davanti all'altare e guardavo gli angeli dorati. Ho premuto le mani sulle orecchie per attutire le grida. Prego che Dio non esista».

Trattengo il respiro. Alzo le mani verso la roccia sporgente e irregolare e la tocco per un istante. «Prego che Dio non esista». Dio, non Allah. Significa che era cattolico, o ortodosso. Non musulmano. O mi sbaglio? Chi può dirmelo? Selma?

Digito in fretta un messaggio.

Ciao Selma, che dici? È stato scritto da un croato, un serbo o un bosniaco? È per la parola «Dio», i musulmani lo chiamano Allah, no? Lotte

E perché ha scritto una cosa simile? Perché aveva paura dell'inferno? O interpreto male il testo? Rileggo la traduzione. Non dice da nessuna parte di aver ucciso qualcuno. Ma faceva parte di una milizia, ha detto Omer. Ma di quale fazione? E quando ha percorso quella salita? Chi era che gridava? Un'altra notifica.

Ciao Lotte. Bog significa Dio sia in serbo che in croato e bosniaco. Non si può dedurre da queste righe quale fosse la religione di chi le ha scritte. Selma

Insomma, ancora niente, e Omer non ha risposto. Cerco il suo numero e gli telefono. Squilla, ma non risponde. Lascio un breve messaggio e gli chiedo se può richiamarmi prima.

Ricomincio a camminare e seguo i cartelli che indicano il Cammino. Attraverso un prato con grandi stalle all'orizzonte circondate da filo spinato. La scena mi fa pensare al campo di concentramento di Omarska allestito in fretta nell'estate del 1992 in una ex azienda mineraria.

I capannoni avevano un aspetto simile. Quando abbiamo superato la cittadina di Prijedor nella Repubblica Serba di Bosnia ed Erzegovina, Jelena, che è serbo-bosniaca, ha iniziato spontaneamente a parlare dei crimini che vi avevano commesso i serbi. Secondo lei le atrocità commesse nel 1992 dai suoi compatrioti ai danni dei bosniaci e dei croati erano incomprensibili, e poi ci siamo messe a discutere delle colpe che una generazione eredita dalla precedente.

«Sono nata dopo la guerra» ha detto tormentando il braccialetto d'argento che aveva al polso, «ma mi vergogno per quello che è accaduto qui allora. Quello che mi preoccupa è che molti continuano a ignorarlo. Nel paese dei miei genitori molti dicono che i serbo-bosniaci non hanno fatto niente, che siamo vittime della propaganda americana. Vanno di nuovo dietro ai populisti che vogliono separarsi dalla Bosnia ed Erzegovina. Non per nulla i giovani vogliono andarsene. Qui si vive in attesa della prossima guerra».

Le parole dette da Jelena in macchina si mescolano a quelle scritte da Emil nel quaderno dei visitatori. Era uno di quelli che aveva commesso quei crimini?

Il telefono suona di nuovo. Selma.

Ancora una cosa. Quel testo è allarmante, perché in una grotta nei pressi del paese di Lušci Palanka nel 1996 è stata ritrovata una fossa comune con i corpi di decine di musulmani bosniaci assassinati nel 1992 da una milizia serbo-bosniaca. Poi ti mando più informazioni. Chi ha scritto questo testo forse era un criminale di guerra. O una vittima riuscita a salvarsi, ma lo ritengo poco probabile. Chi era? E dove ha scritto queste cose?

Il mio campanello d'allarme comincia a suonare, perché il suo interesse va nella direzione sbagliata. Nella mia ingenuità forse ho messo Selma sulle tracce di Emil. Forse scoprirà che quelle erano parole di mio marito. Con le dita che mi sudano scrivo a Selma che il testo era stato scritto molto tempo prima e che mi aveva incuriosito perché era scritto in cirillico. Evito di nominare la località e invece decanto la natura dell'Auvergne e le mando qualche primo piano di fiori. Non è più sicuro chiedere aiuto a lei. Posso inviare testi solo a Omer. Peccato, perché Selma è più rapida. Omer non ha ancora risposto al mio messaggio di poco fa.

Sono quasi al borgo di Roziers e mi fermo un istante a bere. Il ritmo dei passi ha scacciato i miei pensieri oscuri e la mia mente si è calmata. Muovo un po' il collo.

La vista è impareggiabile. Ci mancherebbe, dopo più di un'ora di salita. Quassù è arido, con alti abeti verde scuro ed erba secca. C'è un forte profumo di pini.

«Ehi, Lotte!» sento dire alle mie spalle. Mi volto. Le tre sorelle francesi stanno sdraiate sotto un enorme pino in un tratto pianeggiante insieme a una quarta donna. Una scena idilliaca. Quattro paia di scarpe sono sparse sull'erba e le calze puzzolenti sono appese all'aria a dei rami. Sono sedute sui loro asciugamani, con la schiena appoggiata agli zaini. Sorrido. Ecco la differenza culturale tra Olanda e Francia. Io mi sono mangiata un panino su una roccia bitorzoluta e loro si fanno un bel pic-nic e un riposino all'ombra. Mi avvicino e scorgo una bottiglia di vino vuota. L'hanno comprata di sicuro a Monistrol. Tipicamente francese. Se bevessi del vino a pranzo durante il cammino non mi rialzerei più.

La sconosciuta è una donna della mia età, e ha gli stessi riccioli scuri di media lunghezza e la mia stessa figura snella. Si chiama Solange e riassume per me con entusiasmo la sua vita. È biologa e conduce una ricerca sugli effetti dei pesticidi sulle api. Abita a Parigi e ha appena divorziato. Fa il Cammino di Santiago per dimenticare il marito infedele ed è partita da Cluny. Non aveva mai fatto un percorso lungo, ma ha già messo trecento chilometri nelle gambe. Il coniuge fedifrago ormai è solo una reliquia del passato. Camminare l'ha aiutata più che parlare con lo psichiatra. Annuisco e mi stupisco della spontaneità con cui i pellegrini condividono la loro intimità con gli estranei che incrociano per un po' il loro sentiero.

La parigina si alza e distende il suo asciugamano, creando un altro po' di posto all'ombra. Nell'osservarne i movimenti resto colpita dalla somiglianza che c'è tra noi. I suoi occhi scintillanti mi infondono stranamente coraggio. Anche lei è qui come me per dimenticare un uomo pieno di menzogne. E se lei è in grado di camminare per trecento chilometri, allora posso farcela anche io. Mi siedo, tolgo il cappellino, le scarpe e le calze e mi sgranchisco le dita dei piedi indolenzite. Prendo una tavoletta di cioccolato dallo zaino e la passo alle altre. Intanto dico a Solange che sono una cioccolataia, che sono partita da Le Puy-en-Velay e che rifaccio il percorso del mio defunto marito, esattamente un anno dopo. Annuisce. Sì, lo sapeva già. Mio marito si è suicidato a Conques. Gliel'hanno raccontato le tre sorelle. Osserva l'espressione del mio viso, come fanno le persone quando si racconta loro di aver perso qualcuno che ci era caro.

«È stato un anno fa» dico per evitare le condoglianze, non voglio appesantire l'atmosfera né risvegliare il dolore sopito.

«Che bello, un dessert!» Le sorelle si lanciano sul cioccolato.

«E come va oggi la camminata?» chiedono.

«Bene. Ogni tanto trovo il mio ritmo».

«Vedi?» esclamano in coro e cominciano a chiacchierare allegramente di pellegrini particolari incontrati nel cammino. Hanno visto un cinquantenne biondo con pantaloncini da calcio verde fluo che porta con sé un barboncino bianco. Il cagnetto può percorrere al massimo un certo numero di chilometri al giorno, dopo di che il padrone lo prende in braccio come un neonato. Scoppio a ridere e i miei pensieri angoscianti sui massacri dentro una grotta svaniscono. Annuso il piacevole odore dei pini e mi pervade un senso di pace. Facciamo battute sulle nostre dita dei piedi gonfie e sulle vesciche sotto i cerotti mollicci e ci godiamo il panorama. Solange entra nel suo ruolo di biologa, indica le cime dei monti in lontananza e ci spiega la geologia del Massiccio Centrale e il motivo per cui la vegetazione qui sull'altipiano è tanto più scarsa che giù a Monistrol. Poi ci fa tutto un racconto sulla sua ricerca e sul potere delle multinazionali che distruggono gli ecosistemi con i loro pesticidi. Ascolto distrattamente e guardo sonnecchiando le pigne sopra di me. E se dessi a dei tartufi quella forma con dentro una ganache con un'ombra di resina di pino? Che gusto avrebbe? E come potrei distillare l'aroma della resina?

Dopo un po' decidono che è ora di coprire gli ultimi chilometri che mancano per Saugues. Raccogliamo le nostre cose, ci infiliamo le scarpe con gli inevitabili lamenti, ci carichiamo gli zaini a spalle, gemiamo scherzando per il peso e ci rimettiamo in cammino.

Procediamo con decisione, ognuna al suo ritmo. Si parla poco. Le tre sorelle, per via del vino, sono chiaramente meno veloci di questa mattina, per cui riesco a star loro dietro senza troppo sforzo. Solange cammina davanti a me e ha il mio stesso passo e la stessa postura un po' china in avanti. Il suo cappello di paglia dorata luccica al sole.

Dopo un tratto lungo e noioso senza ombra, il divertimento è finito e cominciano i lamenti per il caldo. Il sudore ci riga il viso e i nostri vestiti sono zuppi. I piedi sembrano in ammollo dentro le scarpe e la vescica che ho sul dito mi fa male a ogni passo. Il costante rimuginare su Emil e sulla guerra in Bosnia è stato sostituito da una strana assenza di pensieri. Presto attenzione solo al mio corpo e al sentiero. Avanzo passo dopo passo, dopo passo...

Eccoci giunte alla discesa verso Saugues e grazie al cielo ci avviciniamo alla fine della nostra tappa.

«Mancano solo altri due chilometri» esclama la più grande delle tre sorelle con allegria forzata per infonderci animo. Ci troviamo su un sentiero stretto e sabbioso con dei grossi ciottoli che scende ripido a valle e ci aiutiamo in silenzio con i nostri bastoni. Ora la distanza tra e me le ragazze cresce rapidamente, perché non ho esperienza con questi pendii. Solange, una ventina di metri davanti a me, conquista curva dopo curva come una consumata slalomista. Avanzo piano con l'aiuto dei bastoni tastando il terreno a ogni passo. Nel momento in cui compio con prudenza una svolta, davanti a me sento un grido seguito da un tonfo sordo. Solange scivola giù per il pendio sabbioso e va a sbattere contro una roccia.

«*Merde*» grida.

Per fortuna è ancora viva! Le sorelle si girano di scatto e le chiediamo in coro come va. Solange impreca in francese dicendo qualcosa di incomprensibile, raccoglie il cappello e si rialza a fatica, massaggiandosi la schiena. Dopo qualche movimento prudente ricomincia a scendere, ma appare subito chiaro che ha riportato un serio infortunio alla bassa schiena e si lamenta per il dolore. Facciamo una sosta e le do del paracetamolo e poi riprendiamo lentamente il cammino.

Quando, arrivate al termine del pendio, riprendiamo la strada asfaltata per Saugues, comincia a zoppicare. Una brutta faccenda. Svuotiamo il suo zaino, ne dividiamo il contenuto tra le nostre buste della spesa e riprendiamo lentamente la marcia. Solange si appoggia a turno a una di noi. Quando arriviamo a Saugues siamo distrutte. La cittadina è piccola, ci sono solo un hotel in centro e tre B&B subito fuori. Per fortuna alloggiamo tutte e cinque nell'hotel. Aneliamo a una doccia e cominciamo a parlare di acqua, sapone, aromi e di quale tipo di getto sia il migliore. Solange, malgrado la situazione, ride del nostro chiacchiericcio insensato. Sono tutte e quattro invidiose di me perché ho prenotato una stanza di lusso al piano terra, con aria condizionata, vasca da bagno e porte finestre che si aprono su un'ampia terrazza. È la stessa suite che occupava Emil l'anno scorso. Aveva evidentemente bisogno di lusso dopo qualche giorno sul Cammino di Santiago. Le sorelle e Solange dormono al quarto piano sotto il tetto in stanze piccole con bagno e doccia in comune.

Raggiungiamo l'hotel arrancando ed entriamo sollevate nella hall. Dopo la registrazione attraversiamo un lungo corridoio per raggiungere la dépendance. Le sorelle sentono il richiamo della stalla e precedono il drappello. Io e Solange ci trasciniamo dietro di loro. Quando arriviamo alle scale e Solange guarda verso l'alto con una smorfia, le porgo spontaneamente le chiavi della mia suite. Non mi importa più di dormire nella stanza di Emil, questa amicizia nata sul Cammino è più importante per me. Prende le chiavi e mi abbraccia con gratitudine.

«*Merci,* Lotte. È molto gentile da parte tua».
«*De rien, Solange*» rispondo e seguo le sorelle al piano di sopra.

29 luglio
Un uomo a Saugues

L'ha scampata grazie al segnale di emergenza. Chi ha fischiato? Ovviamente non è più possibile scoprirlo. Ma presto ci sarà un altro tentativo. E se stasera non riesce, organizzerò un incidente a Aumont-Aubrac, come con Sabine Ehring a Brema. Oppure la faccio sparire nella palude a Rieutort d'Aubrac.

Boris mi sta scocciando. Ha appena mandato un altro messaggio. Non rappresenta un pericolo, continua a ripetere. Boris è un vigliacco. Era così anche durante la guerra, anche se me ne accorgo solo adesso. Non si sporcava le mani. Lui dava gli ordini, in senso generale. «Ripulire questo paese. Attaccare qui. Rastrellare quel bosco». Quando agivamo, guardava dall'altra parte. Non entrava nelle case. Però indicava dove collocare le fosse comuni. Nella logistica era davvero forte. Un vero militare.

Boris avrebbe dovuto darmi retta nel 1995 e liquidare quella Sabine Ehring subito dopo la concessione del permesso di soggiorno in Germania. Ma si è rifiutato. Avremmo potuto diventare oggetto di un'inchiesta, sosteneva. Stupidaggini. Per colpa della sua indecisione la settimana scorsa Omer Zečinić ha ricevuto una copia dei nostri documenti. Ma Omer non più un problema. Questo è risolto. Adesso tocca a Lotte Bonnet.

Mi sdraio un istante sul letto con due cuscini sotto la testa. Guardo la riproduzione di una Madonna con Bambino con aria solenne appesa alla parete davanti a me. Sembra la copia di un'icona dell'abbazia di Gračanica. Quando ero bambino ne avevamo una simile appesa al caminetto nel soggiorno.

Mia nonna bruciava spesso dell'incenso davanti a quel quadro. Quella puzza non se n'è mai andata dal mio naso.

Boris era contrariato soprattutto per il modo in cui nel 1992 a Visegrad ho eliminato delle donne musulmane con i loro neonati. Prima glieli ho strappati dalle braccia, li ho gettati giù dal ponte e si è udito il tonfo. Le madri hanno prima dovuto vederli annegare, poi ho tagliato loro la gola e ho buttato giù anche loro. I miei compagni mi hanno dato una mano. Boris è venuto di corsa gridandomi di smetterla. E io ho obbedito. Gli ordini sono ordini. All'epoca facevo ancora quello che mi diceva di fare.

Sono quasi le sei e mezzo. Tra poco inizia l'aperitivo. Mi siederò al tavolo con Lotte Bonnet. Voglio conoscerla meglio, così potrò prevedere meglio le sue azioni.

Sospiro. Scemenze. Prima voglio anche scoparla.

Giorno 4: lunedì 29 luglio, sera
Saugues: sulle radici dell'essere
Parzialmente nuvoloso. Assenza di vento. 24°

La lunga tavola per i pellegrini è apparecchiata nel dehors con vista su case color pastello e tralci di vite che si attorcigliano lungo il muro beige dell'hotel. Un'immagine che più francese non si può. Fa un caldo opprimente e si preannuncia un temporale. Mi giunge l'odore del barbecue. Sono in ritardo perché ho potuto fare la doccia solo per ultima. Nel frattempo ho letto un po' e parlato a lungo per telefono con Paul e i ragazzi. Paul e Caroline erano in fila per *Il volo di Peter Pan.* Caroline era entusiasta e mi ha raccontato con dovizia di particolari le sue avventure con i personaggi Disney. Io e Paul non abbiamo potuto evitare di ridere.

Dopo l'ennesimo tentativo fallito di contattare Omer e scoprire quale nome era risultato dal test del DNA, ho letto i documenti che Selma mi ha inviato sul campo di concentramento di Omarska. Il contenuto raccapricciante ha cambiato il mio umore e le atrocità mi opprimevano l'animo. Ho guardato per un po' le colline dalla finestra. In lontananza si intravedeva il sentiero che avevo disceso insieme alle sorelle e a Solange. Ero sempre più stupita dall'effetto che i luoghi possono esercitare. Qui lungo il Cammino di Santiago le origini etniche non contano, conosciamo solo i nostri nomi e i motivi per cui siamo venuti a camminare. E invece in Bosnia si ammazzavano a causa di differenze sociali e culturali che lontano di lì non conosceva nessuno. Prima di incontrare Emil in quel meraviglioso giorno di primavera del 1997 non sapevo niente delle differenze tra serbi, croati e bosniaci. Sì, sapevo che nella ex Iugoslavia aveva infuriato una guerra, ma avevo solo una vaga idea di chi avesse combattuto contro chi e perché. Confondevo addirittura gli stati baltici con quelli balcanici.

«Da dove nasce tanto odio?» Questa è la domanda che mi pongo. Perché qui sul Cammino di Santiago la religione e la nazionalità non sono rilevanti, e a casa, per molti pellegrini, invece sì? Perché Emil poteva vivere tranquillamente in Olanda senza alcun interesse per le origini etniche della gente e in Bosnia no? Il luogo in cui ci si trova influisce, quindi, su quello che uno pensa e fa. Se uno abita nella sua regione di provenienza appartiene a qualcosa, che lo voglia o no. Ciò vale anche per me. La famiglia Bonnet vive ormai da tre secoli nella nostra fattoria e ciò fa di me un pezzo della storia dei miei antenati. Per i vecchi del nostro paese, infatti, sono Lotte della fattoria Bonnet. Per la gente della Bosnia non è diverso. Emil faceva parte della storia del suo gruppo etnico. Di fatto, era il gruppo in cui era nato a determinare chi era, non lui stesso. Solo scappando in Germania poteva liberarsi, come individuo, delle sue origini etniche. Ed era quello che Emil aveva fatto, ma qui lungo il Cammino era successo qualcosa per cui si era sentito di nuovo legato al suo luogo natale, qui si considerava cittadino di un paese che non esiste più, la Iugoslavia. Perché? Anelava al tempo in cui vi regnava ancora la pace? Si dibatteva tra le sue scelte? Voleva riscrivere la musica della sua vita e comporre una canzone nuova?

Mi avvicino al tavolo. Un anno fa Emil sedeva a questa stessa lunga tavolata. Si vede in una foto. Era già buio e ardevano delle candele. Emil era seduto al centro, circondato da giovani e vecchi. Tutti i pellegrini tenevano in alto il bicchiere e sorridevano, anche Emil. E tuttavia covava qualcosa dietro la facciata della sua serenità, perché, come ora so, qualche ora prima pensava ancora a un massacro in una grotta vicino al paese di Lušci Palanka. Un paio d'ore prima che venisse scattata quella foto gioiosa, sedeva in mezzo agli angeli dorati nella Chapelle de la Madeleine e si tappava le orecchie con le mani per non sentire le grida del 1992. Aveva pregato che Dio non esistesse. Nonostante il caldo rabbrividisco, e per un istante mi sento completamente sola.

Gira una brocca di vino e i pellegrini raccontano storie. La sedia su cui stava Emil l'anno scorso è già occupata. Mi siedo dove c'è posto, in fondo, e mi aggiusto il vestito di seta nera. È tutto pieno. Solo alla mia sinistra, a capotavola, c'è ancora un posto libero. Alla mia destra siedono le tre sorelle e di fronte un'anziana signora di Lille. La lingua di comunicazione è il francese e devo concentrarmi per capire di cosa stiano parlando i miei commensali. Brindiamo e beviamo il vino.

Solange mangia in camera sua. A quanto pare ha uno stiramento ai legamenti della bassa schiena. Niente di grave, ma è doloroso. Deve prendersi un giorno di riposo. Le hanno dato dei potenti antidolorifici che l'aiuteranno a superare la notte e il giorno successivo.

Proprio mentre arriva una cameriera con pane e tapenade, la mano di un uomo afferra la sedia accanto alla mia e avverto di nuovo il profumo di Azzaro. Alzo lo sguardo. È Nicolas e sono presa da una meravigliosa eccitazione.

«*Bonsoir*» dice rivolto a me e alla signora di Lille.

«*Bonsoir*» rispondiamo.

Nicolas si siede e inizia il consueto giro di presentazioni. Gli altri commensali raccontano da dove vengono, da dove sono partiti, fin dove vogliono arrivare e perché stanno facendo il Cammino di Santiago.

Nicolas dice che viene da Parigi e ha iniziato a Le Puy-en-Velay. Non ha ancora stabilito un punto di arrivo. Poi chiede notizie alla signora di Lille, che comincia a parlare con entusiasmo del suo viaggio e della sua partenza da Ginevra, nonché di tutte le avventure che le sono capitate finora. La mia attenzione va sfumando, mi costa troppa energia seguire i suoi racconti. Bevo un po' di vino rosso e mangio qualche oliva. L'alcol si diffonde e mi rilasso. Alzo lo sguardo e analizzo la struttura particolare delle foglie di vite che si arrampicano sul muro. Forse una bella forma per dei biscotti al cioccolato? Prendo il telefono, scatto una foto e controllo se per caso Omer ha risposto. No, ancora niente. I miei pensieri vagano altrove.

La voce calda di Nicolas risuona accanto a me e crea una bella atmosfera nel nostro angolo. Si china in avanti e prende un pezzo di pane. L'aroma di Azzaro mi avvolge. Un ricciolo bagnato dei suoi capelli ondulati gli ricade sulla guancia e accentua il suo profilo regolare, che mi ricorda molto la testa del David, la splendida scultura maschile di Michelangelo. Quando studiavo al Cordon Bleu ho dovuto realizzare una copia di quella testa famosa, il che mi è riuscito magnificamente, tanto che mi ha fatto vincere il primo premio. A casa ho ancora una foto del momento in cui ridendo gli stacco il naso con un morso. Peccato che il mio francese sia così povero, altrimenti avrei raccontato agli altri questo aneddoto con tutti i particolari, si sarebbero di sicuro divertiti. Sospiro e prendo un pezzo di pane dal cestino. Le lunghe dita di Nicolas con le unghie ben curate carezzano lo stelo del suo calice. Seguo i movimenti di questo simpatico straniero e immagino che le sue dita mi accarezzino il braccio, lì dove finisce il tessuto del vestito e spunta la pelle nuda. Mi sistemo sulla sedia e mi accorgo con un lieve sobbalzo che dopo un anno di lutto anche il mio corpo ha cominciato a distaccarsi da Emil.

«*By the way, Lotte*» dice Nicolas chinandosi verso di me. «Il tuo cioccolato era squisito».

«Davvero? *Thank you*». Mi sento avvampare il viso.

La lettera

IV. Gli assassini per gli assassini

Quando nel 1995 sono stato registrato come profugo di guerra nel centro per richiedenti asilo e ho dovuto rispondere a domande sul mio passato, mi ha preso il panico. Ero come un salice sradicato dalla riva da una tempesta e trascinato da un fiume in piena verso profondità ignote. Non riuscivo a respirare e ho cominciato ad andare in iperventilazione. A un tratto, nella mia nuova patria, mi ha preso l'ansia di capire come era stato possibile arrivare a un tale grado di atrocità. Quando era cominciato? Cosa aveva provocato il nostro ritorno a uno stato tribale, primitivo, a quella guerra in cui ci saremmo massacrati come bestie?

I pensieri mi riportano a una piovosa sera d'estate del 1980, quando nel soffocante soggiorno della fattoria di Milan festeggiavamo il suo tredicesimo compleanno, tra pareti umide tappezzate di santi ortodossi. Oltre a me ed Emil, erano presenti i genitori di Milan, sua sorella e sua nonna. La grappa di prugne scorreva abbondante e gli adulti erano ormai piuttosto ubriachi. L'atmosfera non era serena, come sempre quando eravamo in visita da Milan.

Il tredicesimo compleanno di Milan cadeva in uno strano periodo, perché il nostro onnipotente Tito era morto in primavera e gli umori del paese erano mutevoli. Perfino noi ragazzini avvertivamo che qualcosa stava per succedere, ma non sapevamo cosa. E non ricordo più esattamente come siamo arrivati a parlare di questo argomento, ma a un tratto la nonna di Milan ha cominciato a parlare di Tito e della Seconda guerra mondiale, e del suo soggiorno nella Auschwitz dei Balcani, il campo di ster-

minio di Jasenovac. Mio fratello maggiore c'era già stato in gita scolastica obbligatoria e a casa aveva poi raccontato, pallido in viso, delle impensabili atrocità commesse lì dagli ustascia croati ai danni dei serbi. Quella sera non era riuscito a mandare giù nulla e aveva avuto degli incubi per tutta la settimana per via del film che avevano dovuto guardare. Perfino i nazisti erano rimasti scioccati da tanta crudeltà quando avevano visitato il campo, aveva detto. Pensa un po'.

«Ora che il vostro maresciallo croato è morto, scocca l'ora della nostra vendetta» aveva scandito la nonna, e poi ci aveva raccontato nei dettagli come centinaia di migliaia di ebrei, rom, sinti, comunisti e serbi erano stati massacrati dai fascisti croati a Jasenovac. Anche suo marito e la figlia di un anno. E siamo venuti a sapere anche che la chiesa cattolica aveva collaborato con il feroce regime fascista degli ustascia che avevano stabilito, insieme ai nazisti, di eliminare o deportare i serbi ortodossi.

Poi la nonna si è alzata, è andata alla credenza, ha preso una scatola di legno e ne ha aperto il coperchio. Dentro c'era un guanto di pelle senza dita con infilato un coltello dalla lama ricurva. Lo ha sollevato con il pollice storto ed è venuta verso di me. Io ho fatto un salto indietro perché non mi fidavo di lei quando era ubriaca.

«Lo vedi?» ha gridato ansimando. «Questo è uno srbosjek, *un coltello per sgozzare». Poi ha detto di averlo ricevuto dopo la guerra da un cugino. Con quel coltello avevano tagliato la gola a suo marito. E sua figlia l'avevano lanciata in aria e infilzata su un coltello normale quando è ricaduta giù. Ogni tanto gli ustascia si divertivano così con le madri che arrivavano con un neonato. Le madri dovevano stare a guardare, poi venivano violentate e gettate nel fiume. Ma la nonna di Milan era sopravvissuta, perché gli ustascia erano già molto ubriachi e quando era toccato a lei il coltello l'aveva presa solo su una costola. Ha fatto finta di essere morta e si è lasciata portare dal fiume ed è sopravvissuta.*

In quel momento era incinta di cinque mesi di Javor. Respirando a fatica, si è asciugata le lacrime dal viso mentre indicava il pingue padre di Milan. «Ma mio figlio non sono riusciti a ucciderlo» ha esclamato trionfante.

Io ero angosciato e ascoltavo come fossi congelato mentre la nonna di Milan raccontava nei minimi dettagli come lei, suo marito e la bambina erano stati trascinati fuori di casa e caricati su un camion, per poi essere trasportati come bestiame a Jasenovac insieme a decine di altri serbi. Lì, poco dopo l'arrivo, suo marito era stato sgozzato con lo srbosjek.

L'anziana donna si è poi infilata il guanto di pelle e ha dato una dimostrazione di come funzionava quel coltello. È seguito un lungo racconto di gare di sgozzamento in quel campo. Il record sarebbe stato stabilito da un certo Brzica, che nel 1942 aveva eliminato più di mille prigionieri senza mai fermarsi con il suo srbosjek. *L'uomo è scomparso dopo la guerra. Poi la nonna e il padre di Milan si sono messi a insultare i musulmani.*

«E quei turchi non erano certo meglio» ha farfugliato il padre di Milan, svuotando l'ennesimo bicchiere di šljivovica. «Collaboravano con gli ustascia!»

«Proprio così, ragazzi» ha starnazzato la nonna. «Collaboravano! Ma verrà il giorno in cui renderemo loro pan per focaccia. Spero di poterlo vedere e di tagliare la gola a qualcuno di loro con questo srbosjek*». Poi ha alzato di nuovo la mano e ha fatto un gesto eloquente.*

Ho rivolto a Emil, che sedeva accanto a me, uno sguardo spaventato. Aveva le mani posate sulle gambe, e stringeva i pugni, ma non diceva niente. Milan allora ha preso il coltello dalle mani della nonna e lo ha rimesso nella scatola.

Più tardi, tornando a casa con il buio, mi è venuto da vomitare a metà strada. E non solo a causa di tutti quei racconti di atrocità che mi erano rimasti sullo stomaco, ma anche perché a un tratto mi sono reso conto che Milan doveva vivere ogni giorno in una famiglia che lo nutriva di odio. Per la prima volta temevo e mi preoccupavo che la nostra amicizia potesse essere compromessa dal rancore delle generazioni precedenti.

Solo lungo il Cammino di Santiago ho riflettuto sulla parola espiazione e sul fatto di rendere conto dei propri atti passati. Ho cominciato a rendermi conto che le guerre nella Iugoslavia degli anni Novanta erano iniziate durante le guerre dei nostri nonni. Il loro odio è diventato il nostro odio. I popoli che Tito aveva riunito con mano forte a formare un'unica Iugoslavia non si sono mai assunti la responsabilità delle atrocità che avevano commesso gli uni contro gli altri nelle generazioni precedenti. Non c'è stata nessuna espiazione, nessuna introspezione. Non si sono chiesti come avessero potuto commettere simili misfatti. I tedeschi, ad esempio, hanno anche ammesso pubblicamente le loro colpe per le guerre del passato e offerto le loro scuse per i misfatti compiuti dal regime nazista e hanno adottato leggi contro il razzismo e l'incitamento all'odio. In questo modo è possibile chiudere con il passato e ricominciare insieme. Ma da noi non è successo. A tutt'oggi i governanti croati non hanno mai offerto pubblicamente le loro scuse per le atrocità del regime fascista degli ustascia durante la Seconda guerra mondiale. Anzi, cercano perfino di sminuire il massacro degli ebrei, dei rom, dei sinti, dei comunisti, degli antifascisti e dei serbi.

Le cose non vanno meglio dal lato serbo. Neanche lì ci si vuole pentire per i genocidi commessi nelle guerre degli anni Novanta. Nella Repubblica serba della Bosnia ed Erzegovina alcuni serbi ancora oggi considerano eroi dei criminali di guerra condannati e i chioschi di giornali vendono ancora calendari con le foto di Ratko Mladić, il macellaio di Srebrenica. E anche sul lato serbo il clero ha giocato un ruolo ambiguo.

Non dico che i musulmani bosniaci in passato fossero senza peccato. No di certo. Nel 1992 a Sarajevo, nella caserma Viktor Bubanj sono stati commessi crimini di guerra ai danni di cittadini serbo-bosniaci. E durante i cinquecento anni di dominazione ottomana hanno avuto luogo numerosi fatti per i quali i governanti turchi non si sono mai scusati. Ma gli ultimi episodi di terrore di segno turco risalgono a prima del 1878 ed erano orchestrati dai governanti di Istanbul.

I nonni e le nonne di allora quando eravamo bambini erano già morti da un pezzo e così non hanno potuto influenzarci. Inoltre, in termini genetici i bosniaci non erano turchi, ma slavi convertitisi all'Islam nel Medioevo.

Questo forse spiega perché io stesso e molti altri bosniaci musulmani, dopo la morte di Tito, ci siamo allontanati rapidamente dalla nostra cultura islamica, mentre molti dei miei amici serbi e croati hanno abbracciato sempre più la loro identità etnica. Per anni ho pensato che dipendesse dalle fanfare populiste dei loro leader. Ed era certamente così, ma i semi dell'odio erano già stati piantati prima nelle loro famiglie. Questo l'ho scoperto qui, sul Cammino di Santiago, nella cattedrale di Le Puy-en-Velay quando per la prima volta dopo anni ho sentito di nuovo l'odore tipico di una chiesa e a un tratto mi sono ritrovato nel soggiorno di Milan, pieno zeppo di icone di santi e che esalava un misto di muffa e incenso. E ho udito di nuovo la voce gracchiante della nonna di Milan che parlava dello srbosjek.

Sì, infatti, così stanno le cose, ho pensato. I nostri nonni e le nostre nonne hanno sofferto delle atrocità non rielaborate che i diversi gruppi etnici si sono inflitti a vicenda durante la Seconda guerra mondiale e hanno trasmesso, forse inconsciamente, il loro odio ai nipoti, come ha fatto la nonna di Milan la sera del suo tredicesimo compleanno.

E sai, anche adesso in Bosnia ci sono di nuovo molti nonni e nonne che hanno storie di orrori. Per questo si è in attesa della prossima guerra. La pace tra il 1945 e il 1990 in realtà non è stata che un intervallo. Come la pace attuale. Non abbiamo chiesto scusa per le nostre atrocità. Altri ci obbligano all'introspezione: l'opinione pubblica mondiale, il Tribunale penale internazionale sulla ex Iugoslavia e l'Unione Europea, visto che desideriamo tanto aderirvi. Ma non viene da noi stessi. E finché non prenderemo apertamente le distanze dal nostro passato violento, finché non ci pentiremo apertamente e sinceramente delle nostre atrocità e non giudicheremo e puniremo noi stessi i nostri colpevoli, non avanzeremo verso un futuro di pace.

Giorno 5
Martedì 30 luglio
Da Saugues a Les Faux, 22 km
Sulle tracce della bestia

E se tu guarderai a lungo in un abisso, anche l'abisso vorrà guardare dentro di te.

FRIEDRICH NIETZSCHE (1844-1900),
Al di là del bene e del male

Giorno 5: martedì 30 luglio, mattina
Saugues: guardare i morti
Soleggiato. Assenza di vento. 25°

La testa pesante diventa già un po' più leggera. Bere acqua aiuta, come il caffè qui ai tavolini del dehors. L'alcol di ieri sera non mi ha fatto bene. Certo, ho dormito come un sasso, ma stamattina al risveglio mi sembrava di avere la testa fuori posto. Che strana sensazione. Quando sono entrata nella sala della colazione la padrona stava già passando l'aspirapolvere. Per fortuna erano avanzati due croissant che ho mangiato in camera. Meno male che oggi mi aspettano solo ventidue chilometri, così posso partire un po' più tardi. Bevo un sorso di caffè e rido per via di un messaggio delle sorelle. Sono partite presto e adesso sono già arrivate al paesino di Le Villeret d'Apchier. Oggi vanno fino a Saint-Alban-sur-Limagnole. Sei chilometri dopo il borgo di Les Faux dove passerò la notte. Ora si trovano davanti a una statua della bestia di Gévaudan e fanno il solletico sotto il mento a questo lupo feroce.

Rispondo con uno smile sghignazzante e chiedo se hanno avuto notizie di Solange e se la sua schiena va un po' meglio.

«No» rispondono. «Oggi voleva farsi una bella dormita. Interrompe il Cammino e torna a Parigi. C'è di mezzo la sua ricerca».

«Peccato!» rispondo. «Ma è una saggia decisione».

«*Buen Camino*» concludono, aggiungendo all'augurio delle eloquenti emoji di braccia muscolose.

«*Yeah!*» scrivo con un pollice alzato.

Penso a Nicolas. Stamattina mi è dispiaciuto aver fatto tardi a colazione. Ma forse ci rivedremo stasera perché pernotterà anche lui a Les Faux, visto che a Saint-Alban-sur-Limagnole era già tutto prenotato. Quindi camminerà come me solo ventidue chilometri. Noccioline per un tipo allenato come lui. Li copre in quattro ore. Sarebbe bello parlare di nuovo con lui questa sera, ieri la nostra conversazione è stata un po' superficiale perché la donna di Lille non parlava inglese a sufficienza per seguire i nostri discorsi e non volevamo escluderla. Così abbiamo passato la serata a parlare del più e del meno in francese, per finire con un buon digestivo al bancone. Quel bicchierino di liquore alle pere era stato la goccia di troppo.

Omer non ha ancora ritelefonato e la segreteria telefonica ripete sempre lo stesso messaggio in bosniaco. Non risponde nemmeno la sua segretaria alla linea fissa. Questa è una cosa che mi secca davvero. Sarà di nuovo in qualche riunione.

Apro la cartella con le foto della mia famiglia, ne cerco una con Emil ed esamino il suo caro volto. Un mese fa ancora non mi riusciva di fissarlo senza scoppiare a piangere. La mia visita in Bosnia è stata in effetti un punto di svolta, perché lì ho cominciato a guardare Emil in un altro modo. Per tutti quegli anni era stato un mio prolungamento e quando è morto ho cominciato a dubitare di me stessa. Avrei forse potuto evitare il suo suicidio, se avessi fatto più attenzione ai suoi segnali? Solo in quell'ufficio fumoso di Sarajevo in cui Omer mi ha confermato che Emil non era Emil sono arrivate le lacrime e gli ho detto che allora non avevo capito niente dell'uomo con cui ero stata sposata per vent'anni. Omer si è chinato verso di me, mi ha preso la mano e mi ha detto che non avevo nulla da rimproverarmi.

«Suo marito era come un albero, signora Bonnet» ha detto dando tiro alla sigaretta. «Durante il matrimonio ha visto solo la corteccia. Non poteva vedere la sua sezione con gli anelli di accrescimento. E siccome era già un albero adulto quando vi siete conosciuti, lei non poteva sapere niente degli anni in cui aveva dovuto lottare contro la siccità e le malattie, e perciò non poteva nemmeno sapere quanto era profondamente radicato nel suo passato bosniaco. La sua gioventù e la guerra si trovavano nel sottosuolo e all'interno del tronco. Solo alla sua morte le sono divenuti visibili gli anelli di accrescimento. Rimproverarsi per non aver saputo prevedere il suo suicidio non è giusto. Muffe e parassiti indeboliscono gli alberi lentamente e dall'interno. Solo quando infuria una forte tempesta e il colosso crolla a terra ci si accorge che l'albero era malato già da anni. E per quanto riguarda suo marito» ha concluso, mentre mi stringeva la mano per incoraggiarmi e sorrideva, «ora ci metteremo insieme in cerca della tempesta che lo ha travolto».

Ho smesso di piangere e a un tratto mi è sembrato di respirare meglio, malgrado il fumo disgustoso della sua sigaretta.

«Sì, è quello che dobbiamo fare» ho detto con un singhiozzo.

La mia attenzione si concentra di nuovo sulla foto di Emil. Malgrado i vari dolori e i postumi dell'alcol, oggi per la prima volta dopo tanto tempo sono di nuovo in equilibrio. Il Cammino esercita su di me un effetto singolare. Più vado avanti, più entro in contatto con me stessa. E più facilmente riesco a lasciar andare Emil.

Si avvicinano sei pellegrini di mezza età. Hanno un passo lento. Li seguirò! Tracanno il caffè, mi alzo, mi metto lo zaino in spalla e comincio a camminare. Mi attacco al gruppo, perché oggi dovremo passare attraverso il famigerato Sauvage. Sono quegli oscuri e impenetrabili boschi di abeti in cui nel XVIII secolo abitava la famosa bestia di Gévaudan.

Anche se so benissimo che non ha senso averne ancora paura, preferisco passarci in compagnia di qualcuno.

Giorno 5: martedì 30 luglio, pomeriggio
Le Villeret d'Apchier: la bestia colpisce a Banja Luka
Soleggiato. Vento moderato. 30°

Il dehors dell'Auberge des deux Pèlerins nel paese di Le Villeret d'Apchier è strapieno. A tavola i miei compagni di pellegrinaggio raccontano le loro storie. Adesso il tema di discussione è la bestia del Gévaudan. La sua statua dorata si trova qualche metro più in là sulla piazza e brilla al sole pomeridiano. Rappresenta un essere simile a un lupo che ringhia con sguardo feroce a un nemico invisibile. I miei vicini discutono della qualità artistica della scultura. Alcuni la trovano poco suggestiva e sproporzionata rispetto alle dimensioni del paesino, altri la ritengono ben fatta e ne lodano l'attrattiva turistica. La donna accanto a me afferma che da queste parti ci sanno fare con la pubblicità. Rispolverano una vecchia leggenda, aprono un museo, lanciano una campagna ed ecco che tutti i francesi sanno dove si trova Sauvage. Non è così? I commensali annuiscono. Resto in silenzio perché non m'intendo d'arte. Provo solo una certa irritazione per lo stereotipo di accomunare il lupo alla bestialità.

Raccolgo dal piatto i resti del condimento della squisita insalata di mozzarella con la punta dell'indice e intanto sfoglio la guida. Questa mattina ho camminato undici chilometri e quindi sono già a metà del percorso odierno. E va tutto bene. A parte la solita fastidiosa vescica, il mio corpo oggi non registra dolori. Mi sto anche abituando allo zaino e quindi sembro essere più forte di quanto pensassi. Paul non avrà ragione. Non tornerò a casa entro quarantotto ore. Andrò avanti fino a Conques, perché più cammino, più mi libero della mia vecchia vita. Questa mattina ho percorso di nuovo lunghi tratti senza pensare a niente. Camminavo, camminavo, camminavo e nel frattempo respiravo l'intenso odore delle pinete e mi godevo il frinire dei grilli e il ronzio dei bombi. Alzavo spesso lo sguardo e mi beavo alla vista del sole che giocava con le cime ondeggianti dei pini. Anche il cibo sembra più gustoso che mai. L'insalata di mozzarella che ho appena mangiato era assolutamente deliziosa. E mi sono ormai abituata al mio odore. Lavo ogni sera la mia tenuta da cammino e parto quindi ogni mattina con i vestiti puliti, ma dopo un paio di chilometri puzzo di nuovo da ogni fibra del mio corpo. Non mi importa più, tutti puzzano. È come se i miei sensi si risvegliassero da una lunga anestesia. Mi dondolo sulla sedia e avverto di nuovo il bisogno di muovermi.

«Bene. È ora di fare gli ultimi chilometri!» dico ai miei commensali. Segue una breve conversazione sull'indirizzo del mio pernottamento. Pare essere un buon posto. Spunta la cameriera e le faccio segno che vorrei pagare. Annuisce e viene verso di me. Apro il marsupio, prendo i soldi, pago e lascio una generosa mancia.

Poi mi alzo, prendo lo zaino, me lo metto in spalla, auguro agli altri pellegrini un *buen Camino*, e riprendo la marcia. Non ho più paura dei boschi oscuri di Sauvage, perché il percorso qui è affollato. Ci sono persone ogni centinaio di metri. Questi camminatori sono «turisti», secondo gli altri pellegrini. Dormono nei campeggi dei dintorni e seguono un percorso che passa per i luoghi in cui la bestia circa duecento anni fa ha sbranato le donne. Bel passatempo.

Il primo tratto è pianeggiante e si snoda per stretti sentieri lungo prati costeggiati a destra e a sinistra da ampie fasce ricoperte di digitale purpurea. Mi fermo spesso per scattare foto in primissimo piano e fantastico su una serie di cioccolatini a forma di calice. Sento già sulla lingua il sapore di tutta una serie di gusti alla frutta da sperimentare. Mentre sto per raggiungere una croce di pietra un po' sgretolata posta sopra una roccia, squilla il telefono. Un numero dalla Bosnia. Finalmente. Omer!

«Pronto, Lotte Bonnet».

«*Hello,* signora Bonnet, sono Naida Delić, la segretaria di Omer Zečinić. Posso parlarle un momento?»

La voce da fumatrice e l'accento sono chiaramente riconoscibili.

«Certo!» Faccio ancora qualche passo verso la roccia e guardo la croce.

«Devo darle una triste notizia, signora Bonnet» dice dando un colpo di tosse. «Devo purtroppo comunicarle che ieri sera Omer Zečinić è stato assassinato nella sua stanza d'albergo a Banja Luka».

I bastoni mi scivolano dalle mani. «Cosa? No! Ma non è possibile!» esclamo. «Ma perché?»

«Non lo sappiamo, signora Bonnet. Non c'erano testimoni». La sua voce suona stranamente nervosa. Quasi agitata. Ho uno strano capogiro. Mi avvicino alla croce e mi appoggio alla roccia.

«La polizia della Repubblica Serba di Bosnia sta svolgendo le indagini. Insieme ai servizi segreti a Sarajevo. Ma questo non è importante per lei. Le telefono anche a proposito dei risultati del test del DNA che Omer aveva richiesto per lei. Li aveva nella valigetta assieme ad altri documenti. Il fatto è che ora la valigetta è sparita. Inoltre devo anche informarla che poco dopo l'attentato a Omer a Banja Luka qualcuno è penetrato nel suo ufficio qui a Sarajevo. Diversi dossier sono stati trafugati. Anche il suo. E Omer non ha salvato niente sul cloud. Ora sto cercando di rintracciare i nostri clienti in base alle mail e ai ricordi per avvisarli».

«Ma è terribile». Il sole mi scotta le braccia, mi metto all'ombra della croce e poso lo zaino. Prendo istintivamente la bottiglia dell'acqua e bevo.

«Ha avuto ancora contatti con Omer?» domanda la segretaria. Allontano la bottiglia dalle labbra e sto per dirle che mi ha inviato un rapporto, ma mi tornano in mente le parole di Selma: «Nella Repubblica Serba di Bosnia sto attenta a quello che dico. Non si sa mai con chi si sta parlando».

«Sì, ci ho parlato, ma solo brevemente». Formulo le frasi con cautela. «Mi ha chiesto quando sarei tornata in Olanda, ma poi ha ricevuto una telefonata e ha dovuto riattaccare. Mi avrebbe richiamato, ma non lo ha fatto. Stamattina ho provato di nuovo a telefonargli, ma non era raggiungibile. Ora so perché».

Guardo il telefono e mi accerto di non aver mentito. È tutto vero. È solo che non ho detto tutta la verità. Selma ha ragione. Devo stare attenta.

«A che ora le ha telefonato?» chiede la segretaria.

«A fine mattinata. Perché? A che ora gli hanno sparato?» Mentre la pronuncio mi accorgo di quanto suoni surreale la parola «sparato».

«Nel tardo pomeriggio. Avevo parlato con lui ancora all'ora di pranzo» dice con la sua tosse da fumatrice. «Scusi, signora Bonnet. Posso chiederle cosa ha intenzione di fare adesso?»

«In che senso?» chiedo mentre faccio un cenno con il capo a due pellegrini che mi passano lentamente accanto.

«Vuole richiedere una nuova analisi del DNA? E vuole che prosegua io l'indagine?»

«Be', non lo so ancora, signora Delić. Ho bisogno di un po' di tempo per assorbire la notizia».

«Capisco, signora Bonnet».

«Tra l'altro, ha un'idea del perché Omer si trovasse a Banja Luka? Aveva forse a che vedere con il mio caso?»

«No. Non ne ho idea. Ma la polizia sta indagando».

«Ha fiducia nella polizia?» chiedo. L'altro capo della linea resta in silenzio per un istante.

«Di quella di Sarajevo mi fido in certa misura. Su quella di Banja Luka ho i miei dubbi. Nella Repubblica Serba di Bosnia si sono già verificati casi di omicidio e non sono stati risolti».

«Terribile».

«Proprio così. Ma pazienza. Concludiamo così per ora. Ha il mio numero, signora Bonnet, e può telefonarmi se ha bisogno di me».

«Sì, grazie, molto gentile. E cosa farà adesso?»

«Manderò avanti il suo studio. Voglio dire, la ricerca di familiari scomparsi. È un lavoro che dà soddisfazione e ormai conosco i canali. E poi ho una formazione giuridica e ho imparato molto durante gli anni passati con Omer».

«Una decisione coraggiosa. Le auguro di avere successo, signora Delić. E sia forte, naturalmente. Grazie ancora per la telefonata».

«Di nulla» risponde e poi chiudiamo.

Sono confusa dalla conversazione e mi guardo intorno smarrita. Sfioro con la mano gli innumerevoli sassi lasciati sulla roccia dai pellegrini. Ognuno di essi rappresenta un desiderio e un momento di raccoglimento. Emil aveva scattato una foto di questa croce e mi aveva chiesto di indovinare quale fosse la sua pietra. Avevo indicato quella a forma di goccia in cima al mucchio a destra della croce. Lui aveva risposto con uno smile che tace. Era giusto o no? Non lo so. La piramide dell'anno scorso è franata e ora è sparsa sull'erba. Faccio un passo indietro, mi chino e raccolgo i bastoni. Alzo lo sguardo. La sagoma scura della croce respinge la luce accecante del sole e mi protegge il viso. La tocco, la pietra è ruvida e irregolare, come la guancia di Emil quando non si era fatto la barba. Anche Omer aveva la faccia non rasata quando gli avevo parlato a Sarajevo. E ora è morto, assassinato a Banja Luka. Il mio respiro si fa affannoso e una sgradevole sensazione mi grava sullo stomaco. Inspiro a fondo un paio di volte. Il cielo è di un azzurro intenso. C'è silenzio. Non si sente nulla. Solo il vento che soffia verso di me i dolci profumi della vegetazione estiva. Mi trovo in un luogo di pace. Eppure, questa croce sobria è stata contaminata da una guerra, da una telefonata da Sarajevo. Fino a poco fa la Bosnia era lontana, ma adesso è qui. I miei pensieri oscillavano così piacevolmente tra fiori e cioccolatini, ma ora quella bella sensazione è svanita. Il mondo esterno ha fatto irruzione nel mio mondo interiore. Omer non c'è più. Mi colpisce, perché era un uomo saggio che faceva del bene e che mi aveva affascinato. Dietro la sua figura esile si nascondeva una forza enorme. Mi asciugo le lacrime. Mi passano per la mente innumerevoli immagini e all'improvviso una si ferma. I capelli con la radice che ho strappato dalla testa di Joran. Spero che Omer abbia avuto il tempo di spedirmi quel rapporto, perché voglio sapere soprattutto cosa è risultato dall'esame del DNA. Lo saprò solo dopodomani, al mio arrivo a Nasbinals. Il pacchetto postale in questo momento prosegue, auspicabilmente, il suo viaggio attraverso qualche centro di smistamento.

Lo sguardo mi cade su un sasso liscio e roseo poco più in là. Mi avvicino, mi chino, lo raccolgo, stacco un rododendro lilla da un cespuglio, torno alla croce, bacio il sasso e lo poso insieme al fiore sulla piramide di pietre. Mi inginocchio, giungo le mani, chino il capo e prego in lacrime un dio sconosciuto per l'anima di Omer Zečinić. Che possa viaggiare verso il paradiso dei suoi sogni.

Giorno 5: martedì 30 luglio, sera
Les Faux: l'uomo venuto dalla guerra
Soleggiato. Vento moderato. 30°

Osservo le mangiatoie in pietra grigia che circondano il giardino del B&B. Gli enormi recipienti sono pieni di gerani rosso vivo che brillano ai raggi dorati del sole pomeridiano. Quella che un tempo era una fattoria è stata trasformata in una favola multicolore; siepi di bosso perfettamente rasate delimitano il prato scintillante, bordato da fiori estivi. Un alito di vento trasporta con sé il profumo dell'erba appena tagliata. Finora, questo è il più bel posto dove mi sia fermata a dormire, eppure non riesco a godermelo davvero. I miei pensieri vanno a Solange. Poco fa è arrivata la notizia scioccante della sua morte avvenuta nel sonno. Le tre sorelle mi hanno inviato un messaggio. La causa di morte è ancora sconosciuta. Probabilmente un arresto cardiaco, aveva detto il proprietario dell'albergo alle sorelle, quando avevano chiamato per chiedere notizie di Solange. Incomprensibile. La seconda delle tre sorelle ritiene si sia trattato di una reazione allergica agli antidolorifici. Anni fa era capitata una cosa simile a un suo collega di lavoro. Rivedo ancora Solange scivolare giù per quel sentiero ripido e andare a sbattere contro la roccia. Questo dunque è quel che capita, un passo falso e qualche ora dopo si va al Creatore. Già, e con un passo fortunato invece si sopravvive, perché quel masso a Monistrol mi ha mancata di poco. Sono ancora qui.

Bevo ancora un sorso di rosé e sfioro con le dita il mio smartphone. Due notizie di morte in un giorno solo. Cos'altro può importare?

«La morte flirta di continuo con la vita, Lotte» aveva detto Marjo con un sospiro durante la sua ultima depressione. Sì, la morte ci sta sempre accanto e ha molti volti. Può colpire all'improvviso o corrodere lentamente il corpo. Quale variante preferisco? Alzo lo sguardo verso le spesse foglie del platano che offre la sua ombra ai tavolini del caffè. I margini stanno già prendendo una tinta marrone, il che vuol dire che l'estate ha ormai superato il culmine e già si annuncia l'autunno. È così anche per me. Anche il mio corpo si trova al termine dell'estate e si avvia verso l'autunno. Di fatto, come donna sono ormai entrata nella mia *arrière-saison* come dicono elegantemente i francesi, nell'ultima stagione. Cosa voglio ancora fare nell'autunno della mia vita? I miei pensieri girano ripetutamente intorno a questa domanda fin dai primi passi che ho mosso lungo il Cammino di Santiago. Strano però che mi ci soffermi solo ora. Qui comunque penso in modo diverso da quando ero a casa. Sono più stabile e mi accorgo di trarre stranamente sostegno dal ritmo costante del Cammino. Come poco fa: dopo la registrazione, per prima cosa togliersi gli scarponcini, staccare il cerotto dalle dita dei piedi doloranti, camminare per la stanza a piedi nudi, estrarre ordinatamente le mie poche cose dallo zaino e riporle nell'armadio, gettare i rifiuti nel cestino, preparare le ciabatte, farsi una bella doccia, bucare le vesciche e disinfettarle con il Betadine, fare il bucato, infilare il vestito di seta, stendere il bucato e poi chiamare i ragazzi. Paul e Caroline adesso sono nel parco a tema di Busch Gardens e i miei figli oggi sono stati a un parco acquatico.

I miei contatti con la famiglia sembrano quasi un obbligo, come un altro compito da svolgere, come il bucato quotidiano. È come se qui sul Cammino vivessi dentro una bolla. La vita di casa sembra lontana mille miglia. Forse dipende dal fatto che qui non guardo mai la tv, non passo in rassegna le notizie e non mi collego ai social media. La mia testa si svuota e restano solo i pensieri elementari, come fantasticare sul menu della cena quando lo stomaco comincia a protestare. Più chilometri percorro, più cresce la distanza dalla vita che mi sono lasciata alle spalle.

Anche la mia distanza da Emil aumenta. Ho letto solo in parte i rapporti inviatimi da Selma Jensen. Ne rimando la lettura. Però in ogni nuova sistemazione chiedo sempre se si ricordano del signor Emil Jukić che vi ha alloggiato l'anno scorso esattamente nello stesso giorno. Poi mostro la foto che ho sul telefono. Il proprietario di questo ostello non se lo ricordava affatto.

Gli ospiti accanto a me si alzano e si dirigono verso la sala da pranzo. Li seguo, il locale è fresco e simile a una cantina, profuma di stufato e vino. Probabilmente prima era una stalla. Sulla sinistra c'è un buffet splendidamente decorato e sulla destra diversi tavoli. Oggi mi siederò da sola, perché non ho più forze per un corso avanzato di francese. Quindi, si mangia e si va a letto presto. Scelgo un posto accanto alla finestra e mi riempio il piatto di pane e un misto di verdure grigliate e *crudités.* Una volta tornata al tavolo, osservo la pineta oscura, mentre mangio e mi gusto delle squisite carote marinate.

«C'è un posto libero?»

Un po' sorpresa, alzo lo sguardo. Nicolas! Il mio cuore sussulta leggermente. Che bello!

«Certo!» esclamo entusiasta. Della sua compagnia sì che ho voglia.

Nicolas sorride, sposta la sedia, si siede, prende un tovagliolo, se lo mette sulle ginocchia e prende la brocca con il vino rosso.

«Posso versartene un po'?» domanda.

«Sì, grazie!» Ha i capelli ancora un po' bagnati per la doccia e ordinatamente pettinati all'indietro. Quando saranno asciutti si scompiglieranno di nuovo, lo so dalla cena di ieri a Saugues. Indossa come ogni sera dei jeans scuri e sopra una camicia denim celeste a maniche corte. Anche lui fa regolarmente il bucato.

Nicolas mi chiede come va con il percorso. Vorrei parlargli soprattutto dell'assassinio di Omer e della morte di Solange, ma non lo faccio. Ripercorro la giornata tornando indietro nel tempo e inizio dal mio risveglio a tarda ora, poi descrivo i miei incontri con altri pellegrini e infine arrivo effettivamente alla morte di Solange perché non riesco a tacere su quello che mi agita il cuore. Gli racconto che ieri su quello stretto sentiero a Monistrol ho fatto appena in tempo a fare un passo indietro e a evitare una frana e che Solange invece qualche ora dopo ha fatto un passo falso, è scivolata e poi si è schiantata contro una roccia. A me è andata bene, e a lei male.

«La notizia della sua morte mi ha fatto pensare, Nicolas» dico e poi bevo un sorso di vino, «alla vita, al caso, e a parole come "il destino". Ho avuto fortuna o è solo che non era giunta la mia ora? Non faccio che pensarci».

Nicolas si appoggia allo schienale e i suoi occhi verdi mi guardano calmi. Quest'uomo ha un effetto su di me, mi tranquillizza. Stare qui seduta con lui sembra così... normale, come se ci conoscessimo da una vita. Come se potessi condividere con lui qualsiasi pensiero senza che mi giudichi.

«Eh, Lotte» dice sorridendo. «Ti ricordi il B&B di Saint-Privat-d'Allier? Quando ci siamo fatti un bicchierino dopo cena in terrazza e poi ci sono venute addosso tutte quelle mosche che venivano dall'allevamento di cavalli?»

«Sì» rispondo. «Orribile. Ricordo che a irritarsi più di tutti è stata la più giovane delle tre sorelle e che poi ha preso un giornale e le ha schiacciate una dopo l'altra. Ma ne arrivavano in continuazione delle nuove».

Nicolas ride.

«Proprio così, Lotte. Quella scena! Gli uomini sono come le mosche! Ronziamo di qua e di là e in qualsiasi momento può arrivarci un colpo di giornale. In modo del tutto casuale. Una botta e via».

«Una visione triste della vita» rispondo.

«Per niente. Vivi la tua vita e non pensare troppo a quel che è stato o a quello che capiterà, ma nel frattempo fa' attenzione alla mano che tiene il giornale. Non andare a cercarti il pericolo».

Infilzo un pezzo di peperone con la forchetta e rifletto sulle sue parole. Ha un'aria filosofica, come se guardasse il mondo da una certa distanza. Durante gli incontri precedenti in cui i pellegrini si scambiavano le loro storie, lui ascoltava i racconti degli altri, ma parlava poco.

«Tu cosa fai?» gli chiedo. «Di professione, intendo. Dove abiti? E perché fai il Cammino di Santiago?»

Nicolas sorride di nuovo. «Quante domande!»

«Sì!»

Sembra esitare e il suo sguardo si concentra su un punto del muro in pietra dietro di me, poi china il capo e passa l'indice su una fessura del tavolo di quercia.

«Vivo a Parigi, faccio il giornalista e il Cammino mi è sembrato un buon modo di passare le vacanze».

Tre risposte in una sola frase. Così viene da Parigi. Bellissima città, se si abita in un buon quartiere.

«E dove, a Parigi?»

«Nel XII arrondissement. Non lontano dal Bois de Vincennes».

«Ma è splendido!»

«Sì. Conosci Parigi?»

«Un po'». Gli parlo della mia formazione al Cordon Bleu e delle mie passeggiate in città, poi mi chiede del mio lavoro con il cioccolato e gli racconto dei semi di cacao, la fermentazione, la scelta di determinati ingredienti. Quando sto per lanciarmi sui miei tartufi al formaggio, arriva la proprietaria del B&B e ci invita a servirci del piatto principale.

Mentre ci spostiamo al buffet mi colpiscono di nuovo il suo passo elastico e il suo modo dignitoso di muoversi. Ha l'aria di un solitario distaccato dal suo ambiente, ma che tuttavia vi appartiene. Mi fa pensare alle nocciole dalla bella forma che a volte aggiungo ai miei cioccolatini di lusso. Fanno parte dei cioccolatini, ma sono anche una cosa a sé. Il suo atteggiamento indipendente ha forse a che fare con la sua professione?

«E di cosa scrivi, come giornalista?» domando una volta tornati al tavolo.

Di nuovo quell'esitazione, come se dubitasse sulla risposta.

«Ho iniziato la carriera giornalistica come corrispondente di guerra». Beve un sorso d'acqua. «Ho fatto l'inviato da quasi tutti i focolai di guerra del mondo, ma un paio di anni fa ho deciso di smettere. Ora lavoro come freelance soprattutto come opinionista politico».

«Quanti anni hai?» domando.

«Sono del 1967».

Calcolo rapidamente. Quindi aveva vent'anni quando è scoppiata la guerra in Bosnia.

«Hai lavorato anche in Bosnia ed Erzegovina?»

«No, il mio primo servizio è del 2002. Sono andato in Ruanda. Scrivevo reportage sui tribunali popolari».

«Ruanda? Dove c'è stato quel genocidio?»

Ricordo vagamente l'immagine di un bambino molto piccolo sul corpo della madre morta che cerca con accanimento di succhiare del latte dai suoi seni senza vita.

«Sì, ma quello è stato prima, nel 1994».

Nicolas prende una forchettata di broccoli. Restiamo qualche istante in silenzio. Curioso. Percorro il Cammino di Santiago a causa del passato bellico di Emil e ora siedo allo stesso tavolo con un inviato di guerra. Partecipare è diverso da scrivere, o uno si porta poi appresso le stesse immagini nel mondo normale?

«Nicolas, che effetto ti faceva?» chiedo. «Voglio dire, lavorare in mezzo a una guerra. Come essere umano. Psichicamente. Prendervi parte è diverso da osservarla?»

«Di nuovo un sacco di domande!» Sorride. «Be'. Ho avuto fortuna e ce l'ho fatta. Ma ci sono stati non pochi colleghi che sono crollati già alla prima missione».

Cattura una patata arrosto con la forchetta.

«Le persone reagiscono in modo molto diverso alla paura e alla violenza» aggiunge sollevando la posata. «Me ne sono accorto fin da giovane, ma ne ho preso atto fino in fondo solo quando ho lavorato nelle aree di guerra. Il fenomeno mi interessava e così ho cominciato a leggere dei libri in proposito. È una materia complessa e si sa ancora poco sul fenomeno della paura. Ma uno studio mi è rimasto impresso, parlava del neuropeptide Y, noto anche come NPY. Viene prodotto dal cervello e svolge un ruolo nella regolazione dell'alimentazione, del peso e della risposta allo stress. Le persone con un'alta concentrazione di NPY presentano una forte resistenza psicologica e sembrano immuni da malattie psichiche, tra cui i disturbi post-traumatici da stress. Suppongo di appartenere alla minoranza dotata di un elevato livello di NPY».

«Davvero?» esclamo. «Allora io devo averne una bassa concentrazione, perché nei giorni scorsi avevo paura a ritrovarmi da sola lungo il Cammino. Temevo di trovare uno stupratore dietro ogni cespuglio».

Nicolas scoppia a ridere e scrolla la testa.

«No, quel tipo di paura è un'altra cosa. È come controllare troppo spesso se c'è un giornale pronto ad abbattersi sulla nostra testa».

«Aha». Guardo il soffitto a volta come se ci fosse un giornale pronto a schiacciarmi. Nicolas ridacchia.

«Quale guerra ti ha fatto più impressione?» chiedo, e penso alle tante guerre viste in tv negli ultimi decenni. Le immagini si somigliavano sempre di più. Solo i paesaggi in cui quelle tragedie avevano luogo erano diversi. Comparivano tutte le zone climatiche possibili, dai deserti della Nigeria alle foreste tropicali della Colombia, dalle steppe pianeggianti del Mali alle alte cime dell'Afghanistan. E ovunque c'era guerra tranne nella nostra pacifica Europa occidentale. Ce ne stavamo tranquilli in poltrona e quando ne avevamo abbastanza di madri in lacrime con bambini denutriti facevamo zapping tra un reality e l'altro. Che strano, che l'uomo che ho davanti preparasse i servizi sulle tante guerre che ho guardato.

Nicolas ingoia il suo boccone, prende il bicchiere e manda giù un sorso d'acqua.

«La Siria» risponde dopo un breve silenzio, «perché lì ho capito definitivamente che non potevo più essere neutrale di fronte a quello che accadeva. Una guerra somigliava all'altra e ogni conflitto seguiva un andamento simile».

Sposta la sedia ancora un po' più avanti, appoggia le braccia sul tavolo e si sporge verso di me.

«Facci caso la prossima volta che segui il notiziario e te ne accorgerai anche tu. Negli ultimi decenni quasi ogni conflitto è iniziato con qualche personaggio assetato di potere che è riuscito a conquistarsi un gruppo di seguaci grazie alla disinformazione e alla manipolazione dei mezzi di informazione. E quei seguaci non appartengono all'élite della società, ma al ceto medio o a quelli più svantaggiati. Nei paesi in via di sviluppo è spesso gente senza prospettive, perché è povera o poco istruita. Ma in occidente i populisti hanno successo anche tra coloro che hanno la sensazione di non stare al passo o che non potranno mai eccellere. Queste persone sono animate soprattutto dalla frustrazione e sotto sotto forse anche da una certa invidia indotta dai social media. Vanno tutte a strombazzare dietro ai leader e si considerano speciali, migliori ed escludono gli altri. Una dinamica di gruppo. Di questo si tratta».

Nicolas guarda di nuovo fuori, verso il bosco. La sua attenzione sembra rivolta a mondi lontanissimi. Il sole pomeridiano illumina il suo profilo regolare, una ruga gli compare sulla fronte. Ci guardiamo.

«*Ein Volk, ein Reich, ein Führer*» dico pensando a un impressionante documentario sulla macchina propagandistica di Adolf Hitler.

«Sì. Un buon esempio». Si appoggia allo schienale. «I populisti sono bravi a rispolverare eroi o simboli del passato e a celebrarli attraverso un culto consolidato. In questo modo confermano ai loro seguaci che discendono da qualcosa di speciale. Che sono un popolo. E questo popolo ha naturalmente bisogno di un nemico. Questa concezione ostile è essenziale, perché tutti i demagoghi devono il loro successo al fatto di attaccare gli altri. Creano la sensazione di essere minacciati. Continuamente, attraverso battute a effetto. Prendono un episodio recente che ha fatto scalpore o qualcosa del passato, lo gonfiano e distorcono i fatti. Continuano a ripetere la menzogna e i loro seguaci la ripetono a loro volta all'infinito. Nasce così un'infezione che contagia il buon senso. Le battute si trasformano in un virus che si insinua nella mente, poi l'individuo contagiato smette di pensare in modo autonomo e si allinea al gruppo. Il sistema si amplia con sistemi e strutture. In questa fase gli anticonformisti vengono insultati e messi fuori gioco. La violenza si diffonde».

«Sì» sospiro, «uno schema noto!» Il discorso del leader serbo Milošević su quella battaglia persa nel Medioevo torna alla memoria. «E poi i populisti dichiarano che il nemico li minaccia e che bisogna agire per sventare il pericolo».

«Proprio così. E poi si comincia a dire: "Ci attaccheranno, dobbiamo difenderci", la situazione va fuori controllo e inizia il caos. E nessuno può prevedere cosa accadrà dopo, nemmeno i populisti. Perché questo è il problema. I populisti non sono dei veri leader. Sono solo un ego. Non sanno cosa vogliono fare del loro paese. Vogliono solo il potere. È questo che li esalta».

Riconosco una verità che nelle ultime settimane ho distillato dai racconti sulla guerra in Bosnia. Lì le cose sono andate proprio così, quando nel 1990 la Iugoslavia ha cominciato a disgregarsi. In questo caso con i serbi sotto Slobodan Milošević e i croati sotto Franjo Tuđman. Entrambi avevano un solo obiettivo: prendere il potere. Essere i dominatori assoluti.

Nicolas versa del vino nei nostri bicchieri.

«Insomma, è così che vanno le cose» dice bevendo un sorso. «Ho cominciato a irritarmi sempre più per questa dinamica di gruppo e soprattutto per la stupidità dei seguaci. Ho perso la mia obiettività. E poi il nostro lavoro è diventato più faticoso. Con l'avvento dei social media le varie fazioni non avevano più bisogno della stampa per diffondere a livello internazionale la loro versione dei fatti e ricevere sostegno. Anzi. Hanno cominciato a vederci, con la nostra informazione neutrale, sempre più come avversari, diffusori di notizie false. Per farla breve, non avevo più la sensazione che il mio lavoro avesse un senso e ho mollato».

«E a casa, avevi il sostegno della tua famiglia o dei tuoi amici?» chiedo incuriosita dalla vita privata di una persona che aveva fatto della guerra la sua professione.

«Non ho famiglia. I miei genitori sono morti all'inizio degli anni Novanta e i miei amori sono stati schiacciati dal mio lavoro. Non mi sono mai sposato e non ho figli. È difficile mantenere relazioni quando si è sempre in giro per il mondo».

«Che peccato» dico d'istinto.

«Non è grave». Infilza un altro broccolo con la forchetta. «Sto bene con me stesso».

«Dev'essere così». Penso a Paul e ai ragazzi di cui non sento la mancanza mentre cammino. Forse sono anch'io una buona amica di me stessa? Anche a casa mi piace stare sola nel mio laboratorio. Tuttavia, c'è una differenza tra Nicolas e me. A me basta fare una telefonata e loro sono subito con me. È stato così anche quando è morto Emil. Avevo tante persone intorno a me e mi hanno distratta. L'uomo che ho di fronte è davvero solo, ma non sembra preoccuparsene. Mangia con appetito. Ha ancora dell'energia positiva.

«E tu, Lotte, vuoi parlare un po' di te e del perché fai il Cammino di Santiago?»

«Di me?» Una strana timidezza mi pervade, poso il coltello sul tavolo per prendere il bicchiere con il vino. «Io invece ho una famiglia. Due figli maschi adulti e una figlia adolescente acquisita».

«E un partner, hai anche quello, no?»

Annuisco e abbasso lo sguardo. «Avevo un marito, ma ora sono vedova». Esito. Adesso cosa dico? Agli altri pellegrini ho detto subito che ripercorrevo il tragitto del mio coniuge deceduto, ma con Nicolas esito. Perché? Forse già lo sa. I pellegrini parlano continuamente dei loro incontri.

«Mio marito si è suicidato l'anno scorso». Lo guardo e poso di nuovo il bicchiere. «Il 6 agosto, a Conques.

Ora rifaccio il suo percorso negli stessi giorni, fa parte del mio processo di elaborazione del lutto, perché non riesco a capire perché lo abbia fatto. Così, senza nessun preavviso, nessun segnale. Cerco degli indizi perché vorrei capire cosa è accaduto nella sua testa».

Nicolas annuisce comprensivo. Qualcosa cova dietro il suo sguardo e cala uno strano silenzio. La sala da pranzo si va dissolvendo e i rumori si attutiscono. Respiro e rivolgo l'attenzione all'uomo che mi sta di fronte. Provo di nuovo un legame profondo, come se ci fosse sempre stato, ma solo ora mi rivolgesse la parola e io lo riconoscessi da un altro mondo, da una parte di me stessa che non frequento mai e che solo camminando comincio a scoprire. Una volta ho letto che può nascere un'inattesa comunione spirituale tra persone che condividono il pellegrinaggio e che spesso sfocia in un'amicizia duratura. Ero scettica quando l'ho letto, ma ora non più.

«Non piangere, Lotte» dice e con le dita mi asciuga le lacrime sulle guance. «La tua vita è troppo breve per le lacrime».

La lettera

V. Un fiume melmoso

Ricordi quando cominciavi a parlare dei crimini di guerra in Bosnia e io spostavo rapidamente il discorso su un altro argomento? Lo facevo perché dopo tanti anni, se penso alla Bosnia, ancora non riesco a controllare le mie emozioni. Ho la sensazione che quella tragedia non rielaborata mi possa gonfiare fino a farmi esplodere. Puoi paragonarlo a una bottiglia di succo d'arancia appena spremuto dimenticata su un tavolo in pieno sole in una giornata di gran caldo. Dall'esterno, dopo una giornata in quelle condizioni, il succo sembra come prima, ma dentro la bottiglia è avvenuto un invisibile processo di fermentazione. Quando lo si svita, il tappo schizza via. Succedeva così anche a me. Dopo la fuga dalla Bosnia, la mia vita apparentemente andava bene, ma gli orrori della guerra continuavano a fermentare dentro di me, in attesa del momento in cui qualcuno avrebbe svitato il tappo facendo esplodere la mia rabbia. E quel momento è arrivato quando dopo tanti anni ho rivisto all'improvviso Milan. Eccolo lì, quello che un tempo era il mio migliore amico e nell'ultimo ricordo che ho di lui si era trasformato nel mio demone e aguzzino.

E sai, cara Lotte, mentre scrivo queste righe e rifletto sulla mia vita, mi vengono in mente le scene che avrebbero dovuto mettermi in guardia su ciò che sarebbe accaduto. A posteriori, infatti, si ritrovano indizi precoci della conversione di Milan al nazionalismo serbo e dei crimini che avrebbe compiuto durante la guerra. L'odio per i musulmani e i croati gli era stato inculcato fin dalla prima infanzia e i regimi di Slobodan Milošević e Radovan Karadžić sono stati solo l'ultima goccia. Un genoci-

dio non è una cosa che accade di punto in bianco. È radicato in un passato di oppressione e misconoscimento, come si vede anche negli esempi storici. Popoli vissuti per anni sotto il giogo di dominatori arroganti, quando hanno potuto liberarsi delle loro catene spesso hanno preso il potere e invertito i ruoli. Si può paragonare a un fiume melmoso in cui piante che hanno lottato a lungo per un raggio di sole, a causa di un cambiamento delle condizioni, si ritrovano improvvisamente in piena luce e distruggono tutto nel tentativo di invadere l'intero ambiente. Così è accaduto con i serbi in Bosnia. Rappresentavano circa un terzo della popolazione e per secoli sono stati in minoranza in gran parte della nostra repubblica, ma dopo la morte di Tito nel 1980 sono usciti dall'ombra. Ciò vale anche per i serbi del nostro paesino. Durante il regime di Tito, sulla carta eravamo tutti uguali e credo che gli abitanti delle città per lo più si considerassero tali. Non si vedevano molte differenze etniche e culturali. Ma nelle campagne il mondo era diverso. Sotto la superficie lì era in fermento fin dagli anni Ottanta. In alcuni paesi erano secoli che i bosniaci prendevano più sole dei serbi. Anche nel nostro. Abitavamo nelle case migliori, avevamo i lavori migliori e godevamo di maggiore considerazione. Me ne sono accorto davvero solo in una piovosa domenica pomeriggio nell'autunno del 1983, quando Milan è uscito dall'ombra. Me lo ricordo ancora con precisione. Avevamo quindici anni e andavamo alle superiori. Ovviamente le ragazze ci interessavano già e di nascosto ci baciavamo durante le serate di ballo che si svolgevano a scuola ogni mese. Sapevamo anche quello che c'era da sapere sul sesso perché Emil due mesi prima, ad agosto, aveva sottratto delle riviste porno dalla scrivania di suo padre mentre i genitori erano in vacanza sulla costa croata. Emil era rimasto a casa con la sorella più grande. Quando ci aveva mostrato le riviste siamo andati eccitati in un capanno isolato accanto al frutteto e abbiamo sfogliato per ore quella lettura proibita. Emil leggeva a voce alta i testi osceni che accompagnavano le posizioni acrobatiche e così il nostro vocabolario fino ad allora casto si era arricchito di un vasto repertorio di termini volgari. Milan avrebbe usato spesso quelle parole sconce durante la guerra, mentre violentava le donne musulmane. Comunque, il giorno in cui terminarono le vacanze dei suoi genitori, Emil si era riportato a casa le riviste e le aveva rimesse dove le aveva trovate. Le pubblicazioni erano sciupate per l'uso intensivo fattone da tre adolescenti assetati di sesso e dai polsi indolenziti per il da fare che si erano dati. Peraltro, il padre di Emil non ha mai fatto commenti sullo stato di quelle riviste. Però una volta Emil ci ha detto che il giorno dopo suo padre gli aveva sorriso con complicità durante la cena.

A seguito del tempo passato insieme con quelle riviste si era creata un'atmosfera confidenziale e un paio di settimane dopo, in un piovoso giorno d'autunno, stavamo giocando una partita di žandari *nel soggiorno di Emil. La posta era una nuova rivista porno che Emil aveva trovato il giorno prima tra i giornali vecchi di suo padre e che era riuscito a salvare dal caminetto mentre lui era andato in bagno. L'avevamo sfogliata rapidamente e poi nascosta tra i libri di scuola posati sul tavolo. Ogni tanto gettavamo uno sguardo avido su quella pila. Avevamo già delle visioni.*

Quando ho dato le carte Milan a un tratto ha cominciato a raccontare tutta una storia sugli eroi serbi che erano i più grandi guerrieri d'Europa. Si vantava dicendo che all'epoca della dinastia Nemanjić erano venute in Serbia principesse da tutta Europa per sposarsi con i potenti principi locali. Anche la parola «popolo» era risuonata più volte. Io ed Emil ci siamo guardati. Di che stava parlando Milan? Doveva concentrarsi sul gioco, e invece non la smetteva più.

«Ma di che vai cianciando?» gli ha chiesto Emil. «L'ultimo principe della dinastia Nemanjić è vissuto nel XIV secolo ed è morto da più di seicento anni. E nel 1389 i turchi hanno preso il potere qui» ha detto indicandomi. «Quindi i tuoi grandi guerrieri serbi giacciono sottoterra ormai da sei secoli».

Milan è rimasto in silenzio, come al solito, perché di fronte alle conoscenze di Emil non poteva controbattere. Abbiamo continuato a giocare. Milan si è impegnato come non mai e ci ha battuto, dopo di che ha afferrato la rivista porno con un grido di vittoria e se l'è portata a casa.

Quella sera ho capito meglio i discorsi di Milan. Dopo cena infatti ho orecchiato una conversazione tra mio padre e mio fratello maggiore Bakir, che si era innamorato della sorella di Milan e voleva sposarla. Ma i miei genitori erano assolutamente contrari e gli proibivano di mantenere una relazione con una raja, *come mio padre chiamava i cristiani serbi.*

«È povera in canna e priva d'istruzione. Il suo futuro è tra quelli come lei!» ha detto mio padre in un tono che non ammetteva repliche. «Sì, è bella e una gran lavoratrice. Quell'obeso di suo padre forse può piazzarla al figlio di uno della classe media. Non scordartelo: tu sei il discendente di un grande principe, e lei è la pronipote dei nostri schiavi. Le due cose non stanno insieme!»

Mio fratello ha protestato dicendo che vivevamo in un'altra epoca, allora mio padre ha minacciato di diseredarlo. Mio fratello ha ceduto e se n'è andato a Sarajevo, ma è morto nel 1994 durante l'assedio della città. Un cecchino serbo-bosniaco gli ha sparato mentre attraversava la strada con una tanica d'acqua. La sorella di Milan si è sposata con un contadino serbo-bosniaco, ma è morta nell'agosto del 1995 quando ha messo un piede su una mina antiuomo mentre fuggiva dall'avanzata dell'esercito croato. Dopo la guerra suo marito ha fatto posare una lapide per lei nel cimitero del paese, ma la cassa in quella tomba è vuota. Il suo corpo era esploso in mille brandelli.

Quello che voglio dire è che dopo quella partita a carte, e dopo aver ascoltato la conversazione tra mio fratello e mio padre, ho cominciato a guardare il mondo con occhi diversi. Sapevo bene che eravamo tra i notabili del paese, ma fino ad allora non lo avevo mai collegato a un'identità etnica. Associavo la nostra ricchezza alle professioni dei miei genitori, non al fatto che eravamo i discendenti degli slavi che avevano combattuto con i dominatori turchi e così si erano procurati agio e potere. A un tratto ho cominciato a confrontare la nostra situazione con quella di Milan e ho notato che in effetti abitavamo nel punto più alto del paese, che la nostra domestica era serba, la cara Ana. Lei abitava nella parte bassa del paese, dove si trovavano le case piccole e umide di epoca asburgica. Mi sono accorto solo allora anche del fatto che indossavo sempre vestiti nuovi che acquistavamo nei magazzini moderni di Sarajevo, mentre Milan doveva cavarsela con gli indumenti dismessi di un cugino. Mi sono accorto anche che a gennaio andavamo a fare la settimana bianca, mentre Milan se ne restava in quella grotta umida di sua nonna.

La mia famiglia e quella di Emil godevano appieno del sole e noi affondavamo profondamente le radici nella nostra «nobile» storia. La famiglia di Milan viveva nell'ombra. Ma tutto ciò è cambiato radicalmente nel 1990.

Giorno 6
Mercoledì 31 luglio
Da Les Faux a Aumont-Aubrac, 22 km
Percepire con tutti i sensi

Sei diventato chi sei perché i tuoi sensi lì si sono risvegliati.

HELLA S. HAASSE, scrittrice olandese (1918-2011)

Giorno 6: mercoledì 31 luglio, mattina
Saint-Alban-sur-Limagnole: cosa dice una parola?
Soleggiato. Vento moderato. 23°

9.13

Mia cara, sto per visitare questo piccolo, splendido castello. Vado a vedere una mostra.
PS Oggi 22 km di cammino. Verso Aumont-Aubrac. 3 km già fatti.
♥♥♥♥♥♥

La roccaforte romanica splendidamente restaurata presenta una torre circolare su ogni angolo dal tetto leggermente spiovente in ardesia grigia. Il castello di Saint-Alban-sur-Limagnole sorge su una collina nel paese ed è circondato da una siepe di lavanda e alberi secolari. Che posto magnifico! Oltrepasso entusiasta il portone blu scuro e arrivo in un cortile pieno di decorazioni e balaustre dello stesso marmo rosa salmone. Il cortile è silenzioso. Non c'è nessuno. Sono partita tardi dopo una notte piena di sogni erotici i cui protagonisti eravamo io e Nicolas. Anche dopo tre chilometri a passo sostenuto mi eccitano ancora. Sono proprio cotta. Accidenti. È questo l'effetto del Cammino di Santiago di cui parlava Shirley MacLaine? Strano.

L'orologio in cortile suona due volte. Le dieci e mezzo. Alla mia sinistra c'è un cartello con un sandwich con una freccia che indica una porta aperta. Entro e mi ritrovo in una sala oblunga in cui è allestita una mostra. Su un tavolo all'ingresso c'è un quaderno che funge da registro dei visitatori. Lo sfoglio all'indietro, ma purtroppo la prima data è quella dell'11 aprile di quest'anno. Qui evidentemente usano degli annuari. Avrà scritto qualcosa nel quaderno precedente? C'è qualcuno che può dirmelo? Mi guardo intorno. Non qui, in ogni caso. Torno in cortile.

«Hallo!» grido, nella speranza di richiamare l'attenzione di un custode, ma tutto resta in silenzio e non si apre neanche una finestra. Rientro nella sala della mostra, faccio un giro tra i vari pannelli e scopro che la mostra attuale è sui pellegrini in questa regione dagli inizi del Medioevo a oggi. Studio gli oggetti e le foto, ma ignoro i testi. Sono tutti in francese e leggerli e tradurli mi costa troppa fatica in questa tarda mattinata. Prima mi ci vuole un caffè. Noto una porta antica senza serratura. Ci sarà qualcosa di bello da vedere anche lì? Mi affascinano i castelli. Abbasso la maniglia di ferro e la porta si apre con qualche scricchiolio. Dà su un atrio buio con una scala a chiocciola di pietra grigia. Aha! Allora questa è una delle torri circolari. L'unica luce penetra attraverso una feritoia nel muro molto spesso. Il luogo è sorprendentemente fresco e vi aleggia l'odore della muffa che risale dalle fondamenta. Mi chiudo la porta alle spalle e salgo la scala.

Al primo piano a sinistra c'è una porta moderna che, dopo aver bussato due volte, apro con cautela. Con la mano sulla maniglia, guardo all'interno dalla soglia. Nella lunga sala ci sono quattro antiquate scrivanie di acciaio fiancheggiate da schedari grigi. Tutto è ricoperto da uno strato di polvere. È da un pezzo che nessuno lavora qui. Sul lato opposto c'è un'altra porta moderna che probabilmente conduce nell'ala sinistra del castello. Medito di entrare nell'ufficio per scoprire cosa c'è dietro, ma non lo faccio. Va a finire che mi rimproverano. Torno verso il corridoio, chiudo la porta e riprendo la salita. Anche al secondo piano c'è una porta, ma è chiusa. Lo zaino mi pesa sulle spalle e raggiungo ansimando il solaio. Apro una porta di quercia antica ed entro in una lunga sala. Fa caldo e c'è odore di segatura e resina sintetica. Appese a un tetto spiovente ci sono foto di pellegrini, probabilmente quanto resta di una mostra precedente. Le ragnatele decorano gli angoli. L'impressione è che qui una volta abbiano cominciato a ristrutturare ma abbiano dovuto interrompere il lavoro. In mezzo alla stanza c'è un mucchio di assi e cartongesso. Il tetto di legno sembra essere stato costruito di recente, ma mancano ancora le finestre. A parte una, collocata sul lato opposto a quello della porta. Il sole penetra all'interno attraverso l'apertura e illumina le facce dei pellegrini. Le belle immagini mi attirano e mi avvicino.

Passo accanto a tre finestre chiuse da pannelli di truciolato e mentre mi avvicino alle foto lo sguardo mi cade su una scritta fatta a penna sulla superficie liscia di uno di quei pannelli. Ma è la scrittura di Emil! Con i tipici disegnini che faceva sempre quando conversava con qualcuno. Cosa c'è scritto? Mi chino e riconosco i numeri «020 525 1400» e la parola «Nijak». È il nome di qualcuno? Mai sentito. E se no, che cos'altro può essere? Le lettere cominciano a oscillare davanti ai miei occhi e il caldo mi opprime. Emil è stato qui, esattamente un anno fa e ha annotato un nome e un numero. Perché? Ha ricevuto una telefonata? Scatto una foto dei suoi scarabocchi e poi, con l'indice che mi trema, compongo il numero e chiamo. Devo sapere subito chi è questo Nijak, perché non conosco nessun Nijak. O forse aveva un'altra donna e le telefonava da queste torrette? Cos'altro non so di lui?

Una voce annuncia in francese che questo numero non è attivo, poi riprovo ma aggiungendo all'inizio il prefisso 0031.

«Benvenuti all'università di Amsterdam». Segue una registrazione con un menù a scelta numerica.

L'università? A cosa gli serviva l'università di Amsterdam? In questo posto? Una volta terminata la lettura delle possibilità, premo il numero 1, lo sportello assistenza studenti.

«Hallo?» dice una voce all'altro capo della linea.
«Sì, scusi, sono Lotte Bonnet. Qualcuno dei suoi colleghi si chiama Nijak di nome o cognome?»
«Nijak? Controllo un istante. Ha qualche altra informazione su questa persona?»
«No, so solo che dovevo chiamare un certo Nijak dell'università di Amsterdam e mi hanno dato questo numero».
«Ok, ora lo cerco. Nijak, ha detto? N-I-J-A-K? Giusto?»
«Sì».
Dallo sfondo arriva un suono di dita che ticchettano su una tastiera.
«Non trovo nessun Nijak. Ma forse è uno che comincia a settembre, all'inizio del prossimo anno accademico?»
«No, no, la persona deve essere registrata lì da voi dall'estate dell'anno scorso».
Attraverso il telefono giunge di nuovo il ticchettio delle sue dita. «Come nome Nijak non risulta. Nijaz sì. Si scrive con *z*. Qui dicono che è un nome maschile islamico».
Nijaz? Il mio sguardo corre alle lettere scritte da Emil. Sì, quella *k* può anche essere una *z*. Un nome maschile islamico? Forse uno studente?
«Può essere uno studente?» chiedo.
«Può darsi, ma non posso fornire informazioni».
«D'accordo, grazie comunque per la collaborazione».
«Di nulla. Buona giornata».
«Anche a lei».
Interrompiamo la comunicazione e osservo confusa la scrittura di Emil. Nijak o Nijaz. Chi è questa persona all'università di Amsterdam? All'improvviso mi si accende una lampadina: ma certo! È un amico di Stefan e studia proprio lì. In quell'università ci sono più di trentamila studenti.
Tra quelli c'è di sicuro questo Nijak o Nijaz. Ma perché lo avrà voluto chiamare Emil? Nessuna idea. Scrivo rapidamente un messaggio a Stefan.

Tesoro, conosci un certo Nijak o Nijaz dell'uni? È un tuo amico? O un docente? O cos'altro? Sai per caso perché papà l'anno scorso ha chiamato l'università di Amsterdam mentre faceva il Cammino di Santiago?

Mentre invio il messaggio risuona da sotto una voce maschile che dice qualcosa. Ascolto.

«Ehi, chi c'è lì?»

Accidenti, qualcuno mi ha sentito parlare. Sarà meglio che mi faccia vedere e dica che mi ero semplicemente smarrita. Afferro gli spallacci dello zaino e mi avvio verso la porta.

«Sì, arrivo» rispondo mentre ripongo il telefono nel marsupio. Scendo la scala a chiocciola più rapidamente che posso.

All'altezza del primo piano mi blocco e riconosco un profumo noto. Com'è possibile? Questo è Azzaro!

«Nicolas» chiamo a voce alta. «Sei lì?»

«*Madame?*» si sente da sotto.

«Sì, sì, sono qui» mi riprendo, continuo la discesa e arrivo nell'atrio poco illuminato. Accanto alla porta aperta dello spazio espositivo c'è un signore anziano abbronzato e dai corti capelli grigi.

«Ero andata a vedere se c'erano altre mostre di sopra» dico con il mio miglior sorriso.

«*Non, madame*». Scuote la testa. «Sopra non c'è niente».

Annuisco e penso di nuovo all'Azzaro. Dov'è Nicolas? Deve essere qui da qualche parte. «Scusi per il disturbo, ma, ha visto per caso un uomo andare di sopra?»

«No, madame. Ma io non vedo chi entra qui, sono il contabile e il mio ufficio è là in fondo» dice indicando una porta accanto alla sala delle mostre. «L'ho sentita parlare attraverso la finestra aperta e sono venuto a controllare».

L'uomo mi precede verso l'uscita.

«Posso chiederle ancora una cosa?» dico chiudendomi la porta dietro le spalle. «Avete un registro dell'anno scorso? Con i racconti di chi è passato di qui?»

«Purtroppo no. Forse ce l'ha la segretaria comunale, ma è in ferie da lunedì. Tornerà fra tre settimane».

«Ah, peccato». Passando davanti alla mostra con le storie dei pellegrini penso a quella della scorsa estate. Che mostra ci sarà stata? E sarà ancora possibile vederne qualcosa? Emil non ha detto niente in proposito, anche se aveva detto che l'avrebbe visitata. Mi inviava le foto quasi di ogni cespuglio che incontrava, ma non di questa mostra. Strano.

«*Monsieur,* ancora una domanda. Che mostra c'era qui l'anno scorso, a luglio e agosto?»

L'uomo si ferma e si volta verso i pannelli, come se riflettesse.

«Se non ricordo male era una mostra fotografica sull'Aubrac. Tutte foto in bianco e nero sulla natura scattate da fotografi locali. Sì. Le foto sono rimaste qui fino a settembre».

«Ah, e per caso ha un catalogo, o un opuscolo?»

«No, madame, non mi occupo di queste cose».

«Bene. Non importa. Allora, adesso vado. E scusi ancora per il disturbo».

«Nessun disturbo, madame». Si fa da parte per lasciarmi passare con il mio zaino.

«*Au revoir et merci!*» Ondeggiando, esco dal castello. Quando arrivo alle scale che collegano la collina con la cittadina a valle, squilla il telefono. Prendo l'apparecchio. È un messaggio di Stefan.

No mamma, non conosco nessun Nijak o Nijaz. Tutto bene lì? Forse papà avrà chiamato l'università per via delle tasse universitarie, non le avevo ancora pagate, ricordi?

Dondolo nervosamente sui piedi. Stefan non conosce quel Nijak o Nijaz. Chi è allora? Ma è poi un nome? E in effetti c'era un problema con le tasse universitarie. Non so come sia andata a finire. Non mi occupavo di queste cose. Sento dei passi alle mie spalle. Mi volto di scatto sperando di vedere Nicolas, ma purtroppo si tratta di un altro pellegrino, la vecchia tedesca con cui ho parlato brevemente ieri nel dehors del caffè accanto alla statua della bestia. Le faccio un cenno di saluto e intanto indico un furgone bianco parcheggiato a destra dell'ingresso che con una ruota schiaccia la splendida lavanda. Che maleducato! Fino a poco fa non c'era, altrimenti lo avrei segnalato al contabile. Riprendo a scendere le scale pensando di nuovo a Nicolas. Strano. Sono certa di aver sentito il profumo di Azzaro nella tromba delle scale. O me lo sono immaginato?

Giorno 6: mercoledì 31 luglio, pomeriggio
Aumont-Aubrac: strane mani
Soleggiato. Vento moderato. 30°

Sono nella sala d'attesa del centro benessere e aspiro il profumo di fiori artificiale diffuso da una bottiglietta ovale. Mi avvicino e leggo che quello che sento è *Linen Blossom* di Maison Berger. Me lo devo ricordare. Prendo il telefono, scatto una foto e torno ad appoggiarmi allo schienale. Una certa Jasmine mi farà un massaggio rilassante con particolare attenzione alla schiena. Lavorava qui anche l'anno scorso, mi ha detto la donna alla reception quando gliel'ho chiesto. Immagino che possa ricordarsi di Emil. Non capita tutti i giorni di ritrovarsi sul lettino un uomo con la schiena rovinata.

Sono in anticipo di un quarto d'ora perché volevo prima fare un tuffo in piscina, ma era così affollata di bambini che giocavano che ho preferito rinunciare. Sopporto meno la folla da quando faccio il Cammino di Santiago, e non sono l'unica; vari altri pellegrini che ho incontrato mi hanno detto la stessa cosa. Spero sia un effetto passeggero, altrimenti sarà un problema quando dovrò riprendere la vita di tutti i giorni.

Oggi non ho ancora visto né le tre sorelle né Nicolas, ma forse capiterà questa sera, quando andrò a mangiare in centro. Anche loro dormono a Aumont-Aubrac perché lungo il desolato tragitto tra questa cittadina e Nasbinals non ci sono strutture in cui pernottare. Chiederò subito a Nicolas se ha visitato quel castello. Sospiro, mi piego in avanti e mi tasto i piedi. La vescica sul dito ormai è una ferita sanguinante. Mi accorgo di averne anche un'altra sotto la pianta dello stesso piede, ma questa non la buco. Non oso più farlo dopo aver parlato oggi con un giovane medico specializzando tedesco ossessionato dalle vesciche. Abbiamo camminato insieme per circa mezz'ora e in quei trenta minuti mi ha tenuto una conferenza sui problemi dei piedi e fornito consigli su come trattare le mie ferite. Ha affermato con sicumera che non bisogna mai bucare una vescica perché si potrebbero contrarre infezioni pericolose. Sono rimasta delusa quando me lo ha detto, perché quell'atto per me aveva qualcosa di intimo e mi avvicinava a me stessa.

Poco fa Stefan mi ha telefonato di nuovo a proposito del mio messaggio e mi ha chiesto dove avessi trovato quel nome, così gli ho raccontato del castello. Stefan ha detto che forse non si trattava di un nome, ma di una parola in bosniaco. «Papà usava spesso delle parole bosniache. E la gente annota tante cose. Non preoccuparti». Stefan ha ragione, ma non riesco a liberarmi di quella parola.

La porta della sala massaggi si apre e una ragazza robusta dai capelli neri sui venticinque anni mi invita a entrare. La stanza è priva di finestre ed è arredata in uno stile orientale dalle tinte bordeaux dominanti e illuminata da candeline appoggiate su una credenza; in sottofondo risuona una musica indiana rilassante. La ragazza mi passa un minuscolo slip usa e getta e mi dice di spogliarmi e indossarlo e di sdraiarmi a pancia in giù sul lettino, infilando il viso nell'apposita apertura. Esce dalla stanza e faccio quanto mi ha chiesto. Dopo un paio di minuti rientra e mi spiega cosa farà. Mi chiede se è tutto chiaro e io annuisco. Lascio Emil a più tardi. Mi strofina tutto il corpo con un olio alle mandorle dall'odore delizioso. Le sue dita mi scorrono sulla pelle e intanto con i palmi preme ritmicamente sui canali dell'energia. Ho l'impressione che piccole scosse elettriche mi attraversino il sistema nervoso. Poi inizia a lavorare sulla schiena. Un leggero massaggio rilassante con cui a lente ondate mi avvolge il torso. E mentre le sue mani mi scivolano sulla pelle io scivolo in un'altra dimensione e mi ritrovo in una zona d'ombra tra sonno e veglia. Sono sdraiata su un lettino in spiaggia, le onde del mare vanno e vengono calme. Sento la voce di Emil mentre mi spalma la crema solare. *Tesoro...* Mi dice parole dolci e mi accarezza delicatamente, come faceva spesso. Mi amava, mi amava così tanto. *Vieni, amore mio, godi, sentimi...* Le mani della massaggiatrice si confondono con le sue mani e diventano le sue dita. Emil mi accarezza e mi bacia sul collo così affettuosamente, poi le sue dita mi scorrono amorevolmente lungo la schiena fino al coccige e scivolano appena entro il solco delle natiche. Poi la luce scompare e le mani cambiano, e mi coglie un profondo senso di mancanza. Il dolore spunta insieme alle lacrime. No, queste non sono le dita di mio marito, lui è morto e non mi accarezzerà più con tanta delicatezza. Non mi sussurrerà più *amore mio.* E a un tratto mi rendo conto del perché non riesco a capire il suo suicidio. Una sicurezza c'era nella mia vita, ed era il suo amore per me, e quella scontata dedizione è andata perduta. E per questo mi è così difficile sposarmi con Paul, malgrado andiamo perfettamente d'accordo. Paul non mi adora come mi adorava Emil. E qualcosa in me sa che sentirò la mancanza di quell'amore, che mi accorgerò di quando una mano mi accarezza senza passione. Una mano come questa, funzionale, una mano che lavora.

Ma come era per Emil? Ha sempre saputo che l'avevo sposato perché ero incinta di Stefan. Ne ha sofferto? Per questo non si è mai fidato a parlarmi del suo passato? Comincio a tremare in tutto il corpo. La massaggiatrice si ferma, fa un passo indietro, resta un istante in silenzio e poi mi chiede se va tutto bene. Mi tiro su.

«No, a dire il vero. Sono vedova da un anno» dico scossa dai singhiozzi «e mi manca terribilmente mio marito. Mi è venuto da pensare a lui proprio adesso».

La massaggiatrice annuisce, prende un asciugamano e me lo posa sulle spalle.

«È stato anche qui, su questo lettino» le dico piangendo. «L'anno scorso, il 31 luglio, alle cinque del pomeriggio.

Esattamente un anno fa, ed è lei che lo ha massaggiato. A un tratto l'ho sentito così vicino. Lo stesso posto, la stessa ora, lo stesso trattamento. È stata una cosa così. Mi scusi».

«È comprensibile, madame». Va verso un armadio, versa un bicchiere d'acqua e me lo porge.

«Forse si ricorda ancora di lui?» Sorrido speranzosa e bevo un sorso. L'acqua ha un fresco aroma di menta. «Aveva delle cicatrici sulla schiena, perché l'avevano frustato. Apparivano come dei rilievi rossi». La donna indietreggia di un passo e mi guarda spaventata. «Quello era suo marito?» dice balbettando. «Che brutta cosa! La sua schiena, intendo. Non sapevo cosa fare con lui. Sa, madame, lavoravo qui solo da un paio di settimane. Era il primo lavoro dopo il diploma, non ero preparata a occuparmi di una persona in quelle condizioni. E suo marito non parlava francese come lei, e il mio inglese è scarso. Riuscivamo a malapena a comunicare. Ma ci siamo riusciti. E così è morto? Un anno fa?»

«Sì, si è suicidato. Qui, lungo il Cammino, il 6 agosto, a Conques».

«Ne ho sentito parlare. Era lui, quello?» giunge le mani come se volesse pregare per lui.

«Sì, quello era mio marito. Cos'altro ricorda di lui?»

«Solo la sua pelle. Nient'altro». Sembra riflettere. «No, c'è ancora qualcosa. L'uomo che è entrato dopo di lui. Non era un cliente, ma un estraneo che, appena suo marito se n'era andato, è entrato all'improvviso nel salone e ha cominciato a chiedere se suo marito aveva delle cicatrici sulla schiena. Il suo arrivo mi ha talmente colto alla sprovvista che ho annuito. Ma, come sa, non avrei dovuto farlo. Ce l'hanno anche insegnato a scuola, non si deve mai parlare del corpo dei clienti. La discrezione è importante. Quando quell'uomo è uscito mi ha preso il panico. Ho temuto che fosse stato inviato dalla direzione, una specie di ispettore in incognito che doveva verificare la mia integrità, facendomi domande sul corpo di un cliente in modo tanto inaspettato. Ma naturalmente non è successo niente. Non era un test».

Le sue parole fanno passare il mio dolore in secondo piano e mi mettono sul chi vive. Cambio posizione e raddrizzo la schiena. Questo è importante. Un estraneo è entrato nel centro massaggi e si è informato sulla schiena di Emil? Significa che qualcuno che apparteneva al suo passato ha creduto di riconoscere il suo volto. Qualcuno che aveva dei dubbi e perciò ha controllato con questa massaggiatrice se Emil era l'uomo che pensava che fosse. E che ha avuto una conferma...

«Che aspetto aveva quell'uomo, qual era la sua età?»

«Non ho potuto osservarlo tanto bene perché mi trovavo lì quando suo marito se n'è andato». Indica uno sgabello in un angolo dalla parte opposta dell'ingresso. «La luce non era ancora stata accesa. Quell'uomo stava sulla soglia, non potevo vederlo in faccia perché era in controluce. Di corporatura era alto e magro, più robusto di suo marito. Non so molto di più. E poi è uscito subito. Quando mi sono ripresa sono andata a cercarlo, ma non l'ho trovato. Non era un ospite del nostro hotel».

«Che lingua parlava?» domando.

«Francese, ma con un accento».

«Che tipo di accento?» Emil parlava perfettamente olandese, eppure si notava una cadenza diversa.

«Non ricordo più tanto bene. Può darsi che venisse dal Belgio o dalla Svizzera, o da uno dei nostri territori d'oltremare. O da qualche altra parte. Il suo francese suonava semplicemente diverso da quello che parliamo qui. Ma posso sbagliarmi. Ha parlato poco, solo un paio di frasi».

Cerco di elaborare queste informazioni. Dunque, un pellegrino o un abitante della zona ha riconosciuto Emil. Veniva di certo dalla Bosnia ed Erzegovina, perché negli anni in cui ha vissuto in Olanda Emil ha mostrato raramente la schiena nuda. Non lo faceva neppure in vacanza, sulla spiaggia indossava una maglietta, anche quando nuotava. A parte il medico di famiglia, il fisioterapista, il massaggiatore sportivo, i ragazzi, Caroline, Paul e me probabilmente nessuno sapeva della sua schiena sfregiata. Chi era allora quell'uomo? Anche Emil lo aveva visto? Era forse quel Nijak o Nijaz? Emil ha visto allontanarsi dal castello qualcuno del suo passato? Per questo ha scritto il suo nome su quel pannello? È possibile, ma ciò non spiega ancora il numero di telefono dell'università di Amsterdam. Gli unici che hanno a che fare con quell'università sono Stefan e Selma. Selma è da escludere perché le ho telefonato solo un anno dopo la morte di Emil. Deve esserci un'altra spiegazione, più collegata a noi. Forse Emil quella mattina ha ricevuto un messaggio dell'università che riguardava Stefan. Potrebbe essere. Non aveva ancora pagato le tasse universitarie, ha detto Stefan nel suo messaggio. Era successo anche l'anno prima per cui Emil era dovuto intervenire all'ultimo minuto e aveva messo a posto le cose.

«Come vuole procedere con il suo trattamento, madame? Ha la schiena bloccata. Posso praticarle un massaggio sportivo energico per liberare un po' le spalle e il collo».

«Mi sembra una buona idea». Mi sdraio e infilo di nuovo la faccia nell'apertura del lettino. «Faccia pure con forza. Non abbia paura di farmi male». Sì, il dolore mi fa bene. Come ho imparato durante il Cammino, quando il mio corpo avverte qualche dolore, la testa smette di rimuginare.

Giorno 6: mercoledì 31 luglio, sera
Aumont-Aubrac: riflessi del passato
Pioggia e nebbia. Vento moderato. 19°

Cammino un po' brilla dal centro di Aumont-Aubrac fino all'hotel, che dista un chilometro e si trova su una strada fuori del paese. In lontananza, il vapore sale dai boschi surriscaldati. Procedo spedita, perché piove per la prima volta da quando ho iniziato il viaggio. Poco prima avevo visto il temporale in agguato e quando verso le sette sono andata in centro per mangiare qualcosa ho infilato in fretta nella busta di nylon il mio poncho impermeabile arancione per non prendere freddo. La temperatura è scesa di un paio di gradi quando ha cominciato a piovere a dirotto.

Ho tirato fuori per la prima volta il poncho dalla confezione e non riesco a togliermi dal naso il fastidioso odore chimico della plastica. Dopo l'allergia ai rumori innaturali adesso mi prende anche l'avversione per gli odori artificiali. Avevo sentito dire anche da altri pellegrini che l'olfatto migliora con il cammino e che non si riesce più a sopportare tutto ciò che è sintetico, come se il nostro istinto primordiale venisse ripristinato.

Cerco di ignorare l'odore e proseguo di buon passo. Ho trascorso una piacevole serata con Maddie, un'inglese che ha iniziato il viaggio a Le Puy-en-Velay come me. È una quarantacinquenne dall'aspetto fragile, i capelli neri, un viso da bambola e i denti bianchi come perle. L'avevo già notata in precedenza, perché sedeva al nostro tavolo accanto ai tralci di vite a Saugues e sorrideva molto. Anche stasera sorrideva, ma mi ha colpito che i suoi occhi non partecipino al sorriso, è solo la sua bocca a muoversi così. È gentile e spontanea, ma non allegra, perché porta con sé un grande dolore. Mentre bevevamo un delizioso Marcillac ci siamo raccontate le nostre vite e mi ha confessato di aver sempre desiderato dei figli, ma che non li aveva avuti perché il suo ex non voleva assolutamente saperne. Lei aveva scelto di sposarlo lo stesso, ma poi quel bastardo la tradiva e cinque anni fa l'ha "sostituita" con un esemplare più giovane. Ora lui aveva un figlio di quattro anni e una figlia di due. E lei non aveva niente, né un uomo né un figlio. E nel frattempo la sua occasione era perduta. L'aveva scoperto quando tre anni prima aveva cercato di restare incinta grazie a un donatore anonimo. Il ginecologo le aveva comunicato una verità dura e difficile da digerire: era già in menopausa. Da allora era piena di rabbia. Così aveva cercato di smaltirla lavorando sodo e camminando. E per la miseria, ha detto, ha funzionato. Si era trasferita a Londra, aveva fatto carriera nel settore delle telecomunicazioni, guadagnava soldi a palate e aveva un nuovo hobby, camminare, appunto. Dopo due settimane di marcia si sentiva sempre molto meglio. Lo capisco, perché anche io ora sono molto più stabile di un paio di giorni fa.

Mentre mi lego il cappuccio del poncho intorno alla testa, mi rendo conto che sia io che Maddie siamo state ingannate dai nostri mariti. Mio marito aveva mentito sui fatti, il suo sui sentimenti. Cosa era peggio? Penso mentire sui sentimenti, perché quelli ti sporcano l'anima e infangano tutti i ricordi intimi. Io non mi sento sporca se ripenso alle sue carezze, perché Emil era sincero nel suo amore verso di me e i ragazzi. Ne sono certa. Aveva i suoi segreti, ma affondavano le radici in un tempo precedente al nostro. Qui sul Cammino di Santiago è successo qualcosa che ha legato il suo passato al suo presente. E questo «qualcosa», secondo me, è stato l'incontro con un uomo che conosceva dai tempi della Bosnia.

L'anno scorso intorno a quest'ora mi ha scritto che per la prima volta dopo tanto tempo si era scolato una bottiglia di vino con un «commensale». Chi sarà stato? Avrà mangiato con l'uomo che qualche ora prima era entrato dalla massaggiatrice? Era lui quel Nijak o Nijaz? Come posso scoprirlo? Ho già riletto tutti i messaggi di Emil, ma non ho trovato niente a proposito di un incontro con qualcuno che apparteneva al suo passato. Sono stata sciocca a non chiedergli niente allora. Mi mandava tanti di quei messaggi che non ho trovato nemmeno il tempo di leggere tutto per bene e rispondere seriamente. Ho abbondato solo con battute e smile. Quindi è possibile che saltino fuori altre sorprese. Tra l'altro, in Maddie ho trovato una seria concorrente rispetto al mio interesse per Nicolas. Prima, quando ormai un po' brille abbiamo spettegolato sui pellegrini particolari incontrati lungo il percorso, le ho raccontato di quel tipo strano con il suo cagnetto e lei invece si è messa a parlare di quell'attraente francese dagli splendidi occhi verdi. «Wow!» ha detto e ha ricordato che avevo avuto la fortuna di sedere accanto a lui a Saugues durante la cena. Le ho risposto che quella sera non avevo potuto parlare molto con lui per via di quella signora di Lille. «Sì, sì» ha detto Maddie. «È vero, quella donna era un fiume di parole inarrestabile». Ha aggiunto che aveva cercato di ottenere qualche notizia in più su quel «tipo splendido», ma non aveva saputo altro che il suo nome, Nicolas. Il bellone era chiaramente poco incline a condividere informazioni. Le ho chiesto se oggi lo aveva visto. Sì, lo aveva incontrato al mattino mentre scendeva la collina del castello di Saint-Alban-sur-Limagnole. Lei stava giusto andandoci, ma lui sembrava avere fretta e le ha detto solo «*bonjour*». Allora gli aveva domandato se nel castello c'era qualcosa d'interessante da vedere e lui aveva alzato le spalle, aveva risposto «*ça va*» e aveva proseguito. Il racconto di Maddie mi ha messo in allarme e ho raddrizzato la schiena. Le ho chiesto verso che ora era passata dal castello. Secondo lei dovevano essere circa le undici, perché era partita tardi dal B&B di Lajo e aveva già percorso quasi sei chilometri quando ha raggiunto la cittadina.

Quindi avevo ragione, era proprio l'Azzaro di Nicolas che aleggiava sulle scale del castello. Ma allora perché non ha risposto quando l'ho chiamato?

Intanto, sto percorrendo un tratto privo di edifici. La nebbia e la scarsa illuminazione rendono la strada buia e un po' incerta. Mi fa pensare a Epenerweg, una strada della mia infanzia, quando ancora non c'erano corsie per ciclisti e pedoni; in quegli anni chi si muoveva lentamente era cibo per le auto che sfrecciavano. Da bambina, su quella strada sono stata quasi investita da un ubriaco che aveva preso male una curva. Sono scampata per un pelo alla morte infilandomi con tutta la bicicletta nel fiume Geul. Questa strada è altrettanto rischiosa, soprattutto con un tempo simile. E poi qui in Francia corrono più che da noi. Già il primo giorno sono rimasta scioccata dalla guida selvaggia che hanno nel Massiccio Centrale. Proseguo attraverso l'erba fradicia dello spartitraffico, rassegnandomi ad avere le scarpe bagnate. Intravedo già in lontananza le luci dell'hotel quando sento alle mie spalle il rumore di un'auto che sta accelerando. Come pensavo. Ecco un altro pazzo! Mi volto di scatto e osservo i fari che si avvicinano. Il guidatore ha acceso gli abbaglianti e mi acceca. Agito le braccia per farmi vedere, ma non funziona, mi sta venendo dritto addosso. Senza esitare salto oltre il muretto dello spartitraffico e finisco in mezzo all'erba. Il veicolo sfreccia a tutta velocità raschiando il muretto. Con il cuore in gola mi rialzo e seguo il mezzo con lo sguardo. Un furgone bianco.

«Idiota!» grido.

Il veicolo imbocca la curva senza rallentare e sparisce dalla mia vista. Comincio a tremare in modo incontrollato. Ero quasi morta. Un'altra volta. Prima quella frana e adesso questo. Santo cielo.

La lettera

VI. Il falco grigio e l'agnello nero

Ci sono persone che arricchiscono la nostra vita, che fanno o dicono qualcosa che ci resta impresso. Una di quelle era per me il vecchio imam del nostro paese, non perché mi bombardava con storie su Allah e l'Islam, ma perché mi parlava della forza della natura e della bellezza della vita quotidiana.

«La gente preferisce ascoltare menzogne fantasiose piuttosto che fatti sobri» ha detto in un assolato pomeriggio di ottobre del 1985, e mi ha fatto conoscere il mondo dei demagoghi. Il nostro hodža *non era solo saggio, aveva anche due hobby particolari, la fotografia e i falchi. Fin dall'infanzia io, Emil e Milan andavamo un paio di volte all'anno con lo* hodža *a camminare e poi facevamo volare il falco. Scattavamo anche delle foto alle cose che ci colpivano con la sua macchina fotografica e poi la sera le sviluppavamo nella sua camera oscura. Lì, nell'intimità della luce rossa, chiedeva a ognuno di noi perché avevamo scelto quel soggetto per la nostra foto e ascoltava con attenzione la nostra spiegazione. Attraverso le sue domande ci ha insegnato a esplicitare cosa vedevamo veramente. Ho compreso il significato di quegli insegnamenti solo dopo la guerra. Comunque, durante quella giornata d'autunno del 1985 lo* hodža *previde la guerra in arrivo. Era una giornata di sole e risalivamo il sentiero che attraversava il querceto verso l'altipiano brullo disseminato di rocce. La nostra ascesa era diversa da quelle di un tempo. Meno sfrenata e anche meno libera. Il contatto tra me, Emil e Milan si andava allentando, perché già da qualche tempo frequentavamo scuole diverse. Emil, con la sua mente iperintelligente, andava ovviamente al liceo, io appartenevo al*

gruppo che veniva subito dopo e andavo al liceo, e Milan all'istituto tecnico. Con i suoi ottimi voti avrebbe potuto frequentare il liceo anche lui, ma a casa non hanno voluto. Doveva imparare un mestiere e cominciare a guadagnare il prima possibile. Milan ha fatto quel che gli veniva detto di fare e ha trovato dei nuovi amici, ma ci vedevamo ancora nei fine settimana ed era sempre piacevole.

Chiacchierando di tutto e di niente, abbiamo seguito lo hodža *su per la salita e abbiamo raggiunto l'altipiano con la croce serbo-ortodossa in ferro battuto piantata sopra una roccia. Era stata collocata lì in memoria delle donne e dei bambini serbi che durante la guerra erano stati assassinati dagli ustascia croati. Milan si è fermato davanti alla croce e si è messo a pregare. Io ed Emil siamo rimasti stupiti. Da quando l'ateo Milan era diventato credente? Glielo abbiamo chiesto e lui ha risposto a denti stretti che non ne capivamo niente. Abbiamo lasciato cadere l'argomento e abbiamo fatto una sosta per mangiare e bere qualcosa. Un gregge di pecore pascolava tra le rocce e un agnello nero è uscito dal gruppo, si è diretto verso la croce e si è messo a brucare l'erba accanto alle rocce. Lo* hodža *ha iniziato il suo rituale e mi ha chiesto di reggergli un istante la macchina fotografica. Si è allontanato un po' da noi, ha liberato il suo falco grigio e ha emesso dei suoni. L'uccello si è alzato in volo ed è andato a posarsi poco dopo sulla croce nera. D'impulso ho scattato la foto del falco grigio sulla croce con l'agnello nero accanto.*

Quella sera io e lo hodža *eravamo soli nella camera oscura. Quando la mia foto è diventata visibile nel liquido ho notato che sia il falco che l'agnello guardavano dritto nell'obiettivo e che si trattava di un'immagine molto particolare.*

«Aha, questa foto avrebbe potuto figurare sulla copertina del libro Viaggio in Iugoslavia*» ha detto lo* hodža *mentre si chinava sulla vaschetta. Gli ho chiesto di cosa parlava quel libro e se potevo leggerlo. Lui ha risposto che si trattava di un libro di viaggio inglese sulla Iugoslavia degli anni Trenta. La scrittrice inglese tracciava dei parallelismi tra un mito serbo e la minaccia bellica dell'epoca. «Rebecca West avvertiva che un falco grigio chiamato Hitler avrebbe promesso ai tedeschi un impero eterno e prevedeva che le docili pecore tedesche gli sarebbero cor-*

se dietro, verso l'inferno della guerra» ha detto con un'ombra di dolore nella voce.

«La stessa cosa sta per succedere adesso, ragazzi» ha sussurrato dopo un istante di silenzio, «ma qui da noi, perché un falco grigio sorvola la nostra terra. Serbo, stavolta, che risponde al nome di Slobodan Milošević, e condurrà le docili pecore serbe verso una nuova guerra in cui ci risucchierà». Poi mi ha ripetuto che la gente preferisce ogni volta dar retta alle menzogne fantasiose degli opportunisti piuttosto che ai fatti oggettivi riportati dagli esperti. E più le frottole sono circonfuse di gloria, più numerosa è la massa che vi presta fede, ha detto, e poi a titolo di esempio mi ha raccontato la storia del debole principe serbo Lazar. Questi, nel 1389 era stato duramente sconfitto dagli ottomani sulla Piana dei Merli, nel Kosovo, trasformando i serbi negli infelici sudditi dei turchi. E cosa ha fatto la chiesa serbo-ortodossa? Ha presentato il principe Lazar non come un perdente ma come un grande eroe, perché dopo aver ricevuto un messaggio da Dio, recatogli da un falco grigio, aveva scelto il regno celeste anziché un regno terreno. I serbi hanno quindi onorato per quasi seicento anni un perdente, perché attraverso la via delle sofferenze sulla terra li avrebbe condotti alla gioia eterna in paradiso. Lo hodža *mi ha consigliato di essere sempre critico verso la retorica dei leader, di cercare sempre altri punti di vista e di non andare mai dietro al gregge. E dovevo tenere sempre con me la foto del falco grigio e dell'agnello nero per ricordarmi del suo consiglio.*

Quando ho appeso la foto al filo ad asciugare, ho ripensato all'ateo Milan che nel pomeriggio aveva pregato davanti alla croce serba e che qualche ora dopo, durante la discesa, aveva profetizzato su Slobodan Milošević e il fatto che il nuovo grande leader della Iugoslavia non sarebbe stato un croato, ma un serbo. Solo allora mi sono reso conto che Milan era diventato uno di quelli che credono alle menzogne fantasiose e che nella vita ormai avevamo preso strade diverse.

Lo hodža *ha stampato per ognuno di noi tre la mia foto e ci ha raccomandato caldamente di non diventare delle docili pecore che corrono dietro agli strepiti di un leader. Milan ha preso la foto, ma poi non gli ha dato retta.*

Giorno 7
Giovedì 1° agosto
Da Aumont-Aubrac a Nasbinals, 27 km
L'agnello nero e il falco grigio

Te ne accorgerai solo quando lo avrai capito.

Johan Cruijff, calciatore olandese (1947-2016)

Giorno 7: giovedì 1° agosto, mattina
Plateau Aubrac: il cartello con il teschio
Soleggiato. Assenza di vento. 27°

Ammiro il bellissimo mosaico dell'altipiano desolato, con i muretti in pietra grigia che recintano prati aridi e i lupini viola ai margini che danno un tocco di colore. Sono quasi le undici ed è tutta la mattina che cammino senza incontrare anima viva, ma cambierà, penso, perché nella valle all'orizzonte ci sono alcune fattorie. Quando, verso le otto, ho iniziato a salire verso l'altipiano deserto dell'Aubrac, mi lamentavo dei dolori alla schiena, e ora che scendo dei dolori ai polpacci. Ma lo faccio con spensieratezza, perché sono di umore particolarmente buono. Il turbinio di pensieri che nei primi giorni di cammino infuriava nella mia testa si è placato. Penso ancora alla morte di Emil, Omer e Solange, ma in un'altra maniera, con maggiore distanza. L'unica costante è la consapevolezza dei vari dolori, che avverto in modo latente mentre avanzo indefessa, aspiro il profumo dei fiori selvatici e strizzo gli occhi per proteggerli dal sole accecante e dalla vastità del cielo. Poco fa, quando avevo raggiunto la sommità dell'altipiano e la vista spaziava intorno per chilometri sulle colline brulle punteggiate di macigni, è stato come se il pianoro desolato mi liberasse dai miei dubbi persistenti. Ero lassù, completamente sola e ascoltavo il silenzio. Udivo solo i grilli e il vento che mi fischiava nelle orecchie e sembrava disperdere tutto. Durante la salita ero molto accaldata. A tratti avevo dei capogiri e pensavo che mi sarebbe scoppiata la testa. Ma una volta raggiunto il punto più alto, all'improvviso si è levato il vento! Mi turbinava intorno. Ho gettato a terra lo zaino, mi sono sbottonata la camicia e sono rimasta in piedi sul muschio soffice e con le braccia aperte ho cominciato a girare su me stessa lasciando che il vento fresco mi asciugasse il torso sudato. Mi veniva da piangere per la gioia perché lassù, in quel vuoto totale, il vento mi restituiva quel che il suicidio di Emil mi aveva tolto, la leggerezza d'animo. Sono ridiscesa intonando canti di carnevale a squarciagola, accarezzando le alte spighe dell'erba selvatica e sorridendo per i grilli che saltavano a ogni mio passo.

Ora sto percorrendo un sentiero largo meno di un metro che serpeggia verso il basso, fiancheggiato da muretti che mi arrivano alle spalle, e più giù, a qualche centinaio di metri di distanza, scorgo i primi alberi. Meno male, così potrò andare in bagno. Cercavo un posto adatto già da un po' di tempo, ma in questo tratto del percorso è una vera e propria sfida. Non c'è riparo da nessuna parte ed è impossibile scavare una buca nel terreno sassoso. Mentre mi avvicino ai pini scorgo un uomo seduto all'ombra su una roccia. Mi fermo e studio il punto in cui mi trovo. La farò qui, dietro un muretto. Ma quando sto per togliermi lo zaino compaiono dietro di me sull'altipiano due punti neri che iniziano immediatamente la discesa. Pellegrini in arrivo. Allora mi tocca proseguire, sperando di riuscire a resistere ancora un po'.

Quando raggiungo il punto all'ombra ho quasi un tuffo al cuore. È Nicolas!

«Ciao Nicolas» grido entusiasta.

«Ciao Lotte!» Mi fa un cenno di saluto e si alza. «Come va la vita?» chiede con un sorriso.

«Molto bene!» Indico il paesaggio con il bastone. «Bello qui, vero?»

«Sì, splendido!» Il suo sguardo ora si stacca da me e punta verso l'alto. Mi giro. Un pellegrino scende da una stradina sulla sinistra. È ancora una piccola figura in lontananza, ma si riconosce dai pantaloncini verde fluo. È il tipo con il cagnolino. Marcia spedito e la sua tenuta sgargiante luccica al sole. Ha seguito il percorso che passa da

Malbouzon, meno suggestivo, ma anche meno ripido. Ci avevo pensato anche io, ma poi non l'ho preso.

Che fortuna! Non avrei voluto perdermi questa salita. In basso c'è anche qualcuno che si ferma per prendersi una pausa. Certo che sì! Stiamo tornando verso la civiltà.

Nicolas si mette gli occhiali da sole, prende lo zaino e se lo mette in spalla. Mi chiede se può farmi compagnia. Annuisco e spero che il mio stomaco non mi dia problemi per un po'.

Camminiamo uno dietro l'altro lungo il sentiero sconnesso, che diventa sempre più stretto. Dopo circa cento metri gli chiedo se ieri, a fine mattinata, fosse anche lui al castello di Saint-Alban-sur-Limagnole.

Nicolas si ferma e si volta verso di me.

«Come fai a saperlo?»

«Ho sentito il tuo Azzaro sulla scala a chiocciola, mentre scendevo al primo piano.»

«Mi hai sentito?» Scuote la testa ridendo. «Riconosci il mio dopobarba? Che strano!»

«Sì, da brava cioccolataia mi occupo in continuazione degli ingredienti e del loro effetto. Quindi anche di profumi.»

«Comincio a capire.» Si gira di nuovo e continua la discesa.

«Allora, eri lì?» gli urlo alle spalle.

«Sì, ma non sono andato oltre il primo piano. Sono entrato in quell'ufficio e ho dato un'occhiata. Lo faccio spesso, guardare dietro le porte. È la mia curiosità giornalistica.»

«E non mi hai sentita?»

«No. Tu dov'eri?»

«Al terzo piano. In soffitta. Ma quando il custode ha chiamato, sono scesa rapidamente e ho sentito quel profumo di Azzaro.»

Si ferma di nuovo e si gira verso di me. Non riesco a leggere le sue emozioni perché i suoi occhi sono nascosti dagli occhiali da sole, ma dal suo sorriso deduco che lo sto divertendo.

«Sei davvero unica, Lotte. Lo sai?»

«Sì, ma anche tu lo sei» rispondo.

Nicolas ridacchia. «Allora siamo unici insieme.» Ricomincia a camminare.

«Sì!»

Riprendiamo a salire. Dapprima in silenzio, poi dopo qualche centinaio di metri comincia a parlare dei cardi e delle piante grasse e mi indica insetti o erbe particolari. I suoi racconti mi rallegrano, ma i nomi mi sfuggono, sono troppo concentrata per evitare di scivolare sui ciottoli lisci. Il ricordo di Solange che ruzzola giù è ancora fresco. Stiamo per arrivare in una zona pianeggiante e la vegetazione passa dall'erba secca alle canne verdi. Qua e là ci sono ruscelli d'acqua limpida. Qui molti pellegrini si fanno prendere dal desiderio di togliersi le scarpe e rinfrescarsi i piedi, ma non è possibile. Questa zona melmosa è protetta con il filo spinato. Sul ciglio del sentiero c'è un cartello arrugginito caduto a terra. Incuriosita, mi avvicino. Lo giro e vedo un teschio con sotto un omino che nuota con una croce tracciata sopra. L'avvertenza serve a poco lì per terra. Per fortuna chiunque può immaginare da sé che qui non si può nuotare. Ci rimettiamo in marcia, ma inizio a dubitare. No, non è così. Io sono figlia di un contadino e conosco il pericolo delle pozze fangose che si trasformano in una palude. La gente di città non lo sa. Mi volto e torno indietro.

«Cosa fai?» grida Nicolas quando se ne accorge.

«Rigiro il cartello con il teschio, in modo che i pellegrini che verranno dopo di noi siano avvertiti che questa è una palude pericolosa».

«Ti serve aiuto?»

«No, sono già qui». Indico il ciglio del sentiero alla mia sinistra.

Mi chino, sollevo il cartello, lo appoggio al filo spinato e sistemo alcune pietre intorno al paletto che lo sorregge. L'occhio mi cade sul punto in cui è spezzato, deve essere accaduto di recente. Qualcuno ha rovesciato a terra il cartello con violenza rompendolo. Chi potrebbe fare una cosa del genere? Mah, evidentemente ci sono vandali ovunque, anche in posti come questo, che sembrano usciti dalle favole. Faccio un passo indietro ed esamino la mia riparazione. Sì, dovrebbe restare in piedi un paio di giorni. Riferirò il danneggiamento nel primo paese che incontreremo.

Ricomincio a camminare e raggiungo Nicolas che ha attraversato un ponticello di cemento e ora si trova accanto a un monumento.

«Hai fatto bene, Lotte» dice indicando la lapide ovale collocata sopra una grande roccia. Il testo che vi è scolpito recita:

QUI RIPOSA MADELON † 1961
RISUCCHIATA DALLA PALUDE

«Dio mio, Nicolas!» esclamo. «Che fine orribile. Quella melma ti inghiotte letteralmente».

«Proprio così, è un posto pericoloso. Anche per le pecore e le mucche. Lo dice anche la guida. Per questo c'è il filo spinato». Nicolas torna verso il ponte e si appoggia al parapetto. Lo seguo e osserviamo insieme la pozza gorgogliante. Sembra un ruscello che scorre, ma non è così. Sono acque di infiltrazione che risalgono dal terreno che si sta compostando. Non bisogna caderci dentro, perché il fondo ti cattura e ti ingoia. Faccio qualche passo indietro e mi asciugo il sudore sulla fronte.

«Devo bere un po'». Mi tolgo lo zaino e prendo l'acqua. Mentre svito il tappo, risuona il ticchettio di un bastone sul sentiero di pietra che proviene dal punto in cui ho raddrizzato il cartello. Il tipo con il cagnolino percorre la curva ed è già a un centinaio di metri da noi. Avvicino la bottiglia alle labbra e seguo i suoi movimenti. L'animale si trova nel marsupio che porta sulla pancia e si guarda intorno con gli occhi vivaci. L'uomo ci raggiunge e ci saluta brevemente augurandoci *buen Camino*, poi il cane abbaia allegro. Sorrido e riprendo lo zaino, dopodiché Nicolas e io riprendiamo la marcia.

Nel frattempo il mio intestino segnala che a questo punto devo davvero andare in bagno. Non è più possibile rimandare. Prendo la guida e controllo dove si trova il bagno pubblico più vicino. Accanto al borgo di Rieutort d'Aubrac ci sono i simboli di un rubinetto e di una toilette. Le fattorie sono ormai bene in vista, quindi non manca molto. Accelero il passo e poco dopo raggiungiamo il grazioso centro abitato. All'ombra, di fronte a una stalla in pietra c'è una panchina con accanto una fontana e un'aiuola piena di lavanda profumata.

«Devo andare in bagno». Indico un cartello con la scritta WC.

«Fa' pure, Lotte» risponde Nicolas con un sorriso. «Intanto faccio rifornimento d'acqua. Mi sistemo qui e ti aspetto: ormai è ora di pranzo».

In effetti, è già mezzogiorno.

Giorno 7: giovedì 1° agosto, mezzogiorno
Rieutort d'Aubrac: la foto venuta dal passato
Soleggiato. Assenza di vento. 31°

Prendo la paletta con i trucioli di legno, li getto nello scarico del WC ecologico, chiudo il coperchio e mi lavo le mani sollevata. Mi congratulo mentalmente con i francesi per le loro fantastiche toilette mobili, così evitano che i pellegrini insozzino dei giardini. Mi volto e vado in cerca della piazzetta con la fontana, perché quando ho seguito le indicazioni per il bagno non ci ho fatto molto caso. Non sarà difficile, viste le poche strade di questo piccolo borgo. Imbocco a caso la stradina a sinistra e lo sguardo mi cade su un cartellone con una splendida fotografia in bianco e nero che copre il muro di una stalla in rovina. Scuoto la testa e faccio un passo indietro. Il mio respiro accelera. Come è possibile? Conosco questa immagine! È la foto in bianco e nero con l'agnello e il falco che Emil ha portato con sé dalla Bosnia. È appesa da anni nel mio laboratorio. Cosa ci fa qui? Con le dita che mi tremano apro il marsupio, prendo il telefono e con il cuore in gola scorro alla ricerca della cartella con le tre foto degli anni giovanili di Emil. Deglutisco, mentre il mio sguardo va dallo schermo al cartellone. Proprio così. È un'elaborazione della stessa identica foto. Cazzo!

Mi sorreggo al muro della fattoria e guardo di nuovo. Questa mattina ho visto altre foto giganti come questa a Aumont-Aubrac. I pannelli sono lì dall'anno scorso e fanno parte di un progetto artistico sulla natura del Massiccio Centrale, mi ha detto una francese a cui avevo chiesto informazioni. Sono appesi qua e là sui muri ciechi delle fattorie.

Il bordo d'alluminio del cartellone è corroso dal tempo e un container per le macerie ne copre la parte bassa, per cui non riesco a leggere il nome di chi lo ha realizzato, ma l'immagine è in gran parte ancora visibile. Il falco grigio e l'agnello nero sono gli stessi della foto che ho a casa, solo la croce e il paesaggio sono stati adattati. Una croce serbo-ortodossa è diventata una croce cattolica e la Bosnia l'Aubrac. L'immagine mostra sullo sfondo l'altipiano roccioso dell'Aubrac e in primo piano un agnello nero sull'erba con la testa alzata. Accanto, c'è una roccia con una croce nera luccicante in ferro battuto piantata sopra. Sulla croce è posato un falco grigio. Il laccio di cuoio che dovrebbe assicurargli la zampa alla croce è slegato e penzola in basso. I suoi potenti artigli serrano il metallo. Entrambi gli animali hanno gli occhi ovali neri come la pece con un bordo chiaro e guardano dritti nell'obiettivo. L'agnello è come in attesa e potrebbe scappare via da un momento all'altro. Il falco invece ha uno sguardo minaccioso e sembra sul punto di attaccare.

È uno scatto allarmante, perché raffigura un racconto mitico sul popolo serbo, ma lo so solo da un mese, perché Emil parlava poco di queste cose. Aveva detto che il falco apparteneva al vecchio imam del suo paese, un falconiere, e che l'agnello nero era passato per caso davanti all'obiettivo proprio al momento dello scatto. Poi aveva aggiunto che da bambino gli piacevano molto le lunghe passeggiate sull'altipiano e che aveva imparato tante cose dal falconiere sulla natura e sull'addestramento di quei magnifici uccelli. Da lui aveva preso anche l'hobby della fotografia. Il ricordo delle conversazioni nella sua camera oscura gli era particolarmente prezioso. Quando gli avevo chiesto se era ancora in contatto con quell'imam, Emil aveva scosso la testa, il suo sguardo si era fatto triste e aveva detto che era morto da molto tempo, poi era uscito dalla stanza, chiaro segnale di fine della conversazione sull'argomento.

Quando il mese scorso ho visitato il paese natale di Emil con la mia interprete Jelena e ho mostrato a un'anziana la foto del falco e dell'agnello e le ho chiesto dell'imam degli anni Ottanta, la donna mi ha condotto barcollando al cimitero. Poi mi ha raccontato che durante la guerra il pover'uomo era stato trascinato fuori dalla sua moschea da una milizia serbo-bosniaca, lo avevano legato mani e piedi, avvolto in stracci e gli avevano dato fuoco. Era morto gridando di dolore. Il suo falco aveva preso a beccare gli aggressori sulla testa e sulle spalle finché un soldato non gli aveva sparato. La notte, quando la milizia se ne era andata, alcuni musulmani erano usciti dai boschi e avevano seppellito i resti carbonizzati del loro *hodža* con il suo falco. Le lacrime mi hanno rigato il viso mentre l'anziana signora mi raccontava questa storia e mi indicava una lapide di marmo bianco con sopra scolpito un magnifico falco.

Quella sera non riuscivo a dormire e ho iniziato a leggere *Viaggio in Iugoslavia* di Rebecca West, che avevo comprato prima di partire. La scrittrice inglese aveva attraversato i Balcani poco prima della Seconda guerra mondiale e ha descritto nel suo epico diario di viaggio la storia della Iugoslavia. Ciò che soprattutto la affascinava era la reazione dei serbi alla sconfitta del loro potente regno nel Medioevo. Incoraggiati dalla chiesa serbo-ortodossa avevano cominciato a gloriarsi del loro ruolo di sconfitti e di vittime.

Jelena mi ha raccontato che la rievocazione di quella battaglia persa seicento anni fa era stata la base della disgregazione della Iugoslavia e della guerra sanguinosa che ne è seguita. Il nazionalista serbo Slobodan Milošević alla fine degli anni Ottanta ha sfruttato ampiamente questo passato ancora non rielaborato tenendo un discorso sulla famosa collina dove seicento anni prima i serbi erano stati sconfitti dai turchi, affermando che da quel momento in poi nessuno avrebbe più colpito i serbi. Questi gioivano e sognavano già un potente stato serbo. Ma i musulmani albanesi tremavano, perché quell'antico campo di battaglia si trovava ormai nella loro provincia autonoma del Kosovo.

Quando ho terminato il libro ho iniziato a sospettare che dietro la foto in bianco e nero che si trova da due decenni nel mio laboratorio si nasconda una dichiarazione politica. Emil probabilmente conosceva la storia del popolo serbo e forse anche il libro di Rebecca West. Se fosse così, la sua foto avrebbe un chiaro messaggio: il falco va all'attacco e l'agnello lo segue, ovvero, si preannuncia una guerra e la massa vi partecipa. Emil vedeva già avvicinarsi la guerra in Iugoslavia?

Faccio qualche passo indietro e cerco di assimilare la scena. Dunque questa foto è un'elaborazione dell'originale di Emil. Il falco e l'agnello sono ripresi con esattezza, ma il paesaggio sullo sfondo e la croce sono stati adattati. Come è finita qui la foto di Emil?

Scatto una foto del cartellone. Devo scoprire chi è il fotografo e perché l'anno scorso si trovava nel Massiccio Centrale. In ogni caso era uno o una dei partecipanti al progetto artistico. E credo sia quasi certo che conoscesse Emil. Forse era l'uomo che ha preso la massaggiatrice alla sprovvista domandandole se il suo cliente aveva delle cicatrici sulla schiena.

Giorno 7: giovedì 1° agosto, sera
Nasbinals: parole illeggibili
Soleggiato. Assenza di vento. 25°

Il taxi si ferma davanti all'ufficio postale di Nasbinals. Pago, saluto l'autista e mi affretto verso l'ingresso dell'edificio moderno tenendo lo zaino con una mano. Una volta all'interno mi sistemo dietro la linea rossa perché ci sono ancora due persone in attesa davanti a me. Per fortuna sono in tempo. Cominciavo a temere di arrivare troppo tardi per ritirare il pacchetto di Omer. E ora devo solo sperare che lo abbiano ricevuto e di non andare incontro a nuove delusioni, perché la mia ricerca sull'autore della foto dell'agnello e del falco non ha portato a nulla.

Dopo aver avvistato il poster sul muro ho bussato a tutte le fattorie vicine per sapere se qualche abitante sapeva chi fosse il fotografo. Solo una porta si è aperta e un'anziana contadina mi ha detto che le altre tre fattorie della strada erano diventate case di vacanza e che i loro abitanti sarebbero arrivati sabato. Quella con il cartellone apparteneva a una coppia del Nord della Francia ed era stata ristrutturata, per questo c'era un container davanti.

La donna aveva conservato un opuscolo della mostra. Diceva che le immagini facevano parte di un progetto artistico conclusosi nel settembre dello scorso anno. La campagna era un'iniziativa dei dipartimenti di Lozère e Aveyron e aveva l'obiettivo di promuovere il poco popolato Parco regionale dell'Aubrac, insieme a noti fotografi locali. Ho cercato dal telefono il sito photoaubrac.fr, ma non era più online. La contadina mi ha suggerito di rivolgermi all'ufficio del turismo di Aumont-Aubrac. L'ho ringraziata e ho chiamato un taxi. A Aumont-Aubrac ci saranno altre foto in giro e forse troverò qualche nuovo elemento.

Ormai Nicolas aveva messo radici presso la fontana. Dispiaciuta per averci messo tanto tempo, gli ho spiegato che a causa di circostanze personali inaspettate dovevo tornare a Aumont-Aubrac. Lui si è offerto di accompagnarmi, ma ho rifiutato con decisione: non volevo interferire in alcun modo con il suo cammino, perché ogni pellegrino doveva seguire il proprio percorso, ho detto citando la guida. Nicolas ha annuito ed è sembrato immergersi nei suoi pensieri per qualche istante, poi abbiamo pranzato insieme accanto alla fontana. Quando il taxi è arrivato, si è alzato, mi ha baciato sulle guance, mi ha augurato buona fortuna, ha preso lo zaino, mi ha salutato e se n'è andato.

Appena sono salita sul taxi e ho chiuso lo sportello, ci ho ripensato e all'improvviso avrei voluto correre da lui e chiedergli di restare con me, ma non l'ho fatto. Sono rimasta seduta con l'inspiegabile sensazione di aver perso qualcosa. Spero tanto di incontrarlo stasera in qualche ristorante.

La visita a Aumont-Aubrac ha prodotto pochi risultati. L'addetta dell'ufficio del turismo si ricordava del progetto artistico, ma la collega che aveva organizzato tutto e conosceva personalmente i fotografi era in malattia. Su mia richiesta l'impiegata le ha inviato una mail urgente chiedendole di chiamarmi quanto prima. Malgrado la mia richiesta pressante, non ho potuto avere i suoi contatti personali per via della legge sulla privacy. Poi sono andata negli altri tre posti dove c'era un cartellone appeso al muro e ho chiesto ai proprietari degli edifici se conoscevano il nome di uno dei fotografi che avevano partecipato al progetto. Magari sarei potuta risalire all'autore della foto dell'agnello e del falco attraverso un suo collega.

In questo modo sono riuscita a procurarmi il numero di un fotografo di Rodez che ho subito chiamato. Nel mio miglior francese gli ho spiegato il motivo della mia telefonata e gli ho chiesto se ricordava chi avesse scattato quella foto che era ancora in mostra a Rieutort d'Aubrac, e gliel'ho inviata. Ha riconosciuto la foto, ma purtroppo non ricordava chi l'avesse scattata. Avevano partecipato almeno trenta fotografi ed erano state selezionate come minimo trecento fotografie. Conosceva solo i colleghi dei dintorni di Rodez, altri invece avevano qui una seconda casa e venivano solo occasionalmente, quindi non era in contatto con loro. Poi anche lui mi ha suggerito di rivolgermi all'ufficio del turismo. Frustrata, ho chiamato di nuovo il taxi e mi sono fatta portare a Nasbinals. Mentre attraversavamo il paesaggio desolato pregavo di trovare la busta di Omer all'ufficio postale e di ottenere così nuovi indizi su Emil.

Al mio turno vado allo sportello. Dico che dovrebbe esserci della corrispondenza per me dalla Bosnia ed Erzegovina e porgo la mia carta d'identità. L'impiegata annuisce e controlla i miei documenti, prende una busta gialla da uno scaffale e mi fa firmare una ricevuta. Esco sollevata dal fatto che se non altro il rapporto di Omer sia arrivato. Mi siedo sulle scale all'angolo, apro il pacchetto ed estraggo i fogli. Mi cadono subito le braccia quando sfoglio le pagine fotocopiate male e poco leggibili. Qualcuno ha usato in fretta una vecchia fotocopiatrice, inoltre è tutto scritto in cirillico e le poche foto sono talmente scure che non è possibile riconoscere nessuno.

Impreco a denti stretti e infilo delusa i fogli nella busta. E adesso? Come diavolo faccio a tradurre questo testo? Non posso rivolgermi a Selma o a Jelena perché si tratta di informazioni sensibili, non si possono spedire a persone estranee. Ma cosa fare allora? Potrei almeno provare a tradurre in inglese alcune parole attraverso un traduttore automatico. L'ho già fatto in Bosnia con l'aiuto di Jelena. Non dà sempre buoni risultati, ma è meglio di niente. Però avrei bisogno di un laptop, di uno scanner e di qualcuno che mi spieghi di nuovo come si fa. Si tratta più o meno di passare il testo allo scanner, ritagliarlo dal Pdf e incollarlo in un documento Word, e poi di inserirlo nel modulo di traduzione in Internet. Qualcosa del genere. O no? Forse nell'hotel hanno un laptop e uno scanner? Ma certo che ce l'hanno! Infilo il rapporto nello zaino, me lo metto in spalla e m'incammino spedita verso il centro.

La lettera

VII. Le sirene suonavano, ma io non le sentivo

A volte il caso imprime alla nostra vita una direzione completamente diversa. Se ripenso alla mia vita, a quella di Emil e a quella di Milan, credo che tutto sarebbe andato diversamente se Milan durante il servizio militare non fosse stato mandato in Kosovo. Perché lì, nel 1987, si è verificata la grande svolta della sua vita.

I giovani iugoslavi tra i diciotto e i ventisette anni erano soggetti al servizio militare obbligatorio. Si poteva scegliere di farlo dopo gli studi oppure alla fine delle scuole superiori. Io, Emil e Milan abbiamo scelto la seconda possibilità e abbiamo cominciato il servizio militare tutti e tre a diciannove anni. Io ed Emil avremmo studiato, ma non sapevamo ancora cosa. Milan aveva finito l'istituto tecnico e dopo il servizio militare avrebbe iniziato a lavorare. Se ce ne fosse stata l'occasione, perché la situazione economica del paese non era buona. Erano tempi strani, perché in Europa orientale i regimi comunisti cominciavano a implodere. E succedeva anche da noi. I populisti poi sfruttavano la miseria per i loro interessi. Soprattutto i leader della Serbia e della Croazia. Si capiva che stava per succedere qualcosa, ma non si sapeva cosa.

Stranamente, ero l'unico di noi tre che sentiva che stava per cominciare un periodo tragico. Emil e Milan non capivano niente della mia malinconia. Trovavano strana anche la mia tendenza pacifista. Una chiamata al servizio militare in Iugoslavia era una cosa positiva, da festeggiare. Letteralmente addirittura, perché quando arrivava la cartolina precetto i genitori della recluta organizzavano una grande festa con la fa-

miglia e gli amici, come una sorta di iniziazione tribale. Così i genitori dimostravano che il figlio era stato riconosciuto idoneo a difendere la patria. L'invito a prestare il servizio militare significava infatti che al proprio figlio non mancava niente, il che era considerato come un complimento per il padre e la madre.

L'Armata popolare iugoslava, Jna, godeva di un grande rispetto nel paese, perché il suo compito era difenderci dai mali esterni. Il nostro esercito era inoltre di notevoli dimensioni. Quando ho fatto il servizio militare la Jna era il quarto esercito più grande d'Europa, nonostante appartenesse a un paese relativamente piccolo e trascurabile. Il culto militare ci ha accompagnati fin da piccoli. Al terzo e quarto anno delle superiori tra le materie che avevamo c'era "Difesa e protezione". Intorno ai diciotto anni sia i ragazzi che le ragazze imparavano a usare le armi. Facevamo anche lezione all'aperto, sulle montagne, dove ci esercitavamo a sparare e smontare e rimontare le mitragliatrici.

Erano gite piacevoli, cantavamo, andavamo in giro e non ci rendevamo ancora conto che cinque anni dopo avremmo usato quelle stesse armi, e non contro i russi o gli americani, ma l'uno contro l'altro. Dopo anni di indottrinamento il passo tra "giocare alla guerra" e "fare davvero la guerra" non era così grande. Fin da bambini avevamo imparato a tenere in mano una pistola, togliere la sicura, prendere bene la mira e poi centrare il bersaglio.

Comunque, nell'autunno del 1986 siamo dovuti andare tutti e tre sotto le armi e abbiamo preso il pullman, ognuno verso un angolo diverso del paese. Emil ha avuto ancora una volta fortuna, perché è finito in caserma in Slovenia, non lontano dalla capitale Lubiana, dove c'era ancora un po' di vita. Io sono stato assegnato a una base militare nei pressi del monte Plješivica, nella Croazia centrale, vicino alla città di Bihać, in Bosnia. Milan è partito per il Sud, verso il Kosovo, che in quegli anni era ancora una provincia autonoma all'interno della federazione iugoslava. L'obiettivo di quella distribuzione su tutto il territorio nazionale era quello di collocare i giovani delle sei repubbliche il più lontano possibile da casa e di farli fraternizzare con i giovani delle altre repubbliche durante il servizio militare. Nel mio caso e in quello di Emil non ha funzionato. Entrambi lo consideravamo una perdita di tempo. Milan, invece, era di avviso diverso. Ma lui si trovava anche in una situazione diversa, perché l'esercito nazionale ha impegnato ben presto la sua unità negli scontri locali tra serbi e albanesi, che costituivano la grande maggioranza del Kosovo. Lì ha incontrato Boris Atanasković, un soldato serbo che conosco solo dai racconti di Milan e da una foto del 1991, che all'epoca faceva parte di un commando in Croazia. Milan gli aveva salvato la vita durante dei disordini con gli albanesi. Mentre infuriava la guerra, Boris Atanasković è stato il comandante di una milizia paramilitare, si vestiva come un cacciatore e aveva una certa somiglianza con Rasputin. Ricordo la foto che ritraeva un uomo alto dai capelli scarmigliati e la lunga barba nera.

Questo nazionalista serbo nel 1987 era ancora il superiore di Milan, ma la situazione è cambiata radicalmente durante la guerra del 1990 tra la Croazia e la Serbia, quando Boris Atanasković è diventato il leader carismatico di una milizia e ha lasciato dietro di sé una lunga scia di atrocità durante la pulizia etnica di paesi e città. È scomparso durante l'Operazione Tempesta nell'agosto del 1995 ed è probabilmente morto nella Bosnia occidentale. Il suo corpo non è mai stato ritrovato.

Ma allora, nel 1987, Boris Atanasković era ancora un promettente ufficiale dell'Armata popolare iugoslava, inviato con la sua unità nella Piana dei Merli per mettere in riga migliaia di dimostranti in occasione di una visita di Slobodan Milošević.

Non so esattamente cosa sia stato, ma gli avvenimenti di quel giorno hanno cambiato il modo di pensare di Milan. L'energia che si era liberata in lui allora, sulla Piana dei Merli, aveva alimentato la sua identità serba. Da quel giorno non sarebbe più stato iugoslavo, ma serbo, aveva scritto a sua madre. Lei era preoccupata, e anche io, dopo aver ricevuto la sua lettera, perché era piena di considerazioni di estrema destra. Il caro Milan della mia infanzia era stato assorbito dalla massa.

Giorno 8
Venerdì 2 agosto
Da Nasbinals a Saint-Chély-d'Aubrac
17 km di marcia nella nebbia

Nella nebbia i colpi non si vedono, ma si sentono.

KADÉ BRUIN, aforista olandese
(1915-1985)

Giorno 8: venerdì 2 agosto, mattina
Aubrac: la terra trema
Variabile. Prima nebbia, poi pioggia con vento forte. 13°

Nuvole fitte e freddo. Il maltempo si è annunciato già stanotte. Verso le quattro avevo tanto freddo che ho dovuto prendere una coperta ammuffita dall'armadio e metterla sopra il lenzuolo e ho avuto difficoltà a riaddormentarmi. La coperta puzzava di piedi e naftalina e penso che non sia mai stata lavata. Lo zaino è diventato leggero perché cammino con indosso tutto il mio guardaroba: la maglietta del pigiama, sopra le due maglie per lo sport, i calzettoni, i pantaloni da trekking accorciabili, il maglione e la costosa giacca a vento The North Face.

Mi sono alzata alle cinque e mezzo e alle sei e un quarto ho mosso i primi passi lungo il Cammino. Devo essere all'hotel di Saint-Chély-d'Aubrac al più tardi all'una e mezzo perché mi sono messa d'accordo con l'addetta alla reception in modo che abbia ancora una mezz'ora di tempo per passare allo scanner il rapporto di Omer. Se arrivo dopo le due non potrà più farlo perché inizieranno ad affluire in massa i pellegrini.

Ieri sera non è stato possibile usare lo scanner. Quando sono arrivata all'Hotel Le Bastide alle sette passate, dopo aver scartabellato un po', si è scoperto che c'era stato un errore e che mi avevano prenotato una stanza nella dépendance a due chilometri di distanza, dall'altra parte della cittadina, su una collina in mezzo alla natura. Quando ci sono arrivata intorno alle otto è risultato che non avevano uno scanner. Dopo aver svuotato lo zaino e fatto la doccia è cominciato un temporale e mi è sembrato poco prudente camminare per un chilometro fino al centro per cercare Nicolas e mangiare con lui in uno dei ristoranti. L'incidente in cui per un soffio non ero stata investita era ancora fresco nella mia memoria. Nel ristorante della dépendance si festeggiava un matrimonio, ma per venti euro i pellegrini potevano accedere al buffet, offerta di cui ho approfittato volentieri. Una volta in sala, ho individuato alcune facce conosciute lungo il cammino. C'era una bella atmosfera e la band suonava un repertorio stile Gipsy King. Dopo un buon pasto e qualche bicchiere di vino, i miei fianchi hanno cominciato ad assecondare il ritmo e mi sono lasciata invitare a ballare da un tipo gentile, dimenticando le ferite ai piedi e abbandonandomi completamente alla danza. Mi sono unita alla festa e sono andata a letto solo all'una.

Ero così stanca che non mi sono neanche tolta il vestito né lavata i denti e ho avuto appena la forza di puntare la sveglia. E poi sono arrivati anche il freddo e il tanfo della coperta.

«Il vino esige sempre un prezzo» diceva Marjo quando andavamo insieme in discoteca e lei passava la serata a bere bibite gassate mentre io mi scolavo un bicchiere di vino della Mosella dietro l'altro e danzavo tutta la notte. Allora alzavo le spalle con un sorriso e dicevo che avevo una vita sola e che domani era un altro giorno. E la mattina dopo mi toccava in effetti pagarne il prezzo, ma non mi lamentavo. Neanche adesso. Cammino imperterrita e ignoro il mal di testa. Bevo molta acqua, perché ho imparato fin da giovane che in questo modo ci si riprende più in fretta.

Sono in marcia da un'ora e mezzo e finora il tempo si è mantenuto asciutto, ma la pioggia è in arrivo. Le nuvole si fanno sempre più basse. La collina che sto risalendo scompare poco a poco sotto un velo di nebbia, ma vi aleggia un piacevole odore, un misto di bosco e letame. Fantastico un po' sulla serata di ieri. È stato bellissimo divertirsi di nuovo spensieratamente. Quando ho smesso per qualche istante di ballare per riprendere fiato, ho scoperto con sorpresa che il vago peso che avvertivo sullo stomaco era sparito. Era come se qualcuno avesse sciolto le catene di tristezza che mi serravano le caviglie e ora potessi correre di nuovo in libertà verso la vita. Ero così confusa che sono andata nella mia stanza, ho preso il telefono, ho cercato una foto di Emil e l'ho guardata, convinta che il vuoto doloroso si sarebbe ripresentato. Ma non è stato così. Neanche la rabbia è tornata. C'era un'emozione che potrei descrivere come malinconia, come un ripensare con nostalgia, come quando penso a mio padre o a mia madre. Consapevole del fatto che vivono in un'altra dimensione, su un sentiero che ho percorso tanto tempo fa, quando ero ancora una ragazzina. In un qualche punto del Cammino di Santiago ho cominciato ad accettare che anche Emil abita in quel mondo, in una strada che non è più la mia e da cui mi allontano sempre più, a ogni passo che faccio. Mi asciugo calde lacrime dal viso. Sì, è vero, devo andare avanti con la mia vita. Il mio futuro sarà quel che il destino mi riserva.

Le gocce di pioggia mi battono sul cappuccio. È come se fossi dentro un bozzolo di plastica, protetta dal mondo esterno. China in avanti come una vecchietta raggiungo la sommità dell'altipiano, mi fermo e mi guardo intorno. Il pianoro è, di fatto, un prato chilometrico cosparso di massi. Gli enormi pascoli sono collegati attraverso dei passaggi simili ai tornelli che nel Limburgo meridionale chiamano *stegelkes*. Perdermi non è possibile perché non devo fare altro che seguire i sentieri profondamente scavati dalle mucche che vanno, di passaggio in passaggio, fino al paese di Aubrac. L'anelata vista resta nascosta dietro vetrate di nebbia. Davanti a me per fortuna c'è un varco attraverso il quale scorgo una figura nera. Quella persona si è quindi alzata ancora prima di me e a quanto pare procede anche più rapidamente, perché il puntino si fa sempre più piccolo e tra poco scomparirà nella nebbia. Alla mia destra, sulle montagne risuonano i campanacci delle mucche, ma la mandria non si vede. Indugio, perché il luogo mi mette a disagio. Non ho idea di quanto disti il prossimo passaggio. Secondo la guida sto attraversando un terreno privato in cui le mucche di Aubrac vagano liberamente. Il libro avverte i pellegrini di tenersi lontani soprattutto dalle madri con vitelli, perché non esitano a passare all'attacco. Come ex allevatrice so bene quanto possano essere pericolose le mucche quando si riuniscono in una mandria e partono al galoppo. Anche per questo mi sento a disagio: non riesco a individuare le bestie e non so da che parte scappare se si spaventano e attaccano.

Proseguo di buon passo lungo i sentieri segnati dai bovini e nel frattempo seguo attentamente il suono dei campanacci. Non riesco a vedere gli animali perché la nebbia continua a infittirsi, ma posso sentirli bene. Ora si trovano in alto alla mia destra e a giudicare dai diversi suoni dovrebbero essere una cinquantina. Dopo mezz'ora di marcia sul pianoro, inizio la discesa. Il suono dei campanacci ora arriva da una collina alle mie spalle e diventa sempre più ovattato. Meno male! Guadagno terreno. Seguo con lo sguardo il sentiero e cerco il varco che mi consentirà di passare al prossimo pascolo, ma non riesco a distinguerlo a causa della nebbia. Proprio mentre mi dirigo verso il masso successivo, noto dietro di me un cambiamento nel suono dei campanacci. Prima le mucche pascolavano del tutto tranquille, ma ora alcune cominciano a correre. Significa che lassù c'è qualcosa che le innervosisce. Per esperienza so che può trattarsi di una persona, di un cane o di una volpe. Comunque sia, qualcosa ha disturbato la loro quiete. Non corro rischi, interrompo la discesa lungo il sentiero, giro a sinistra e vado verso il masso più grande nelle mie vicinanze. Alle mie spalle risuona uno sparo, dopo di che i campanacci si trasformano in un carillon caotico. «Si stanno lanciando al galoppo» Comincio a correre veloce verso la roccia. In un riflesso mi tolgo lo zaino, mi acquatto e mi accosto il più possibile al grosso macigno. Il suono dei campanacci si fa più forte e si avvicina a gran velocità. La terra sotto di me comincia a tremare sotto l'urto impetuoso della mandria scatenata. Stringo a me lo zaino e mi proteggo la testa con le braccia. Le mucche mi passano accanto al galoppo e spariscono nella nebbia. Dopo qualche minuto il silenzio scende di nuovo sui pascoli e i campanacci risuonano in basso a qualche centinaio di metri da me. Respiro a fondo e tremo in tutto il corpo. Sono viva!

Muovo braccia e gambe per cercare di mantenere il calore. Ormai sono quasi le otto e la nebbia avvolge ancora l'altipiano. La pioggia per fortuna ha smesso e senza il suo ticchettare sul mio cappuccio riesco a sentire meglio. In realtà dovrei riprendere a camminare, ma resto accanto alla mia roccia. Le mucche sembrano essersi calmate, ma non mi fido della situazione. Quegli animali si sono lanciati al galoppo solo dopo che un idiota ha sparato un colpo. Ma quale cacciatore è così deficiente da usare il fucile nella nebbia e vicino a una mandria? E fuori della stagione di caccia su un sentiero frequentato! Cosa è successo là sopra? E chi c'era prima qualche centinaio di metri davanti a me? Che fine ha fatto? Spero che quel pellegrino avesse già varcato il passaggio quando la mandria è partita all'impazzata. Ho gridato chiedendo se andava tutto bene, ma non ho avuto risposta. Lo sparo mi ha fatto anche ricordare un fatto accaduto con Emil qualche anno fa, quando i ragazzi andavano ancora alle elementari. Era il 14 luglio, festa nazionale francese, ed eravamo in vacanza sulla Costa Azzurra. Avevamo affittato una roulotte fissa in un campeggio sul mare e ce la godevamo nuotando, leggendo e oziando mentre i ragazzi si divertivano sulla spiaggia.

Era una serata afosa e Stefan e Joran dormivano già. Io ed Emil stavamo seduti a leggere davanti alla roulotte quando verso le undici all'improvviso era risuonato uno sparo. A poca distanza lanciavano dei fuochi d'artificio. Al primo scoppio Emil era stato preso dal panico e si era infilato immediatamente sotto la roulotte. Tremava in tutto il corpo e aveva gli occhi strani. Quando avevo provato a toccarlo si era rintanato ancora di più. Ero angosciata per il suo comportamento. Era zuppo di sudore e pallido come un morto. Quella notte non era riuscito a dormire, era uscito dalla roulotte, era andato in spiaggia ed era rimasto lì a fissare il mare. Ero andata a sedermi accanto a lui e l'avevo preso per mano. Una volta tornati a Vijlen, grazie alle mie insistenze, eravamo andati dal medico. Questi gli aveva diagnosticato un probabile disturbo post-traumatico da stress e gli aveva consigliato uno psicologo specializzato, ma lui non ci era mai andato. Io l'avevo lasciato fare e non avevo insistito, come sempre, perché non mi preoccupavo di lui, ma del mio cioccolato. Non vedevo quello che avrei dovuto vedere, ossia che soffriva davvero di un trauma provocato dalla guerra, e che era una bomba piena di sciagure pronta a esplodere di nuovo da un momento all'altro. È questo che è successo qui lungo il Cammino di Santiago, quel 6 agosto? Gli sono scoppiati di nuovo dei fuochi d'artificio accanto?

Intanto tremo dal freddo e ho i muscoli contratti. Che stupida! Durante la salita avrei dovuto ascoltare l'istinto e seguire la strada. Qualcosa dentro di me, infatti, mi diceva che questo altopiano non è un posto raccomandabile.

Nella lista dei consigli della guida c'è scritto molto chiaramente che in caso di nebbia è meglio procedere con un gruppo anziché da soli. Ma ho dovuto fare ancora una volta di testa mia e andare lo stesso da sola, perché mi sono lasciata allettare dall'addetta alla reception di Saint-Chély-d'Aubrac e dalla mia curiosità per il rapporto. La mia paura è come uno yo-yo. I primi giorni ero troppo spaventata e stamattina non lo ero abbastanza. Comunque, la cavalleria è in arrivo. Mezz'ora fa ho inviato un messaggio alla più grande delle tre sorelle per chiederle in che punto del percorso si trovavano. Mi hanno scritto che stavano affrontando la salita verso l'altipiano, al che ho risposto sollevata che avevo già raggiunto la sommità e che mi sarei unita a loro. Tra l'altro, dispongono di una app francese che indica metro per metro la direzione da seguire. In risposta arriva un pollice alzato.

Prendo la guida e ricalcolo tempi e distanze. Le sorelle dovrebbero essere qui a momenti. Faccio un po' di esercizi per non lasciar raffreddare la muscolatura e nel frattempo aguzzo le orecchie. Dopo un'altra serie di movimenti mi sembra di udire delle voci. Il cuore accelera e sento spuntare dentro la gioia, ecco le tre sorelle! Il loro fitto conciliabolo in francese diventa sempre più udibile.

«Ehi!» grido.

«Ehi, Lotte» gridano in coro. Col sorriso sulle labbra prendo lo zaino e me lo metto in spalla.

Giorno 8: venerdì 2 agosto, pomeriggio
Aubrac: una discesa con lampi di luce
Pioggia e vento forte. 14°

Siamo in diciotto ammucchiati uno sull'altro in una stalla in rovina e discutiamo sul da farsi. Tra i pellegrini rifugiatisi qui ci sono volti noti, tra cui Maddie, l'inglese, entrata per ultima. Nicolas non è nel gruppo e probabilmente si trova già a Aubrac. Maddie mi ha detto che è partito questa mattina verso le cinque e mezzo. Aveva preso una stanza accanto alla sua, nel freddo e sgangherato Hotel La Bastide. Le ho chiesto se avevano cenato insieme ieri sera.

«Purtroppo no» ha risposto Maddie. «Era davanti a me alla reception e dopo la registrazione è andato subito nella sua stanza. Sembrava sovrappensiero e non ha parlato con nessuno. Quando la sera sono andata a mangiare in paese non l'ho visto da nessuna parte».

Ma lo aveva sentito parlare al telefono dall'altra parte della sottile parete della stanza. Maddie era sorpresa per via della lingua che Nicolas parlava in quella conversazione, non era francese né inglese, tedesco o spagnolo, ma qualcosa di completamente diverso. Pensando agli anni che aveva passato come corrispondente di guerra in Medio Oriente ho chiesto se forse suonava arabo. Maddie ha alzato le spalle, non ne aveva idea.

Era forse Nicolas il pellegrino solitario che mi precedeva sull'altipiano nebbioso? Chiunque fosse, grazie al cielo era già oltre il varco quando le mucche si sono lanciate al galoppo. Insieme alle tre sorelle abbiamo controllato minuziosamente il terreno lungo il quale la mandria si è precipitata giù senza individuare nulla che somigliasse a un corpo umano.

Nel gruppo al riparo si pone il dilemma: aspettare qui al freddo e pigiati come bestie che passi il temporale o scendere verso il mondo civile con i suoi caldi e accoglienti ristoranti, ma correndo il rischio di cadere sul ripido sentiero che va a valle e farsi male? Il rischio è concreto, perché anche se la nebbia si è dissolta continua a piovere. Si è alzato anche il vento e le tracce lasciate dalle mucche in corsa si sono trasformate in rigagnoli d'acqua che scorre veloce e sono quindi assai scivolosi.

Le previsioni meteo annunciano per il tardo pomeriggio un temporale con forti raffiche di vento. Perciò, se non si parte adesso, ci si ritrova qui anche stanotte, faccio notare agli altri. Cerco di reclutare rinforzi per la discesa. Devo proseguire. Anche le tre sorelle decidono di non aspettare oltre. Proveremo insieme a raggiungere Aubrac. Ora che qualcuno ha preso l'iniziativa la compagnia si mette in moto e la maggior parte dei presenti si cala il cappuccio sulla testa. Anche la coppia francese cui mi sono unita il secondo giorno, quando mi ero spaventata a causa del binocolo di un *bird watcher*, si unisce a noi. Quel giorno mi sembra molto lontano, perché non ho più paura degli stupratori. Ormai so che il vero pericolo si cela in avvenimenti casuali, come una frana, un pirata della strada o una mandria al galoppo.

Maddie esita perché la sua giacca a vento è meno impermeabile di quanto promesso dalla pubblicità, così frugo nello zaino e le do il mio poncho.

«*Oh dear!*» esclama «sei un angelo».

«Non è male» dico «ma puzza di plastica surriscaldata».

«Non importa» dice Maddie ridendo e si abbassa il cappuccio arancione sulla testa.

Estraggo il coprizaino dalla sua tasca, mi tiro su il cappuccio della giacca e apro la porta della stalla battuta dal vento.

«*Buen Camino*» ci augurano in coro quelli che restano.

Il mio stomaco protesta e sono debole per la fame, perché la discesa dura più del previsto e non c'è tempo per mangiare. Scendiamo sempre più rapidi e rischiamo sempre di più, perché neanche mezz'ora dopo aver lasciato la stalla la violenza della natura si è scatenata su di noi. Dapprima solo con forti raffiche di vento che infuriavano sulle nostre giacche e ci facevano barcollare sul sentiero ripido, poi a un tratto il cielo si è fatto quasi nero e i lampi accompagnati da tuoni minacciosi hanno preso a illuminare le montagne brulle davanti a noi.

Ormai è chiaro che i furbi sono rimasti nella stalla mentre noi siamo gli sciocchi che pensavano di raggiungere Aubrac abbastanza in fretta. La mia conoscenza contadina della natura mi dice che ora siamo facili obiettivi dei fulmini, perché ci muoviamo su un terreno aperto disseminato di rocce. Conto in continuazione i secondi tra il lampo e il tuono e sono arrivata a tredici. Ancora un quarto d'ora, secondo i miei calcoli, e arriveremo a dieci, e a quel punto ci saremo dentro fino al collo. La mia curiosità per il rapporto di Omer è ormai svanita. Non mi interessa più se arriverò in tempo o meno a Saint-Chély-d'Aubrac per passare allo scanner quelle pagine. L'unica cosa che mi importa è arrivare viva e vegeta in fondo a questa discesa.

Seguiamo già da un po' i solchi lasciati dalle mucche perché sono l'unica certezza che abbiamo. La mia attenzione si concentra sulle scarpe e sul sentiero fangoso che ho davanti, anche se di tanto in tanto getto uno sguardo alle valle giù in fondo, dove ci conduce la tortuosa strada tracciata dai bovini. La striscia scura delle mie impronte e il ritmo costante dei passi mi inducono a ripiegarmi su me stessa, su strani pensieri che vagano qua e là sospinti dalle folate di vento.

Penso molto a Emil. Ora compaiono immagini slegate di gite in bicicletta. Emil non sapeva andarci quando ci siano incontrati, ma ha imparato in fretta e si divertiva durante le nostre escursioni tra le colline. Una strana immagine torna di continuo. Una visione, come in un film. Pedaliamo vicini e chiacchieriamo e ridiamo. Poi la situazione cambia e attraversiamo un tratto pianeggiante, Emil sulla strada e io sulla stradina di servizio accanto. Crediamo di trovarci sulla stessa via, ma non è così, ora ci vedo dall'alto come un drone che plana sul paesaggio e scorgo la strada di Emil che curva verso sinistra e la mia verso destra. Quella di Emil termina in un burrone, la mia invece serpeggia tranquilla verso l'orizzonte. Ci avviciniamo al bivio ed Emil svolta a sinistra. Sorride e mi fa un cenno di saluto, come aveva fatto alla stazione di Liegi-Guillemins. Poi continua a pedalare e infine scompare nel precipizio. Io mi fermo, getto la bici sull'aiuola spartitraffico, corro verso il guardrail e grido il suo nome, ma lui non risponde, allora, in preda al panico, cerco un modo per entrare nella sua strada, ma non c'è. Emil è sparito e io non posso raggiungerlo. Scoppia un temporale e comincia a piovere. Devo continuare a pedalare lungo la mia stradina. Devo andare avanti. Il mio sentiero prosegue e non è ancora giunto alla fine. Devo proseguire e andare avanti e soprattutto non devo cadere, perché voglio sopravvivere, voglio sapere cosa c'è laggiù all'orizzonte, dove i fulmini illuminano le montagne oscure. Sì, non cadere, Lotte. Non cadere. Scendi con attenzione.

«Ci siamo quasi, là c'è la strada» sento dire a qualche metro da me. Alzo lo sguardo. La più giovane delle tre sorelle grida di nuovo che non manca molto e indica la striscia grigia luccicante giù in basso. Non rispondo, ma mi concentro sul sentiero sconnesso e sdrucciolevole.

Ho i piedi gelati dal flusso d'acqua che mi scorre lungo le caviglie. Dietro di me c'è silenzio. Durante il primo tratto della discesa si udivano ancora le continue imprecazioni in inglese di Maddie quando faceva un passo falso e finiva in una buca, ma ora tace anche lei.

Esultiamo quando raggiungiamo la strada e sentiamo il terreno piatto sotto i piedi. Le tre sorelle davanti a me si perdono tra i pellegrini fradici che arrivano da sinistra, dal percorso alternativo che passa per Les Moussons.

Andiamo tutti a Aubrac. Osservando le decine di persone stracariche che si affrettano verso il paese, ripenso a Emil e alla sua fuga dalla Bosnia. Doveva essere stato più o meno così. Fradici, infreddoliti, affamati e spaventati in attesa della prossima esplosione, cercare insieme a degli sconosciuti di raggiungere un riparo. Per fortuna a Aubrac potrò chiamare un taxi per raggiungere la mia stanza in un hotel di lusso e farmi subito una doccia calda. E so che poi mi aspetteranno una cena abbondante e un buon bicchiere di vino. Emil e gli altri profughi non sapevano dove avrebbero dormito né se avrebbero trovato qualcosa da mangiare, e questo è durato mesi.

Continuo a marciare rimuginando sulla tragedia della guerra in Bosnia, e arrivo a Aubrac. Le sorelle lanciano un grido di giubilo quando aprono la porta del primo ristorante. Le seguo e con lo zaino tra i corpi che emanano vapore mi faccio strada verso il bar. Il ristorante è strapieno e il proprietario ci guida verso un angolo in fondo dove c'è ancora posto. Solo quando stiamo per toglierci le giacche ci accorgiamo che manca ancora Maddie. Vado al bagno e la chiamo, ma non è lì. Allora torno alla porta, l'apro e scruto la strada. Non vedo da nessuna parte un cappuccio arancione, quindi mi espongo di nuovo al maltempo, raggiungo gli altri due ristoranti e passo in rassegna le sale e i bagni, ma non c'è traccia di Maddie. Preoccupata, mi affretto di nuovo verso il primo ristorante. Le tre sorelle, nel frattempo, sono passate di tavolo in tavolo a chiedere se qualcuno avesse visto un'inglese con un poncho arancione, ma senza risultato. L'ultima volta che l'abbiamo vista era sulla montagna, poco dopo aver lasciato la stalla.

Tutte e quattro ci voltiamo verso la finestra e guardiamo verso l'altipiano, dove i fulmini illuminano le montagne.

«Maddie è ancora lassù» dice la più grande delle tre sorelle.

Giorno 8: venerdì 2 agosto, sera
Saint-Chély-d'Aubrac: il bel gesto
Pioggia e vento forte. 12°

Il taxi si ferma davanti al B&B «sostenibile» delle tre sorelle nel borgo di Sarbonnel. Mentre scendono concordiamo di mandarci un messaggio appena una di noi ha notizie di Maddie. Quando siamo andate via dal ristorante di Aubrac alle sei e mezzo, non c'era ancora nessuna comunicazione del servizio di soccorso, che aveva iniziato la risalita un'ora prima. Il temporale intanto si è spostato altrove, ma pioggia e vento sono rimasti e fa davvero freddo. Ho le scarpe e le calze bagnate fradice. Sono in ritardo, perché a Aubrac era tutto un caos, con centinaia di persone che lottavano per trovare un mezzo di trasporto che le portasse ai loro alloggi nei dintorni.

Il tassista mette in moto, imbocca la strada e poi prosegue per contorte viuzze in direzione di Saint-Chély-d'Aubrac. Perché non mi sono voltata quando non ho più sentito imprecare? Avrei dovuto controllare se aveva qualche problema. Mi è sfuggito qualcosa? Una richiesta di aiuto forse? Sono stata io a mettere tutti in agitazione, là nella stalla, e a convincere la gente alla rischiosa discesa. È tutta la vita che ignoro i pericoli e trascino gli altri nelle mie avventure. Ed è sempre andato tutto bene, fino a oggi. Giungo le mani e recito un padrenostro per Maddie, nel caso che esista un dio e che mi ascolti.

«Siamo arrivati, madame» dice una voce accanto a me.

In effetti, questo è l'edificio in pietra grigia che compare nella conferma della mia prenotazione.

«Allora viene a riprendermi qui domattina alle nove e mezzo?» chiedo.

«Sì, io o un altro collega».

Annuisco. A un tratto sembra irreale l'appuntamento fissato per l'indomani con le monache dell'abbazia di Bonneval. Producono un famoso cioccolato ed erano interessate a fare conoscenza. Cioccolatieri a confronto. Il colloquio è già fissato da due settimane ed è la mia unica variazione rispetto al programma di Emil. Ma ora, dopo tutti gli avvenimenti dei giorni scorsi, lo scambio di esperienze e conoscenze sul cacao sembra un'attività ridicola, come una cosa appartenente a un'epoca passata, quando la mia mente poteva ancora fluttuare spensierata tra i sapori, i gusti, le forme e i profumi del cioccolato. Comunque, ci vado, perché anche Emil il 3 agosto si era preso un giorno di riposo. Solo che lui aveva dormito fino a tardi e poi aveva preso un taxi per Espalion dove, dopo aver ammirato un po' il paesaggio, si era rilassato al tavolino di un caffè all'aperto.

«Perfetto». Pago, auguro al tassista una buona serata, scendo e mi affretto a salire le scale che portano all'ingresso. Piove ancora a catinelle e il vento sferza la mia giacca. Dio mio, che gioia al pensiero della doccia calda e dei vestiti asciutti. Posso quasi sentire il getto d'acqua calda sulla testa.

La reception si trova in uno spazio adiacente al bar, che pullula di pellegrini. Mi avvicino al banco e deposito lo zaino a terra. Un uomo biondo sulla quarantina mi rivolge lo sguardo.

«*Bonsoir madame,* cosa posso fare per lei?» chiede con cortesia.

«*Bonsoir monsieur,* ho prenotato una stanza». Prendo il telefono, cerco la conferma e gli mostro la mail.

«A quale nome?»

«Bonnet».

L'uomo digita qualcosa sulla tastiera.

«Purtroppo, madame, la sua stanza non è più disponibile».

«Come sarebbe?» mi piego in avanti sul banco.

«Lei non ha risposto entro le 18, per cui ho dato la camera a qualcun altro».

«Ma io ho una prenotazione».

«Lei aveva una prenotazione» risponde l'addetto con freddezza. «Ma nella nostra mail c'è scritto anche che le avremmo riservato la stanza fino alle 18. Se l'ospite non si presenta e non riconferma la prenotazione entro quell'ora, abbiamo il diritto di assegnare la stanza a qualcun altro. Ora sono le sette e mezzo».

Gira lo schermo verso di me e indica, in fondo alla conferma, la frase che non avevo letto.

«E adesso? Ha un'altra stanza libera?»

«No, madame, siamo al competo. Non c'è più nulla di disponibile in tutta Saint-Chély-d'Aubrac. A causa del maltempo molti pellegrini che di solito dormono in tenda nei campeggi hanno ripiegato sugli alberghi. Alle due del pomeriggio era già tutto esaurito».

«Ma dove posso andare a dormire allora?» Mi spuntano le lacrime agli occhi e tutta la mia baldanza svanisce.

«Il parroco ha aperto la chiesa» risponde l'addetto indicando in direzione del ristorante. Attraverso la finestra si vedono luccicare sul campanile le tegole di ardesia bagnate. «Non sarà sola. Ho indirizzato là anche altri pellegrini. E il luogo è riscaldato, i volontari hanno installato delle stufe elettriche».

«Nella chiesa?» esclamo e mi tornano in mente le immagini dei profughi bosniaci. *Sì, cara mia, doveva andare così. Il destino vuole che tu passi una notte da profuga, così capirai meglio Emil.* Maledizione.

«Ma non ho né sacco a pelo né tappetino, niente». Afferro già lo zaino con la mano. «Dove posso dormire? C'è una doccia, un bagno?» Il mio sogno di mettermi sotto l'acqua calda e avere i piedi asciutti svanisce.

«Potrà dormire su uno dei banchi della chiesa. Purtroppo non c'è la doccia, ma nella sacrestia c'è un lavandino e potrà usare il bagno. Lo so, madame, è molto seccante, ma purtroppo non posso fare altro per lei. È una situazione di emergenza e si tratta di una sola notte. Ad ogni modo, lì è caldo e asciutto e domani il cielo sarà di nuovo sereno».

Annuisco, non sono più in grado di parlare e lascio il posto alla coppia appena arrivata. Qui non posso ottenere nulla di più. Tremo in tutto il corpo, come se la mia pelle si rendesse conto solo ora delle scarpe e dei vestiti fradici. Mi volto di nuovo verso la finestra, guardo in direzione del campanile al di sopra delle teste degli innumerevoli avventori e calcolo la distanza. Almeno altri dieci minuti di cammino sotto la pioggia.

Mentre sto per andarmene, uno dei pellegrini mi saluta dal ristorante, si alza e viene verso di me.

«Nicolas!» esclamo entusiasta, felice che non sia stato travolto dalla mandria.

«Lotte!» mi dà una cameratesca pacca sulla spalla. «Ma perché piangi?»

«Sto piangendo?» Mi passo le dita sulle guance e asciugo il liquido caldo. «Scusa Nicolas, è stata una giornata dura» dico. Vergognandomi delle mie lacrime comincio a raccontare le difficoltà che ho incontrato durante la giornata: «Maddie, l'inglese, questo pomeriggio è scomparsa sull'altipiano. Era dietro di me durante la discesa e non mi sono accorta che a un certo punto non c'era più. I soccorsi la stanno cercando. Sono distrutta e ora devo anche andare a dormire nella chiesa, hanno dato la mia stanza a qualcun altro perché non ho confermato il mio arrivo entro le sei del pomeriggio».

«Non vai a dormire in chiesa, Lotte». Con un gesto deciso prende il mio zaino. «Vieni, saliamo! Ti cedo la mia stanza e vado io a dormire in chiesa».

Prima che possa rispondere esce dal ristorante. Lo seguo sulle scale, poi imbocca il corridoio del primo piano. Il mio corpo esulta al pensiero di una doccia calda, ma il mio amor proprio è più forte, e mi dice che ormai sono grande e devo pagare per i miei errori.

«Accetto volentieri la tua offerta per fare una doccia, Nicolas» dico alle sue spalle quando a metà del corridoio arriviamo alla sua stanza e fa per aprire. «Ma non ti caccerò fuori dal tuo letto. Posso sopravvivere a una notte in quella chiesa».

«Sciocchezze, io sono abituato a dormire in posti impossibili, non mi crea alcun problema». Entra nella stanza e deposita lo zaino accanto a un letto matrimoniale. La grande e moderna stanza a elle ha un balcone, un angolo salotto, un letto *queen size* e un letto singolo in una nicchia a destra. La porta del bagno è aperta e lascia intravedere una doccia e una vasca da bagno. Il wc deve essere in uno spazio a parte.

«Mamma mia, ma è una suite!» mi lascio sfuggire dalle labbra.

«Proprio così. Meglio della chiesa, no?» Nicolas fa un sorriso furbo.

Ora sorrido anch'io.

«Eccome!» esclamo entusiasta. «Sai cosa, Nicolas? Io dormo lì nel letto singolo e tu in quello grande».

Nicolas sembra riflettere un istante e poi sorride.

«D'accordo» dice dandomi la chiave. «Vuoi mangiare qualcosa? Avevo appena ordinato quando ti ho vista».

«Sì, per favore, solo un'insalata con delle verdure grigliate. Non riuscirò a mandare giù altro». La preoccupazione per la sorte di Maddie mi opprime lo stomaco.

«Bene. Informo il proprietario che dormi qui e domani mattina presto farai colazione, d'accordo?»

«Sì, grazie!»

Nicolas si gira e va verso la porta. In uno slancio gli prendo la mano per trattenerlo.

«Grazie Nicolas. Sei meraviglioso!» Poi lo bacio spontaneamente su una guancia.

Nicolas stringe la mia mano e mi osserva con uno sguardo insondabile, poi lascia la mano e arretra di un passo. Lo faccio sentire insicuro?

«Di niente, Lotte». Mi sfiora brevemente l'avambraccio. «Torno subito, e intanto cerca di riscaldarti in fretta, hai le mani e le labbra ghiacciate».

Torno a letto in punta di piedi dopo aver fatto pipì il più silenziosamente possibile. Il vento di fuori per fortuna attutisce il rumore dello sciacquone che si riempie. Sono felice della prospettiva di una giornata tranquilla e di fare soltanto una visita all'abbazia di Bonneval. Camminare sotto la pioggia è divertente per un'ora, non per tutta una giornata.

Il sole che sta sorgendo filtra attraverso le fessure degli scuri e lascia intravedere i contorni della stanza. Sono le cinque e mezzo e ho dormito otto ore di fila. Non mi sono accorta di Nicolas, è salito in camera più tardi. Ieri sera dopo aver mangiato l'insalata ero così stanca che non riuscivo più a tenere gli occhi aperti. La testa mi ciondolava dal sonno e così Nicolas mi ha consigliato sorridendo di andare subito a dormire anche se erano solo le nove. Lui si sarebbe fatto ancora un bicchierino e poi sarebbe salito a sua volta. Intanto, avevo il bagno tutto per me. Mentre mi stavo lavando i denti è arrivato un messaggio. La più grande delle tre sorelle mi informava che Maddie era stata ritrovata sull'altipiano semiassiderata e incosciente. A prima vista sembrava che fosse scivolata e caduta, ed è stata immediatamente trasportata all'ospedale universitario di Lione. Ulteriori particolari si sarebbero saputi nei giorni seguenti. Mi sono sentita sollevata, Maddie era viva e dovevo confidare nel fatto che si sarebbe ripresa. Mi sono addormentata ripensando alle sue tipiche imprecazioni inglesi.

Mi siedo sul bordo del letto e mi godo il silenzio del mattino. Nicolas ha il respiro agitato, come se stesse facendo brutti sogni. Di tanto in tanto parla anche. Le sue parole sono incomprensibili e somigliano a un balbettio in una lingua straniera. A cosa penserà? Alle guerre? Mi alzo, mi avvicino al suo letto, mi accovaccio accanto a lui e osservo da vicino il suo corpo mentre dorme, come facevo un tempo con i miei figli, quando erano piccoli e la loro innocenza notturna mi riempiva il cuore di preoccupazioni per il futuro incerto.

Nicolas indossa solo uno slip nero e giace in posizione fetale. Il copriletto è in parte scivolato via e copre solo la metà del suo torace. Ha la pelle tesa e lucida coperta di peli neri e ricci e ha una cicatrice frastagliata sulla clavicola. Dunque neanche lui è rimasto illeso. Alzo la mano e la lascio ondeggiare sopra su di lui. Ho la tentazione di sdraiarmici accanto e stringere la sua testa al petto, di baciarlo sulla fronte e scacciare così i suoi demoni. Mi chino ancora un po' di più su di lui. Quest'uomo mi piace, non mi sono mai sentita così spontaneamente a mio agio con qualcuno, a parte forse Marjo. Ma il mio legame con lei nasceva da un'infanzia condivisa e comunque era diverso da questo. È stupefacente quanto penso di sapere su un uomo di cui in realtà non so niente, solo il suo nome: Nicolas. Dipende forse dal Cammino di Santiago e dal modo in cui il silenzio e il ritmo rivelano la mia essenza? O dal fatto che abbiamo la stessa visione della vita? Come me, è un avventuriero che si tiene fuori dal «mondo organizzato», come lo ha efficacemente chiamato questa sera. «Non voglio far parte di sistemi rigidi, Lotte, dei seguaci, di una massa indottrinata che si lascia guidare dai mezzi di informazione che a suon di clic a pagamento ti orientano verso delle idiozie che ti inquinano la mente». L'ho guardato e a un tratto ho capito molto chiaramente che quelle poche parole riassumevano con precisione ciò che sento e penso da anni, ma che non avevo ancora realizzato appieno. Rivolgendogli lo sguardo ho allungato la mano e gli ho stretto un braccio.

«Grazie, Nicolas» gli ho detto.

Sospiro. Tutto ciò che a Vijlen sembrava tanto importante negli ultimi giorni si è ridotto a un vago ricordo. Devo perfino sforzarmi per scrivere messaggi o telefonare a casa ogni sera. Mi infastidisce soprattutto il contatto con Paul per via del suo sincero interesse per tutto quello che sto vivendo e le sue numerose domande. Non ho voglia di rispondere perché so che cerca di trovare qualsiasi argomento per indurmi a tornare prima del tempo. Ma non tornerò prima. Resterò. E non solo perché ottengo sempre più informazioni su Emil, ma soprattutto per quest'uomo. Voglio strofinarmi contro di lui e sentirlo fisicamente.

Quando mi chino in avanti e avvicino il naso al suo viso per avvertire il suo respiro, Nicolas apre gli occhi. Mi allontano un po' e ci guardiamo. Il mio corpo si scioglie.

«Lotte» sussurra sorridendo con dolcezza, poi si sposta un po' e con un gesto d'invito scosta il copriletto. «Vieni!»

Mi tolgo la maglietta e gli slip e mi sdraio accanto a lui.

La lettera

VIII. Dallo schermo televisivo colava veleno

Come si fa a fomentare un odio tale che le persone si ammazzino tra loro come bestie? I governanti raccontano menzogne, le ripetono continuamente, le esagerano aggiungendo storie di atrocità e le mescolano con atti eroici del gruppo etnico di appartenenza risalenti a un antico passato. Questa è stata la formula di successo applicata dai populisti serbi Milošević e Karadžić dalla fine degli anni Ottanta nella ex Iugoslavia, e può andare di nuovo così, Lotte, non solo in Bosnia, ma ovunque. Gli esempi non mancano.

Alla fine della guerra, innumerevoli studiosi hanno scritto che i mezzi di informazione in Iugoslavia hanno contribuito ad aprire la strada ai crimini atroci e ai genocidi scioccanti commessi durante il conflitto. E hanno ragione. Eccome! Il regime di Tito usava già i media in un modo scandaloso. In questo senso la situazione da noi non era diversa rispetto ad altri stati con un leader autocratico. L'unica differenza rispetto alle altre dittature era che in Iugoslavia i mezzi d'informazione erano organizzati a livello regionale. Ogni repubblica aveva i suoi giornali, le sue radio e le sue emittenti televisive. A livello nazionale c'era solo la Borba, *un quotidiano nato dalla Lega comunista, e poi c'era Tanjug, l'agenzia giornalistica ufficiale della Iugoslavia. E questo era tutto. I tanti giornali e riviste nelle regioni si rivolgevano a minoranze etniche o a gruppi religiosi specifici. Le storie riportate da quei fogli avevano uno stile provinciale, con gli immancabili pettegolezzi e maldicenze. Nessuna traccia di giornalismo serio. Fino al 1988 le televisioni regionali si scambiavano programmi e notiziari, ma questa abitudine è cessata quando nel 1988 la Tv-Zagreb croata se ne è andata per la sua strada. Ogni gruppo etnico viveva ormai nella propria bolla. La situazione è cominciata a sfuggire di mano quando Milošević ha cominciato, attraverso i media serbi, a esaltare i sentimenti nazionalistici con il suo cosiddetto discorso del Gazimestan. Lo ha pronunciato il 28 giugno 1989 davanti al monumento sulla Piana dei Merli, in Kosovo, in occasione della seicentesima ricorrenza della battaglia persa dal principe serbo Lazar che di fatto mise fine al regno serbo e decretò l'inizio dell'occupazione ottomana dei Balcani. Ha così alimentato i sentimenti di vittimismo e l'aggressività dei serbi nei confronti dei musulmani albanesi e bosniaci, e a partire da quel momento ha anche esagerato il ruolo svolto dai musulmani nella persecuzione dei serbi da parte degli ustascia fascisti durante la Seconda guerra mondiale. Inoltre, i media serbi diffondevano la storia secondo cui i musulmani bosniaci erano geneticamente discendenti dei turchi, una pura sciocchezza. Eravamo tutti un unico popolo slavo.*

In breve, ai serbi è stato praticato un lavaggio del cervello sistematico e aggressivo da parte dei loro stessi mezzi di informazione e ciò valeva ancora di più per i serbo-bosniaci, che si sentivano particolarmente vulnerabili perché vivevano in una repubblica in cui i musulmani erano in maggioranza. Ricordo ancora con precisione il giorno in cui mi sono reso conto che la situazione si sarebbe progressivamente aggravata ed è stato nella primavera del 1991 a Banja Luka, attualmente capitale della Repubblica Serba di Bosnia. Emil vi faceva uno scambio studentesco di sei mesi presso l'Università tecnica e aveva invitato me e Milan a festeggiare da lui il Primo maggio. Non ci eravamo più parlati dalle vacanze invernali perché abitavamo in città diverse. Io studiavo a Sarajevo e Milan dopo il servizio militare aveva firmato per entrare nell'esercito ed era di stanza in una base a qualche chilometro, non lontano dalla mutevole frontiera con la Croazia ribelle. Io ho combinato la visita a Emil con quella di qualche giorno alla mia sorella maggiore che era sposata con un serbo di Prijedor.

Appena sono arrivato a Banja Luka mi hanno colpito le bandiere serbe e gli slogan nazionalisti serbi tracciati a verni-

ce sui muri. Sono andato all'appartamento di Emil, che aveva ancora una lezione all'università. Poi io e Milan siamo andati nella sala comune della casa dello studente per giocare un po' a carte, ma siamo stati distratti dalla tv. Una emittente serbo-bosniaca trasmetteva un documentario. Il tono incendiario del programma ha catturato la mia attenzione e sono rimasto incollato allo schermo.

Mentre guardavo la trasmissione mi si gelava il cuore. I cosiddetti giornalisti dicevano che i musulmani in Bosnia volevano staccarsi dalla Iugoslavia e poi governare il paese secondo le leggi dell'Islam. Tutte le donne avrebbero dovuto portare il velo in testa e i serbi sarebbero diventati cittadini di seconda categoria come gli ebrei nella Germania nazista e sarebbero finiti in campi di concentramento ancora da allestire come Jasenovac nella Seconda guerra mondiale. Lasciavano intendere che circolavano già piani segreti in proposito. Seguiva poi tutto un discorso sulle differenze etniche tra i musulmani bosniaci e i serbo-bosniaci. I musulmani sarebbero discesi geneticamente dai turchi e avrebbero quindi costituito un'altra razza. Alla fine del programma mi sono asciugato dalla fronte il sudore provocato dall'angoscia, ho dato un colpetto con il gomito a Milan e ho detto: «Hai visto che assurdità? Chi inventa questa roba? E come possono trasmettere una cosa del genere? È puro incitamento all'odio». Milan ha reagito immediatamente. Con uno sguardo infuocato ha detto che tutto il programma era vero al cento per cento e che evidentemente vivevo su un altro pianeta. I serbi dovevano lottare per un proprio stato per proteggersi dai balija. *Ho deglutito, perché la parola* balija *era un insulto per i musulmani, paragonabile alle associazioni negative che suscita negli Stati Uniti la parola* nigger.

«Ma Milan» ho risposto, «lo sai che sono scemenze. Dimmi il nome di una sola persona del nostro paese che abbia sangue turco. Eh? Chi? E poi che importa? Viviamo in un'epoca moderna, che importanza può avere ancora la razza? E poi, dimmi, cosa c'entro io con l'Islam? Sono anni che non metto piede in una moschea. Siamo entrambi atei convinti».

È sceso un breve silenzio durante il quale sembrava che riflettesse.

«Stai mentendo» ha risposto rabbioso, poi si è alzato di scatto ed è uscito dalla stanza. Nel corso della giornata Milan si è calmato e abbiamo passato una serata piacevole come ai vecchi tempi. Abbiamo evitato di parlare di politica e della guerra in Croazia, perché il legame di ferro della nostra amicizia cominciava ormai ad arrugginirsi sotto i colpi della retorica populista.

Un anno dopo, quando la guerra in Bosnia era cominciata e i serbo-bosniaci avevano occupato Prijedor, le nuove autorità serbo-bosniache avevano emanato un'ordinanza che imponeva a tutti i non serbi di appendere un lenzuolo bianco alle loro case, in modo che le milizie sapessero dove abitavano i serbi e dove gli «elementi indesiderati». Inoltre, a partire da quella data, i non serbi dovevano portare al braccio una fascia bianca in pubblico in modo da essere riconoscibili per le milizie serbe. Poco dopo quell'ordinanza del 31 maggio 1992 sono cominciate le deportazioni, gli stupri e le esecuzioni di musulmani bosniaci a Prijedor. La città venne «ripulita» del novantaquattro per cento della popolazione musulmana e la milizia dei Falchi grigi di Milan è stata uno dei principali esecutori di quella «grande pulizia».

Una settimana dopo l'ordinanza, nel giugno del 1992, sono andato in tutta fretta a Prijedor a prendere mia sorella con l'auto di nostro padre per riportarla al nostro paese. Il marito era deceduto e il fronte si spostava nella sua direzione. Nella nostra regione la situazione era ancora tranquilla.

Ma abbiamo avuto sfortuna. Durante il viaggio ci siamo imbattuti in una milizia serbo-bosniaca che ci ha arrestati e con un camion ci ha trasportati al campo di concentramento di Omarska. Sono rimasto lì fino al 7 agosto 1992, quando, dietro pressioni internazionali, il campo è stato chiuso. Ci hanno caricati su autobus sovraffollati e soffocanti e ci hanno trasferiti in un altro campo allestito in fretta e furia. Durante il trasporto sono riuscito a scappare con l'aiuto di un guardiano serbo-bosniaco, parente di mio cognato, che mi ha riconosciuto, mi ha tirato giù dal veicolo per supposto comportamento scorretto, ha finto di spararmi cinquanta metri più in là e mi ha lasciato teoricamente morto in mezzo ai cespugli, è tornato nell'autobus e ha ordinato all'autista di ripartire. Io sono rimasto sdraiato finché non ho più udito rumori di presenza umana e ho cominciato il mio viaggio per tornare a casa. Negli anni successivi ho pensato spesso al mio salvatore. Era un brav'uomo e non gli interessava per niente quella guerra, ma doveva fare quello che gli ordinavano, altrimenti gli sarebbe toccato il nostro stesso destino.

Sai, Lotte, c'erano non pochi serbo-bosniaci che erano disgustati dalla cricca nazionalista di Radovan Karadžić e del suo carnefice Ratko Mladić, ma anche loro sono stati risucchiati dall'uragano di violenza che imperversava sul nostro paese. Molti non avevano altra scelta. Rifiutare il reclutamento e aiutare i bosniaci equivaleva al suicidio.

Mia sorella è morta a Omarska dopo una serie di stupri, secondo il racconto di un compagno di prigionia. Il suo corpo è scomparso in una fossa comune e non è mai stato ritrovato.

Giorno 9
Sabato 3 agosto
Da Saint-Chély-d'Aubrac a Espalion, 22 km
Ritrovare l'amore

Quando non riesci ad addormentarti perché la realtà è più bella dei sogni, puoi essere certo di essere innamorato.

Dr. Seuss, autore di libri per bambini,
poeta e illustratore americano
(1904-1991)

Giorno 9: sabato 3 agosto, mattina
Saint-Chély-d'Aubrac: l'interrogatorio
Parzialmente coperto, vento debole. 21°

La mia testa riposava sul petto di Nicolas. Il suo Azzaro è stato sostituito dall'aroma terreno del suo sudore. L'odore e il contatto con lui mi danno una sensazione di familiarità. I pensieri vanno agli uomini che hanno incrociato la mia strada quando ero giovane. Nel momento in cui giacevo accanto a un uomo e ne percepivo l'odore, sapevo già che il giorno, la settimana o il mese dopo me ne sarei andata di nuovo. Erano passanti che si limitavano a colorare un momento della mia vita.

Così è stato anche in quel soleggiato giorno d'estate del 1997 in cui mi sono svegliata accanto a Emil con il sangue che mi batteva alle tempie dopo che eravamo finiti a letto al termine di una festa. Con lui non intendevo provare neanche una settimana o un mese. Ancor prima che aprisse gli occhi avevo pensato a come annunciargli che avevamo commesso uno «sbaglio» e che dovevamo tornare al precedente stato di amici. Gli occhi di Emil si sono riempiti di lacrime quando gli ho detto che la cosa si sarebbe limitata a quella notte, che non avrei mai avuto una relazione d'amore con lui perché non era la persona che faceva per me. Ma il preservativo lacerato ha cambiato il mio destino ed Emil si è inserito nella mia vita. E io negli anni seguenti ero felice con lui e ho anche cominciato ad amarlo, ma la sopita consapevolezza che un giorno me ne sarei andata continuava ad aleggiare e influenzava il mio comportamento. Emil se ne sarà accorto? Spero di no. In realtà ho capito di amare molto Emil solo quando è arrivato il momento in cui avrei potuto perderlo, sei anni fa, nelle catacombe dell'ospedale di Heerlen. La consapevolezza si è manifestata quando l'abbiamo accompagnato al tavolo operatorio, dove il chirurgo gli avrebbe asportato il tumore allo stomaco. Emil era lì, su quel letto con le rotelle, nello spoglio corridoio con le piastrelle bianche e una squallida luce al neon che scendeva dal soffitto. Stava ancora seduto e mi teneva la mano. Ho camminato accanto a lui mentre l'infermiera spingeva il letto verso la porta dietro la quale c'erano i tavoli operatori e dove abbiamo dovuto separarci. Emil indossava un camice ospedaliero azzurro e da entrambe le braccia pendevano dei tubicini collegati alle flebo. Appariva pallido in quella luce sterile e i suoi occhi neri fissavano i piedi nudi che si erano liberati da sotto il lenzuolo bianco. Lì, poco prima della porta, quando l'infermiera ha fermato il letto per qualche istante in modo che potessimo salutarci, l'ho abbracciato, ho aspirato il suo familiare odore, gli ho coperto il viso di baci e solo dopo quindici anni che stavamo insieme gli ho dichiarato il mio amore.

«Devi lottare, Emil» l'ho implorato asciugando con il bordo del mio lungo vestito a fiori le lacrime che gli avevo lasciato sulle guance. «Non puoi lasciarmi sola, capisci? Voglio invecchiare con te, Emil. Lo sai, vero, amore? Lo sai, sì? Ti amo tanto!»

Emil ha annuito, mi ha stretto la mano piangendo e ripetendo che ero la sua luce. Avrebbe lottato, per noi due e per i nostri figli. Mi ha sorriso, mi ha fatto un cauto cenno di saluto con le mani attaccate alle flebo, poi la porta si è aperta e richiusa, e si è infilato nel tunnel bianco.

Quando cinque ore dopo il chirurgo mi ha telefonato e ha detto che l'operazione era riuscita e le prospettive erano eccellenti, mi sono trascinata fuori, mi sono accasciata sul prato e ho ringraziato il Dio cattolico della mia infanzia per aver risparmiato il mio uomo. Negli anni seguenti l'equilibrio nel nostro matrimonio è cambiato e abbiamo raggiunto una parità emotiva. Solo all'ombra della sua malattia ho riconosciuto i contorni del nostro amore e ho capito quanta luce proiettava sulla mia vita.

«A cosa pensi, Lotte?» La voce calda di Nicolas mi riporta in questo letto.

«A mio marito». La mia risposta è sincera e priva di imbarazzo, perché il mio Emil merita di continuare a vivere nei miei pensieri.

Nicolas cambia posizione. «Poco fa, con me, è stata la prima volta dopo la sua morte?»

«Sì».

Nicolas si gira verso di me, su un fianco, mi abbraccia con forza e affonda il naso tra i miei capelli. «Pensa pure a tuo marito, Lotte. Tienilo con te. E sappi: io non prendo il suo posto, io vengo dopo di lui. In un altro tempo». La sua voce trema.

«Sì, lo so».

Per la prima volta nella mia vita non c'è alcun dubbio e non cerco scuse per allontanarmi da un compagno di letto. Al contrario, fantastico già su una vita insieme. Sarà effetto del Cammino di Santiago? Questa familiarità è un'istantanea che svanirà quando sarò tornata alla mia vita normale in Olanda? Mi tornano in mente le parole di Marjo. Stavamo sdraiate sul suo letto la sera in cui aveva conosciuto Paul e chiacchieravamo. Aveva capito subito che era quello giusto. «Sul serio, Lotte, come sono certa che questa mano sia mia, perché è attaccata al mio braccio, allo stesso modo so che quell'uomo fa per me, perché la sua essenza è anche dentro di me». Parlava di un'altra forma di conoscenza, di una caratteristica che non aveva ancora sperimentato, tranne che con me. E ora provo la stessa cosa. Questa certezza. Questo riconoscere una parte di me stessa, sdraiata accanto a me, nelle sembianze del corpo di un francese. Mi sposto un po'. I nostri sguardi si confondono l'uno nell'altro, accarezzo con l'indice le sue guance non rasate e le labbra screpolate. Sorridiamo. Sì, proprio così, accompagna le onde dei miei pensieri. Mi avvicino ancora di più a lui e sospiro.

Bussano con decisione alla porta. L'intrusione di quel rumore ci fa sobbalzare.

«Arrivo» dice Nicolas con forza. Si slaccia da me, si infila lo slip e va verso la porta. «Sì, cosa c'è?»

«*Bonjour monsieur,* c'è giù la polizia per madame Bonnet e vogliono parlare con lei». Riconosco la voce del proprietario dell'hotel.

«La polizia? Per me?» esclamo dal letto coprendomi con il copriletto.

«Sì, madame» dice la voce che proviene un po' attutita dal corridoio. Nicolas schiude appena la porta. «Vogliono farle alcune domande su una donna deceduta a Saugues. Poi avranno un colloquio anche con tre sorelle che hanno pernottato a Sarbonnel e che stanno per raggiungerci qui in albergo».

«Ah sì? Che strano. Va bene, arrivo». Mi infilo la maglietta e scendo dal letto. «Il tempo di vestirmi. Sarò giù entro un quarto d'ora».

«D'accordo. Intanto servirò loro un caffè, sono nel mio ufficio, dietro la reception».

«Benissimo».

Nicolas richiude la porta, si avvicina e mi prende tra le braccia. «Di che si tratta?» chiede mentre mi bacia sulle palpebre, una dopo l'altra.

Lo accarezzo sulla schiena e mi sorprende di nuovo che sia liscia.

«Immagino si tratti di Solange, una donna che veniva da Parigi» dico mentre cerco con lo sguardo i vestiti che ieri sera ho posato su tutti i mobili possibili perché si asciugassero. «È morta nella mia stanza. Le avevo lasciato la mia suite al piano terra perché, dopo una caduta, stava così male che non riusciva quasi più a camminare. Pensavo fosse morta per una reazione allergica agli antidolorifici. Almeno così mi è stato detto».

«Ne saprai di più tra poco». Nicolas si stacca da me.

«Sì. Avevi programmi per oggi?»

Alza le spalle e sorride. «Fare più di venti chilometri fino a Espalion. Ti va di camminare insieme?»

Scuoto la testa. «Non è possibile. Oggi ho un appuntamento all'abbazia di Bonneval. Le monache hanno una loro fabbrica di cioccolato. Mi aspettano alle dieci e mezzo per una visita guidata. Mi hanno anche invitata a pranzo. Ci vado in taxi e nel pomeriggio mi metto in marcia per Espalion. Sono circa sette chilometri, ci metterò al massimo due ore. E se no vieni con me!» gli prendo le mani e mi stringo di nuovo a lui. «Sarà bello, e alle monache non importerà se ci andiamo in due».

«No, no, Lotte. È una visita che devi fare da sola. Professioniste a confronto. Non farei che distrarti». Nicolas mi bacia di nuovo e fa scorrere le dita sul mio fondoschiena. «Sai cosa? Prenoto subito una stanza nel tuo stesso posto. Dammi l'indirizzo, così ci rivediamo verso sera».

«Sì, che bello! Fantastico! Mi piace stare con te, Nicolas», dico saltellando entusiasta.

Annuisce e sorride. C'è qualcosa di insondabile nel suo sguardo, qualcosa che non riesco a interpretare. Vorrei chiedergli cos'è, ma la fretta mi trattiene.

«Anche a me piace stare con te». Poi mi abbraccia di nuovo e quasi mi stritola.

Nell'angusta stanza di lavoro dietro la reception c'è un'aria viziata, di fiato mattutino dopo troppo caffè e troppo poco sonno. Gli agenti della Polizia giudiziaria sono seduti attorno alla disordinata scrivania di metallo e si alzano quando entro e deposito lo zaino a terra. Entrambi indossano una pratica tenuta estiva con camicia bianca a maniche corte. Il più anziano è un cinquantenne corpulento, calvo e dagli occhi castani e svegli. La peluria che gli manca sulla testa è ampiamente compensata in altre parti del corpo. Il comandante mi si avvicina, mi tende la mano e si presenta, Roland Huret, e all'improvviso lo riconosco. Era lo stesso che l'anno scorso ha condotto l'indagine sul suicidio di Emil. Il mio ultimo ricordo vivido di lui risale al momento in cui, nell'obitorio di Rodez, ho cercato di rivoltare il cadavere di Emil e lui mi ha presa e allontanata. Di tutto quello che è successo nelle ore seguenti ho solo brandelli di memoria.

«Madame Bonnet» dice. «Lei sta quindi percorrendo il Cammino di Santiago come suo marito?» Il suo sguardo si posa sullo zaino con la conchiglia bianca.

«Si ricorda di me?»

«Senz'altro, madame. Un caso particolare. Lei sta seguendo il suo percorso, o sbaglio? Stessi luoghi di pernottamento? Stessi giorni?» Il comandante fa un passo avanti, prende in un angolo una sedia di plastica bianca e la mette accanto alla scrivania di fianco al gendarme più giovane che torna a sedersi.

«Sì» rispondo e avvicino lo zaino alla scrivania. «Un anno dopo la sua morte. Giorno per giorno. Voglio capire cosa è successo a Conques. Non riesco ancora a comprendere il suo suicidio.»

Roland Huret annuisce.

«Si accomodi» dice indicando la sedia da giardino.

Mi siedo e appoggio le mani sulle ginocchia. Cerco di ricordare altri particolari del nostro incontro di un anno fa, ma le immagini sono slegate e ripropongono continuamente la testa di Emil sul piano d'acciaio in quel sotterraneo illuminato a giorno.

Roland Huret sposta la sedia da ufficio del proprietario dell'hotel di fronte a me e si siede.

«Va bene se parlo francese o preferisce l'inglese?»

«Meglio l'inglese». Mi avvicino lo zaino un altro po', come se la vicinanza dei miei pochi averi mi proteggesse da ciò che sta per accadere, perché la voce del comandante si fa più dura.

«L'ascolto» dico sfoggiando un sorriso.

«Dunque, madame Bonnet, stiamo indagando sulla morte di Solange Breuil, avvenuta nella notte tra lunedì 29 luglio e martedì 30 luglio nell'hotel La Terrasse a Saugues. Vorremmo porle alcune domande in relazione con la sua morte. È d'accordo?»

«Certo» dico a bassa voce e mi accorgo che sto cominciando a sudare.

«Bene. Il mio collega stenderà un verbale. Anche lui parla un discreto inglese, ma il verbale sarà redatto in francese».

«Perfetto».

Il giovane gendarme apre il laptop e inizia a battere sui tasti.

«Bene. Allora. Quando ha incontrato madame Breuil per l'ultima volta?»

Il picchiettio delle dita sui tasti mi innervosisce.

«Quello stesso pomeriggio» rispondo rivolta al comandante. «Sul percorso tra Saint-Privat-d'Allier e Saugues. Dopo una lunga salita. Era seduta sull'erba accanto alle tre sorelle».

Continuo a raccontare del nostro incontro sull'altopiano, la camminata fatta insieme verso valle, la sua caduta in un tratto ripido e il suo infortunio. Il comandante Huret chiede della nostra registrazione e chi era presente nella reception.

«Non me lo ricordo. Non ci ho fatto caso. Altri pellegrini. L'atrio era affollato. Ma non vedo che importanza possa avere». Piego il collo irrigidito. «Solange non è morta a seguito di una reazione allergica agli antidolorifici che prendeva?»

L'ufficiale di polizia mi guarda dritto negli occhi. Il sudore mi cola lungo il collo.

«Consideriamo sospetta la morte di Solange Breuil, madame Bonnet». Roland Huret si china un po' in avanti. «Purtroppo non posso dirle di più. Nel frattempo il suo corpo è stato trasferito in un istituto specializzato per ulteriori indagini».

«Ma allora... è stata... uccisa?» chiedo con voce tremante. «Ma come? E perché?»

Il comandante fa un movimento con la testa. Non riesco a capire se annuisca o meno.

«Non posso pronunciarmi in merito. Ma riteniamo che il decesso di madame Breuil sia sospetto e stiamo indagando per scoprire se è stata allestita una messa in scena per far sembrare naturale la sua morte».

Sobbalzo. Questo è il motivo per cui mi trovo in questa stanza. Per via di Emil! Nel caso di Solange si trattava di un omicidio che doveva sembrare una morte naturale, invece l'omicidio di Emil doveva sembrare un suicidio.

«Ora capisco!» esclamo. «Come con mio marito. Quindi avevo ragione! Allora adesso indagherete di nuovo sul suo presunto suicidio?»

Roland Huret mi guarda sorpreso e scuote la testa. «No, no, madame Bonnet, non sono qui in relazione al suicidio di suo marito. Su quello non abbiamo dubbi. Indaghiamo sulle circostanze della morte di Solange Breuil».

«Come sarebbe?» Cambio posizione e mi detergo il sudore dalla fronte.

«Abbiamo saputo dal proprietario dell'hotel che la stanza in cui Solange Breuil è morta era stata prenotata a suo nome. Potrebbe dirci come mai madame Breuil dormiva nella sua stanza?»

Un brivido mi scende lungo la spina dorsale. C'è qualcosa che non quadra.

«Si era fatta male» rispondo con un filo di voce.

«Sì, capisco. Ma poi? Come si è svolto lo scambio di stanze?»

Tormento con le dita lo zaino accanto a me. È stata assassinata. Dio mio. Nella mia stanza. Ci siamo scambiate di posto. In effetti. Voglio andare via di qui. Fa troppo caldo. «Si può aprire la finestra? Ho caldo».

Il gendarme prende il telecomando dell'aria condizionata e la attiva.

«Così si rinfrescherà presto, madame Bonnet» dice il comandante indicando l'aria condizionata. «Le ripeto la mia domanda. Come si è svolto lo scambio di stanza?»

«Be', normalmente. Dopo la registrazione siamo andate tutte e cinque alla dépendance dell'hotel dove si trovavano le nostre stanze. Le tre sorelle ci precedevano. Solange camminava a stento, così ho portato io il suo zaino. Quando siamo arrivate davanti a quelle scale ripide mi ha fatto compassione e le ho dato le chiavi della mia suite. Poteva accedervi attraverso il giardino. Al piano terra. La sua stanza era al quarto piano. C'erano troppe scale».

Boccheggio e rivolgo il viso verso l'alto. L'aria fresca comincia ad arrivare.

«Chi era presente al momento dello scambio?»

«Chi? Nell'atrio dell'edificio?»

Il comandante annuisce.

Rifletto e rivedo davanti ai miei occhi, nel corridoio ben illuminato, il momento in cui le ho dato la mia chiave. A destra c'erano le scale e a sinistra la porta che dava sul giardino e sul vialetto che conduceva alla mia suite, situata all'esterno, al margine del complesso alberghiero. Secondo il loro sito quella stanza aveva una splendida vista sulle colline. Solange si era fermata davanti alla stretta scala di legno e aveva detto «*Dieu*» mentre guardava verso l'alto con il viso contratto dal dolore.

Da sopra arrivava l'animato chiacchiericcio delle sorelle, che somigliava all'allegro cinguettio degli uccelli che all'imbrunire si distribuiscono sui rami degli alberi. Erano già al secondo o terzo piano. Mi colpiva il contrasto tra l'esuberante vocio delle sorelle e la quiete silenziosa dell'atrio. Ho frugato nella tasca dei pantaloni e messo la mia chiave in mano a Solange. Aveva le dita gelate quando l'ha presa.

«Nel corridoio c'eravamo solo io e Solange» rispondo. «Le tre sorelle erano già salite».

«Quindi solo lei e Solange sapevate dello scambio di stanza?»

«In quel momento sì, ma non so con chi altro abbia avuto contatto dopo. Ha fatto molte chiamate e mandato molti messaggi quando eravamo alla reception. Si trattava di qualcosa che aveva a che fare con la sua ricerca. Uno dei suoi collaboratori aveva fatto una scoperta in laboratorio. Aveva trovato le prove di qualcosa ed era esaltata nonostante il dolore. Stava considerando se tornare a Parigi».

Il comandante annuisce.

«Sì. È vero. Quella sera ha acquistato un biglietto ferroviario per il giorno seguente e al momento stiamo esaminando il suo telefono. Ma, giusto a titolo di controllo, ha comunicato questo scambio di stanze alla direzione dell'hotel?» I suoi occhi castani catturano il mio sguardo.

«No, non mi era sembrato importante. Avevo già pagato tutto al mio arrivo».

Ci guardiamo e mi si arresta il respiro.

«Lei... vuole dire che... avrei dovuto morire io?» dico boccheggiando.

«No, no, madame Bonnet, non intendo certamente affermare questo. Al momento diamo ancora per scontato che madame Breuil fosse la vittima prescelta, ma in questa fase delle indagini dobbiamo prendere in considerazione tutte le ipotesi».

Scuoto la testa. «Questo non è possibile. Che volessero colpire me, voglio dire». Cerco di scacciare la paura con le parole. «L'assassino si sarà certo accorto che c'era Solange nel mio letto».

«È probabile, ma non certo. Secondo la nostra ricostruzione è possibile che il criminale avesse una visuale limitata. Solange Breuil era a letto e dormiva profondamente per via dei farmaci che aveva preso. Come lei ha la figura slanciata e i capelli castani, che forse le coprivano in parte il viso quando l'assassino si è avvicinato al letto».

Sposto un po' indietro la mia sedia e stringo la plastica fredda dello schienale. No, no, no. Quella morte non era destinata a me. Certamente no. Mi tornano in mente le immagini di Solange sull'altopiano. La sua voce era piena di astio quando raccontava di quella multinazionale americana e dell'attività lobbistica che aveva fatto sì che nell'Unione europea i loro pesticidi non fossero ancora stati vietati. Ma la sua ricerca avrebbe cambiato tutto, diceva trionfante. Ora aveva le prove che le api morivano a causa di quel prodotto. Perciò Solange aveva un nemico. Un avversario con soldi e potere. Io no. Io non ho alcun nemico.

«Aveva un nemico» dico respirando affannosamente. «Una multinazionale. Aveva trovato delle prove. Io non ho nemici».

Roland Huret non reagisce alla mia osservazione e si china in avanti. Le rotelle della sua sedia da ufficio cigolano.

«Madame Bonnet, dal personale dell'hotel di Saugues ho saputo che la mattina dopo si è presentata per ultima a colazione, mentre stavano già sgomberando. È giusto?»

«Sì, non mi ero svegliata».

«Quante ore ha dormito quella notte?»

«Più o meno undici» rispondo, ricordando il singolare annebbiamento del cervello che ho provato quella mattina quando mi sono risvegliata in quella piccola mansarda. «Avevo la testa strana».

«Cosa intende?»

Lo sguardo mi cade sull'orologio del comandante. La pelle marrone del cinturino gli schiaccia i peli sul polso.

«Voglio dire che non riuscivo a ragionare correttamente, era come se ci fosse uno strato di nebbia sui miei pensieri». Mi indico la fronte. «Una sensazione strana. Diversa dai postumi di una bevuta. Forse intontita è il termine più adatto. Sì, ero intontita».

«E quando è andata a dormire la sera prima a Saugues? Come si sentiva quando è andata nella sua stanza?»

Mi volto a sinistra e osservo un armadio di metallo con i raccoglitori grigi di documenti che rappresentano la memoria dell'hotel. Tutti conti. Tutti nomi. Ogni giorno altri pellegrini. Siamo tutti passanti. Un nome su una fattura. Il numero di una stanza. C'era stato un problema lì a Saugues con il numero della mia stanza, che si trovava a metà del lungo corridoio, accanto a una credenziale incorniciata. Quella era stata la mia salvezza, perché dopo la cena avevo difficoltà a trovare la porta. Me lo ricordo. Ma come era andata quella sera? Cosa ho registrato nella mia testa? Non molto. Qualche frammento. Eravamo una ventina di pellegrini, riuniti al bar esterno e ci bevevamo un bicchierino. Sì, era così. C'era musica, *chanson française.* Due pellegrini del Nord della Francia cantavano e noi mormoravamo le canzoni insieme a loro. Erano dei motivetti piacevoli. L'atmosfera era rilassata, come a carnevale a Vijlen. E si ballava. Nicolas era alla mia destra e si muoveva con leggerezza. Il proprietario dell'hotel serviva il suo liquore artigianale alle pere passando di pellegrino in pellegrino con la bottiglia e riempiva i bicchierini con un sorriso. Ma quella roba non mi ha fatto bene. Nicolas si è girato verso di me e mi ha chiesto come stavo. Mi ha toccato su una spalla. Ho risposto in olandese perché la mia mente non riusciva più a tradurre le parole. Volevo andare a letto, ho detto, perché ero stanchissima. Lui stava per dire ancora qualcosa, ma la tipa di Lille lo ha preso per un braccio. Io mi sono girata e me ne sono andata. Avevo i piedi pesanti come il piombo e riuscivo appena a sollevarli. Non so nemmeno come sia riuscita ad arrivare alla mia stanza, ma ricordo il corridoio buio al quarto piano con tutte quelle porte identiche l'una all'altra. Avevo la chiave in mano e c'era un numero sopra, ma la mia mente non era in grado di associare quel numero ai segni riportati sulle porte. La mia capacità di riconoscere i numeri era sparita. Ero in preda alla confusione. Qual era la mia porta? Mi sono appoggiata al muro e trascinata di porta in porta finché non ho riconosciuto la credenziale incorniciata. Avevo trovato la mia stanza! Ho fatto fatica a infilare la chiave nella toppa, ma ci sono riuscita. Mi sono svegliata undici ore dopo sotto il copriletto e con il vestito nero ancora indosso.

«Madame Bonnet, si sente bene?»

La voce di Roland Huret mi riporta al presente. Mi passo le dita sulle labbra. Sono secche, devo bere qualcosa.

«Ero frastornata. Il liquore alle pere dell'albergatore evidentemente non mi ha fatto bene».

Huret guarda il suo assistente, che prende nota. «È possibile che quella sera qualcuno abbia versato qualcosa nei suoi drink? Per esempio durante la cena, o al bar? In un momento di sua disattenzione, intendo».

Armeggio con la tasca laterale dei pantaloni. I muscoli sulla parte esterna della coscia sono contratti. Apro e chiudo la zip, su e giù.

«Sì è possibile». Deglutisco. Sento come se mi stringesse la gola.

Roland Huret annuisce. Segue qualche istante di silenzio.

«A cosa pensa, madame Bonnet?» domanda spostandosi indietro con la sedia e facendo di nuovo cigolare le rotelle.

«A niente» sussurro e come a difenderlo appoggio la mano sullo zaino con dentro il rapporto di Omer. E se ci fosse un legame tra la morte di Omer e tutto questo?

Giorno 9: sabato 3 agosto, pomeriggio
Abbazia di Bonneval: cioccolata santa
Soleggiato, vento debole. 25°

«Siamo arrivati». Il giovane tassista si ferma davanti a un'imponente portineria bianca che sembra un castello barocco tedesco.

«Poi torna a prendermi qui?» domando mentre estraggo dal portafoglio un biglietto da cinquanta euro. In linea d'aria l'abbazia di Bonneval dista solo un paio di chilometri da Saint-Chély-d'Aubrac, ma il viaggio in auto è sembrato molto più lungo, per una deviazione che passava da Espalion. Gli ultimi chilometri, in particolare, sono stati interminabili, con la strada che saliva di curva in curva attraverso un fitto bosco. Da lì, al ritorno, non ci passo perché la paura dei malintenzionati mi è tornata dopo il colloquio con Roland Huret.

«Verrà un collega. Lo comunico alla centrale».

«D'accordo». Pago e infilo di nuovo il portafoglio nel marsupio.

L'autista scende, apre il bagagliaio e mi porge lo zaino. «*Voilà, madame*».

Ringrazio e mi metto lo zaino in spalla, rivolgo ancora un cenno di saluto al giovane e mi volto verso l'ingresso dell'abbazia. Respiro a fondo un paio di volte. Sono ancora nervosa per il colloquio con la polizia. Ho taciuto sulla falsa identità di Emil e sulla morte di Omer. Sarà stato intelligente? Forse c'è davvero un legame tra la morte di Solange e l'assassinio di Omer. Forse ero davvero io il bersaglio? Ma perché? Da una parte so perché non ho detto niente. È stato un riflesso spontaneo, dovuto a una profonda diffidenza verso tutto ciò che rappresenta l'autorità, che vuole esercitare un controllo, perché è quello che ho imparato a casa. «Alla larga dalle istituzioni» era il motto di famiglia. I miei genitori sono stati vittime della corruzione governativa; di sgradevoli ostruzionismi attuati da impiegati amministrativi per conto del potere. Per tutta la mia vita adulta mi sono tenuta lontana dalle «autorità». Ma durante il tragitto in taxi ho cominciato a dubitare e ho ripensato al rapporto di Omer. Le sue ultime parole risuonavano nella mia testa. *Be careful.* Sì, forse ero davvero io il bersaglio. Quella mattina ero veramente intontita in modo strano, come non mi era mai capitato. Avevo difficoltà a formulare frasi e a far di conto. Non erano i postumi di una sbornia. Può ben essere che qualcuno abbia lasciato cadere una pillola nel mio bicchiere. Ma perché? Perché qualcuno dovrebbe volermi morta? Cosa ho, o cosa so, di così minaccioso da far sì che qualcuno voglia eliminarmi? Chi starei ostacolando? Scuoto la testa. Non riesco a immaginarlo. Non c'è alcun motivo. In Olanda non ho contrasti con nessuno, tantomeno in Bosnia. So solo poche cose sul passato di Emil. Che ha mentito sulla sua identità, ma questo lo sanno anche altri. Poi però c'è quel rapporto di Omer. È importante. Stasera devo assolutamente passare quelle pagine allo scanner e poi cercare di decifrarne un po' il contenuto attraverso Google Translate. La traduzione non sarà ottimale, lo so già dopo i tentativi fatti in Bosnia con Jelena, ma si può cogliere l'essenza del testo. E poi deciderò se darne una copia alla polizia francese. Il numero del comandante Roland Huret è registrato nel mio telefono. Quando ci siamo salutati ha detto che posso chiamarlo in qualsiasi momento. Giorno e notte.

«Consideriamo Solange Breuil come la vittima designata, madame Bonnet» ha detto mentre ci stringevamo la mano. «Questa conversazione non ha modificato il nostro punto di vista. Non vi è ancora motivo di assicurarle una maggiore protezione. Può continuare il suo viaggio lungo il Cammino di Santiago, ma per maggior sicurezza le consiglio, da questo momento, di non camminare da sola. Finché non ne sapremo di più, è meglio andare sul sicuro».

Ho annuito, ma non ero tranquilla. Con il corpo irrigidito dalla paura sono uscita dall'angusta reception e ho respirato a fondo un paio di volte prima di raggiungere Nicolas che mi faceva cenno da un tavolino del ristorante preparato per la colazione. Mi ha subito chiesto di cosa si trattava e gli ho risposto che la polizia stava indagando sulla morte di una donna a Saugues, ma prima che potesse fare altre domande il proprietario dell'hotel è venuto ad avvisarmi che il taxi per l'abbazia di Bonneval mi aspettava già da dieci minuti. Ho afferrato un croissant, ho bevuto in fretta il mio espresso e mi sono alzata. Nicolas mi ha accompagnata fuori.

«Ceniamo insieme stasera, Lotte?» dice con un tono di voce particolare, poi mi abbraccia e mi stringe a sé. Per un istante i brividi scacciano la tensione che ho nella pancia. Ma perché vado da quelle monache? Perché non resto qui con lui?

«Posso prendere i suoi bagagli, madame?» chiede il tassista indicando il mio zaino. Aveva fretta, a quanto pareva, e con il suo atteggiamento pressante ha messo fine ai miei dubbi sulla visita all'abbazia.

«Sì, molto volentieri, Nicolas, al rifugio».

Nicolas mi ha baciata e si è staccato da me un po' esitante, poi l'ho accarezzato con la punta dell'indice sulla guancia irsuta, sono salita in auto e l'ho salutato. Mentre il taxi si allontanava ho provato quel familiare sentimento di ribellione che avverto da sempre quando gli altri mi spingono in una direzione di cui dubito ancora.

Seguo il cartello con su scritto «ENTRÉE», attraverso l'ampio portone dell'abbazia ed entro nel cortile pavimentato. Riconosco subito la porta dorata con sopra il cartello «MAGASIN». Questo è quindi il negozio dell'abbazia. Quando apro la porta ed entro nella reception qualcuno mi chiama per nome.

«*Madame Bonnet?*»

Una monaca alta e imponente mi si avvicina, mi porge la mano e si presenta come suor Geneviève.

«*Oui, bonjour*, sono Lotte Bonnet». Rispondo in francese perché mi aveva anticipato che non parlava bene inglese.

La monaca indossa una tonaca bianca con scapolare e velo neri. Ha la pelle liscia e gli occhi vispi blu topazio. Difficile dire che età abbia, più o meno tra i cinquanta e i settanta anni. Mi sorride e dice di essere felice di conoscere una collega olandese. Mi chiede se voglio bere qualcosa. Un caffè, forse? Rispondo che ho appena fatto colazione e scambio automaticamente con lei le cortesie del caso. Sono ancora presa dal colloquio con la polizia. La monaca annuisce e mi chiede se voglio lasciare lo zaino nella sua stanza in modo da non dovermelo portare appresso tutto il tempo. Il peso in effetti mi schiaccia la schiena e accetto con gratitudine, poi la monaca mi guida verso un piccolo ufficio dietro il negozio dove deposito il mio fardello in un angolo. Chiude la porta e andiamo alla cioccolateria, come la monaca chiama il locale dove le suore fabbricano i loro prodotti. Quando raggiungiamo l'ennesimo corridoio con volta a botte, l'olfatto mi dice che il laboratorio non deve essere lontano. Il profumo di cioccolato aleggia intorno a me e relega sullo sfondo la paura instillatami dal colloquio con il comandante Huret. Comincio a porre domande. Da quale regione prendono il cacao? Con quali semi lavorano di preferenza? A volte comprano semilavorati? E da dove viene il liquore che usano? E le spezie? Le prendono fresche o essiccate? Come stabiliscono il gusto dei prodotti? Parliamo animatamente e suor Geneviève mi fa visitare la fabbrica con evidente entusiasmo, mi fa assaggiare dei blocchetti di cioccolato, mi interroga sulle mie tecniche di conservazione e su come mi è venuta l'audace idea di usare del formaggio nei miei tartufi. Dopo un'ora abbondante e una pausa in bagno la monaca mi conduce nella sala da pranzo rettangolare con il pavimento in cotto e le pareti imbiancate a calce, cui sono appese delle foto in bianco e nero che ritraggono l'abbazia in epoche precedenti. I sobri tavoli di quercia sono disposti a U e due monache li apparecchiano con piatti, scodelle, posate e brocche per l'acqua. I cestini sono già pieni di pane profumato. Dalla cucina adiacente giunge un vocio animato.

«Abbiamo ancora una mezz'ora prima del pranzo» dice suor Geneviève. «Se le interessa può dare uno sguardo al nostro orto. Si trova in fondo al vialetto a sinistra» dice indicando la porta aperta. «Io intanto aiuto le altre sorelle ad apparecchiare la tavola. Si mangia all'una».

«Sì, volentieri» rispondo, poi esco e seguo il vialetto di ghiaia. Dopo un paio di minuti di cammino mi fermo stupita per l'ampiezza del giardino circondato da mura e per gli edifici medievali che racchiudono quest'oasi verde. In quest'atmosfera serena il mondo esterno e la sua ostilità sembrano molto lontani. Mi abbasso e infilo il naso nelle esuberanti rose gialle che si arrampicano sui muri di pietra. Il profumo stordisce. Lo aspiro profondamente e chiudo gli occhi, poi vago ancora un po'. Dopo qualche istante raggiungo l'orto. Le api ronzano attorno a un'aiuola di girasoli e le farfalle svolazzano tra i germogli della maggiorana. Accarezzo la buccia liscia di alcuni pomodorini rossi che brillano al sole. Ne colgo uno, lo infilo in bocca e mi godo l'attimo in cui la pallina mi esplode sotto i denti spandendo il suo succo dolce.

Mi lecco le labbra e alzo lo sguardo verso il cielo azzurro. La tempesta di pensieri neri si placa e mi tornano in mente le immagini vibranti dell'incontro con Nicolas. Mi copro rapidamente la bocca con la mano per nascondere un sorriso malizioso. I miei sogni erotici sembrano fuori luogo tra queste pie mura.

Risuonano dei passi sulla ghiaia. Mi volto. Sono le due giovani monache che ho incontrato prima nella cioccolateria. Attraversano un piccolo appezzamento di patate sfiorite e mi sorridono. Stanno andando a pranzo e passano sotto una pergola ricoperta di passiflora blu. Proprio strano. Per anni ho considerato gli uomini e le donne che scelgono di vivere chiusi in un convento dei tipi bizzarri, perché chi mai desidera vivere in un sobrio isolamento e sposare una figura soprannaturale? Ma negli ultimi giorni ho sperimentato sulla mia pelle che la semplicità, un ritmo costante e l'assenza di dubbi sulla propria direzione nella vita forse costituiscono la base di un'autentica felicità.

Seguo le suore e arrivo a una fontana che gorgoglia allegramente. Mentre sciacquo le mani sotto l'acqua fresca mi cade lo sguardo sulla statua dorata di una Madonna poco più in là. Ma questa Maria vergine la conosco! È una delle foto di Emil, ne sono sicura al cento per cento. La statua dorata di Maria e le finestre ad arco sono nel mio telefono. Lo prendo e cerco l'immagine. Proprio così. Emil è stato qui! Solo che ha scattato la foto da un'altra prospettiva. Compio un arco attorno alla statua e cerco di trovare il punto esatto. Ecco, da queste finestre. Guardo attraverso i vetri. Ci sono due assi da stiro, alcune ceste e stendini con della biancheria ripiegata. La stanza si trova lungo il percorso tra il negozio e il refettorio. Ma Emil non mi aveva detto niente della sua visita a questa abbazia, strano, perché se c'era qualcosa che poteva interessarmi del suo percorso lungo il Cammino di Santiago era proprio questo convento in cui si produce cioccolato! O voleva farmi una sorpresa? Ma quale, allora? Guardo di nuovo la foto e ricordo che l'anno scorso mi aveva colpito quante foto di statue della Madonna avesse scattato e sempre dalla stessa prospettiva. Di lato, un mezzo profilo. Le sue madonne somigliano alle icone ortodosse, ho pensato il mese scorso mentre viaggiavo per la Bosnia e ho visitato chiese e monasteri serbo-ortodossi famosi. Quando ho ricevuto la foto, mi sono accorta subito che questa Maria era diversa, perché è inquadrata frontalmente. Gli avevo chiesto dove l'avesse scattata e lui mi aveva risposto: in una chiesa a Espalion. Ma questa abbazia non è una chiesa di Espalion! Quindi non voleva che sapessi che era stato qui. Perché?

Mi affretto verso il refettorio e vado verso suor Geneviève.

«Mio marito è stato qui e ha scattato questa foto!» dico mostrandole lo schermo. «Secondo me è stata fatta dalla stireria, cosa ne pensa?»

La monaca prende il telefono. «Sì, è così. Questa è la vista che si ha dalla lavanderia».

«Ma che ci faceva lì?»

«Quando è stato qui suo marito?» Suor Geneviève mi restituisce il telefono.

«Esattamente un anno fa» rispondo e rimetto l'apparecchio nel marsupio. «Il 3 agosto dell'anno scorso. Sto ripercorrendo il suo tragitto lungo il Cammino di Santiago, fa parte della mia rielaborazione del lutto, perché si è suicidato a Conques. È stato del tutto inaspettato. Senza alcun segnale di preavviso. Tre giorni dopo aver visitato il vostro monastero. Ma il testo che accompagnava la foto diceva altro. Che aveva preso un taxi da Saint-Chély-d'Aubrac a Espalion, dove aveva visitato alcuni luoghi turistici. Quindi ha mentito, e questo è strano, perché se c'era una cosa che poteva interessarmi era la vostra fabbrica di cioccolato, e lui lo sapeva». Mi appoggio al muro. «Era nella lavanderia. Cosa ci era andato a fare?»

La monaca resta un istante in silenzio e sembra riflettere. «Quindi il pellegrino che si è suicidato era suo marito?»

«Sì, conosce la storia?»

«Certo, è stato il primo suicidio sulla Via Podiensis. È stata una notizia importante. E suor Marie-Claire ha anche parlato con suo marito. Venga con me».

Percorriamo gli alti e lunghi corridoi verso il negozio all'ingresso del convento dove una suora molto anziana dagli acquosi occhi azzurri e il viso rugoso sta per chiudere la porta per la pausa pranzo. Suor Geneviève le chiede di sedersi un istante al tavolo di lettura e le spiega brevemente di che si tratta. Le chiede di raccontare del suo incontro con il pellegrino morto l'anno scorso, ad agosto.

L'anziana suora annuisce, si siede e si appoggia le mani deformate sulle ginocchia.

«Sì, mi ricordo di suo marito. Era nel nostro negozio. È venuto da me e mi ha raccontato con entusiasmo del suo laboratorio di cioccolato e che lei, sua moglie, aveva frequentato quella famosa scuola a Parigi. Mi ha anche fatto un sacco di domande sui nostri prodotti e sul tipo di lavorazione. È stata una bella conversazione. Trovavo simpatico suo marito. Proprio mentre stava per andarsene, mi stava salutando e aveva già la mano sulla maniglia della porta, ha fatto un balzo all'indietro e ha fatto accidentalmente cadere alcune mappe da quel ripiano».

La monaca indica uno scaffale di legno accanto all'ingresso con delle mappe dei vari percorsi. «Suo marito ha raccolto tutto e ha chiesto di andare al bagno. Gli era successo qualcosa. Si vedeva. Sembrava in preda al panico. Ma non gli ho fatto domande e gli ho indicato sconcertata la porta del corridoio. Gli ho detto che il bagno degli uomini era subito sulla destra. Se ne è andato in fretta e furia e subito dopo è entrata tanta di quella gente nel negozio che mi sono dimenticata di lui e non ho più fatto caso al suo strano comportamento. Ma un paio d'ore dopo l'ho rivisto. Era ancora qui e camminava lungo il corridoio. Avevo appena finito di pranzare e stavo per riaprire il negozio. Gli ho chiesto se andava tutto bene e lui ha risposto che aveva avuto dei crampi allo stomaco e si era messo un po' a riposare su una panchina in giardino, ora andava meglio. Poi mi ha ringraziato e se ne è andato. Qualche giorno dopo era sui giornali, con una foto. L'ho riconosciuto dalla cicatrice sulla guancia. Ho letto che si era suicidato. Così ho raccontato ad alcune sorelle del nostro incontro».

Io e l'anziana monaca ci guardiamo. Sonda il mio stato d'animo con lo sguardo.

«*Merci, soeur Marie-Claire*» dice suor Geneviève con un sorriso.

Cerco di capire. Emil ha quindi visto qualcuno che lo ha spaventato. Era lo stesso uomo che era entrato nel centro massaggi di Aumont-Aubrac? Era forse quel Nijak o Nijaz? Questa monaca potrebbe averlo visto.

«Ricorda i pellegrini che erano entrati?» chiedo chinandomi verso l'anziana suora. «Che aspetto avevano, voglio dire, chi erano, da dove venivano?»

«No, madame, abbiamo migliaia di visitatori all'anno. E non erano pellegrini. Era un pullman di turisti, sono arrivati a decine tutti insieme, indossavano normali vestiti estivi e parlavano inglese. Solo di rado ho dei ricordi dei pellegrini. Solo se ci parlo o se ci lasciano qualcosa».

L'anziana monaca si alza, prende dalla parete una foto in bianco e nero e me la mostra. Poi torna a sedersi.

«Di quel pomeriggio ricordo solo un'altra persona, un fotografo che ha partecipato al progetto artistico su Aubrac. Quando i turisti se ne stavano andando è venuto a portarmi questa per farmi una sorpresa. Aveva fatto incorniciare una foto del nostro convento apposta per me. Ecco, questa sono io».

Mi passa la foto.

«Il suo gesto mi ha commosso» dice con un sorriso. «È stato molto gentile. Per questo ho dimenticato per un istante la strana reazione di suo marito. Ma il fotografo non era un pellegrino».

Gira il quadretto e indica una data scritta a mano.

«Vede? Il 3 agosto dell'anno scorso» dice porgendomelo.

Faccio scorrere l'indice sul vetro e analizzo l'immagine. È una splendida scena in bianco e nero in cui figura l'anziana monaca. I suoi occhi chiari fissano l'obiettivo. È seduta su una sedia nel negozio. Le linee contorte della sua faccia rugosa e le mani ossute formano un bel contrasto con le superfici lisce della tonaca e le scatole quadrate di cioccolato sugli scaffali alle sue spalle. La vita piega perfino questa nobile sposa di Dio, sembra dire la foto. Sospiro, perché l'autore è un grande artista, attraverso le immagini racconta storie e suscita emozioni che fanno riflettere.

Chi è? Giro il quadretto, ma non vedo nomi né sigle.

«E come si chiamava il fotografo?» chiedo speranzosa.

La monaca scuote la testa. «Non lo so. Non gliel'ho

chiesto. Ma forse c'è il suo nome sul retro della foto. Un momento». Apre un cassetto e prende delle forbici. Riprende la foto incorniciata, armeggia con le chiusure, stacca la foto dal passe-partout e me la porge. In basso a destra c'è una sigla indecifrabile. Non ne cavo nulla. Comincio ad agitarmi. «È illeggibile».

«Sì, purtroppo» risponde la monaca.

«Che aspetto aveva?» chiedo rimettendo la foto nella cornice. «Dico il fotografo, quanti anni aveva? Che lingua parlava? Francese? Aveva un accento?»

La monaca si appoggia allo schienale e riflette. «Non sono molto brava a descrivere le persone».

«Ma non può dirmi qualcosa?» insisto toccandole un braccio. «Era bianco o nero, ad esempio? Che colore aveva la sua pelle? Cose di questo tipo».

La suora annuisce.

«Sì. Era un uomo bianco, più alto di suor Geneviève. Era magro e di aspetto sportivo. Parlava un francese fluente, ma non so da che regione venisse. Aveva i capelli castani e gli occhi chiari. Non ricordo il colore. Sembrava ancora giovane, ma non saprei dire che età aveva, forse era sulla quarantina. Era aperto e socievole».

«E com'è andata con la foto? Ha preso un appuntamento prima di venire e scattarla?»

«No, no, è arrivato all'improvviso. È entrato nel negozio e sembrava un turista come gli altri. Ha anche comprato qualcosa, ma non ricordo cosa. Al momento di pagare mi ha guardato un istante e mi ha chiesto se poteva farmi una foto. Ho risposto di sì. C'è voluto meno di un minuto. È stato molto rapido. Sarà rimasto dieci minuti in tutto. Per questo sono stata così sorpresa quando due settimane dopo si è ripresentato e mi ha regalato la foto incorniciata. È stato allora che mi ha detto che partecipava al progetto artistico su Aubrac».

Mi squilla il telefono. Un messaggio di Paul. Lo leggo di sfuggita. Lui e Caroline si sono appena svegliati e vanno subito alle Keys per una gita in barca. Mi chiede se va tutto bene. Ieri sera non ho dato mie notizie. Sospiro. Ho completamente dimenticato di mandare un messaggio di buonanotte a casa prima di andare a dormire. Santo cielo! E cosa rispondo adesso a Paul? Dopo la notte passata con Nicolas mi sento come una donna che poco prima del matrimonio perde la verginità con un altro. Che gli racconto, la verità? Devo pensarci un po' sopra. Oltre a tutto quello su cui devo riflettere, come l'omicidio di Solange, se fossi io il bersaglio o meno, e lo strano comportamento di Emil. Senza dimenticare il rapporto di Omer. Mi passo una mano tra i capelli.

«Posso farle una domanda?»

«Certo» rispondono entrambe le monache.

«Avete uno scanner?»

Mi rivolgono uno sguardo interrogativo. Quindi, la risposta è no.

Giorno 9: sabato 3 agosto, sera
Espalion: all'ostello
Soleggiato, assenza di vento. 24°

Attraverso con passo deciso il ponte arcuato di Espalion. Le antiche case a graticcio si specchiano nelle lente acque del Lot. La cittadina medievale è sovraffollata a causa dei campionati mondiali di bocce che vi si stanno svolgendo. Il tassista ha dovuto lasciarmi in un quartiere residenziale perché l'accesso al centro era stato chiuso. Controllo la mappa: prima attraversare il Pont Vieux, poi prendere la quarta a destra verso la Brasserie de l'Hôtel de Ville. Procedo di buon passo ignorando il peso dello zaino che stranamente qui in città avverto di più che nella natura. Forse perché tendo a camminare più diritta quando mi trovo tra la gente invece che in un bosco?

Un gruppo di uomini robusti con le magliette rosso fuoco e i pantaloncini neri si avvicina. Mi fanno spazio e mi lasciano passare lungo il parapetto in arenaria. Poco più in là, la stradina in basso alla fine del ponte brulica di turisti. Mi rallegro una volta di più di aver prenotato con largo anticipo un letto nel rifugio. La direzione esigeva che avessi una credenziale con i timbri di tutte le località dove ho pernottato a partire da Le Puy-en-Velay. Per fortuna proprio lì, all'inizio del Cammino, mi sono registrata ufficialmente come pellegrina! I turisti vengono dirottati invariabilmente nei campeggi o negli hotel, mi ha detto decisa la proprietaria, quando l'ho chiamata poco fa e le ho chiesto se avevano uno scanner. Questa sera dopo cena lo useremo insieme per decifrare il rapporto di Omer. Anche Nicolas ha avuto fortuna, questa mattina ha prenotato l'ultimo letto disponibile nel Lits de Saint-Jacques. Ci siamo appena scambiati dei messaggi. Mi sta aspettando a un tavolino dell'affollato dehors della Brasserie de l'Hôtel de Ville. Il rifugio apre solo alle cinque. Dobbiamo temporeggiare ancora un'ora tra caffè e biscotti.

Stanotte quindi dormo per la prima volta nel dormitorio in un vero rifugio. Lungo il tragitto tra Le Puy-en-Velay ed Espalion non ce n'erano. D'ora in poi sarà diverso. Emil aveva detto di aver passato la notte in bianco a causa di uno che russava e che poi aveva iniziato la giornata sentendosi a pezzi. Mi aveva raccontato al telefono che quella notte agitata gli aveva ricordato la guerra e gli anni in cui aveva dovuto dormire con altri uomini nella stessa stanza. La mancanza di riposo notturno lo riportava a uno stato tribale, diceva. Come se la privazione del sonno mettesse fuori uso quella parte del cervello che lo faceva pensare in termini umani. Sorpresa da questi nuovi particolari sulla guerra in Bosnia avevo continuato a fargli domande, ma Emil si era ammutolito e poi aveva detto che doveva interrompere la conversazione.

L'anno scorso non mi ero soffermata molto sul suo racconto, ma ora lo inquadro in un'altra prospettiva. Probabilmente, percorrendo il Cammino di Santiago, Emil cercava di dare delle spiegazioni agli istinti che aveva avuto durante la guerra.

Accanto a me risuona il gridolino di una donna. Il suo luccicante cappello di paglia è caduto nel fiume e se ne va alla deriva ondeggiando sulla corrente. Un cappello come quello che Solange portava il pomeriggio della sua fatale caduta. Un brivido mi attraversa e come per riflesso mi volto e osservo i passanti sul ponte. Qualcuno mi sta guardando in modo sospetto? No, lo sciame multicolore scorre giù come una colata di lava, verso le stradine commerciali. Che strano. Nell'isolamento dell'abbazia mi sono sentita protetta per qualche istante, ma qui in mezzo alla folla riemerge l'ansia instillata dalla conversazione con la polizia, nonostante le parole rassicuranti che il comandante mi ha detto al momento di separarci. Sarò felice stasera di sapere qualcosa di più sul contenuto del rapporto di Omer.

Sul telefono arriva una notifica. È un messaggio di Nicolas che mi chiede dove sono, con vari cuoricini.

«Sono sul Vieux Pont» rispondo accelerando il passo. Basta pensare a lui e già il corpo mi formicola per l'eccitazione, e la paura svanisce.

Nicolas si alza, mi saluta gioiosamente e con un gesto galante mi invita a sedere accanto a lui.

Quando lo raggiungo mi prende un istante tra le braccia, mi sussurra parole affettuose e mi bacia sulle guance. Il contatto è breve come si conviene, ma mi accarezza teneramente l'avambraccio. Il messaggio è chiaro: sono discreto con il mondo esterno, ma non con te. Ho le guance che mi bruciano e aspiro il suo odore. Oggi non ha messo Azzaro, ma quel che promana dal suo corpo mi piace almeno altrettanto.

Mentre mi siedo Nicolas fa cenno al cameriere dietro al banco che vogliamo ordinare. L'uomo annuisce cortese e dice qualcosa a un collaboratore. L'area esterna è molto affollata, e anche dentro è strapieno. Le due giovani cameriere con i vassoi pieni si destreggiano come acrobate tra i tavoli per servire la massa degli avventori nel modo più efficiente possibile.

«Quanta gente!» Dovrei andare in bagno, ma c'è una lunga fila davanti alla porta delle donne. Cercherò di resistere fino al momento della registrazione al rifugio.

«Sì» dice Nicolas rimettendosi seduto anche lui. «Un bel contrasto con il silenzio dei boschi».

Annuisco, perché dà voce a quel che penso.

«Come è andata dalle monache? Producono cioccolata santa?»

Sorridiamo con una certa complicità e so che questa è una domanda preparatoria, un'introduzione alle domande vere, su questa mattina, sulla polizia e su Emil. Ora lascia che mi abitui alla situazione, alla gente, alla massa, a lui. Ma poi, quando saremo soli e andremo a piedi al rifugio, comincerà la nostra vera conversazione. Questa verità posso leggerla nel suo sguardo amorevole, nel tono caldo della sua voce, nel suo atteggiamento rilassato, nel modo in cui siede sulla fragile sedia del bistrot mentre sotto il tavolo la pelle nuda del suo ginocchio struscia contro la mia.

«Interessante!» Comincio a raccontare della fabbrica di cioccolato e del processo di produzione. Nicolas segue con partecipazione e parliamo animatamente delle differenze di sapore tra le creazioni artigianali e quelle industriali. Quando la cameriera arriva con le nostre bevande, la pressione sulla mia vescica è tale che non posso più rimandare. La fila per il bagno è ancora lunga quanto prima.

«Nicolas, devo andare in bagno. Badi tu al mio zaino? Ci vorrà un po'». Indico la colorata fila davanti alla porta delle donne.

«Ma certo».

Mi alzo, entro nel bistrot e mi metto in fila. Mentre aspetto ricevo un messaggio dalla più grande delle tre sorelle. Dice che ha telefonato all'ospedale di Lione e che Maddie è ancora in coma. Le sorelle ora sono a St. Côme d'Olt e accendono una candela per lei in una cappella. «Dobbiamo pregare per lei, Lotte» scrive. Mi guardo intorno e a un tratto avverto la folla che preme su di me. Il tanfo del wc usato senza sosta mi investe. Che contrasto con il sereno giardino dell'abbazia. Sì, più tardi andrò anche in chiesa ad accendere una candela per Maddie. Voglio fermarmi un po' a riflettere sul bizzarro andamento di una vita. Mi tornano alla mente i ricordi delle conversazioni con Solange e Maddie, i dolorosi racconti sui loro ex. Nessuna delle due era nel presente quando il loro pensiero si è spento, non godevano degli splendidi paesaggi che incontravamo lungo il cammino o degli squisiti vini che bevevamo. E io sto facendo la stessa cosa. Infatti, una parte della mia vita se ne va mentre rimugino su cose ormai finite o che non accadranno mai. Sì, accenderò una candela anche per me. Per commemorare gli anni che ho perduto dietro a delle sciocchezze.

Apro la porta del dormitorio ed esamino il locale. Il rifugio Lits de Saint-Jacques si trova in una stradina con alte case a graticcio e occupa quella che un tempo era una stalla militare. L'interno è moderno e funzionale, ma si notano ancora alcuni particolari storici, come le finestre piccole e i muri in pietra. Tutto sembra nuovissimo e fortunatamente il locale è fresco. Ci sono sei letti a castello di metallo. Mi dirigo con le lenzuola verso l'angolo a sinistra dove è rimasto un letto libero. Il mio è in basso e accanto al muro. È un posticino accogliente. Non devo preoccuparmi di passare una notte in bianco perché qualcuno russa perché per fortuna il dormitorio non è misto. Le donne dormono al piano terra e gli uomini al primo piano. Io e Nicolas ci siamo appena salutati accanto alle scale con un lungo bacio. Poi lui ha salito l'ampia scala a chiocciola in pietra. Sono rimasta a guardarlo finché non è sparito nel buio.

Tasto il letto. Il materasso è duro come un sasso e ricoperto da un involucro di plastica per proteggerlo da sudore e urina. Marjo non avrebbe potuto dormirci. Quando entravamo nelle nostre stanze d'albergo durante le vacanze per prima cosa correva a controllare il materasso. Era adorabile con tutti i suoi rituali. Oggi penso molto a Marjo e prima in chiesa ho acceso una candela anche per lei. Come mi piacerebbe poter parlare ora con lei di Nicolas e del mio innamoramento. Questi sentimenti sono del tutto nuovi per me e mi rendono insicura. Non avevo mai preso una cotta del genere, e dire che ho quarantacinque anni. È da adolescenti. Non vedo l'ora di fare sesso e ridacchio tra me delle mie fantasie erotiche. Accidenti. Ma purtroppo nelle prossime ore dovrò fare esercizio di astinenza. Sembra un compito impossibile, eppure ho abitato per un anno in un corpo frigido. Be', il disgelo è cominciato. Questo è chiaro.

Per via della visita alla chiesa di Espalion, io e Nicolas siamo stati gli ultimi a registrarci. Gli zaini delle mie compagne di stanza sono ordinatamente allineati sulle rastrelliere accanto alla porta. Le scarpe dovevano restare in corridoio per non sporcare all'interno. E nessun locale è dotato di serratura. È una cosa che mi aveva già colpita nei primi giorni di viaggio: in due posti in cui avevo dormito le stanze avevano porte senza serratura. A Saint-Privat-d'Allier mi aveva dato una sensazione strana e di insicurezza, ma a Les Faux mi ero già abituata all'idea. In un rifugio a quanto pare si va anche oltre. Qui si lasciano pure gli zaini incustoditi e non si ha nemmeno un proprio armadio. La proprietaria al momento della registrazione mi ha intimato di non mettere lo zaino sul letto ma sulla rastrelliera. La struttura in legno viene continuamente disinfettata per evitare le cimici, mi ha detto, in modo da non portare i temuti parassiti sul materasso. A queste parole sono sobbalzata. Cimici? Ho subito ricominciato a sentirmi prudere la schiena.

Dal giardino circondato da muri giunge il familiare e allegro vociare dei pellegrini. La cena è in preparazione, l'odore di zuppa di cerfoglio aleggia nell'aria. Due francesi di mezz'età con i capelli bagnati e avvolte in un asciugamano trotterellano fuori dalla stanza accanto e dicono che ora il bagno è libero. Le ringrazio e decido di fare la doccia prima del bucato. Météo-France prevede una notte molto calda, quindi domattina presto i miei vestiti saranno già asciutti. Svuoto lo zaino, lo appoggio sulla rastrelliera, prendo l'asciugamano, il sapone, slip puliti e il vestito nero, mi infilo le ciabattine, mi avvicino al letto, mi tolgo i vestiti e appendo la maglietta sudata sulla sponda di metallo. Ecco fatto, e ora godiamoci il getto d'acqua calda... Canticchiando mi dirigo verso il bagno. Appena poso la mano sulla maniglia della porta della doccia squilla il telefono. Impreco per aver dimenticato di spegnare quell'aggeggio infernale, torno indietro e prendo l'apparecchio dal marsupio. È Paul. Che razza di tempismo! Rispondo o no? Sì, Forse c'è qualche problema con Caroline.

«Ehi, Paul, come va laggiù?» chiedo facendo del mio meglio per mascherare l'irritazione.

«Tutto bene!» la voce di Paul suona calma. Come sempre. «E tu come stai, Lotte? Mi manchi».

Alzo gli occhi al cielo e mi maledico per aver risposto.

Seduta sul bordo del letto canticchio e finisco di asciugarmi i piedi. Sono sola nel dormitorio. Le altre sono fuori con gli uomini e si raccontano storie varie. Ora sghignazzano. Rido anch'io, anche se ignoro di cosa stiano parlando. Strano come ci si lasci contagiare dall'umore di un gruppo. Mi colpisce che i pellegrini ridano tanto quando sono insieme. Come se l'animo esprimesse la sua gioia quando il corpo dopo una camminata solitaria si libera dello zaino e può godersi la compagnia e un buon pasto.

«Madame Bonnet, è qui?»

Il tono di voce energico della corpulenta proprietaria del rifugio, ferma sulla soglia del dormitorio, si accorda perfettamente alla tradizione militare del luogo.

«Sì, ci sono, letto numero sette» rispondo con lo stesso tono facendole un cenno con il braccio. Mi infilo le ciabatte.

«Quando vuole posso passare allo scanner il suo rapporto. Ho ancora una mezz'ora prima dell'aperitivo».

«Fantastico. Arrivo subito» esclamo, poi scatto in piedi e mi avvicino rapida allo zaino.

«Bene, allora l'aspetto alla reception».

«Sì, perfetto».

La donna si gira e si avvia barcollando lungo il corridoio. Apro lo zaino, frugo tra le mie cose e cerco la busta, ma non la trovo. Com'è possibile? Dimentico per un istante le cimici e trascino lo zaino fino al letto, lo rovescio e spargo il contenuto sul lenzuolo. La busta non c'è.

«Merda!» Do una manata allo zaino vuoto. Il rapporto è sparito!

Mi alzo e comincio a camminare nervosamente per la stanza. Cerco di ricordare quando è stato che ho visto quella busta per l'ultima volta. Passo in rassegna le immagini. Sì, a Nasbinals, la sera del buffet di matrimonio, quando fuori diluviava e ho deciso di non andare in centro. Ho infilato la busta sotto l'impermeabile e l'ho ricoperto con un sacchetto di plastica. Sì, è stato così, perché sapevo della pioggia. In questo modo i fogli il giorno dopo sarebbero rimasti ben protetti dall'umidità. Sì, questo era stato il mio ragionamento. Poi ho ripreso la busta in mano in un'altra occasione? Intreccio le dita dietro il collo, mi stiro e cammino per la stanza. No, mi sembra di no. Oppure sì? Cosa è successo in realtà dopo quel matrimonio a Nasbinals? *Pensa, pensa, Bonnet!*

Ero brilla e avevo i piedi doloranti per il ballo. Ho tolto il sacchetto di plastica quella volta lì? E ho anche preso la busta? Bah. La memoria non mi fornisce immagini. E a Saint-Chély-d'Aubrac, nella stanza di Nicolas? Cosa ho fatto lì? Sì, di questo ho qualche ricordo in più. Sfinita dalla stanchezza ho tirato fuori tutti i vestiti dallo zaino prima di andare a dormire e li ho messi ad asciugare su ogni mobile della stanza. Ho posato il necessario per la toilette su una mensola nel bagno. Potrei anche aver tirato fuori la busta con il rapporto per farla asciugare, ma non ne sono sicura. E se fosse così questa mattina l'ho lasciata sulla scrivania quando ho rifatto lo zaino in fretta e furia a causa dei due poliziotti che mi aspettavano e perché pensavo ancora solo a Nicolas. A Nasbinals ubriaca d'alcol e a Saint-Chély di sesso. Santo cielo! Sì, è così! La busta si trova ancora sulla scrivania dell'hotel a Saint-Chély-d'Aubrac. Di sicuro! O sul tavolino della mansarda di Nasbinals. Una delle due.

«*Excusez-moi*» dico a voce alta affrettandomi per il corridoio. «Lasci pure stare lo scanner. Ho dimenticato il rapporto nell'hotel precedente. Devo telefonare subito».

La donna annuisce.

Mi precipito di nuovo nel dormitorio, mi siedo sul letto e chiamo per primo l'hotel di Nasbinals. Risponde l'addetta alla reception che m'informa cortesemente che tutte le carte ritrovate nelle stanze vengono immediatamente gettate via. Tra scuse e ringraziamenti interrompiamo la conversazione. Maledizione. Cerco speranzosa il numero di telefono dell'hotel di Saint-Chély. Rispondono subito. Una voce femminile, non quella dello stizzoso proprietario che mi ha spedita in chiesa senza alcuna compassione.

«Salve, sono Lotte Bonnet. Questa mattina ho dimenticato una busta importante nella mia stanza. L'avete trovata, per caso? È beige, formato A4. L'indirizzo è quello dell'ufficio postale di Nasbinals, a nome di Lotte Bonnet. C'è sopra un francobollo della Bosnia ed Erzegovina. C'è dentro un rapporto».

«Una busta? Controllo la scatola con gli oggetti ritrovati. Un istante».

Posa la cornetta, poi si sente frugare in sottofondo.

«No, madame» dice quando torna all'apparecchio. «Purtroppo non c'è nessuna busta tra gli oggetti smarriti. Conserviamo cose del genere. Abbiamo un contenitore apposito. Ci è già capitato che un americano dimenticasse i suoi biglietti aerei».

«Ah, ma la busta deve esserci. Forse è rimasta nella stanza? Tra gli opuscoli turistici?»

«Le probabilità sono poche, ma vado a controllare se non sono già arrivati dei nuovi ospiti. Qual era il numero della sua stanza?»

«Non lo so. Ho dormito al primo piano. Più o meno a metà corridoio. Era una suite».

«Abbiamo venti stanze al primo piano, madame, e diverse suite. Mi ripete il suo nome? Così posso controllare il numero nel sistema».

«Ho dormito da un altro pellegrino. So solo il suo nome. Nicolas».

La donna all'altro capo della linea tossisce. Comincio ad arrossire e mi rendo conto solo ora di essere andata a letto con un uomo di cui non conosco neanche il cognome. Alzo lo sguardo verso il soffitto e sbuffo. Quali altri riferimenti posso fornire?

«Sono la donna che stamattina ha incontrato la polizia in relazione alle indagini sulla morte di una pellegrina in un hotel a Saugues. Per questo non ricordo il numero della stanza. La mia partenza è stata un po' caotica».

«Ah, sì, ora ricordo». In sottofondo si sente digitare sulla tastiera. «Era nella stanza numero 32. Al primo piano. Dal signor Nicolas Arnaut. A-R-N-A-U-T». La sua voce ha un tono beffardo.

Mi schiarisco la gola. «Sì. Ora ricordo. Certo, Nicolas Arnaut. Non voleva che andassi a dormire in chiesa».

«Esatto. Un vero gentiluomo. Resti un momento in linea. Vado subito di sopra».

«Perfetto». Ripeto mentalmente il suo nome. Strano. Ho la vaga sensazione di conoscerlo. Arnaut. Dove l'ho sentito o visto prima? Su Facebook o Instagram? I minuti scorrono.

«Madame?»

«Sì» rispondo speranzosa stringendo il telefono all'orecchio.

«Purtroppo non c'è nessuna busta al numero 32. Mi dispiace».

«Nessuna busta. D'accordo. Grazie lo stesso». Interrompo la comunicazione.

Mi lascio cadere all'indietro sul materasso e punto i piedi contro le doghe del letto numero 8, sopra il mio. «Maledizione! Come ho potuto perdere una cosa così importante!»

Mi tiro di nuovo su e mi metto a sedere sul bordo del letto. Ringrazio il cielo di aver chiesto a Omer di spedirmene un esemplare anche in Olanda.

E adesso, idiota? Che si fa? Si torna a casa domani a prendere l'originale del rapporto? O si prosegue per altri due giorni fino a Conques?

L'immagine di Nicolas fa capolino. Posso quasi sentire i suoi teneri baci e le sue mani che mi accarezzano. Ah...

Proseguo.

Carpe diem.

La lettera

IX. Un amore di guerra

Quando nell'estate del 1995 sono scappato dalla Bosnia ero insieme a Nadja Dangić, aspettavamo il nostro primo figlio e ci saremmo sposati. La guerra infuriava a tutto spiano e io e Nadja avevamo un solo obiettivo: andarcene da quell'inferno. Nadja aveva una buona amica in Croazia, poco oltre la frontiera nei pressi di Bihać, e questo ci ha spinto a decidere di scappare in Occidente attraverso la Croazia.

Conoscevo Nadja fin dall'infanzia perché in estate veniva sempre a stare due mesi dalla nonna, che aveva una casetta vicino alla fattoria di Milan. Durante il resto dell'anno Nadja viveva a Sarajevo. Dalla nonna si divertiva e aveva fatto amicizia con i bambini del paese. Era più giovane di me di un anno ma sembrava una coetanea, le ragazze diventano adulte prima.

Nadja faceva colpo in paese. Prima di tutto per il suo aspetto. Con i suoi vestiti alla moda, la figura aggraziata e i capelli castani al vento, somigliava molto alle modelle americane che all'epoca apparivano sulle copertine delle riviste che si vedevano nelle edicole. E poi Nadja era cresciuta nella cosmopolita capitale della Bosnia ed era l'unica figlia di una coppia molto istruita. Suo padre era un noto pneumologo serbo e sua madre una giurista musulmana. Solo durante la guerra Nadja ha avuto problemi a causa delle sue origini miste. Prima non era mai stata una questione all'ordine del giorno.

Fin da bambino Milan aveva uno stretto legame con Nadja perché durante le vacanze abitavano vicini e si vedevano spesso. Cosa che non piaceva affatto a sua nonna che riteneva imperdonabile che il padre della bambina si fosse sposato con una musulmana. Io trovavo Nadja meravigliosa e da adolescente ero innamorato cotto di lei, ma non avevo nessuna possibilità. Lei aveva occhi solo per Milan. L'amore era reciproco, perché quando nel 1983 Nadja è tornata come sempre a passare l'estate dalla nonna, anche per Milan è scoccata la scintilla ed entrambi hanno vissuto un amore adolescenziale finito tra le lacrime quando all'inizio di settembre i genitori sono venuti a riprendersi la figlia.

L'inverno seguente la nonna di Nadja è morta e gli eredi hanno venduto la sua fattoria. Milan e Nadja si sono visti per l'ultima volta al funerale e in seguito si sono scritti ancora per qualche tempo, ma alla fine la relazione si è spenta. Almeno da parte di Nadja. Si è iscritta a medicina e ha incontrato un nuovo amore, un giovane medico croato, che poi è morto nel 1991 durante il bombardamento di Dubrovnik.

Ho rivisto Nadja solo all'inizio del 1995, quando mi trovavo con l'ARBiH dalle parti di Bihać.

L'ARBiH era l'esercito della Bosnia ed Erzegovina, o qualcosa che doveva somigliargli. Di fatto eravamo un'accozzaglia messa insieme alla bell'e meglio. Vivevamo in circostanze kafkiane e combattevamo contro coalizioni mutevoli. A un certo punto non si sapeva più chi combatteva contro chi. I serbo-bosniaci, invece, erano molto meglio organizzati e avevano un'autentica cultura militare, e dei comandi ben istruiti. E inoltre si avvalevano delle loro milizie, alcuni membri delle quali si vestivano come i cetnici della Seconda guerra mondiale. Molti di loro avevano un passato da criminali ed erano estremamente violenti.

Comunque, nel 1995 ero di stanza dalle parti di Bihać, dove combattevo contro i serbo-bosniaci del generale Mladić. Nel corso di un attacco sono rimasto ferito e sono stato trasportato nell'ospedale militare dove Nadja lavorava come medico. Mi ha riconosciuto subito e abbiamo avuto lunghe conversazioni, anche su Milan, che nel frattempo combatteva con la famigerata milizia serba dei Falchi grigi. Nadja non riusciva a capire come un ragazzo così sensibile come Milan potesse essersi trasformato in un estremista violento. All'epoca io lo capivo ancora meno, e solo percorrendo il Cammino di Santiago ho cominciato a decifrare il suo passato.

Durante la convalescenza andavo a trovare Nadja nel suo appartamento e così è nato un amore di guerra. La nostra relazione attenuava le sventure, finché Nadja, fuori programma, non è rimasta incinta. Eravamo felici e spaventati al tempo stesso. Come fare con un neonato in un paese in guerra? Abbiamo pensato di fuggire, ma abbiamo indugiato finché nel luglio del 1995 non è arrivata anche a Bihać la notizia della caduta di Srebrenica e del terribile genocidio che vi si era consumato. Nello stesso periodo siamo venuti a sapere che la milizia dei Falchi grigi aveva occupato il villaggio e aveva eliminato tutti i croati e i musulmani. Solo in seguito ho saputo che tutte le donne, i bambini e i vecchi che non erano serbi erano stati trascinati fuori dalle loro case e spinti dentro la chiesa. C'era anche Emil. Era in licenza per un paio di giorni ed era in paese quando la milizia di Milan l'ha occupato. I miliziani l'hanno tirato fuori da casa sua, l'hanno pestato, gettato nel cassone di una jeep scoperta e lo hanno legato. Poi Emil è dovuto stare a guardare i miliziani che davano alle fiamme la chiesa e i suoi familiari e altre donne e bambini non serbi che venivano bruciati vivi tra le grida di giubilo dei cetnici. Io e Nadja siamo rimasti scioccati quando lo abbiamo saputo. I cetnici erano quindi altrettanto crudeli degli ustascia della Seconda guerra mondiale.

Alla fine di luglio, quando sono cominciati gli attacchi a colpi di mortaio su Bihać, il panico si è diffuso tra la popolazione, me e Nadja compresi, perché le notizie provenienti da Srebrenica ci avevano insegnato che le milizie serbe non conoscevano pietà. Il timore per nostro figlio ci ha messi di fronte a una scelta drammatica: restare e sperare che la guerra finisse presto o non aspettare oltre e scappare. Abbiamo scelto la seconda ipotesi, ma la nostra fuga si è rivelata il più grosso errore della mia vita.

Giorno 10
Domenica 4 agosto
Da Espalion a Golinhac, 27 km
Il capovolgimento

> La vita è quel che capita mentre si è impegnati a fare altri progetti.
>
> Allen Saunders, giornalista, scrittore e fumettista americano (1899-1986)

Giorno 10: domenica 4 agosto, mattina
Estaing: il cane che scodinzolava
Soleggiato e assenza di vento. 26°

«Hai voglia di un caffè?» chiede Nicolas indicando i tavolini, quasi tutti occupati, all'esterno di un bar con vista sulle placide acque del Lot. Il castello di Estaing, che sembra uscito da una favola, si specchia nell'ampio fiume.

«Ma abbiamo tempo?» Mi vergogno ancora per aver dimenticato nel rifugio i miei bastoni questa mattina e aver perso un'ora per tornare indietro a recuperarli. Scendere dai sentieri ripidi senza bastoni è troppo pericoloso. Gli incidenti di Solange e Maddie sono ancora freschi nella mia memoria.

«Certo. Da Estaing a Golinhac ci sono solo sedici chilometri. Ci metteremo quattro ore».

«Tu, con le tue gambe lunghe, ci metterai quattro ore!» dico ridendo mentre accelero il passo.

La cittadina di Estaing è già molto animata, come ci si aspetta la domenica mattina. Un corteo di camminatori scorre lungo la banchina del fiume verso il ponte medievale per poi andare a prendere il GR65, un itinerario della *Grande Randonnée.* Sono partiti tutti presto perché si annuncia un'ondata di caldo con temperature che a mezzogiorno toccheranno i trentacinque gradi. Io e Nicolas ci sediamo all'ultimo tavolino libero sotto la tettoia. Un adorabile maltese bianco si aggira tra i tavolini elemosinando qualche avanzo. Deve essere il cane dell'anziana coppia inglese accanto a noi, visto che la donna lo sta chiamando, lui però si lascia accarezzare un po' e poi riparte in esplorazione. Mentre la padrona non guarda gli allungo un pezzetto di formaggio del mio panino, che si gusta scodinzolando.

«Non dovevo farlo, eh? Premiare le insistenze» sussurro a Nicolas strizzando un occhio. «Ma è così carino!»

«Eh, in effetti non si potrebbe». Accarezza il cagnolino e mi passa il menu.

«Hanno quelle fette quadrate di *crumble* alle albicocche » esclamo. «Ne ho proprio voglia. E un doppio espresso. Sono ancora stanca».

Nicolas sorride e fa un cenno alla cameriera. Ieri ero talmente scioccata per aver perso il rapporto di Omer che non riuscivo a prendere sonno. E quando dopo mezzanotte due donne del mio dormitorio hanno cominciato a russare me ne sono andata in giardino con il cuscino e le lenzuola e sono stramazzata sul dondolo, in un sonno senza sogni, ma troppo breve.

Quando la giovane cameriera arriva da noi, Nicolas ordina la mia torta e due doppi espressi, poi riprendiamo il filo della nostra conversazione di poco prima. Lungo il tragitto da Espalion a qui gli ho raccontato il mio grande segreto: l'inganno di Emil a proposito della sua identità e la mia ricerca di indizi sul suo stato d'animo negli ultimi giorni di vita. Ho menzionato anche i miei dubbi sul fatto di rivelare o meno ai ragazzi che il loro papà non era Emil Jukić. Mentre parlavo Nicolas era particolarmente silenzioso.

«Non riesco a capirlo, Nicolas» gli ho detto mentre camminavamo. «Il fatto che mio marito abbia mentito sulla sua identità e che abbia fatto parte di una milizia. È impossibile che non abbia ammazzato qualcuno».

«Non è impensabile, ma non dimenticare che le persone cambiano» ha detto fermandosi un istante e accarezzandomi una guancia. «Quello che portiamo con noi dall'infanzia sono il nostro corpo e i nostri ricordi, ma guardiamo anche questi con gli occhi del presente. Tutto quello che scopri su di lui è di fatto qualcosa che riguarda l'uomo di quel periodo».

«È vero!» ho risposto e ho confrontato la Lotte di quando avevo vent'anni con quella di adesso. Anch'io ho poco in comune con la persona che ero allora. Il matrimonio e i figli mi hanno ingabbiata e mi hanno insegnato che anche quando si è prigionieri delle responsabilità si può essere felici. Mentre sto ancora riflettendo sulle parole di Nicolas, i pellegrini continuano ad affluire e occupano anche i tavolini all'interno del locale. Le cameriere si danno da fare per servire tutti e al banco l'affollamento è ormai caotico. Il tempo passa e la temperatura aumenta, Nicolas sembra inquieto. Ha appena ricevuto un messaggio o una mail che ha un po' alterato il suo equilibrio. Forse qualcosa che riguarda il suo lavoro? Gli ho chiesto cosa c'è. Problemi con un incarico, ha risposto con un sospiro. «Una storia lunga e noiosa, Lotte». Il suo sguardo ora è rivolto alla gente all'ingresso del bistrot. Ho notato che osserva sempre attentamente l'ambiente in cui si trova. A volte sembra un soldato in missione. Forse quella circospezione è un'eredità del suo lavoro di corrispondente di guerra? In quegli anni deve essere stato costantemente attento a possibili attacchi? Chi può dirlo. Ora non è il momento di fargli domande in proposito. C'è troppa gente intorno a noi. Magari più tardi.

«Vado dentro a vedere che fine hanno fatto le nostre ordinazioni» dice dopo un quarto d'ora di attesa. Si alza e si dirige al banco. Dopo un paio di minuti è di ritorno.

«E?»

«Tocca ora al quattordici». Indica il segnaposto di metallo con il numero quattordici sul nostro tavolino.

In effetti, poco dopo arriva la cameriera con le nostre ordinazioni. Deposita gli espressi, ma proprio quando solleva la torta dal vassoio, il maltese si lancia verso di noi passando tra le gambe nude della ragazza, che per la sorpresa se la lascia cadere dalle mani. Il piatto va in frantumi sul pavimento in cotto e il cane spazzola via il dolce in due bocconi.

«*Merde!*» esclama la cameriera, ma poi si riprende subito, si scusa e dice che ne porterà subito un'altra.

«No, non fa niente» rispondo e chiedo il conto. Il sole ora si alza rapidamente. Dobbiamo rimetterci in moto. Beviamo il caffè e intanto studiamo la mappa sulla guida. Prima c'è un breve tratto lungo il fiume, poi una ripida salita di un paio di chilometri attraverso il bosco, segue infine un lungo tragitto attraverso una pianura brulla e senza protezione. Quindi, con questo caldo, ci sarà da soffrire.

Nel momento in cui ci alziamo si sente strillare dal tavolino della coppia inglese. Il maltese giace sul pavimento in una posizione strana. Ha le convulsioni, le pupille dilatate e il respiro pesante e accelerato. Dalla bocca gli cola della bava e accanto al corpo c'è una chiazza di vomito d'un beige e arancione chiaro in cui si riconoscono ancora dei frammenti non digeriti di albicocca. Mi chino su di lui.

La sua padrona è scioccata. «Liddy, cosa c'è? Tesoro, cos'hai?» continua a ripetere mentre accarezza il suo corpo ansimante.

Gli avventori intorno agli inglesi parlano fitto e si alzano. Il proprietario del bistrot si fa largo tra la folla e viene verso di noi. Il piccolo Liddy smette di respirare e le zampe tremanti si placano e restano tese in aria. È morto. La padrona scoppia in un pianto irrefrenabile.

«Sembra che sia stato avvelenato» dico al padrone del caffè e indico la schiuma bianca che esce dalla bocca del cane. «Lo riconosco perché è successo a un cane da caccia che avevo una volta. Ero una contadina. Al suo posto chiamerei la polizia. Potrebbe esserci altro veleno qui intorno».

Il padrone, impallidito, si allontana, chiama le cameriere e comincia a impartire istruzioni. I clienti si alzano e si dirigono verso l'uscita.

Cerco Nicolas con lo sguardo. È al bar e osserva il banco. Ha il viso contratto. Mi avvicino e gli accarezzo un braccio. Ci sono nove vassoi di color marrone in fila e su ognuno il numero di un tavolo con l'ordinazione e il conto. Nicolas guarda verso il bagno. Per arrivarci bisogna passare attraverso il bar.

«Cosa c'è?» domando con una strana sensazione che mi si agita nella pancia.

«Niente» risponde dopo una breve esitazione. «Andiamo. O devi ancora andare in bagno?»

Annuisco.

«Dai tu un'occhiata al mio zaino? L'ho lasciato sulla sedia».

«Certo». Nicolas torna al tavolino e io vado al bagno, mettendomi in fila dietro altre due donne. Mentre estraggo la guida da una tasca dei pantaloni per passare il tempo calcolando le distanze che devo ancora percorrere, telefona Paul. Prendo in fretta il telefono.

«Ehi, ciao! Come vanno le cose lì?» dico mentre rispondo. «Vi siete alzati presto?»

«Ah, Lotte! No, Caroline dorme ancora e io ero sveglio. L'insonnia si sta rifacendo viva. E così volevo sentire un istante la tua voce e dirti che mi manchi. Molto».

«Oh, Paul, che gentile». Vergognandomi un po', mi dondolo sulle gambe e rimetto la guida in tasca. A un tratto provo imbarazzo per la mia storia con Nicolas. O meglio, per il mio silenzio a riguardo. Ma perché? Paul è un amico. Non è mio marito. Le mie relazioni non lo riguardano. O invece sì? In realtà sì. Sono la madre adottiva di sua figlia e lui è l'uomo che abita a casa mia e che mi ha chiesto di sposarlo. Tutto ciò impone degli obblighi.

«Dove ti trovi adesso?»

«Sono in fila davanti al bagno delle donne. In un caffè a Estaing».

«Ah, bello» ride. «Ma puoi parlare?»

«Sì, sì». Il mio sguardo scandaglia i clienti che stanno uscendo. Nessuno bada a quel che dico.

«Allora, racconta un po', come va con il Cammino? Hai fatto qualcosa di interessante?»

«Eccome. E avevi ragione Paul, il Cammino di Santiago non è privo di pericoli». Di colpo ecco emergere l'impulso di raccontare al mio vecchio amico tutto quello che mi è capitato. Le parole mi escono di getto e senza interruzione gli parlo della frana, della morte di Solange, del furgone che mi stava investendo, della mandria al galoppo e della caduta fatale di Maddie. «E credimi, Paul, adesso mi tengo sempre vicina ad altri pellegrini». Mi volto e guardo in direzione di Nicolas, che siede fuori su un muretto in riva al fiume e osserva l'acqua.

«*So eine Scheisse*» impreca Paul in tedesco, mi rivolge tutta una serie di domande e poi resta in silenzio.

«Sul serio, Lotte, promettimi che starai molto attenta. Fa' attenzione. Domani arriverai in città, giusto? E dopodomani prendi un treno notturno per tornare a casa. Vero? Ho qui la tua tabella di viaggio da qualche parte». Sembra nervoso.

«Sì, questo è il piano. Domani sarò a Conques. Lì termina il viaggio. E dopodomani andrò sul luogo dove Emil è morto e per quella sera stessa ho prenotato il treno notturno. Non può succedermi più nulla, Paul. Stanotte dormo in uno chalet in un campeggio».

«È sicuro? Da sola in un posto così?» Paul ha la voce che gli trema, è veramente preoccupato. «Preferirei che andassi a dormire in un hotel».

«Non ci sono hotel, qui. Solo B&B, e alcuni hanno le porte senza serratura. Lo chalet è sicuro. È alta stagione, Paul. Ci sono molti ospiti». Sto quasi per dirgli che non dormirò da sola nello chalet, ma con Nicolas.

«Tutto questo non mi piace» dice con un sospiro. «Sarò felice quando saremo di nuovo insieme sul divano del soggiorno».

Sbatto le palpebre. Non voglio assolutamente più starmene piacevolmente sul divano con Paul adesso che Nicolas è entrato nella mia vita. Come faremo quando sarò di nuovo in Olanda? Santo cielo. Cerco una risposta, ma proprio in quell'istante si apre la porta del bagno e un penetrante odore di urina mi investe. Mi tappo il naso con una mano. «Devo riattaccare, Paul. Tocca a me».

«Va bene. Scrivimi quando sarai arrivata sana e salva allo chalet. Prima di andare a dormire, d'accordo?»

«Sì, lo farò. Da' un bacio a Caroline da parte mia. Oggi sono in programma le Everglades, giusto?» Entro nel bagno lurido e chiudo la porta.

«Sì, l'abbraccerò da parte tua. Sii prudente, Lotte».

Dopo qualche parola affettuosa di commiato interrompo la comunicazione, rimetto a posto il telefono e mi calo i pantaloni. Mentre resto sospesa evitando il contatto con il wc, prendo atto di una dolorosa verità. Tra due giorni per me finisce il Cammino di Santiago e torno alla mia vita normale. Che in ogni caso sarà diversa da quella di prima.

4 agosto
Un uomo a Estaing

Apro l'ennesimo messaggio di Boris. Ora il suo linguaggio si è fatto duro. Devo smettere di seguire Lotte. Me lo «intima». Come se fosse ancora il mio ufficiale superiore. Quindi la risposta è no. Lotte è sul ponte e fa una foto al castello di Estaing.

Ed è ancora viva. Prima ho provato uno strano sollievo quando il piattino è caduto e il cane si è mangiato il dolce avvelenato. I miei pensieri sono andati in un lampo alla sua pelle umida che strusciava contro la mia. Mi eccita. Addirittura smisuratamente. È per questo che i miei tentativi di eliminarla sono falliti? C'è qualcosa nel mio subconscio che vi si oppone? Per cui proprio adesso ho fallito un'altra volta? Ci penso fin da Aubrac.

È possibile. Ma ora devo davvero chiudere la faccenda, perché la polizia francese ha avviato un'indagine e si sta avvicinando a me. È una piega fastidiosa che non avevo previsto. Come il rapporto di Omer che ho trovato ieri nel suo zaino. Il contenuto è esplosivo. Anche secondo Boris. L'ho distrutto immediatamente.

Perciò il prossimo incidente deve andare a buon fine.

Giorno 10: domenica 4 agosto, pomeriggio
Nei boschi sopra Golinhac: l'inseguitore
Soleggiato con vento moderato. 32°

«Cosa pensi, Nicolas? Emil può vederci da lassù?» chiedo e indico il cielo azzurro che spunta sopra di noi tra il fogliame che ombreggia il posticino che abbiamo scelto per il pranzo. Stiamo sdraiati in mezzo all'erba selvatica, mano nella mano, e ci riposiamo dai nostri giochi d'amore. I nostri corpi sono bagnati di sudore e l'odore del sesso ci circonda. «Ieri sentivo che il soffitto della tua stanza in albergo mi proteggeva dal suo sguardo, ma ora sembra che mi veda dall'alto».

Nicolas si gira verso di me. «E che succede se ci vede, Lotte? Ti disturba?»

«Sì».

«Perché?»

«Non lo so» rispondo dopo un istante di silenzio. I miei occhi incontrano quelli di Nicolas. «Forse per il suo suicidio. Il mio matrimonio con lui sembra ancora in vita, perché c'è ancora quella voce dentro di me che dice che avrei dovuto accorgermi che aveva qualche problema».

Ci guardiamo. Qualcosa cova dietro il suo sguardo, qualcosa che non riesco a definire. Paura? Dolore?

«Insomma, ti senti responsabile della sua morte?»

C'è qualcosa nella sua voce che la rende tremante.

«Sì, in qualche modo sì».

Le lacrime spuntano di nuovo e il mio corpo è scosso da impercettibili sussulti. È strano quanto gioia e tristezza possano essere vicini.

«Ah, Lotte» sussurra Nicolas. Mi abbraccia forte e comincia a cullarmi. «Conosci Allen Saunders?»

«No, chi è?» chiedo singhiozzando.

«Un fumettista americano. Ho un suo calendario con disegni e citazioni. L'ho trovato anni fa in un negozio di libri usati. È stata la frase sulla copertina a spingermi a comprarlo».

«E cosa dice?»

«La vita è quel che capita mentre si è impegnati a fare altri progetti».

«Ah». Rifletto un istante. «Sì, è vero, Nicolas».

«Lo è anche in questo caso. Il suicidio di tuo marito è avvenuto, mentre all'inizio del Cammino lui doveva avere progetti del tutto diversi. È scesa un'ombra sul suo cuore. E guarda anche noi, sdraiati qui sull'erba lungo il Cammino di Santiago. Anche questo è accaduto mentre entrambi dieci giorni fa facevamo progetti completamente diversi, no?» Nicolas mi bacia sulla fronte.

«Già». La tristezza comincia a svanire. È accaduto. È accaduto.

«Vedi».

Si leva il frinire dei grilli e in lontananza risuona il potente motore di una mietitrebbia. I contadini lavorano sempre, anche di domenica. Anche nel Limburgo meridionale adesso i contadini sono impegnati nel raccolto. Tra un paio di giorni sarò di nuovo sulla mia collina. Domani pomeriggio arriverò a Conques, poi dovrò decidere se prendere un treno notturno per l'Olanda la sera stessa o il giorno dopo. O quello dopo ancora?

La ragione mi dice di prendere il treno notturno domani sera in modo da poter ritirare la raccomandata di Omer dopodomani all'ufficio postale prima dell'ora di chiusura. È urgente. Ma tutta me stessa vuole restare, a causa dell'uomo che ho qui accanto. Voglio tenerlo con me, portarlo alla mia fattoria, nella mia vita vera. Anche se mi chiedo: qual è la mia vita vera? Qui sul Cammino di Santiago sono più vicina a me stessa che nella fattoria dove sono nata e dove la famiglia Bonnet abita ormai da trecento anni. Com'è possibile? Forse perché qui elementi inafferrabili come il sentiero e il tempo atmosferico determinano il mio ritmo e mi spingono ad abbandonare tutto, fino a lasciarmi andare ed essere, niente di più. Solo essere. Senza tempo e senza luogo. A casa non posso abbandonarmi e semplicemente essere. A casa devo seguire l'orologio, ci sono appuntamenti e scadenze. Devo assumere la regia. Qui no. Si cammina, si mangia, si beve, si dorme. L'unico pensiero sono i dolori in ogni possibile punto della schiena, i muscoli indolenziti, le vesciche, il cibo, l'acqua e il letto. Mi accorgo di avere addirittura difficoltà a concentrarmi a lungo su eventi eclatanti come l'assassinio di Solange o il coma di Maddie. I pensieri tornano sempre al mio percorso, ai piedi, alla schiena, a dove poter riempire la borraccia, e a Nicolas. Sì, soprattutto a Nicolas. Fantastico molto sulle nostre conversazioni e le nostre carezze. Il desiderio che ho di quest'uomo è diverso da tutto quanto ho provato in precedenza. Il mio interesse per lui è più profondo. Quando ci tocchiamo, c'è la sorpresa per i nostri corpi, i nostri odori che si mescolano, i suoi peli che si rizzano involontariamente, le escoriazioni rosse lasciate dalle ruvide bretelle del suo zaino, le sue rughe, che annunciano già l'autunno della sua vita, le gocce di sudore che escono dai suoi pori, i brividi che gli attraversano la pelle quando lo accarezzo, e i suoni che escono dalla sua gola. Sì, provo sensazioni piacevoli per così tanti piccoli particolari. È come se mi camminasse accanto da quando sono nata, ma solo la settimana scorsa in quell'hotel a Le Puy-en-Velay mi avesse rivolto la parola. Nei miei sogni ha già un ruolo da protagonista nella mia vita futura. Ma come reagirà Paul quando gli dirò che ho incontrato un nuovo amore? Si comporterà correttamente, senza liti e senza rimproveri, perché Paul è un signore. Ma ne trarrà le conseguenze e si trasferirà, e così perderò Caroline. E il pensiero mi spaventa, molto, perché di fatto Paul mi obbliga a una scelta impossibile: sposarlo o perdere Caroline. Ma non è possibile. È mia figlia, non biologicamente, ma in termini di sentimenti. L'ho cresciuta mentre lui costruiva la sua azienda. È a me che si rivolge per orientarsi su tutto. Lui è più un amico, che viene e va, che le fa dei regali e racconta delle storie, ma non è la roccia su cui si basa la sua esistenza. Quella sono io. Ma la legge è dalla sua parte. Lui è il padre biologico e io non sono nulla. Sposando Paul otterrei Caroline e la stabilità. Ma è questo che voglio? Contemplavo l'idea di sposarlo finché non ho incontrato l'uomo che è accanto a me. È così strano, perché ci conosciamo solo da una decina di giorni e in realtà so molto poco di lui. Conosco il suo nome e il suo cognome, so che lavoro fa e dove vive e posso riferire alcuni avvenimenti del suo passato di giornalista. Eppure, è sufficiente. Di Emil sapevo meno. Neanche il suo vero nome. Che cosa sappiamo, in fondo, di un altro? E cosa è importante sapere? Com'è quando siamo con lui o com'era prima di entrare nella nostra vita? Ho cominciato a percorrere il Cammino di Santiago per decifrare il passato di Emil, ma più tempo trascorro camminando, meno rilevante diventa quel passato. «Le persone cambiano» ha detto Nicolas. È vero.

«Vieni, Lotte, rimettiamoci in marcia. Credo che ci sarà un temporale». La voce di Nicolas interrompe il mio rimuginare. Indica le nuvole che vanno formandosi verso sud.

Ci alziamo, raccogliamo le nostre cose e ci vestiamo. Quando frugo con le dita in una tasca laterale alla ricerca di una busta di plastica per i miei rifiuti, sento qualcosa di duro e appuntito. Cos'è? Mi siedo su un tronco, tengo lo zaino sotto il sole e tasto la zona. Sembra che la stoffa tra questa tasca interna e l'esterno impermeabile sia stata scucita e poi ricucita, ma non a macchina. È stato fatto a mano. Svuoto lo zaino e lo rovescio.

«Cosa fai?» chiede Nicolas.

«C'è una cosa dura qui, piccola». Prendo le forbicine dalla trousse della toilette, taglio il filo con cui quell'oggetto è cucito dietro la stoffa, lo tiro via e prendo il pezzetto di plastica. È un chip rettangolare, grande quanto l'ultima falange del mio indice. Mi si ferma il respiro. Per la miseria! È un localizzatore Gps. La mia vicina ne ha cucito uno identico nel collare del suo border collie perché scappava sempre dal giardino. Così quando scappava poteva localizzarlo con precisione.

«Nicolas, guarda!» esclamo boccheggiando. «Qualcuno mi sta seguendo!»

Giorno 10: domenica 4 agosto, sera
Golinhac: messa in sicurezza
Soleggiato con vento moderato. 28°

Le grida gioiose dei bambini che giocano risuonano ovattate nel mio delizioso chalet. La piscina del campeggio Bellevue di Golinhac è affollata. L'area in cui sorgono le casette per i pellegrini si trova per fortuna un po' più in alto, in una parte più tranquilla. Il comandante Roland Huret e il suo assistente siedono di fronte a me al piccolo tavolo in finto legno. Nicolas sta facendo il nostro bucato nel fabbricato dei bagni accanto alla reception. Il comandante Huret voleva parlarmi preferibilmente da sola, anche se ha chiesto in anticipo informazioni sulla nostra relazione.

«Nicolas è mio amico» ho risposto decisa prendendolo per mano. Nicolas ha annuito e mi ha cinto alla vita in un gesto protettivo. È più di questo, ho pensato immediatamente dopo, ma non l'ho detto. Poi Nicolas ha preso il bucato ed è uscito e io mi sono seduta e ho cercato di concentrarmi sul comandante. Prima di tutto ho avuto conferma del fatto che nel mio zaino era stato cucito un localizzatore. L'oggetto, dal punto di vista tecnologico, è recente e quindi non è stato piazzato durante il cammino di Emil, ma dopo il maggio di quest'anno. L'atteggiamento del comandante Roland Huret è diverso da quello di ieri mattina, «più deciso» è il termine che mi viene in mente. La testa calva del robusto cinquantenne brilla di sudore e i suoi occhi castani sono penetranti.

Quando mi ha chiesto chi potrebbe avere interesse a seguirmi ho risposto il vero dicendo che non ne avevo idea, ma che avevo un sospetto circa il momento in cui il localizzatore poteva essere stato piazzato, e cioè durante la prima sera del mio pellegrinaggio, nell'hotel di Le Puy-en-Velay, quando ho trovato lo zaino sul pavimento al ritorno dalla messa nella cattedrale.

«Ha notato qualcosa negli ultimi giorni o settimane? O è successo qualcosa che ha richiamato la sua attenzione?» Il comandante Roland Huret cambia posizione sulla sedia.

Mi prende uno strano capogiro e mi afferro al tavolo per restare dritta. Mi spuntano le lacrime. Lo sguardo appannato mi cade sul muro e si ferma su una copia dei *Girasoli* di Van Gogh. L'artista si è tagliato un orecchio ed Emil la gola. Il mio Emil, che faceva parte di una milizia, che è fuggito dal suo paese e ha assunto l'identità di un certo Emil Jukić, un uomo assassinato nel 1995 che è rimasto per due decenni a marcire anonimo in una fossa comune. Non sarebbe mai accaduto e nessuno l'avrebbe mai scoperto senza l'esame del DNA. E tutte quelle cose spaventose sono iniziate solo dopo che Omer aveva cominciato le sue indagini sul passato di Emil. Qualcuno lo ha assassinato a Banja Luka poco dopo avermi spedito il suo rapporto con i risultati dell'esame del DNA. E qui in Francia Solange è morta nel mio letto.

Suona un clacson. Giù, sul prato sotto di noi, un uomo gesticola rivolto alla moglie e a due bambini piccoli. Devono aiutarlo a parcheggiare la roulotte. La sua Audi bianca spinge abilmente la grossa mole nell'ampio spazio sull'erba. Sbatto le palpebre e seguo la scena. Un'auto bianca. Sulla strada, a Aumont-Aubrac, un furgone bianco mi ha quasi ucciso. E accanto a quel castello romanico dove Emil aveva scritto la parola «Nijak» o «Nijaz» su un pannello, c'era un furgone bianco parcheggiato con una ruota sulla lavanda. Era un caso?

«Un furgone bianco. Usa un furgone bianco». Parlo al comandante Huret del furgone bianco che a Aumont-Aubrac ha cercato di investirmi. Taccio ancora sul rapporto di Omer che mi aspetta a casa. Una voce dentro di me ripete che devo conoscerne il contenuto prima di passare quel documento alla polizia francese. Per il momento evito anche di menzionare l'inganno di Emil a proposito della sua identità. Mi risuonano ancora in testa le parole di Omer: finché non sappiamo chi era Emil, il numero di persone al corrente della sua falsa identità non deve aumentare.

Roland Huret e il giovane assistente si scambiano un rapido sguardo.

«Tra l'altro» aggiungo «il furgone ha un graffio davanti, sul lato sinistro, perché ha strisciato contro il muro quando mi ha quasi investita».

Segue un breve silenzio.

«Perché non me l'ha detto ieri?» Leggo preoccupazione nello sguardo del comandante.

«Perché pensavo ancora che la vittima designata fosse Solange».

«L'indagine è ancora in corso, ma l'informazione che mi ha appena dato impone l'adozione di misure di sicurezza, madame Bonnet». Indica il localizzatore. «Da questo momento sarà sotto protezione e con il suo consenso organizzerò il suo rientro in Olanda per domani».

Il verso di un gufo mi sveglia di soprassalto e cerco di orientarmi. Ho fatto di nuovo quell'orribile sogno di Emil che marciava su una collina in uniforme militare. Si era fermato e voltato verso di me. Mi faceva dei cenni con la mano e gridava qualcosa, ma non riuscivo a capirlo perché dalle fosse vicino a me salivano gemiti, come se i morti mi parlassero.

Il campeggio è silenzioso e un leggero vento fa stormire lievemente le foglie dell'alto salice accanto allo chalet. Il respiro di Nicolas quasi non si sente. È sdraiato su un fianco, nudo a eccezione degli slip, come me. Nella minuscola stanza da letto il caldo è opprimente e ogni indumento è di troppo. Provo a un tratto l'irrefrenabile impulso di respirare l'aria fresca della notte, anche solo attraverso uno spiraglio della finestra. Scendo dal letto e vado il più silenziosamente possibile in soggiorno. La luce di un lampione filtra attraverso le tende tingendo la stanza di un vago azzurro, un'atmosfera simile a quella che si vede sulle mie colline in inverno, guardando fuori la sera quando c'è la neve e la luna piena. Sbircio da uno spiraglio. L'auto della polizia sta davanti alla terrazza dello chalet. L'agente fuma una sigaretta appoggiato a uno sportello e nel frattempo controlla lo schermo del suo cellulare. La sua presenza non mi tranquillizza. Al contrario, è la prova vivente di una oscura minaccia.

Nicolas ha avuto una reazione ritardata quando il comandante gli ha detto che mi avrebbe fatto tenere d'occhio e che domani sera sarei stata accompagnata in Olanda. Prima è rimasto in silenzio e il suo corpo si è irrigidito, poi mi si è avvicinato e mi ha stretto forte a sé, trasmettendomi la sua tensione. Sono stata travolta dalla paura. Nicolas è potuto restare con me, ma si è dovuto lasciare identificare. Mentre il giovane agente registrava i dati della sua carta d'identità francese, ho avuto l'impulso di prenderla e fotografarla, come se abbandonando il Cammino di Santiago i suoi dati diventassero a un tratto più importanti per me.

Apro piano la finestra a ribalta accanto al tavolo e lascio entrare l'aria fresca. Emil ha dormito in questo stesso posto, ma non so in quale letto. Lo chalet ha due piccole camere e suppongo che avesse scelto quella che guarda a est, verso l'ingresso, perché a lui piaceva tenere d'occhio l'ambiente intorno a sé e tutto ciò che si poteva avvicinare. Per questo ora dormo nell'altra stanza. Non volevo dormire con Nicolas nel letto di Emil.

Che pensi a scelte di questo tipo dimostra che mi sento ancora sposata. Ma il legame che ci unisce durante il Cammino si è sfilacciato. Comincio ad accettare che il cambiamento sia una costante della vita, come lo sono i mutevoli paesaggi lungo il Cammino di Santiago. Si cammina sullo stesso sentiero vecchio di secoli, eppure tutto è cambiato. Nessun paesaggio è lo stesso. Nessun incontro è lo stesso. Emil è un pellegrino che non cammina più accanto a me. Lui è rimasto a Conques, e io proseguo. Eppure, la sua assenza per me è ancora come un dolore sordo.

L'ultima cosa che voglio fare domani prima di partire per l'Olanda è mettere un sassolino accanto alla croce nel luogo dove si è suicidato. La mattina del 5 agosto Emil era partito da questo chalet per andare a Conques, dove nel pomeriggio aveva visitato una mostra e la sera in chiesa aveva ascoltato alcuni ragazzi che intonavano canti religiosi a lume di candela. Aveva girato un breve video, senza commenti, solo con la musica. Era commovente. Ma di quella mostra non mi aveva raccontato nulla. Eppure ci era andato. Me lo ha detto il prete di quella chiesetta che ho visto il mio primo giorno. France 3 Auvergne aveva fatto delle riprese. Immagini che ho richiesto e pagato, ma che non ho ancora ricevuto. Perché Emil non mi ha raccontato di aver visitato una galleria d'arte? Da quando era partito aveva scattato foto di ogni possibile posto in cui era stato, ma non aveva detto niente dell'intero pomeriggio passato a Conques. E la mattina dopo si è suicidato in un bosco qualche chilometro più in là. È successo in quella galleria a Conques? Ha visto qualcosa o incontrato qualcuno in quel luogo? Voglio andare anche lì!

Sempre con molta cautela sbircio di nuovo dall'apertura tra le tende, timorosa che qualcuno da fuori mi veda. Da oggi pomeriggio ho una paura profonda e primitiva della morte. Strano che succeda proprio adesso che abbraccio di nuovo la vita.

«Ogni farfalla mette le ali dopo un periodo di isolamento, Lotte» ha detto Nicolas ieri quando gli ho raccontato del mio anno solitario senza Emil, quando languivo nel mio bozzolo di colpa.

Non ho potuto fare altro che annuire. La sua osservazione mi ha commossa e ho agitato le braccia come ali. Mi volto e sto per tornare nella stanza da letto, quando la silhouette di Nicolas compare sulla soglia. Il bianco degli occhi scintilla alla luce velata del lampione.

«Non riesci a dormire?»

«No, ho paura. Anche se so che la polizia vigila su di me».

Si avvicina, mi prende tra le braccia e mi accarezza sulla schiena. «Anche io».

«Cosa intendi?» chiedo baciandolo sul viso.

«Ho paura di una vita senza di te».

La lettera

X. Le frustate

Mentre alla fine di luglio del 1995 a Bihać preparavamo la fuga in Croazia, io e Nadja abbiamo assistito sulla tv serbo-bosniaca agli «atti eroici» delle loro milizie, tra cui quella dei Falchi grigi. I programmi erano assurdi. La violenza era presentata come un atto nobile e i mafiosi venivano incensati come la crema della nazione. Ad esempio, l'emittente commerciale Pink, nel febbraio del 1995, ha trasmesso in diretta per tutto il giorno le nozze del famigerato leader criminale miliziano Arkan con la cantante turbo-folk serba Ceca. La festa sembrava più grandiosa di quella del principe Carlo e della principessa Diana e testimoniava di una venerazione popolare per la malvagità che non aveva eguali, perché quell'Arkan fin dagli anni Ottanta era in cima alla lista dell'Interpol dei delinquenti e assassini più ricercati d'Europa. Durante quella trasmissione grottesca ho visto anche Milan, era uno degli ospiti e appariva elegante nel suo bel vestito nero con la cravatta. Vederlo ridere e parlare con dei criminali di professione mi ha colpito molto. Come era potuto cadere così in basso?

Come era possibile che un ragazzo gentile e tranquillo come Milan si fosse trasformato in un boia senza scrupoli durante la guerra? Molti fattori vi avevano contribuito, credo, come la povertà conosciuta in giovinezza, la discriminazione da parte degli insegnanti croati, il servizio militare in Kosovo nel momento in cui era salito al potere Slobodan Milošević, la propaganda velenosa dei mezzi d'informazione serbi, ma soprattutto la sua educazione. Fin dalla prima infanzia la nonna gli aveva riempito la testa di particolari sulle atrocità commesse contro i serbi e lo aveva incitato a vendicarsi delle ingiustizie subite dal popolo serbo, perché lui, Milan Illić, era speciale ed era destinato a compiere grandi imprese per il popolo e per la patria. Ma Milan non era un eroe, era un uomo comune.

Grazie a lui ho elaborato una teoria, Lotte, che in seguito ho visto più volte confermata. Secondo me i criminali di guerra nascono da una frustrazione profondamente radicata per la loro stessa mediocrità. Credo che anelino fin dall'infanzia al riconoscimento, ma manchino del talento o della perseveranza necessari per eccellere e quindi farsi notare. Sono anche privi di una capacità di autoanalisi che li conduca a riconoscere e ad accettare i propri limiti. Quando crescono sono sempre gli altri a essere colpevoli dei loro fallimenti. Diventano un vulcano di rabbia repressa che a un certo punto esplode. In tempo di pace finiscono semplicemente per dedicarsi all'alcolismo o alla violenza domestica. Oppure si associano a gruppi politici estremisti e spargono il loro odio attraverso Internet. Con account anonimi, ovviamente, perché simili mediocri non hanno il coraggio di pubblicare commenti sotto il proprio nome. E in tempo di guerra marciano dietro i loro capi ed eseguono e commettono atrocità che superano la nostra comprensione.

Anche con Milan è andata così. È nato come una brava persona e quando eravamo giovani era davvero un bravo ragazzo con una sincera attenzione per gli altri, ma la sua bizzarra educazione e la guerra lo hanno portato a sviluppare un'immagine di sé schizofrenica e lo hanno spinto verso il male.

Per me era il prototipo della persona che prima della guerra non riusciva a essere contento di ciò che era. E sospetto che solo dopo la guerra sia riuscito a tornare in contatto con la persona semplice che viveva dentro di lui, che non era fatta per le grandi imprese alle quali voleva spingerlo suo padre, era una persona fatta per una vita modesta. Così, una volta uscito da quel vortice di violenza, è riemerso il ragazzo gentile e premuroso che durante l'infanzia era il mio migliore amico. E naturalmente mi sono chiesto per tutta la vita come è stato possibile che abbia potuto agire con tanta violenza sapendo quello che si provava a subirla. Quando lui stesso era una vittima. Non riesco ancora a capirlo, ma penso che il seme sia stato piantato in un giorno di sole dell'estate del 1978 quando il suo giovane corpo e la sua natura sensibile sono stati distrutti.

Quella mattina giocavamo tutti e tre vicino alle grandi cascate, quando Emil ha indicato una roccia in alto e ha detto che voleva tuffarsi da lassù. L'anno prima l'avevamo visto fare ad alcuni ragazzi più grandi. Emil non ha aspettato la nostra risposta e si è arrampicato fin lì, e io e Milan lo abbiamo seguito. Una volta in cima ci siamo spaventati per l'altezza ed eravamo riluttanti. Ma il nostro audace Emil non si è lasciato scoraggiare e si è tuffato. Poi mi sono lanciato anche io, ma Milan è rimasto lì fermo. Non osava, sembrava congelato. Oggi so che soffriva di acrofobia, nei successivi anni trascorsi insieme si sarebbe manifestata con sempre maggiore intensità. Ma mentre si trovava su quella roccia, io ed Emil osservavamo stupiti dalla riva del fiume quell'omino là in alto che non si muoveva più. Alcune ragazze si sono avvicinate al posto dove giocavamo, tra cui sua sorella maggiore. Quando hanno visto Milan gli hanno gridato di tuffarsi. Hanno cominciato a battere le mani e a schiamazzare, ma non succedeva niente. Alla fine mi sono arrampicato di nuovo per andarlo a prendere. Solo quando sono arrivato lassù mi sono accorto che c'era qualcosa che non andava. Gli tremavano le gambe ed era madido di sudore. Non reagiva a nessuno stimolo. Poco dopo è arrivato anche Emil. Tra battute, parole gentili e pacche cameratesche alla fine siamo riusciti a farlo girare e siamo scesi mano nella mano, passo dopo passo. Una volta tornati alla fattoria è scoppiato a piangere.

La sera il padre di Milan ubriaco fradicio è venuto a sapere dell'incidente ed è montato su tutte le furie. Milan aveva infangato l'onore serbo. Come era possibile che un discendente di guerrieri serbi avesse meno coraggio di uno sporco musulmano o di un traditore croato? Io ed Emil eravamo lì fuori perché eravamo passati a prendere Milan per una partita di calcio e ci siamo spaventati a morte a sentire quello sproloquio. Il padre lo ha preso, lo ha trascinato nel porcile, gli ha legato le mani a un gancio, ha preso la frusta del cavallo e ha cominciato a menare colpi su colpi. Le grida di Milan erano agghiaccianti. Emil intanto si era precipitato da suo padre per chiedergli di mettere fine a quella tortura, ma non era in casa. Io sono corso da mio padre, ma anche lui era uscito per alcune visite. Ansimando siamo tornati al porcile. Il padre di Milan era andato avanti finché suo figlio non era svenuto ed era rimasto appeso alla corda privo di sensi con la schiena che grondava sangue. Poi ha chiamato la moglie terrorizzata e le ha ordinato di riprendersi quel rammollito. La madre ha obbedito, ha liberato il figlio piangendo e ha trasportato il suo corpo fino al ripostiglio. Il giorno dopo Milan non è venuto a giocare e neanche quello successivo. Il terzo giorno gli è venuta la febbre alta e ha cominciato a delirare. Perdeva pus dalle ferite sulla schiena, che si erano infettate. La madre di Milan ha chiamato mio padre, che ha diagnosticato un avvelenamento del sangue, poi l'ha portato d'urgenza in ospedale. Milan era in bilico tra la vita e la morte e si è ripreso solo dopo una lunga degenza. Ma le cicatrici sulla schiena sono rimaste. Quando dopo tre settimane Milan è stato dimesso abbiamo ricominciato a giocare insieme come sempre in riva al fiume, ma io ed Emil non siamo più andati in posti alti se Milan era con noi. Suo padre, dopo un circostanziato rapporto di mio padre e del padre di Emil, è stato arrestato ed è finito in prigione.

L'assenza del padre ha fatto sì che l'intelligente Milan non andasse al liceo e quindi neppure all'università. A sua nonna non importava niente della scuola. Milan era l'uomo di casa e doveva mettersi a guadagnare soldi.

Giorno 11
Lunedì 5 agosto
Da Golinhac a Conques, 25 km
Una verità

Nega degli astri il fuoco
Nega il raggio del vero
Nega del sole il moto
Ma non negare l'amor mio sincero.*

William Shakespeare (1564-1616), *Amleto*

* W. Shakespeare, *Amleto,* trad. it. di R. Piccoli, Atto II, scena II; in Id., *Tutte le opere,* a cura di M. Praz, Sansoni, Firenze 1968, p. 69.

Giorno 11: lunedì 5 agosto, mattina
Golinhac: l'uomo
Soleggiato, assenza di vento. 25°

Qualcuno bussa alla finestra. Mi sveglio di colpo da un sonno senza sogni. È giorno e la porta della camera da letto è aperta. Nicolas indossa già la tenuta da camminata e va alla porta d'ingresso.

«*Messieurs, bonjour*». Apre la porta.

«*Bonjour*».

Riconosco la voce profonda del comandante Huret. Nicolas chiede se lui e il suo assistente vogliono accomodarsi un istante nel porticato in modo che possa vestirmi e offre loro un bicchiere d'acqua. In casa non c'è altro, si scusa.

Metto le gambe giù dal letto e prendo il telefono. Quasi le undici! Vado di corsa in bagno e in pochi minuti sono lavata e vestita.

«*Entrez!*» grido dalla cucina, tutt'a un tratto timorosa di uscire. Sarà sicuro? Nicolas si avvicina alla porta e fa un cenno ai due uomini.

Mentre Roland Huret e il suo assistente entrano, prendo una tavoletta di cioccolato dal frigorifero, la spezzetto e metto i quadretti su un piattino. Me ne infilo subito in bocca due pezzetti. Un po' di energia per svegliarmi e di cortesia verso gli ospiti.

Il comandante chiede a Nicolas di attendere fuori. Questi annuisce e annuncia che andrà a comprare la colazione, in modo da poter mangiare in casa. Ci sediamo, agli stessi posti di ieri. Gli esseri umani sono abitudinari. Ho una gran voglia di un caffè, ma dovrò aspettare che Nicolas torni dal ristorante. Indico il piatto.

«Servitevi, prego» dico con il mio migliore sorriso da Instagram. «È fatto con cacao pregiato del Madagascar, con noci e prugne del mio giardino ed erbe mediterranee fresche. L'ho fatta io. Sono una esperta di cioccolato».

Roland Huret e il suo assistente annuiscono e prendono entrambi un pezzo di cioccolato. «Allora, madame Bonnet» dice il comandante infilandosi in bocca il cioccolato. «Ieri sera abbiamo ricevuto da un account anonimo e non tracciabile la segnalazione di un furgone bianco nel bosco nei pressi della cappella di Notre Dame des Hauteurs. Dentro vi si sarebbe trovato un uomo che progettava un attentato contro di lei. Quando poco più tardi ci siamo recati sul posto, l'uomo ha cercato di fuggire, ma ha perso il controllo del mezzo e nella discesa è finito contro una rimessa. È morto sul colpo. Nel frattempo abbiamo svolto una prima indagine *in loco* e siamo giunti alla conclusione che si tratta della persona che la seguiva e che probabilmente progettava un nuovo attentato nei suoi confronti. Da quanto è risultato finora sarebbe responsabile anche della morte di Solange Breuil».

«Solange? Un nuovo attentato? Nei miei confronti?» balbetto mentre cerco di capire cosa significhi tutto ciò. Allora è vero. Qualcuno voleva uccidere me e non Solange. Fino a poco fa era una possibilità e ora è una certezza. È morta al mio posto. Dio mio! È orribile. Mi alzo di scatto, faccio qualche passo verso il cucinino e riempio un bicchiere d'acqua con le dita che mi tremano.

«Sì, madame» riprende il comandante Huret con voce monotona. «Usava il furgone come ufficio. Abbiamo trovato un rapporto su di lei, oltre a diverse mappe, armi da fuoco, un visore notturno e prove sufficienti del suo attentato a Solange Breuil. E naturalmente l'apparecchio cui era collegato il suo localizzatore. Tutto è stato trasportato al laboratorio della polizia giudiziaria, dove speriamo di decodificare il suo cellulare e il suo laptop».

«Ma non capisco» dico ansimando. «Chi era quell'uomo?» Mi risiedo.

«Viveva in Germania dal 1995, a Saarbrücken, sotto il nome di Ranko Kovac. Aveva la nazionalità tedesca, ma veniva dalla Bosnia ed Erzegovina. Era nato nel 1961 a Banja Luka, il capoluogo dell'attuale Repubblica Serba di Bosnia ed Erzegovina».

«Ranko Kovac?» ripeto. Ho mai sentito questo nome? No. «Non conosco nessun Ranko Kovac».

«Il suo vero nome era Mikhail Mijaković. Le sue impronte digitali erano nell'archivio dell'Interpol, per questo abbiamo potuto risalire così rapidamente alla sua identità. Viveva in Germania Ovest, inizialmente era un ladruncolo. Nel 1979, quando aveva diciotto anni, si è fatto beccare ed è finito in prigione per un breve periodo. Solo dopo è cominciata la sua vera carriera criminale al servizio della mafia serba in Germania. È stato collegato a diversi omicidi negli ambienti malavitosi della Germania Ovest, ma nel 1990 si è dato alla latitanza in Serbia. E c'è dell'altro. Questo Mikhail Mijaković era insieme a suo marito nel centro per richiedenti asilo di Colonia. Le dice qualcosa il suo nome? Suo marito le ha mai parlato di lui?»

Lo guardo.

«Mikhail Mijaković? A Colonia?» dico balbettando e rivedo davanti a me la calligrafia svolazzante di Emil, con le lettere *Nijak*, come le aveva scritte sul pannello di compensato in quel castello. Allora era lui: Mikhail Mijaković. Aveva cominciato a scrivere il suo nome. *Mijak*. La *N* era una *M*. Emil era ancora in contatto con quell'uomo? Con qualcuno che aveva conosciuto al centro per richiedenti asilo?

«C'è qualcosa che non va, madame Bonnet?» Il comandante Huret mi guarda fisso.

Scuoto la testa esitante. No, questo non posso ancora raccontarlo. Prima devo sapere cosa c'è scritto nel rapporto di Omer.

Il comandante si avvicina una mano al mento e fa scorrere il pollice sulla pelle irsuta.

«Mio marito era in contatto con quel Mikhail?» domando.

«No, questa mattina abbiamo controllato di nuovo i dati telefonici di suo marito del periodo in cui percorreva il Cammino di Santiago in Francia. In tutto il periodo del suo soggiorno non ha mai telefonato o scambiato messaggi con numeri in Germania o in Olanda che possiamo collegare a questo Mikhail Mijaković. Chiamava principalmente per prenotare una stanza lungo il percorso e consultava informazioni turistiche sui dintorni. Per il resto aveva contatti solo con lei, i suoi figli e altri due numeri di cellulare registrati al suo indirizzo».

«Sì, Paul e Caroline». Santo cielo. Cosa mi sta succedendo qui? Devo telefonare urgentemente a Paul e dirgli cosa mi è capitato. Mikhail Mijaković. Stringo i pugni. Chi era quel tipo?

«Mi sa dare qualche altra informazione su questo Mikhail?»

Roland Huret prende il cellulare e legge ad alta voce.

«Era un consulente chimico. Abitava e lavorava a Saarbrücken dal 1995. Aveva un appartamento in città e una casa per le vacanze a una ventina di chilometri, appena oltre la frontiera con la Francia, sui Vosgi. La casa sorge al margine di un paese. Faceva parte del locale circolo dei cacciatori come altri tedeschi da quelle parti».

«Quindi parlava francese».

«Probabilmente. Al momento stiamo svolgendo indagini in entrambi gli appartamenti».

«E che origini aveva?»

«Origini?» Il comandante mi guarda senza capire.

«Qual era la sua provenienza etnica, intendo. Era serbo, croato, bosniaco?» Nel momento in cui formulo questa domanda mi rendo conto di presentarmi come una persona animata da pregiudizi etnici.

«Suppongo serbo. Dopotutto faceva parte della mafia serba. Ma indagheremo in proposito». Fa un cenno al suo assistente che prende nota sul laptop e poi prende un altro pezzetto di cioccolato.

Fa svolgere una ricerca in proposito. Un consulente chimico tedesco di Saarbrücken. Nato in Bosnia. Probabilmente serbo giacché affiliato alla mafia serba. Logico. Una domanda stupida.

«Ha una foto di quest'uomo?»

«Sì». Il comandante Huret si volta verso l'assistente che digita qualcosa e mi passa il laptop.

Mi avvicino allo schermo e mi si stringe lo stomaco. L'immagine mostra il viso gonfio di un uomo robusto dagli occhi scuri infossati, capelli grigi, folte sopracciglia nere e labbra sottili.

«Ma lo conosco!» dico in un fiato. «Faceva anche lui il Cammino di Santiago. Mi ha parlato sul treno da Saint-Étienne a Le Puy-en-Velay! Era seduto di fronte a me e veniva dalla Germania. Perlomeno così aveva detto. E a Saugues era seduto allo stesso tavolo, a un paio di sedie di distanza. Poi era accanto a me al bar, quando abbiamo bevuto il liquore alle pere. E a Nasbinals ho anche ballato con lui!» I ricordi della festa di matrimonio scatenata in quell'hotel sgangherato tornano con forza. Quella sera mi stava molto vicino, mi si strusciava contro e mi guardava in un modo che perfino la mia testa annebbiata trovava invadente. Me lo ricordo bene, che strusciava la sua grossa pancia contro la mia mentre io incurvavo la schiena per evitare quel contatto. Ed era anche a uno dei tavolini all'aperto in quel caffè di Estaing dove è stato avvelenato il cane. I nostri sguardi si sono incrociati brevemente quando mi sono alzata e ho attraversato la strada. Mi ha sorriso e io ho fatto altrettanto. Era una delle tante facce conosciute lungo il Cammino.

«Dunque la seguiva già prima di Le Puy-en-Velay?»

«Sì, dev'essere così. Ma perché voleva assassinarmi? Sono sicura di non averlo mai visto prima del 27 luglio». Cos'è questa faccenda? «Cosa poteva volere da me?»

«Non lo sappiamo ancora. Ma ora siamo in contatto anche con i nostri colleghi di Brema, che indagano sul suo coinvolgimento nella morte di una donna di nome Sabine Ehring. È stata investita. Il nostro Mikhail Mijaković al momento dell'omicidio si trovava probabilmente a Brema».

«Sabine Ehring?» Deglutisco e mi stringo lo stomaco.

«Conosco quel nome. Gestiva il dossier di mio marito quando era nel centro per richiedenti asilo a Colonia».

«Sì, lo sappiamo. Mikhail Mijaković ha soggiornato in quel centro nello stesso periodo di suo marito».

«Quindi questo Mikhail Mijaković conosceva mio marito?» Il peso sul mio stomaco continua a crescere.

«Sì, è quasi certo».

«Ma non capisco. Mio marito è morto già da un anno. Perché devo morire anche io?»

«È quello che stiamo cercando di scoprire».

Il comandante mi guarda di nuovo. Sembra esitare.

«C'è dell'altro, madame Bonnet. Come ho già detto questo Mikhail Mijaković figurava nella lista dell'Interpol, ma ha trovato rifugio in Serbia nel 1990. Durante la guerra in Iugoslavia si è unito a una milizia serbo-bosniaca e si è reso responsabile di crimini di guerra. Poi nel 1995 è sparito. Fino a ieri si pensava che fosse morto durante l'Operazione Tempesta nell'estate del 1995».

«Crimini di guerra?» Avverto una strana nausea.

«Sì, madame Bonnet. Ma ha assunto un'altra identità e dal 1995 ha condotto sotto il nuovo nome una vita all'apparenza normale».

Respiro a fondo e cerco di scacciare la nausea. Le sue parole mi arrivano al rallentatore. Una milizia, ha detto; anche Emil faceva parte di una milizia, aveva detto Omer.

«Qual era il nome di quella milizia?» chiedo raddrizzandomi sulla sedia e unendo i piedi.

Il comandante si volta verso l'assistente che scuote la testa.

«Non lo sappiamo. Mi informerò».

«Crimini di guerra» ripeto. Ora sudo freddo. «E mercenario».

«Sì, negli anni Ottanta. Nelle guerre in Iugoslavia. Le autorità tedesche non hanno prove del fatto che di recente sia stato ancora attivo su quel fronte. Ma è stata avviata un'indagine più approfondita».

Soppeso le sue parole mentre guardo fuori dalla finestra. Un merlo si posa sul ramo di un sambuco.

Quell'uccello è libero. Nessuno dà la caccia ai merli. O sì? I frutticoltori, forse? Quel Mikhail dava la caccia a me. Perché? Non riesco a trovare una spiegazione. Dovevo morire, ma non voglio. Il mio respiro accelera. Devo bere qualcosa. Acqua! Presto. Devo snebbiare la mente. Prendo il bicchiere e bevo.

«Ho ancora una domanda, madame Bonnet. Conosce un certo Boris?» Il comandante prende un altro pezzetto di cioccolato.

Lo guardo. Boris? Il nome che provocava il panico a Emil? Mi asciugo il sudore dalla fronte. Cosa rispondo adesso? Se dico che Emil aveva incontrato questo Boris nel centro per richiedenti asilo, forse metto Huret in condizione di scoprire la sua falsa identità, e chissà quali meccanismi metto in moto. Forse metterei in pericolo i ragazzi. Meglio non farlo e restare sul vago finché non avrò esaminato il rapporto di Omer.

Scuoto la testa. «No, non conosco nessuno con questo nome». Dico la verità, e al tempo stesso anche no. «Da dove è saltato fuori questo Boris, dal furgone?»

«Sì, stava scritto su un foglietto insieme a dei numeri poco leggibili, supponiamo si tratti di un numero telefonico, ma non c'è un prefisso internazionale».

Afferro di nuovo il bicchiere con l'acqua. Ancora un sorso.

«E adesso cosa succede? Per quanto riguarda me, intendo». Mi dondolo nervosa sulla poltrona. Ho bisogno di un caffè, non riesco più a ragionare correttamente. Prendo un altro pezzetto di cioccolato e lo mastico. Anche l'assistente ne prende un blocchetto.

«Proseguiremo le indagini su Mikhail Mijaković» dice Huret. «Ci concentreremo soprattutto sul movente. Supponiamo che volesse evitare che si scoprisse la sua vera identità, il che avrebbe significato per lui una condanna all'ergastolo. Pensiamo che per questo motivo abbia tentato di ucciderla facendolo passare per un incidente. In quel caso non ci sarebbero state indagini approfondite sul suo ambiente e così forse non avremmo stabilito alcun legame tra il passato di suo marito e le conoscenze in comune nel centro per richiedenti asilo di Colonia. Perché questo lega quel Mikhail Mijaković a lei. Il fatto che lui e suo marito si trovassero nello stesso centro, nello stesso periodo e avessero la stessa persona come responsabile del proprio dossier. Forse Mikhail Mijaković pensava che lei fosse a conoscenza della sua vera identità grazie a suo marito».

Roland Huret beve un sorso d'acqua e nel frattempo continua a guardarmi.

«E poi ovviamente vogliamo anche sapere» dice posando il bicchiere «quale motivazione lo abbia spinto ad agire solo ora, visto che suo marito è morto già da un anno».

Abbasso gli occhi e osservo i graffi sul tavolo in finto legno, a denti stretti. Solo quando conoscerò il contenuto del rapporto, deciderò cosa dirgli o meno. Non prima. È troppo pericoloso.

«E naturalmente cerchiamo la persona che ci ha dato le informazioni anonime, madame Bonnet. Con tutta evidenza voleva proteggerla, e quindi sa anche dell'altro».

«Una terza persona? Informazioni anonime?» ripeto queste parole e guardo di nuovo Roland Huret. Giusto. Ma c'è dell'altro. Devo dire ancora qualcosa. Qualcosa di importante. Ma cosa? Un istante fa mi è passata in un lampo per la mente, ma mi è sfuggita di nuovo. Non mi vengono più le parole. Troppe informazioni. Caffè. Ho bisogno di un caffè adesso. Prendo ancora un sorso d'acqua. Devo snebbiarmi. Cos'è che mi rende tanto inquieta? Cos'è che dovevo dire? *Pensa! Pensa!*

«Comunque, faremo del nostro meglio» dice il comandante guardando l'orologio.

Sì, è ora. Devo camminare. Uscire. L'aria fresca mi farà bene alla testa. Ma sarà sicuro? No! Prima un caffè. E poi mi tornerà in mente quello che volevo dire.

«E cosa significa tutto questo per me? Cosa devo fare adesso?» domando.

«Abbiamo appena fatto un'analisi dei rischi. Secondo noi non ci sono più motivi di proseguire con il nostro schema di sorveglianza e protezione. Con buoni margini di certezza Mikhail Mijaković agiva da solo, non su commissione di una terza persona. Il movente va ricercato nell'ambito della sfera personale, visto il legame con suo marito. Ma per via degli elementi poco chiari e delle informazioni anonime le consigliamo di tornare al più presto in Olanda».

Mi appaiono le immagini della mia fattoria isolata. Quanto sarà sicuro lì? Per fortuna domani in tarda mattinata Paul e Caroline arrivano a Düsseldorf. Paul... come farò a raccontargli tutto questo? Diventerà pazzo a sentire tutto quello che mi è capitato. Il mio sguardo si posa sui bastoni da trekking di alluminio nell'angolo alle spalle del comandante Huret. Non li userò più, perché per me il Cammino di Santiago finisce qui, in questo campeggio, dopo la notizia che un uomo voleva assassinarmi. Per via di qualcosa che ignoro, ma che è legato al passato di Emil. Mi giro verso destra. Fuori, in lontananza, i boschi scuri brillano sotto il sole del mattino. Da qualche parte, in mezzo a tutto quel verde, Emil ha preso il suo coltello da caccia e ha messo fine alla sua vita. Lì è successo qualcosa che lo ha spinto al suicidio. Sì, voglio vedere quel posto prima di ripartire. Per prendere commiato e completare il mio viaggio. Del resto, tutto ha un inizio e una fine, il sole sorge e tramonta, come un cerchio, come ho imparato qui, lungo il Cammino. E i momenti importanti seguono rituali fissi, perché questi offrono sostegno e ordine, nel cuore e nella mente. Devo dire addio a Emil con un rituale. Posare un sasso e pensare a lui. Va fatto.

«Avrei una richiesta da farle, Monsieur Huret. Può darmi le coordinate Gps del luogo in cui mio marito si è suicidato?»

L'ispettore mi guarda. «Certo. Ma perché me le chiede?»

«Vorrei visitare il posto prima del mio rientro. Per dire addio a mio marito. Tra l'altro, questo era lo scopo per cui sono venuta sul Cammino di Santiago».

Scende il silenzio per qualche istante e gli occhi castani del comandante Huret si fissano nei miei. Tra noi si stabilisce un contatto a un livello più profondo. «Il mio collega qui fuori smonta dal servizio alle due. Gli chiederò di accompagnarla subito in quel bosco, madame Bonnet». Mi sorride in modo incoraggiante. «E poi domani tornerà a casa?»

Annuisco e afferro il messaggio. Vuole riconsegnarmi al più presto all'Olanda, perché malgrado tutti i suoi discorsi razionali non è tranquillo. E io meno di lui.

«Tra l'altro, il cioccolato era squisito, madame Bonnet» dice Roland Huret mentre lui e il suo assistente si alzano. «Dove potrei comprarlo?»

«In Francia no. Ma gliene manderò qualche tavoletta come ringraziamento per la visita al bosco».

«Molto gentile da parte sua, *merci*» dice con un sorriso e prende l'ultimo pezzetto dal piatto.

Mentre i due si dirigono verso la porta sento una notifica. Prendo l'apparecchio e guardo. È un messaggio della più grande delle tre sorelle. Maddie si è risvegliata e impreca di nuovo. Grazie al cielo! È viva!

Giorno 11: lunedì 5 agosto, pomeriggio
Conques: una preghiera accanto alla croce
Soleggiato, vento moderato. 27°

Ansimo dopo la ripida salita e mi appoggio alla croce grigia corrosa. Le parole in latino scolpitevi sopra nel Medioevo sono state quasi cancellate dalle intemperie, ma so cosa c'è scritto. INRI, Iesus Nazarenus, Rex Iudaeorum. Sono stata bene attenta da bambina durante le messe domenicali in chiesa. Accanto alla base della croce si erge l'ennesimo mucchietto di pietre, una piramide di ciottoli costruita dai pellegrini di passaggio in un momento di raccoglimento. Anche Emil avrà lasciato qui una pietra e detto una breve preghiera prima di tagliarsi la gola?

Il respiro torna alla normalità, mi volto. Nicolas è accanto a me e appare stressato. Il suo sguardo corre senza sosta da un punto all'altro e ha i muscoli contratti. Nonostante l'accompagnamento informale della polizia, trova irresponsabile che abbia voluto venire in questo bosco dove la visibilità è scarsa. Il giovane agente sembra un marine uscito da un film d'azione americano ed è molto collaborativo. È salito fin dove possibile con l'auto di servizio lungo la carrareccia e ha parcheggiato giù, al margine del prato, dove la stradina terminava e iniziava la salita.

La mia ansia si è placata, perché voglio vivere il momento con tutta me stessa. Questo è dunque il posto dove mi ha condotto il Cammino di Santiago e dove termina il mio percorso. Inspiro profondamente. Il fitto bosco di querce profuma di felci umide e caprifoglio in fiore.

Un bordo di muschio verde acceso fiancheggia il sentiero sabbioso del Cammino, che più in là si snoda lungo un pianoro brullo sotto il cielo vasto. Alzo la testa e ascolto. Le foglie stormiscono, gli uccelli cantano e i bombi ronzano. Quante emozioni. Dunque è qui che Emil l'ha fatto. È successo qui. Qui è stato premuto il pulsante. Qui, dove mi trovo ora. Accanto alla croce, ha detto il comandante. Qui ha estratto il coltello dal fodero, ha premuto la lama sulla gola e ce l'ha affondata dentro. La vista mi si annebbia e sbatto gli occhi. Perché l'ha fatto? Perché qui?

I ricordi mi riportano Emil così com'era l'ultima volta che l'ho visto, davanti alle scale della stazione di Liegi-Guillemins. Mi aveva abbracciato sorridente con le sue braccia forti e mi aveva baciato appassionatamente. Ripenso alla sua voce calda e alle parole affettuose che mi sussurrava all'orecchio dandomi baci sul collo. Ah, amore mio. O a come guardava me e i ragazzi una volta che erano tornati da Amsterdam per il fine settimana e seduti attorno al tavolo ci raccontavamo delle storie. Aveva lo sguardo raggiante e di tanto in tanto si alzava spontaneamente per abbracciarci forte uno per uno. Noi ridevamo e gli dicevamo che era matto. «Matto di voi» rispondeva. «Sei il mio sole, Lotte» mi ha gridato quando si trovava in cima alle scale mandandomi dei baci prima di entrare nell'atrio della stazione e scomparire dalla mia vita.

Il tempo ha trasformato l'uomo che salutavo un anno fa in un altro diverso da quello che ricordo ora. Le sue menzogne hanno cambiato il mio sguardo sul nostro matrimonio, come uno strato di caramello modifica il gusto di un cioccolatino. Si continuano a gustare gli ingredienti di base, ma in bocca resta il dolce dello zucchero bruciato. Sì, è così, una persona è composta da molti strati di vita. E in base a quale strato la si giudica?

Sospiro e seguo con gli occhi uno scoiattolo che si arrampica sul tronco robusto di una vecchia quercia.

Emil... che cosa aveva commesso? E cosa lo ha spinto a fare quello che ha fatto? Sul Cammino di Santiago ho imparato che i luoghi influiscono sulle nostre emozioni. Nei boschi cupi di Saugues mi sentivo in un modo diverso da quando ero sul vasto altopiano di Aubrac. E ho imparato anche che le persone influiscono sui nostri sentimenti. Una cena era più piacevole di un'altra. L'atmosfera che regnava a tavola dipendeva dalla mutevole chimica che si instaurava tra i pellegrini. Era certamente così anche per Emil. Sfioro con le dita le alte felci e ricordo quel che mi ha detto Selma Jensen quando mi ha raccontato della donna internata nel campo di concentramento di Omarska che è crollata solo anni dopo, quando si è trovata accanto in un autobus un uomo che le ricordava i suoi stupratori.

«Forse suo marito ha incontrato qualcuno, o visto o sentito, o perfino percepito all'olfatto qualcosa che ha fatto crollare la diga dentro la sua testa» aveva detto Selma.

Sì, Emil è passato per questo luogo di fiaba, si è fermato davanti a questa croce e poi è successo qualcosa nella sua testa e il suo tempo presente si è intrecciato con un altro tempo. Probabilmente è andata così.

«Non riesco assolutamente a capire come Emil abbia potuto suicidarsi proprio qui» dico ad alta voce asciugandomi le lacrime. Stringo la mano di Nicolas. «Tu lo capisci? Cosa gli ha fatto scegliere questo luogo idilliaco?» chiedo singhiozzando.

Gli occhi di Nicolas si riempiono di lacrime e le sue labbra tremano. Alza le spalle e resta in silenzio. Cosa gli succede? È così teso per il timore di un pericolo?

Mi guardo intorno in cerca del mio contributo alla piramide di pietre. Lo sguardo mi cade su una pietra liscia grigio chiaro che ha la forma di un'ascia. Abbandono la mano di Nicolas, mi chino, raccolgo il sasso e lo soppeso sul palmo della mano. Sì, questo va bene! Apro il marsupio, prendo la penna e graffio sulla superficie liscia un cuore e il nome Emil. Poi mi avvicino alla croce, bacio la pietra e la depongo in cima alla piramide.

«Ciao, mio caro Emil» sussurro e mi inginocchio davanti alla croce. Giungo le mani e prego. Con gli occhi chiusi, evoco immagini di Emil. Appare lo splendido giorno di primavera ad Aquisgrana con il momento in cui Emil aveva attraversato lo spazio con i tavolini del bar davanti al duomo insieme a Paul e il suo sguardo aveva incontrato il mio. «Sei tutto per me, Lotte» mi aveva detto anni dopo, la sera prima della sua operazione per il cancro allo stomaco. Stavamo a letto accoccolati uno contro l'altro ed Emil mi baciava sul collo e mi accarezzava sulla pancia, nel punto che aveva ospitato i nostri figli. Mi ero girata e l'avevo guardato. Avevamo pianto.

«A causa tua non credo in Dio, Lotte» aveva detto mentre le lacrime gli rigavano il viso, «perché se ci fosse un dio tu non saresti entrata nella mia vita. Perciò, se non ce la farò, devi cremarmi. Questa è la mia decisione. Mi hai sentito? La mia ultima dimora non è al cimitero tra le buone anime della tua famiglia. Con il mio passato non c'è posto lì per me. Scegli con i ragazzi un posto dove spargere le ceneri». Piangendo ho spazzato via con un bacio quella sua strana dichiarazione. Doveva vivere, doveva lottare. Per noi, per la sua famiglia, avevamo bisogno di lui.

Ed è sopravvissuto all'operazione e ha resistito alla chemioterapia e a tutti quei fastidiosi controlli per poi abbandonare comunque la vita in questo luogo idilliaco.

Appoggio le mani sulla croce e strofino la pietra ruvida. Sì, sapendo quello che so adesso, suppongo che abbia pensato a quanto aveva commesso durante la guerra e al vero Emil Jukić, che marciva in una fossa comune. Viveva sotto il nome di Emil Jukić, ma non voleva un funerale cattolico. Temeva forse la vendetta di un altro dio? Il mio Emil. Mi rialzo e le lacrime continuano a scendere. Faccio un passo indietro e alzo la testa.

«Ciao, mio caro» dico e mando un bacio verso il cielo che spunta tra le foglie. «Grazie per il tuo grande amore, Emil. Sono stata molto felice con te e resterai sempre insieme a me».

Con il corpo tremante, guardo le cime degli alberi. Poi faccio qualche passo indietro e guardo Nicolas. Mi abbraccia e ci culliamo l'un l'altra. Anche lui piange. «Ah, Lotte». Trema in tutto il corpo.

«Cosa c'è, Nicolas?» Lo allontano un po' da me per guardarlo in viso e gli accarezzo i capelli. Cosa gli succede?

«Niente. Niente. Di' pure addio a tuo marito, Lotte». Gli trema la voce. Cosa c'è? Sembra davvero turbato.

«L'ho fatto. Vieni, andiamo». Mi sciolgo dall'abbraccio, lo accarezzo ancora su una guancia, alzo un'ultima volta lo sguardo verso le chiome ondeggianti delle vecchie querce oltre le quali immagino il viso di Emil, poi mi giro esitante e iniziamo la discesa.

Nicolas apre la fila, io lo seguo, e per ultimo viene l'agente. Nicolas mi avverte quando ci sono dei punti difficili, e non ne mancano. Seguo la sua andatura prudente e penso alla sua reazione di poco fa. Cosa ha provocato le sue emozioni così forti? Sembrava quasi preso dal panico. Teme un cecchino appostato da qualche parte? La sua paura mi spinge ad accelerare il passo. La discesa è ripida e dobbiamo fare attenzione, perché il sentiero è scivoloso. Abbiamo fatto una sciocchezza a non prendere i bastoni. Stiamo per raggiungere l'auto della polizia, ma a un tratto, su una lieve curva prima della fine, Nicolas fa un passo falso e barcolla. Perde l'equilibrio, scivola e va a sbattere contro un pruno selvatico. Lanciamo un grido all'unisono, lo raggiungo il più rapidamente possibile e lo aiuto a rialzarsi. Quando lo prendo per mano noto sotto l'avambraccio infangato un enorme squarcio, come se gli avessero dato una coltellata. Il sangue cola dalla profonda ferita in cui è ancora conficcata una lunga scheggia del pruno.

«Dio mio, Nicolas».

Nel frattempo, Nicolas si è rialzato, alza il braccio e con la stoffa della camicia elimina la sporcizia rendendo visibile le considerevoli dimensioni della scheggia. La calma con cui ripulisce la ferita con l'acqua mi impressiona. Forse come corrispondente di guerra avrà fatto le necessarie esperienze.

L'agente ci ha subito raggiunto e osserva la ferita. «Monsieur, deve farsela ricucire».

«Sì» risponde e con uno strappo si toglie dal braccio la lunga scheggia appuntita.

Sono io quella che si contorce dal dolore, non lui.

D'estate a Conques è alta stagione, e i turisti sciamano per le stradine pittoresche. L'odore delle crêpe appena preparate aleggia nel vicolo e poco più in là un musicista pizzica la chitarra. La folla mi rende nervosa, e non solo per il recente pericolo; è il noto contrasto che si prova dopo un periodo di quiete e silenzio.

Il mio sguardo corre alla notevole facciata della galleria in cui France 3 Auvergne l'anno scorso ha girato le immagini con Emil. È un edificio alto e antico costruito con la stessa arenaria beige del resto di Conques. Apro la porta di vetro ed entro. Nicolas non sa che sono qui, è andato da un medico in una cittadina a qualche chilometro di distanza per farsi ricucire la ferita. L'agente ci ha portati al mio hotel nel centro di Conques e ci ha aspettato fuori mentre Nicolas era con me durante la registrazione e mi ha accompagnato nella mia stanza. Voleva essere certo che non corressi pericoli. Dovevo chiudere la porta e soprattutto non lasciar entrare nessuno.

Prima di andarsene mi ha abbracciato di nuovo, mi ha preso il viso tra le mani e mi ha baciato appassionatamente, mi ha rivolto uno sguardo penetrante e ha detto che mi amava.

«Puoi dubitare di qualsiasi cosa nella tua vita, Lotte, ma non del mio amore per te. Qualsiasi cosa accada». La sua voce tremava e aveva di nuovo le lacrime agli occhi.

Mi sono stretta a lui, gli ho sussurrato «tesoro» e gli ho accarezzato il collo sudato. Siamo stati così per un po', intimamente avvinti, e sentivamo i nostri cuori battere. Da fuori è risuonato un clacson, allora Nicolas si è staccato da me un po' riluttante e se ne è andato chiaramente controvoglia. Ho chiuso la porta a chiave, sono andata alla finestra per salutarlo, ho scostato le tende e l'ho visto aprire lo sportello, guardare ancora un istante verso l'alto e sorridermi affettuosamente, poi è salito a bordo ed è sparito dalla mia vista. Proprio quando stavo per voltarmi, mi è caduto lo sguardo su una facciata dall'altra parte della strada. Ho riconosciuto il nome della Galerie Art Conques, dove Emil era stato filmato esattamente un anno fa, mentre si trovava alla cassa per pagare un regalo.

La mia attenzione si è subito risvegliata. Emil era stato lì. Da lì era scappato ancora prima di pagare quando si era accorto dei cameramen. Lì era successo qualcosa che lo aveva spaventato. Il desiderio di scoprire che cosa fosse accaduto si è improvvisamente impossessato di me, mi ha trascinato di sotto e ha travolto ogni considerazione sul pericolo. Il desiderio di sapere mi portava a considerare i rischi limitati. In fondo, il mio persecutore non era più in vita e non dovevo preoccuparmi, secondo il comandante Huret. E poi nessuno sapeva che mi trovavo in questo hotel, perché originariamente avevo programmato di soggiornare in un altro posto. È stata un'idea di Nicolas. E l'auto della polizia su cui viaggiavamo non era stata seguita, come abbiamo facilmente potuto constatare lungo quelle stradine deserte. Quindi potevo tranquillamente precipitarmi giù dalle scale, attraversare la strada e visitare la galleria d'arte. Tutto mi diceva che lì avrei trovato risposte a domande che ancora ignoravo. Lì risiedeva la mia ultima possibilità di raccogliere ancora un frammento di verità sul passato di Emil. E non restava più molto tempo.

La galleria è affollata e i visitatori si muovono lentamente tra opere in vetro. L'arte è gioiosa ed eclettica. Alle pareti sono appesi pannelli con vetrate a piombo e su dei pilastri bianchi quadrati ci sono sculture e vasi di vetro. In fondo sulla destra c'è il banco dell'accoglienza. La giovane e slanciata ragazza dai capelli neri che la presidia alza lo sguardo quando mi avvicino e mi sorride.

«*Bonjour madame*» dico a bassa voce. «Ho una domanda forse un po' strana da farle, ma lavorava qui il 5 agosto scorso?»

«Sì, sì» risponde la donna. «Agosto è alta stagione per noi, lavoro sette giorni alla settimana».

«Allora ho un'altra domanda strana» dico in tono giocoso, ma con un fondo di serietà. «Si ricorda di quest'uomo?» Mostro il cellulare con la faccia di Emil. «Questo è mio marito. L'anno scorso, il 6 agosto, si è suicidato sul Cammino di Santiago, qui nei paraggi di Conques, e il 5 agosto stava acquistando un regalo, ma al momento di pagare è scappato via dalla cassa quando una troupe di France 3 Auvergne è entrata nella sua galleria. Si ricorda cosa voleva comprare?» Gli occhi mi si riempiono di lacrime.

Un velo di tristezza si stende sul suo viso. «Ah, madame» dice unendo le mani. «Così, lei è la moglie di quello sfortunato signore. No, purtroppo non ricordo cosa volesse comprare suo marito. Anche la polizia ce l'ha chiesto l'anno scorso. Era la settimana in cui si inaugurava una nuova mostra e c'era una gran folla. Probabilmente era qualcosa che riguardava la mostra».

«E ha ancora delle informazioni su quella mostra?»

«Certo. C'era la mostra fotografica di Nijaz. Aspetti un momento, prendo il catalogo, così potrà vedere le sue opere».

«Nijaz?» ripeto e una strana sensazione si insinua dentro di me.

«Sì, Nijaz». Fruga nell'armadio, dandomi le spalle con la sua figura slanciata.

«Il fotografo si chiama Nijaz Arnautović. Abita in una fattoria isolata nei boschi sopra Conques ed è originario della Bosnia» dice voltandosi di nuovo. «Ha fatto il corrispondente di guerra per vent'anni e ha vinto diversi premi giornalistici. Da qualche anno si dedica alla fotografia naturalistica. L'anno scorso gli è stata dedicata la prima mostra monografica che aveva come oggetto il suo nuovo lavoro. Ecco qui!»

Posa il catalogo sul banco. Resto a bocca aperta, perché in copertina c'è quella splendida immagine della croce con il falco grigio e l'agnello nero e sullo sfondo il desolato altopiano dell'Aubrac. Prendo il libro con le dita che mi tremano. Guardo la quarta di copertina e riconosco il non banale volto di Nicolas. «Ma questo è Nicolas Arnaut» dico balbettando mentre mi afferro al banco per non cadere. Mi gira la testa, boccheggio in cerca di aria.

«Sì, quando Nijaz ha preso la nazionalità francese ha cambiato ufficialmente il suo nome in Nicolas Arnaut, ma il suo nome d'arte è Nijaz Arnautović. Ecco, sta scritto qui, legga pure». Indica il catalogo.

«Posso comprarlo?» chiedo con tutto l'autocontrollo di cui sono ancora capace. Tutto il mio essere lotta contro l'impulso di gridare e pestare i piedi.

«Certo. Costa 29 euro».

«Perfetto». Ansimando prendo il portafoglio dal marsupio e pago.

«Desidera un pacchetto?»

«Non occorre», scuoto la testa. «Grazie, madame, è stata molto gentile». Prendo il catalogo e mi affretto a uscire. Attraverso la strada, entro nell'hotel, salgo le scale, entro nella mia stanza e mi abbandono sul letto.

Mi spuntano le lacrime e un'ira cieca si impossessa di me. Con un grido scatto in piedi e prendo a calci il materasso, poi giro per la stanza tirando pugni all'aria. Infine mi giro esausta verso il letto, afferro il catalogo e ansimando sfoglio sconvolta le splendide fotografie di Nijaz Arnautović. Leggo le notizie sulla sua carriera, che inizia nel 1995, quando a ventiquattro anni arriva in Francia come profugo di guerra. Poi digito i suoi dati sul cellulare e assorbo tutte le informazioni fornite da Google su di lui. Tutto il mio corpo è contratto, irrigidito. Mi sembra di scivolare nella morte già da viva. Mezz'ora dopo impugno il cellulare, cerco «Nicolas» e scrivo un messaggio.

Perché hai taciuto sul tuo passato, Nijaz Arnautović? Non voglio vederti mai più!!!

Proprio nel momento in cui sto per ordinare alla reception qualcosa da mangiare, sento bussare. Sobbalzo, mi avvicino con prudenza alla porta e origlio. Chi sarà? Nicolas?

«Chi è?» domando e resto in ascolto.

«Comandante Huret, madame Bonnet. Possiamo entrare un momento?»

Riconosco la sua voce grave e apro.

Il comandante e il giovane agente entrano nella stanza, che si riempie all'istante. Indico le due sedie accanto alla finestra e mi avvicino alla scrivania.

Il comandante Huret mi rivolge uno sguardo indagatore. Mi asciugo le lacrime e dico farfugliando che non posso offrire niente da bere. Non ci sono bicchieri.

«Non c'è problema» dice Roland Huret, «la nostra visita non durerà a lungo. Abbiamo delle buone notizie per lei, madame Bonnet». Il comandante si siede e l'assistente lo imita.

«Ah?» Afferro lo schienale della sedia e resto in piedi un po' goffamente.

«Si sieda, madame Bonnet» dice con un cenno.

Obbedisco.

«Abbiamo ricevuto la trascrizione di tutte le comunicazioni recenti di Mikhail Mijaković» dice il comandante accavallando le gambe. «Da ciò abbiamo concluso che agiva effettivamente da solo. Non era agli ordini di nessuno. Mikhail Mijaković voleva farla morire in un incidente perché temeva che potesse scoprire la sua vera identità, il che avrebbe significato per lui l'arresto e la condanna all'ergastolo. Omer Zečinić è stato eliminato per conto di Mikhail Mijaković da uno dei suoi commilitoni di un tempo, attualmente al servizio della mafia serba di Banja Luka. Mikhail Mijaković era in contatto con un certo Boris, che a sua volta era al corrente dei suoi rapporti con Omer Zečinić».

«E chi è questo Boris?» Ricordo la reazione impaurita di Emil.

«Non lo sappiamo. Stiamo svolgendo indagini a riguardo. L'unica cosa che sappiamo è che ha informato Mikhail Mijaković che lei avrebbe fatto il Cammino di

Santiago. Quello che possiamo dedurre dalla corrispondenza è che Mikhail Mijaković aveva deciso senza consultare questo Boris di provocarle un incidente. Non voleva correre rischi. Boris lo ha scoperto e ci ha fatto sapere dove si trovava Mikhail Mijaković a Golinhac».

«Ma io non so nulla di questi uomini».

«Il punto non era quello che lei sapeva, madame Bonnet, ma quello che avrebbe potuto scoprire in futuro. A quanto pare suo marito conosceva Mikhail Mijaković dal tempo della sua permanenza nel centro per richiedenti asilo. Perlomeno è quanto abbiamo dedotto dalle mail e dai messaggi. Lo stesso valeva per Sabine Ehring. Con ogni probabilità è stata investita per evitare che potesse mai rivelare che quel Mikhail aveva mentito sulla sua identità».

«Cielo». Un brivido mi corre lungo la schiena e mi tornano alla mente le immagini del tragitto che ho percorso in questi giorni. Cosa so adesso di Emil che non sapessi già prima di intraprendere il Cammino di Santiago? Due cose importanti: che lottava con il suo passato di guerra e anche che c'era un uomo che lo conosceva, visto che è entrato nella stanza della massaggiatrice nell'hotel di Aumont-Aubrac e ha chiesto se aveva delle cicatrici sulla schiena. Sì, questo era il pensiero che prima non riuscivo a recuperare! Scatto in piedi, vado al comodino e prendo il telefono.

«Cosa c'è, madame Bonnet?»

«Niente. Devo controllare una cosa. Un istante».

Sì, Nicolas era l'uomo che è entrato dalla massaggiatrice! Perché Nicolas conosceva Emil dalla Bosnia. Non può essere altrimenti. La foto del falco grigio e dell'agnello nero ne è la prova. Si sono anche incontrati? Qui lungo il Cammino di Santiago? Emil ha visto quella foto? Sì, in ogni caso qui in quella galleria, perché la foto era sulla copertina del catalogo. Ma probabilmente Emil aveva visto l'immagine già in precedenza. Sospetto in quel castello a Saint-Alban-sur-Limagnole. Lì era infatti stata organizzata la mostra completa sulla natura dell'Aubrac a cui aveva collaborato anche Nicolas. Sì, deve essere così. Emil ha visto lì una foto della sua infanzia, una foto che aveva portato con sé nella sua fuga in Germania e che significava molto per lui. In lui è successo qualcosa in quel castello, perché non mi ha mandato nessuna foto sulla mostra. Ha taciuto su tutto quello che ha visto lì. Solo dopo ha ricominciato a inviare messaggi. Li ricontrollo di nuovo, orari compresi. Sì, Avevo ragione. C'è un intervallo di almeno tre ore tra la foto del castello che ha scattato quando vi è entrato e il messaggio successivo. Era l'immagine di un'insalata in un bistrot di Aumont-Aubrac. Poco significativa. Cosa era successo nel frattempo? Emil si è messo in cerca di Nicolas come ho fatto io dopo aver visto quel cartellone uscendo dal bagno?

Mi appoggio allo schienale e allungo le gambe. Quindi Emil ha visto una foto di un falco e un agnello e ha capito che l'autore, Nijaz Arnautović, era nei paraggi. Che effetto ha avuto su di lui? E cosa ha fatto allora? In ogni caso ha visitato la mostra di Nicolas nella galleria di fronte a questo hotel ed era sul punto di comprare qualcosa quando è entrata la troupe televisiva e lui se ne è andato. E il giorno dopo si è suicidato. Emil e Nicolas si sono incontrati? Devo saperlo e solo Nicolas può dirmelo. Ma gli ho appena mandato un messaggio in cui dico che non voglio vederlo mai più. Devo rifletterci. E racconto a Roland Huret di Nicolas? No, non ancora. Prima devo assimilare il tutto.

«Tutto bene, madame Bonnet?»

La voce del comandante mi riporta nell'antiquata stanza d'albergo e mi volto verso i due uomini. Cosa stava dicendo poco fa? Mikhail agiva da solo e Boris lo ha tradito perché voleva impedire che mi assassinasse. Chi è Boris? Non conosco nessun Boris. Peraltro, non conosco nessuno che venga dalla Bosnia. A parte Selma Jansen e Nicolas, ma lui non può essere Boris. O sì? Lo sguardo mi cade sulla scrivania dove è posato un raccoglitore con informazioni su Conques. Sì, forse ci sono più informazioni nel rapporto di Omer! Devo andare a casa quanto prima e poi all'ufficio postale a ritirare la busta. Originariamente avrei dovuto prendere il treno notturno per Aquisgrana domani sera, ma forse ce n'è uno anche stasera. Guardo l'orologio. Sì, posso ancora prenderlo se cambio la prenotazione.

«Madame Bonnet, sta bene?»

Rivolgo lo sguardo a Roland Huret. «Sì, sì. Tutto bene. Ma vorrei partire al più presto per l'Olanda. Qui non mi sento più sicura, con quel Boris e tutto il resto. Vorrei prendere tra poco il treno notturno per Parigi». Mi spuntano di nuovo le lacrime. «Almeno, se c'è ancora posto» dico singhiozzando. Non faccio più alcuno sforzo per nascondere la mia prostrazione a questi due uomini. Le apparenze non mi interessano più. «Cercherò subito di prenotare un biglietto. Voglio andare a casa».

Scende un breve silenzio.

«Capisco, madame Bonnet» dice Roland Huret con un sorriso comprensivo. «Andiamo subito al nostro ufficio di Rodez. Non è lontano dalla stazione. La lasceremo lì. Beviamo un caffè qui sotto e poi partiamo».

Giorno 11: lunedì 5 agosto, sera
Tgv per Parigi: la lettera
Soleggiato con vento moderato. 21°

Lo stridio delle ruote che frenano sui binari mi sveglia di soprassalto. Disorientata, cerco di accendere la luce, trovo un pulsante e sbatto le ciglia sotto la violenta luce al neon. Guardo l'orologio. Le quattro e mezzo del mattino. Santo cielo. Le lacrime e il ritmico *deng, deng, deng, deng* del treno mi hanno quindi fatto addormentare, infine. Sono rimasta sveglia a lungo per la paura e per il dolore. Malgrado la tranquillizzante affermazione secondo cui Mikhail Mijaković aveva agito da solo, sono ancora spaventata. Del resto, c'è ancora un certo Boris che può cambiare idea da un momento all'altro e volermi morta. Ho controllato una ventina di volte di aver chiuso con la sicura la porta del mio scompartimento. Scosto il lenzuolo, mi tiro su, sporgo le gambe oltre il bordo del letto e fisso le cuccette di fronte a me. Per fortuna ho prenotato uno scompartimento tutto per me, perché i miei scoppi di pianto avrebbero senza dubbio svegliato i miei eventuali compagni di viaggio.

Dov'è il mio telefono? Mi alzo e comincio a perlustrare lo scompartimento. Mi sono addormentata mentre passavo da un sito all'altro, quindi forse è da qualche parte vicino al letto. Alzo il lenzuolo e infilo le dita nello spazio tra il materasso e la parete. Trovato! Digito il mio codice e riconosco la pagina Google con le immagini accanto alla parola chiave «Nijaz Arnautović».

Mi rimetto seduta ed esamino le informazioni ottenute. Dalla ricerca digitale su Nicolas Arnaut, *alias* Nijaz

Arnautović, sono venuta a sapere che effettivamente abita a Parigi, ma che ha taciuto sulla sua fattoria a Conques. È vero anche che ha lavorato come corrispondente di guerra, ma ha taciuto sulla sua carriera di fotografo. Ed è anche vero che è francese, ma ha taciuto sulla sua nazionalità bosniaca. Inoltre, è vero che ha vissuto molte guerre, ma ha taciuto sulla sua guerra in Bosnia. Tutto quello che ha detto è vero, non ha detto una sola menzogna, ma ha taciuto nei momenti in cui avrebbe dovuto parlare. Il suo silenzio equivale a un inganno. Sapeva che facevo il Cammino di Santiago per via di un bosniaco morto che aveva preso il nome di Emil Jukić, eppure ha taciuto sulle sue origini bosniache. Ha taciuto anche sul fatto di essere nato nello stesso paese di Emil Jukić e nello stesso anno. Questo significa che conosceva il vero Emil Jukić. Quei due hanno sicuramente nuotato insieme da bambini vicino a quell'imponente cascata. E, nonostante ciò, ha taciuto. E non mi sorprenderebbe se conoscesse anche la vera identità del mio Emil. Ricordo bene di avergli mostrato una foto a Golinhac. L'ha guardata, ma non ha detto niente. Poi c'era stata una strana tensione nell'aria, ma io l'ho ignorata. Ha taciuto anche sul vero scopo che aveva lui per fare il Cammino di Santiago. Infatti, uno non si mette a percorrerlo nella regione in cui ha comprato una fattoria e ha partecipato a una mostra come fotografo naturalista. Quindi, perché lo faceva? Certo non per fare una vacanza, come ha detto lui stesso. Ero forse io, il suo motivo? Voleva qualcosa da me? Non ho mai dormito tanto spesso nello stesso posto con nessun altro pellegrino. Non ho mai incontrato tanto spesso nessun altro pellegrino. Perché? E l'anno scorso c'era stato un incontro tra lui ed Emil? È quasi certo che Emil sapesse che Nicolas era attivo nella regione, perché aveva visto la foto del falco grigio e dell'agnello nero. Sì, e Nicolas era quasi certamente l'uomo che è entrato nella stanza della massaggiatrice. Cosa ha fatto dopo? Domande, domande, domande.

Ho bisogno di risposte. Voglio sapere perché l'ha fatto. Voglio sapere perché ha spezzato il mio cuore, perché questo dolore è quasi insostenibile. Ancora una menzogna che mi colpisce nel profondo del mio «essere». Anche la morte e la falsa identità di Emil lo hanno fatto. Entrambe hanno scalfito il mio amor proprio. Ma l'inganno di Nicolas intacca anche la mia integrità fisica. Tutto è insudiciato. Infangato. Lurido. Ho dato il mio corpo per amore, ma le sue menzogne hanno macchiato quell'amore. Mi disprezzo per tutto quello che gli ho raccontato, per l'intimità che ho condiviso con lui. Con un uomo che consideravo quello «vero», la persona che ho atteso per anni. Ma no, ho vissuto nell'illusione, in un annebbiamento indotto dal Cammino di Santiago. Che cosa lo ha spinto? Perché lo ha fatto? Devo saperlo. Perché?

Prendo il telefono e controllo i messaggi. Ne arrivano subito. Tre di Paul, e uno di Nicolas. Voglio leggere qualcosa scritto da lui? No! Salto al messaggio di Paul, perché può esserci qualcosa che riguarda Caroline. Lei viene prima. Leggo il testo di Paul. Sono all'aeroporto di Miami International e stanno per imbarcarsi. Chiede se va tutto bene, visto che non ho più dato notizie. È preoccupato. Rispondo subito.

Tutto ok, Paul. Sono sul treno notturno per Parigi. Un giorno prima del previsto. Tra poco ho la coincidenza per Aquisgrana.

Eh sì, anche Paul e Caroline arriveranno a casa questa sera e lui senza dubbio mi chiederà se ho preso una decisione e se lo sposerò. Ma la risposta è no. Non voglio più nessun uomo. Voglio stare in pace. Tutto quello che verrà dopo Nicolas sarà comunque inesistente. E Paul non mi porterà via Caroline. Vuole troppo bene a sua figlia per farle questo.

Sospiro e penso a Nicolas. Sento il contatto con lui, la tenerezza con cui mi accarezzava e baciava ogni centimetro della mia pelle, il tono affettuoso con cui sussurrava le sue parole, il timbro profondo dei suoi sospiri, la delicatezza con cui sollevava il suo corpo sudato e mi osservava nell'estasi. Il suono concentrato che aveva la sua voce quando mi ha detto che in amore dare equivale anche a perdere, in particolare la propria autonomia, perché con un grande amore arriva anche una grande dipendenza. La nostra felicità diventa la felicità del nostro amore. Mi ha sussurrato che aveva perso la sua libertà quando nell'Hotel Galain a Le Puy-en-Velay aveva sollevato il mio zaino, l'aveva portato di sopra e poi mi aveva guardato negli occhi. Sì, ho pensato, quello è stato l'attimo anche per me, anch'io allora ho perso la mia libertà e mi sono legata emotivamente a Nijaz Arnautović, un estraneo, che ha taciuto e pertanto mentito.

Vado alla finestra e riavvolgo la tenda. Il cielo si tinge già di viola e il bagliore rosa del giorno nascente riversa una luce diffusa sul paesaggio. Comincia un nuovo giorno. Un giorno di attività, di ore che riempirò di lavoro e di cure. E poi un altro giorno e un altro ancora e i giorni si intrecceranno a formare una vita che riempirò di azioni, ma sarà una vita in cui, dopo Nicolas, mancherà qualcosa, e io lo so, come dopo aver scoperto i miei semi preferiti di *grand cru criollo carmelo tabasco* del Messico sapevo che a tutte le varietà di cacao che avrei assaggiato in seguito sarebbe mancato qualcosa. Strano come l'essere umano possa nutrire simili certezze dopo un breve istante di «esperienza». Ciò accade solo quando tutti i nostri sensi sono in allerta nel momento in cui avviene la scoperta, ed era così mentre mi trovavo sul Cammino di Santiago. Da pellegrini si cammina senza il fardello della vita quotidiana, e così pensieri e sensazioni si riconciliano e insieme rendono l'osservazione più acuta e profonda, e si riconoscono certezze che prima non si riusciva a cogliere. Ah, Nicolas...

Mi asciugo le lacrime con la maglietta usata che ho lasciato sul letto. Le sue ultime parole mi risuonano ancora in testa. «Puoi dubitare di qualsiasi cosa nella tua vita, Lotte, ma non del mio amore per te. Qualsiasi cosa accada». Qualsiasi cosa accada... Torno a sdraiarmi, mi metto il cuscino sotto la testa e fisso il fondo metallico della cuccetta sopra la mia. Cosa intendeva? Sapeva già che avrei scoperto la sua vera identità? Prendo il telefono. Decido di leggere il suo messaggio. Devo sapere cosa ha scritto. Poi lo dimenticherò. Una volta a casa.

Mon amour, ti ho scritto una lettera, è nella tua mail.
Lì troverai le risposte che cerchi. Per sempre tuo, Nicolas.

Con le dita che mi tremano apro la posta e le mail in entrata non ancora lette compaiono in neretto. Apro quella di Nicolas Arnaut. In allegato c'è un documento Word dal titolo: *Lotte.* Trattenendo il respiro, lo apro e comincio a leggere.

Mia adorata Lotte, ora mi trovo a Conques e scrivo oggi le ultime parole di questa lettera. È diventata lunga, perché voglio e soprattutto spero che tu mi capisca. La spinta a raccontarti degli anni oscuri precedenti a quando hai letteralmente illuminato la mia esistenza è nata a Le Puy-en-Velay, il giorno in cui ho incominciato il Cammino di Santiago, nella cattedrale, davanti alla modesta statua del santo. Ogni sera, prima di dormire, ho scritto qualche riga riprendendo il filo della mia infanzia. Mi sono tornati ricordi che da decenni ritenevo perduti.

Sì, ho taciuto sulla mia vera identità e voglio spiegarti in tutta tranquillità perché non potevo raccontarti la storia delle mie vere origini. Con questa lettera ti dico anche addio, consapevole che con la tua voglia di vivere e la tua creatività percorrerai nuovi sentieri. Mi addolora infinitamente non poter fare insieme quella strada a causa del mio passato.

La lettera

XI. Lo scontro

Io e Nadja abbiamo deciso di scappare e siamo partiti nel cuore della notte. Non abbiamo portato niente con noi, a parte lo stretto necessario e qualche foto della nostra infanzia. Avevo scelto un percorso attraverso le montagne. Era il più pesante fisicamente e anche il più lungo, ma sembrava la via più sicura. Soprattutto perché conoscevo bene i boschi di quei paraggi. Vi ero stato durante il servizio militare. La mia unica preoccupazione erano i Falchi grigi, perché correva voce che la milizia serbo-bosniaca di Milan fosse stata vista a sud-ovest di Bihać.

Eravamo partiti con la luna piena e avevamo potuto percorrere il primo tratto senza l'aiuto delle torce. Fin dalle prime luci, il cielo ha cominciato a coprirsi e si è messo a piovigginare.

I sentieri erano scivolosi e i nostri vestiti fradici. La ferita alla scapola non era ancora del tutto guarita e mi faceva male, ma ho continuato ad arrampicarmi. Anche Nadja camminava con energia, malgrado l'impaccio della pancia che cresceva.

Verso mezzogiorno siamo arrivati in un querceto buio, con felci e cespugli alti. Aveva smesso di piovere ed era spuntato il sole. Anche la temperatura era in aumento. Avevamo sicuramente percorso già quindici chilometri e la frontiera con la Croazia non era molto lontana. Abbiamo deciso di fare una sosta e mangiare qualcosa. Ero febbricitante, in lontananza risuonava con cadenza regolare il rumore sordo dei colpi di mortaio, ma non ne ero impressionato, i proiettili cadevano lontano. C'era qualcosa nei paraggi che mi rendeva inquieto, ma non riuscivo a capire cosa, finché i primi spari non ci fischiarono intorno alle orecchie e io e Nadja ci siamo tuffati tra le felci. La nostra strada aveva incrociato quella di una milizia. Ma quale? Con il cuore in gola siamo rimasti nascosti, sapendo che ci avrebbero trovati. I cespugli si agitavano, i rami si spezzavano e poco dopo ci siamo ritrovati un fucile puntato in faccia.

«Venite con me» ha ringhiato il soldato. Ho capito subito che ci attendeva qualche sventura. Portava un berretto cetnico, ma con sopra il noto stemma: eravamo incappati nei Falchi grigi. Nadja ha emesso un grido e il soldato l'ha colpita duro in mezzo alla schiena con il calcio del fucile facendola cadere a terra. Poi le ha detto secco di camminare e tenere la bocca chiusa. Con le gambe che ci tremavano e le mani in alto abbiamo raggiunto una radura al margine della quale era piantata una croce cattolica di pietra. Eravamo quindi alla frontiera con la Croazia. Provavo una grande delusione. Saremmo morti a un passo dalla libertà. Poi risuonò una voce familiare.

«Nadja?» Un soldato robusto dalla lunga barba nera e un berretto nero è venuto verso di noi. Aveva lo zigomo destro segnato da una riga scarlatta.

Ho riconosciuto all'istante la voce di Milan e mi ci è voluto un po' per inquadrare la sua figura così diversa da quella ben rasata e pettinata del Milan che avevo visto un paio di mesi prima in televisione.

«Milan?» ho detto.

Milan è rimasto lì fermo mentre il suo sguardo andava da me alla pancia di Nadja, poi in lui è successo qualcosa.

«Tu, lurida cagna, come hai potuto!» ha gridato voltandosi verso Nadja con rabbia trattenuta. «Hai preferito questo balija *a me. Ma se non vale niente. È un vigliacco, un nessuno, uno zero».*

Ricordo solo a tratti quel che è accaduto dopo. Erano in sei, un piccolo gruppo. Forse erano esploratori, perché indossavano mimetiche e avevano il viso e le braccia spalmati di fango. Mi hanno preso a spintoni e calci, un odore di alcol mi avvolgeva. Due soldati hanno tolto lo zaino dalla schiena di Nadja e l'hanno colpita al seno, facendola barcollare. Milan le girava intorno chiedendole se era figlio mio. Piangendo Nadja cercava di farlo ragionare, ma la sua rabbia non faceva che aumentare.

Continuava a girarle intorno come una iena alla sua preda. Due miliziani tenevano il fucile puntato su Nadja. Poi Milan è venuto verso di me tenendomi sotto tiro. A Nadja tremavano le gambe e la sua pancia sembrava sporgere in avanti più del normale. Poi mi hanno ordinato di inginocchiarmi.

«Ti dimostrerò che è un vigliacco, amore mio» ha detto Milan a Nadja, poi ha sfoderato il coltello e lo ha tirato a terra tra le mie ginocchia.

«Forza, Nijaz, dimostra un po' alla nostra splendida Nadja quanto sei coraggioso». Ha fatto un passo indietro e mi ha puntato la pistola contro. «Ora puoi scegliere tra due possibilità» ha detto con tono falsamente amichevole, girandomi intorno e chinandosi un po' verso di me. «La possibilità numero uno è che ora dimostri a Nadja di non essere un vigliacco, tagliandoti la gola e crepando qui. Allora lascerò andare Nadja che potrà così cominciare una nuova vita in Croazia. Con tuo figlio. E sapendo che sei morto per lei». Poi si è fermato davanti a me, si è abbassato, mi ha guardato, si è rialzato e si è avvicinato di nuovo a Nadja. «La seconda possibilità è che non ti tagli la gola e sei quindi davvero un vigliacco. In quel caso Marko sparerà a Nadja in quella sua bella testolina. Non è vero Marko?»

Il soldato di nome Marko ha fatto un passo verso Nadja e le ha puntato la pistola in faccia. La canna le toccava quasi il naso. Nadja si è messa a gridare e a supplicare Milan di avere pietà, e lui le ha ringhiato di tacere, poi Marko le ha mollato un ceffone. Nadja è caduta contro un albero dietro di lei ed è rimasta in silenzio.

«Prendi quel coltello, vigliacco» mi ha gridato Milan.

Ho raccolto il coltello dal terreno sabbioso e mi sono avvicinato la lama scintillante alla gola. Lo zaino mi schiacciava le spalle e la febbre saliva. La coscienza è svanita, ho premuto il ferro contro la gola, ma nella mia testa c'è stato un cortocircuito. Non potevo muovermi, non riuscivo più a collegare il cervello alla mano. Mi sembrava di essere congelato e che il mondo intorno a me svanisse. Milan gridava a più non posso. Una parte di me voleva affondare la lama e salvare Nadja, ma la mia mano tremava e non obbediva.

«Lo vedi, Nadja? Quel codardo di un balija *sceglie la propria vita e lascia morire la sua donna e suo figlio. Questo è l'uomo che hai preferito a me, un vigliacco!»*

«Sì, un vigliacco» ha biascicato Marko, poi è risuonato uno sparo. Il volto di Nadja è scomparso in un'esplosione di sangue. Gli altri soldati esultavano e Milan si è girato di scatto. Ha lanciato un grido, è corso da Nadja e ha afferrato il suo corpo senza più testa. Allora qualcosa è scattato in me, mi sono lanciato tra le felci e sono scappato nel fitto del bosco. Ho corso e corso. Gli spari risuonavano, colpivano i rami delle querce e il terreno intorno a me, ma ho continuato a correre e infine ho raggiunto la frontiera croata, dove mi sono accasciato in una stalla. Ero sfinito dalla febbre. Mi sono risvegliato due giorni dopo nel letto di una famiglia croata. L'Operazione Tempesta era cominciata. Dopo un lungo girovagare sono arrivato in Francia come profugo e ho cercato di costruirmi lì una nuova vita. Ho imparato rapidamente francese e inglese e ho seguito un corso per diventare giornalista, ho frequentato un corso serale di fotografia all'accademia d'arte, facevo diversi lavoretti e alla fine ho ottenuto un incarico come fotografo di guerra in un'agenzia stampa internazionale. Ho fatto progressi e sono diventato corrispondente di guerra. Ho fatto carriera perché correvo dei rischi folli. La voglia di vivere che davanti a quella croce là nel bosco mi aveva impedito di tagliarmi la gola era stata intaccata. Non me ne importava più niente. Avevo tradito la mia donna e mio figlio. Non meritavo di vivere. Tutte le mie relazioni successive sono andate male, c'era qualcosa in me che mi bloccava. Forse la paura di un altro fallimento?

Una volta, facendo visita a un collega, ho scoperto l'Auvergne e il suo isolamento e mi sono accorto che la solitudine e il paesaggio incontaminato del Massiccio Centrale mi facevano bene, e così ho ricominciato a fotografare. Niente più terribili reportage di guerra, ma quiete e pacifiche foto naturalistiche.

Sono diventato più selettivo nell'accettare incarichi come corrispondente di guerra, ho comprato una fattoria isolata nell'Aveyron e a poco a poco l'ho sistemata. Passavo giornate intere immerso nella natura senza mai incontrare anima viva. Non avevo contatti con nessuno, a parte i soci del locale circolo dei cacciatori e la mia vicina sessantenne, Justine, che ha una casa di vacanza a un chilometro di distanza. Abita a Aumont-Aubrac, dove lavora per l'ufficio del turismo. Sua figlia vive a Conques ed è proprietaria della galleria d'arte che hai visitato. L'anno scorso mi ha proposto di esporre da lei le mie foto. Ho accettato, perché mi sentivo in obbligo dato che sua madre mi aveva aiutato molto. Quando Justine le ha viste mi ha chiesto di partecipare con alcune foto al suo progetto sull'Aubrac. Ho accolto anche quella proposta e gliene ho spedite alcune, tra cui quella del falco grigio e dell'agnello nero che avevo scattato decenni prima e avevo portato con me nella mia fuga in Francia. Qualche giorno prima della sua richiesta l'avevo digitalizzata e rielaborata con cura. E così è successo che facendo il Cammino di Santiago, Milan ha visto la mia foto esposta nel castello di Saint-Alban-sur-Limagnole. Justine mi ha detto a un certo punto che all'ufficio del turismo era passato un uomo che continuava a fare domande sull'«autore della foto con il falco e l'agnello». Non ne aveva ricevuto una buona impressione. Io mi sono sentito gelare, perché in base alla sua descrizione sospettavo che si trattasse di Milan. Fino a quel giorno ritenevo ancora che fosse morto nell'Operazione Tempesta e fosse finito in una fossa comune. Ho chiesto a Justine se sapesse dove alloggiava quell'uomo in modo che potessi contattarlo. Poco tempo dopo sono venuto a sapere che si chiamava Emil Jukić e stava all'hotel Chez Camillou. Allora ho avuto quasi la certezza che si trattasse di Milan. Sono andato subito all'hotel e sono riuscito a sapere dall'addetta alla reception che l'uomo con la cicatrice aveva prenotato un massaggio e non era in stanza. Quindi sono andato al centro massaggi, ma ho trovato la porta aperta. Milan era già andato via. Ho chiesto alla massaggiatrice se l'uomo che aveva appena trattato aveva delle cicatrici sulla schiena e lei ha risposto affermativamente. Ero perplesso e fuori di me. Sono tornato a casa e ho iniziato una ricerca. L'avrei seguito lungo il Cammino di Santiago. Milan si faceva passare per Emil, che lui aveva assassinato, era sposato con una olandese e aveva due figli. Ero scioccato e mi sono reso conto che la foto del falco grigio e l'agnello nero lo aveva messo sulle mie tracce e che sarebbe venuto a cercarmi. Una fortuna nella sfortuna era il fatto che sul mio sito c'era scritto che abitavo a Parigi e che gli interessati potevano contattarmi attraverso l'apposito modulo. Quindi Milan non poteva sapere che avevo una casa nei dintorni. Si è rimesso in cammino e ho cominciato a pedinarlo.

Poi è arrivato quel 6 agosto. Volevo parlare con Milan. Dovevo parlargli, perché avevo deciso di denunciarlo alla polizia. Doveva essere processato per i suoi crimini di guerra e volevo annunciarglielo io stesso. Volevo vedere la sua reazione quando glielo avrei detto. Poi lo avrei rinchiuso nella mia cantina e avrei chiamato la polizia perché lo arrestasse. Ho portato con me il coltello perché immaginavo che Milan sarebbe ricorso alla violenza e ovviamente non sarebbe venuto spontaneamente alla mia fattoria.

La mattina dopo l'ho aspettato nel bosco, presso la croce che conosci e che non dista molto da casa mia. Quando Milan ha raggiunto la croce sono uscito dalla vegetazione, gli ho puntato il fucile contro e gli ho rivolto la parola. Gli ho detto che lo avrei portato dalla polizia. Non sarebbe più sfuggito alla punizione. Sarebbe stato condannato, perché io avrei testimoniato e raccontato cosa aveva fatto a Nadja. Poi gli ho gridato di alzare le mani e incamminarsi lungo la carrareccia, in fondo alla quale si trovava la mia casa. Milan non si è mosso e mi ha sorriso in modo strano.

«Sapevo che questo momento sarebbe venuto, Nijaz, da quando ho visto la tua foto lì al castello». Ha fatto qualche passo verso di me. «Questa mattina ti ho mandato dal computer dell'hotel il modulo di contatto compilato. Volevo parlarti e supplicarti di risparmiare la mia famiglia».

L'ho guardato. Mi aveva scritto una mail? Risparmiare la sua famiglia? Pensava che avrei assassinato sua moglie e i suoi figli? Ho scosso la testa. «Non ho visto nessuna mail. E io non sono come te, non farò niente alla tua famiglia».

«Non parlo di violenza, ma di emozioni dolorose. Loro non sanno niente del mio passato. Ti supplico, non dire loro che sono Milan Illić. Voglio risparmiare a mia moglie e ai miei figli la pena per i miei crimini».

«Non è possibile. Sarai processato, quindi verranno a saperlo».

«Io non verrò processato». Mi ha guardato dritto negli occhi, la sua voce era calma e dignitosa. Non era in preda al panico, ma commosso sì. Piangeva, ma in un modo calmo. Avevo la sensazione che avesse invertito i ruoli, che avesse preso lui in mano la situazione. Ho colto un barlume del forte Milan della mia infanzia, del ragazzo che era rimasto in piedi malgrado la violenza e le umiliazioni. Ma cosa voleva fare? Ho messo il dito sul grilletto e ho mosso il fucile. «Oh sì. E ora cammina» ho detto alzando la voce e indicando la strada.

Milan non si è mosso.

«Sai, Nijaz, ho sempre saputo che sarebbe venuto il giorno in cui avrei dovuto espiare. Me ne sono reso conto soprattutto negli ultimi giorni. Qui sul Cammino di Santiago». Ha sollevato un istante lo sguardo verso le imponenti querce come se cercasse un contatto spirituale. «E la mia paura più grande in tutti questi anni è stata che mia moglie e i miei figli scoprissero chi sono veramente e cosa ho fatto e che ne soffrissero. Ma tu tacerai. Lo so. Non hai scelta».

L'ho fissato. Espiare? Tacere? Cosa sta succedendo? Come sarebbe a dire che non ho scelta?

Milan indica il mio fucile. «Non verrò con te. Non andrò dalla polizia. Scelgo la mia famiglia. Farò ora quello che tu non hai avuto il coraggio di fare nel 1995. Qui, in questo posto, mi taglierò la gola per risparmiare a mia moglie e ai miei figli di doversi confrontare con il mio passato. Puoi impedirmelo, certo, ma poi avrai un problema». Sembrava deciso e i suoi occhi erano fissi nei miei.

«Le cose stanno così, Nijaz. Hai due possibilità: o stai a guardarmi espiare e poi te ne vai a casa, taci sul mio passato e continui la tua vita» ha detto indicando in direzione della mia fattoria, «oppure dopo il mio suicidio vai alla polizia e racconti chi ero in realtà, dopodiché indagheranno sul mio passato, verranno a sapere della nostra relazione e sospetteranno che mi hai costretto a farlo, e allora c'è la seria possibilità che tu finisca dietro le sbarre. E naturalmente c'è anche una terza possibilità, mi spari e mi uccidi qui. Anche in questo caso finisci in prigione, perché il tuo fucile è sicuramente registrato. Capisci come sta la faccenda? Devi scegliere: tacere o parlare. Se non taci e dici a

mia moglie Lotte chi sono in realtà la cosa si ritorcerà contro di te come un boomerang».

L'ho guardato, volevo dire qualcosa, ma non riuscivo a parlare. E non so come sia successo, Lotte, ma mentre Milan era lì così davanti a me, e annuiva come se avessimo stretto un patto, è stato come se qualcosa si fosse rotto nella mia testa. Uno sportello nella mia memoria si è aperto e sono come caduto indietro nel tempo. Non mi trovavo più nei boschi di Conques, ma in quelli sopra Bihać. Sono rimasto paralizzato come allora e guardavo Milan. Si è tolto lo zaino con calma, lo ha appoggiato sul muschio soffice ai bordi del sentiero e si è inginocchiato. Il tempo era stato piovigginoso per tutta la mattinata, ma proprio in quell'istante le nuvole si sono diradate ed è spuntato il sole. I raggi colpivano lo zaino e la conchiglia bianca di Santiago. Era come se una potenza superiore volesse enfatizzare il momento. Il canto degli uccelli si è fatto più acuto e proprio come nell'estate del 1995 dominava l'odore di terra esalato dalle felci.

Il vento gonfiava la sua camicia aperta. La peluria nera e folta che gli ricopriva il petto brillava sotto la luce intensa. I miei pensieri scorrevano più lenti e mi accorgevo di cose che normalmente non avrei mai notato, come il colore dei suoi vestiti. Il grigio somigliava a quello della croce di pietra sgretolata a due metri di distanza.

Poi ha estratto il coltello dal fodero e si è avvicinato la lama scintillante alla gola. Ha chiuso gli occhi e ha mormorato qualche parola. Ero accanto a lui, ma non riuscivo a muovermi. Potevo solo guardare quello che succedeva davanti a me. Stava accadendo davvero?

Quindi ha raddrizzato la schiena, ha preso ancora un profondo respiro, ha gridato il tuo nome e si è tagliato la gola; poi, gorgogliando, è caduto a terra con un tonfo sordo. Il sangue gli sgorgava dalla gola e colava sul sentiero sabbioso del Cammino.

Non riuscivo ancora a muovermi. Tremavo in tutto il corpo. Ho scorto la fede sulla sua mano sinistra e ho pensato a te, la donna che lo aveva spinto a quell'atto eroico. Lotte...

Lentamente ho cominciato a tornare alla realtà e ho fatto qualche passo indietro. Milan era morto.

Disorientato, mi sono trascinato fino alla mia fattoria, consapevole del fatto che entro breve tempo qualcuno avrebbe trovato Milan lungo il sentiero. Una volta a casa, ho in effetti trovato la sua mail. Un breve messaggio. Qualche frase. Diceva che fin da Saint-Alban-sur-Limagnole sapeva che stava per succedere qualcosa. Per tutti quegli anni aveva creduto che fossi morto durante la fuga in Croazia, ma quando ha visto la foto dell'agnello nero e del falco grigio aveva realizzato che ero ancora vivo. Aveva pensato di interrompere il pellegrinaggio e tornare rapidamente in Olanda, ma sapeva che non avrebbe potuto vivere con la paura di essere smascherato. Così ha proseguito e si è preparato mentalmente all'inevitabile. Poco dopo aveva scoperto che ero sulle sue tracce, perché mi aveva visto nel convento dove producevano il cioccolato. Poi aveva visitato la mia mostra a Conques e deciso che era giunto il momento. Era pronto a espiare i suoi crimini. Voleva parlarmi.

«Telefonami, Nijaz. E ti supplico, risparmia la mia famiglia. Non rivelare loro chi sono».

Questo ha scritto. Letteralmente. Se vuoi ti mando la sua mail.

Poco dopo ho deciso di informarmi sulla donna che aveva fatto di Milan l'uomo che era diventato. Ho cominciato a seguirti sui social media. Giornalista una volta, giornalista per sempre. E dopo il tuo viaggio in Bosnia ho letto su Facebook che avresti fatto il Cammino di Santiago, e quando ho visto la data della tua partenza ho cominciato a farmi l'idea che avresti ripercorso il tragitto di Milan, giorno dopo giorno. Ho deciso di seguirti. Volevo incontrarti di persona. E così in quell'hotel a Le Puy-en-Velay ho fatto conoscenza con la vedova del mio demone. Sono rimasto subito affascinato da te. Dopo che ci siamo stretti la mano sono ridisceso per le scale e intanto dubitavo su cosa dovevo fare. Tacere o parlare. Stavo per tornare su, per raccontarti chi ero e come stavano le cose tra me e tuo marito, ma esitavo. Pensavo alle conseguenze, pensavo a Milan, al suo desiderio di risparmiarti il dolore per il suo passato. Ho taciuto e il mio momento della verità è andato perduto. Ma sono rimasto nei dintorni e ti ho seguito con il binocolo. Così, con il mio fischietto ho potuto evitare che finissi sotto quella frana a

Monistrol-d'Allier. Ero appena un po' più in basso e ho visto un uomo più in alto di te spingere giù un masso. Allora non avevo ancora capito che cercava di ucciderti. Da sotto sembrava una ragazzata idiota. Solo dopo l'incidente con il cane ho cominciato a sospettare e quando hai trovato il localizzatore nel tuo zaino mi è apparso chiaro che qualcuno ti aveva preso di mira. E per tutto quel tempo ho cercato il momento adatto per dirti chi ero davvero, ma più ti conoscevo, più avevo paura di perderti. Vedevo come soffrivi, quanto eri combattuta. Così ho rimandato la verità finché non è stata la verità a guardarti negli occhi in quella galleria d'arte a Conques.

Sì, Lotte. Milan è morto per proteggere te e i tuoi figli dal confronto con i suoi crimini, che ha così espiato. Lo ha fatto anche per voi. Mi ha supplicato di tacere con te sul suo passato bellico e io l'ho fatto. Fino a oggi. La verità è venuta verso di te negli ultimi giorni già durante l'indagine della polizia. Sapevi già che tuo marito aveva mentito sulla sua identità e che aveva fatto parte di una milizia, per cui era solo questione di tempo prima che scoprissi che in realtà si chiamava Milan Illić ed era un criminale di guerra. Ma Milan non era un assassino nato. Aveva appena diciannove anni quando è stato infettato dal nazionalismo serbo ed è stato progressivamente risucchiato dalla guerra. Gli anni che ha passato in guerra sono stati un crudele intermezzo in una vita in cui ha dato anche molto amore. Ma di questo mi sono accorto solo dopo la sua morte. Che esisteva anche un altro uomo, che è potuto sbocciare solo in un paese in cui le sue origini etniche non avevano importanza, in cui vi era libertà di espressione, in una democrazia stabile, con una donna che adorava. E allora ho cominciato a pensare che se Milan fosse nato in Olanda la sua vita sarebbe stata del tutto diversa. Aver capito questo mi ha aiutato anche ad analizzare ed elaborare il mio passato di guerra.

Quindi le cose sono andate così. Milan mi ha portato da te e poi mi ha anche allontanato da te. Nell'estate del 1995 in quel bosco in Bosnia mi ha tolto per decenni il coraggio di amare eppure mi ha portato verso l'amore della mia vita, che ho perso per aver taciuto nel momento in cui avrei dovuto parlare. Rispetto e comprendo la tua decisione di non volermi più vedere, ma spero che il tempo scosti il velo cupo del mio silenzio e che un giorno potremo ritrovarci. Ti aspetterò fino ad allora.

Tuo Nicolas

P.S.

Mi sono chiesto se scriverti o no quanto segue. Alla fine ho deciso di sì.

Verrà un momento in cui ti chiederai cosa dire o non dire ai tuoi figli sul passato del padre. Ti consiglio di tacere con loro sui crimini di guerra di Milan. Questa storia, che era finita già prima che nascessero, non farebbe che gravare sulla loro vita e su quella dei loro discendenti. Il padre che li ha allevati era un altro uomo rispetto a quello che assassinava la gente nelle guerre in Bosnia. L'ho visto tanto spesso Lotte, con le persone che si erano lasciate trascinare dalla massa. Ma la cosa più importante l'ho capita l'inverno dopo la morte di Milan.

Mi trovavo a Nord-Pas-de-Calais, nel Nord della Francia, per scrivere un articolo sulle conseguenze della Brexit. Era una sera soleggiata ma fredda e l'ampio orizzonte si colorava di arancione e viola. Passeggiavo in riva a un grande lago quando ho udito uno strano rumore. Ho alzato lo sguardo e ho visto una nuvola scura di storni che si avvicinava. Quel ronzio era un rumore nuovo per me, senza precedenti. Mi faceva pensare a uno sciame d'api. La nuvola era enorme e ha continuato a volteggiare per minuti sopra la mia testa con forme sempre diverse. Non avevo mai visto una cosa del genere e ho trattenuto il respiro. Erano migliaia di storni che si muovevano come un solo essere. Anzi, erano un solo essere, perché non si vedeva né udiva più un singolo uccello, ma solo lo stormo ronzante... E quando quella nuvola di uccelli è calata davanti a me sulle canne ondeggianti, mi è venuto da pensare a Milan. Sembrava così vicino e ho riconosciuto una verità che prima non avevo voluto vedere. Durante la guerra Milan era stato inghiottito dallo stormo, aveva volato con gli altri dentro una nuvola nera, era mutato in una nuova forma, un nuovo essere, e aveva perduto la propria voce e il proprio pensiero, era diventato lo stormo, e assassinava all'interno dello stormo. Ma l'uomo che ho incontrato di nuovo accanto a quella croce a Conques il 6 agosto dell'anno scorso, dopo quasi una vita, si era liberato dello stormo ed era ridiventato un individuo, un essere umano con una propria voce, una propria direzione. Era di nuovo il Milan della mia infanzia.

P.P.S.

Sappi, Lotte, che una persona può vivere in una sola dimensione. Nel passato, nel futuro o nel presente. Infatti, lì dove sono i tuoi pensieri, sei anche tu. Presto diventerà forte la tentazione di scavare nel passato di Milan, per scoprire tutto quello che ha fatto. Non farlo. Vivi nel presente, amore mio. Non vivere nel passato atroce di tuo marito. Digli addio e segui la tua strada.

Giorno 12
Martedì 6 agosto
Da Parigi a Vijlen
Guardare un passato

> Non c'è uomo più completo di colui che ha viaggiato, che ha cambiato venti volte la forma del suo pensiero e della sua vita.
>
> ALPHONSE DE LAMARTINE, poeta, statista e storico francese (1790-1869)

Giorno 12: martedì 6 agosto, mattina
Parigi-Vijlen: Milan
Variabile. 19°

Poso il telefono e mi stropiccio gli occhi. Bruciano a causa della lunga lettura sullo schermo piccolo. Il treno rallenta e il chiaro sole del mattino mostra la periferia di Parigi in tutta la sua bruttezza. Nel corridoio accanto al mio scompartimento risuona già il rumore sordo dei trolley dei passeggeri che si dirigono verso la piattaforma. Tento di riordinare i miei pensieri, ma è difficile. Il mio animo è come una pozza d'acqua in cui si sia appena agitata una mandria. Lo scompiglio è generale e il contenuto della lettera deve ancora posarsi sul fondo, ma l'impulso di vomitare dopo aver assorbito tante disgrazie per fortuna va attenuandosi.

Dunque mio marito si chiamava Milan Illić. Continuo a ripetere questo nome per abituarmici. Milan. Milan. Milan. Il mio coniuge. Il mio consorte. Il padre di Stefan e Joran. Milan. Un criminale di guerra, ma anche una persona con un'infanzia difficile, perso in uno stormo. L'immagine che Nicolas ha abbozzato di questo Milan non era in bianco e nero e di questo gli sono grata. Così mi ha offerto la possibilità di individuare ancora altre sfumature nel passato violento del padre dei miei figli. Grazie alle sue informazioni poi mi sarà più facile elaborare i drammatici particolari che senza dubbio Omer ha segnalato nel suo rapporto. La differenza tra questo Milan e l'uomo che conosco come il padre dei miei figli non potrebbe essere più profonda. Non riesco a metterli insieme. Perché nei miei pensieri continuo a chiamarlo

Emil, per prendere le distanze dall'uomo che era prima di fuggire in Germania.

Ma Nicolas ha fatto anche qualcos'altro. Ha ammesso di aver assistito a un suicidio e ha mostrato la sua debolezza rispetto alla forza del suo amico d'infanzia, Milan. Mio marito non ha esitato quando si è trattato di scegliere tra noi e se stesso. Nel 1995 invece, con la testa annebbiata dalla febbre, Nicolas aveva esitato e ciò era costato la vita alla sua donna e a suo figlio, e gli aveva procurato un trauma.

La sincerità di Nicolas mi colpisce. Malgrado abbia taciuto in precedenza, ora credo a ogni parola che ha scritto e vorrei anche capire perché non ha detto nulla. Avrebbe dovuto dirmi chi era durante il nostro primo incontro sul pianerottolo dell'hotel a Le Puy-en-Velay, ma ha taciuto e ha perso l'attimo, e così era già nata la sua menzogna. Voglio capirlo, ma tra capire qualcosa con la mente e capirla con il cuore c'è di mezzo il tempo, e la possibilità di riflettere. E io devo concentrarmi sui ragazzi. Cosa racconterò ai miei figli? Glielo racconto sì o no a Stefan e Joran? Cosa è saggio? Cosa è amorevole?

I rumori dei passeggeri in corridoio mi ricordano un secondo messaggio di Nicolas. È arrivato poco dopo quello riguardante la sua lettera. Aveva scoperto che non mi trovavo più in hotel a Conques, ma ero già partita per l'Olanda. Non era d'accordo con la decisione della polizia francese di smettere di proteggermi. L'identità di quel Boris non era infatti stata ancora chiarita. Perciò dovevo stare attenta, mi ha scritto. Da qualche parte c'è un estraneo che mi osserva. Le sue parole mi hanno riportata a quel matrimonio a Nasbinals quando il mio potenziale assassino Mikhail strusciava il suo corpo sudato contro il mio e si eccitava. Disgustoso. Ho risposto a Nicolas che sarei stata attenta, l'ho ringraziato per la sua lettera e gli ho promesso che sarei stata prudente. Sono stata breve, malgrado l'impulso di telefonargli e chiedergli e raccontargli tutto. Ma dall'interfono è arrivato l'annuncio che stavamo arrivando a Parigi-Austerliz, stazione finale di questo treno, per cui ho stabilito che non dovevo decidere il mio futuro mentre ero in viaggio, ma dopo un periodo di calma, quando il ribollire della mia mente si fosse placato e avessi potuto avere di nuovo una visione di insieme delle mie emozioni.

Indosso la giacca di pile, mi allaccio il marsupio e mi metto lo zaino in spalla. Il treno rallenta ed entriamo nella monumentale stazione. Metto la mano sulla sicura della porta dello scompartimento ed esito. Nicolas ha ragione. Chi è questo Boris? Mi ha lasciato vivere, ma continuerà a essere così? Emil era stato preso dal panico quando si era reso conto di aver fatto il suo nome. Vuol dire qualcosa. Il comandante Huret potrà anche dedurre dalle sue indagini che non ci sono più minacce, ma io non mi sento affatto sicura. Non oso neppure aprire la porta di questo scompartimento.

Il mio taxi procede lungo la strada tortuosa attraversando le colline in direzione di Vijlen. Sto chattando con Paul che è appena atterrato a Düsseldorf International, ma penso tutto il tempo a Nicolas. Ho riletto la sua lettera durante il tragitto in treno da Parigi ad Aquisgrana e poi con una mail l'ho ringraziato per le sue parole e gli ho detto che vorrei prima prendere un po' di distanza. Se per tutta la vita ho preso decisioni in base all'istinto, ora capisco di dover ragionare e soppesare, perché i passi che farò da adesso non interessano solo me, ma coinvolgono anche i ragazzi. Nicolas ha risposto che mi capiva e che lasciava a me l'iniziativa di un futuro incontro. Mi avrebbe aspettato. Gli ho risposto «*merci*» e mi sono di nuovo spuntate le lacrime. L'anziana seduta accanto a me sul Tgv mi ha chiesto se poteva fare qualcosa per me. Ho scosso la testa e ho cercato di fare finta di niente.

«Pianga pure» ha detto, «le darà sollievo». Poi si è girata verso il finestrino e ha lasciato un po' di privacy a me e al mio dolore.

Continuano ad arrivare messaggi di Paul. Lui e Caroline si trovano ora al ritiro bagagli e mi mandano foto delle vacanze. Caroline sembra stare bene. Ha un colorito sano e i suoi capelli sono più biondi di prima. Anche i ragazzi sono svegli e mi mandano selfie spiritosi. Secondo me hanno ancora nel sangue i rimasugli alcolici della serata precedente. Chiedo loro che progetti hanno per la giornata. Mi mandano la foto di una spiaggia con delle belle ragazze dai seni grossi e sotto uno smile che mi fa la linguaccia. Rispondo con un'emoji che si tappa gli occhi con le mani. Non voglio sapere cosa combinano quei due in quanto a sesso.

Il taxi sta arrivando alla fattoria Bonnet, imbocca il vialetto e si ferma davanti al portone. Scrivo a Paul che sono a casa e che devo pagare. Paul risponde con un pollice alzato. Pago e scendo mentre osservo i pendii multicolori. Aspiro profondamente il familiare odore estivo dei campi di grano maturo che mi avvolge. Sono di nuovo a casa, eppure le colline sembrano cambiate nelle settimane in cui ho percorso il Cammino di Santiago. È come se la fattoria avesse assunto la forma di una fortezza e apparisse meno aperta, come se oltre l'ingresso vi fosse la porta che mi rinchiuderà di nuovo nella routine della vita quotidiana, senza quel sorprendente contatto con me stessa. Osservo le mie scarpe da trekking. E se continuassi a camminare?

L'autista prende gentilmente lo zaino dal portabagagli e lo appoggia al muro della stalla. Dopo un breve saluto e uno scambio di cortesie sale a bordo e riparte. Durante il percorso da Aquisgrana a qui si è comportato come un impresario funebre e ha tenuto bassi gli occhi scuri, con discrezione, come se avvertisse che attorno a me aleggiava il dolore. Ogni tanto ho anche lasciato scorrere le lacrime, in silenzio, non vista dall'uomo al volante.

Quando dopo una mezz'ora siamo arrivati all'ufficio postale e ho ritirato la busta di Omer, ho pensato alle parole di papà sulla bellezza delle stagioni e i mutamenti che si ripetono ogni volta. Potevo trovarvi una fonte di speranza quando si presentavano delle avversità, diceva, perché tutto nella natura ha il suo ritmo, a imitazione del sole, che sorge e tramonta. Così è anche la vita. Anche la sventura ha un ritmo, questa era la sua convinzione, viene e va. Proprio così: dopo i meravigliosi giorni di primavera con Nicolas è arrivata una tormenta di neve. Ora mi ci trovo in mezzo e rabbrividisco. Ah, Nicolas.

Stringo a me il rapporto di Omer, prendo lo zaino e raggiungo la porta. Compongo il codice dell'allarme e apro i vari chiavistelli che Emil ha fatto installare anni fa trasformando la nostra fattoria in un forte imprendibile. Emil voleva che io e i bambini fossimo al sicuro mentre lui e Paul erano in viaggio. Allora pensavo che volesse proteggerci dai ladri, ma ora ne dubito. Forse voleva tenere lontane sinistre figure del suo passato bosniaco? Sì, proprio così. La visione del mio matrimonio è alquanto cambiata nelle ultime settimane.

Mi dirigo verso l'ingresso ed esamino un po' a disagio il luogo che costituisce fisicamente la mia casa. Il cortile appare come al solito, eppure c'è qualcosa. Sono qui da sola e per la prima volta in vita mia non provo una sensazione positiva.

Giorno 12: martedì 6 agosto, pomeriggio
Vijlen: Boris
Variabile. 22°

Chiudo la porta e metto il catenaccio, poi imbocco il corridoio e mi giunge l'odore familiare della cera d'api spalmata sulle mattonelle dalle generazioni precedenti. Deposito lo zaino, prendo una bottiglia d'acqua e vado dritta nel mio studio. Apro il laptop e accendo la stampante e lo scanner. Mentre gli apparecchi si avviano apro la busta di Omer e appoggio il rapporto sulla scrivania. Sfoglio in maniera febbricitante il documento originale e in effetti il testo è leggibile e le foto sono chiare, anche quelle di Emil. Il mio respiro accelera. Le immagini sono scioccanti. Indossa abiti alla Rambo e punta il fucile su alcuni uomini magri che tengono le mani alzate. Nella foto successiva schiaccia con i piedi una donna sdraiata a faccia in giù sul pavimento di una specie di cantina. Il viso della donna è irriconoscibile e ha il vestito estivo tirato su, si vedono le linee arrotondate delle natiche. Le sottili gambe bianche risaltano sul pavimento di cemento grigio. Mi vengono dei conati, prendo la bottiglietta e bevo un po' d'acqua. Allora è vero, il mio Emil era un assassino. Con le dita che mi tremano volto la pagina seguente con un testo illeggibile in cirillico, poi un'altra e un'altra e quando arrivo a pagina nove mi si mozza il respiro e comincio a tremare in maniera incontrollata. L'uomo a gambe larghe accanto a una casa bruciata è Paul. Ma non è possibile! Continuo a sfogliare, più in fretta, e trovo un'altra foto, a pagina venti. Qui è seduto a una scrivania, sorride e fa il segno serbo delle tre dita. Emil è accanto a lui. Santo Dio. È proprio Paul. Quello è il suo sorriso, con quel dente da Dracula che sporge un po' a destra. Ed erano insieme, lui ed Emil. Spingo indietro la sedia e scatto in piedi. Santo cielo! E ora? Quindi anche Paul faceva parte di una milizia serba! Paul non è affatto un tedesco della Slesia polacca. È anche lui un serbo-bosniaco.

Con la testa che mi gira, afferro lo schienale della sedia e mi rimetto a sedere. È lui quel Boris? Devo sapere cosa c'è scritto in questo rapporto. Com'è che si faceva? Ah, sì. Prima passare allo scanner, creare un Pdf e salvarlo. Presto, lo scanner. Il computer è pronto? Tutti gli aggiornamenti installati? Sì! Presto, presto. Tra poco sarà qui. Tra un'ora e mezzo me lo ritrovo davanti. Non ce la farò. Leggere. In fretta. Prima lo scanner. Adesso. Presto. Questo è Paul! Proprio così! Paul. Ma com'è possibile? Con la testa stanca, faccio del mio meglio per decifrare il cirillico sotto la foto. Riconosco il nome «Boris» e comincio a sudare. No, non può essere. No, no, no. Non farti prendere dal panico! Leggi prima cosa ha scritto Omer, perché non è possibile. Non lo hanno fatto. Le foto suggeriscono soltanto. No, no, no. Non può essere. Sembra soltanto. Ansimando passo le pagine allo scanner una per una, le salvo e faccio come Jelena. Prelevo dei piccoli frammenti di testo in Word e li metto in Google Translate, e il mio sguardo corre sulle parole. La verità è una mazzata nello stomaco.

Omer ha fatto una sintesi nelle prime due pagine e dice che attraverso il DNA di Joran ha potuto scoprire la vera identità di Emil. Era Milan Illić, un serbo-bosniaco originario di un paese della Bosnia centrale. Segue una breve descrizione dei crimini sciocanti di cui sono sospettati lui e alcuni membri della sua milizia, i Falchi grigi. I suoi misfatti corrispondono a quanto scritto da Nicolas. Ma Milan Illić è scomparso nell'agosto del 1995 con l'ondata di profughi serbi che dopo l'Operazione Tempesta si è diretta dalla Croazia alla Repubblica Serba di Bosnia ed Erzegovina. Da allora non si sono più avute notizie del capo della milizia, Boris Atanasković, e del suo compagno d'armi Mikhail Mijaković. Per anni si è supposto che fossero caduti durante il caos seguito all'ultima battaglia nel nord-ovest della Bosnia. In realtà, grazie a un contatto di Mikhail, sono scappati tutti e tre in Germania. Qui corrompono Sabine Ehring, un'alta funzionaria dell'Ufficio federale per la migrazione e i rifugiati, e ottengono così una nuova identità. Milan Illić diventa Emil Jukić, Boris Atanasković diventa Paul Müller e Mikhail Mijaković prende il nome di Ranko Kovac.

Omer scrive che Mikhail Mijaković vive a Saarbrücken, ma che non è riuscito ancora a individuare Boris Atanasković, *alias* Paul Müller. Ci sono molti Paul Müller al mondo, perciò aveva bisogno di un altro po' di tempo per trovare quello giusto.

Mi avvicino e afferro lo schermo, perché è come se le parole si muovessero davanti ai miei occhi. Omer non ha trovato Paul Müller, ma io sì. Fin da quello splendido giorno di primavera del 1997 fa parte della mia vita. È il Paul di Marjo, il padre della mia Caroline, il tranquillo Paul, il gentile Paul, il corretto Paul. Era un criminale di guerra e temeva che scoprissi il passato di Emil, e quindi anche il suo, eppure mi ha salvato la vita quando, durante la nostra telefonata in quel bagno puzzolente del bistrot di Estaing, ha capito che Mikhail Mijaković voleva uccidermi. Poco dopo ha fatto sapere alla polizia francese dove si trovava quel Mikhail.

Mi accascio sullo schienale della sedia da ufficio, che accompagna il mio movimento, alzo la testa e mi lambicco il cervello sul da farsi. Tra poco arriveranno Paul e Caroline, e poi? Devo restare calma e parlare con Paul, ma Caroline non deve essere presente. E non posso chiamare la polizia, inviare il rapporto di Omer e denunciare Paul. Perché dopo il suo arresto i media pubblicherebbero al cento per cento tutti i terribili particolari sui suoi anni da signore della guerra in Bosnia. Cosa comporterebbe per i nostri figli? Caroline non può affrontare una cosa del genere. È ancora troppo piccola e vulnerabile. E Stefan e Joran? Non lo so. La testa mi gira e ho le mani sudate. Sono debole. Devo mangiare qualcosa. Ma posso farlo? Sbuffo. Devo.

Vado in cucina, apro il frigorifero, prendo un brownie con noci e gruviera, apro la confezione e lo mordo. Mi costringo a masticare e ingoio il cioccolato. Poi do un altro morso. Muovo le mascelle. Devo masticare. E ancora uno, e un altro.

Mentre mastico l'ultimo pezzetto torno nello studio. L'energia ricomincia a fluire dentro di me.

Me ne sto lì indecisa alla scrivania e fisso la foto di Caroline quando aveva un anno che sta accanto al mio computer ormai da undici anni e continua a ricordarmi la tragica morte di Marjo. Il mio amore per questa ragazza innocente arde dentro di me e l'istinto materno mi travolge. Devo fare ciò che è meglio per lei. Mi giro verso la finestra, la apro e lascio entrare l'aria estiva. Chiudo gli occhi un istante e aspiro l'odore del fumo dei rami tagliati che vengono bruciati giù nella valle. Penso alla foto della casa bruciata. Riemergono altre immagini della Bosnia, cose che ho visto durante il mio viaggio attraverso quel paese tormentato, nei musei, nei luoghi della memoria. La guerra era ovunque. Adesso quell'orrore vive anche in me? Assocerò tutto quello che mi accade a quella guerra? Come l'odore dei rami bruciati di un istante fa? Probabilmente sì. Quel paese affascinante si è impossessato di me. Non me ne libererò più. È questo che voglio per i nostri figli? Voglio trasmettere loro dei ricordi che non gli appartengono? Voglio addossare loro il fardello del passato bellico delle generazioni precedenti? Non lo so. Devo rifletterci molto attentamente. E tra poco devo confrontarmi con Paul. Stasera sarò sola con lui, perché Caroline ha il tanto atteso pigiama party con le sue compagne di classe e non sarà in casa. Il mese scorso trovavo che capitasse troppo a ridosso del suo volo notturno, ma ora è un sollievo sapere che non sarà a casa. Ce la farò, a stare nella stessa stanza con un criminale di guerra? E cosa faccio con il rapporto? Devo conservarlo in un posto sicuro, ma dove? Da un notaio? Sì.

Torno a sedermi e aziono lo scanner. Nel frattempo cerco con Google «Studio notarile Gulpen». Trovo il numero di telefono, chiamo e mi faccio passare il notaio Noël Laven.

«Ciao Lotte, già tornata dal Cammino di Santiago?» si sente dire allegramente all'altro capo della linea. Noël è amico della famiglia Bonnet da una vita.

«Sì, sì. Ma si tratta di una faccenda urgente, Noël, molto urgente. Hai tempo di farti consegnare da me una busta chiusa tra una ventina di minuti? Devi farla avere ai miei figli se dovessi morire».

«Come?»

«Hai tempo sì o no?»

«Sì, tra mezz'ora, ma...»

«Bene. Allora sono da te tra mezz'ora».

Liquido Noël, controllo che nel cassetto della stampante ci sia abbastanza carta e poi clicco su «Stampa». Poi vado nella stanza da letto. Mi tolgo i vestiti puzzolenti del viaggio e in dieci minuti mi ritrasformo nella Lotte della fattoria Bonnet. Quando attraverso il corridoio e prendo le chiavi dell'auto passo davanti allo specchio e mi stupisco della donna che mi guarda. È la stessa Lotte di due settimane fa, ma è una persona completamente diversa.

La Bmw grigia di Paul entra nel cortile e Caroline scende. Vado alla porta e la apro. Caroline corre verso di me.

«Lotte!» esclama con un saltello.

«Il mio angioletto». L'abbraccio. «Tesoro!»

«Mi sei mancata tanto». Si stringe contro di me con un sospiro.

«Anche tu, bricconcella». Bacio i suoi capelli biondi e cullo il suo corpo snello. Dio, come amo questa bambina.

Nel frattempo anche Paul scende dall'auto. Viene verso di me, mi abbraccia con forza. Io mi contraggo e per un po' restiamo così. Tre persone unite in un abbraccio.

«Sono così felice di rivederti!» mi sussurra nell'orecchio.

«Ciao Paul» mi sforzo di dire, e mi sciolgo dall'abbraccio.

Mentre Caroline comincia a raccontare le sue avventure disneyane, arriva la Peugeot della madre di Ellen, la sua migliore amica, che abita a Vijlen. Viene a prendere Caroline per il pigiama party. Tre altre amichette sono sedute nell'auto e Caroline le saluta agitando un braccio.

«Puntualissima» dico indicando Ellen.

«L'ho avvisata che stavamo arrivando» dice Paul strizzando un occhio, mentre prende la borsa da viaggio di Caroline dalla Bmw.

Ellen scende a sua volta e parliamo un po' del Cammino di Santiago e del più e del meno. Devo fare davvero del mio meglio per seguire la conversazione perché la mia attenzione è concentrata su Paul. Mi sta accanto e suscita in me l'istinto di fuggire. Quando le ragazze cominciano a diventare nervose, Ellen prende la borsa da viaggio di Caroline, la infila nel bagagliaio della Peugeot e apre lo sportello dell'auto.

«Dai un bacio a papà?» chiedo quando Caroline è sul punto di salire a bordo.

«Certo!» esclama entusiasta e va di corsa verso Paul. Lui si china e Caroline gli getta le braccia al collo e lo bacia su una guancia non rasata.

«Ciao papà e grazie per la splendida vacanza!»

«Sì, *mein Liebling*. E ora va'!»

Quando è emozionato, Paul parla sempre in tedesco. Ha uno sguardo tenero e amorevole. Come quando guardava Marjo. Dà ancora un bacio sulla fronte a Caroline quando sale a bordo. Lei ci saluta mentre l'auto se ne va.

«Vuoi un caffè?» domando il più spontaneamente possibile mentre ci dirigiamo verso casa. Ho deciso che la cucina è il posto migliore per parlare. Lì abbiamo entrambi la nostra sedia e saremo a una distanza che non ci permette di toccarci. E inoltre ho il mio cioccolato a portata di mano.

«Volentieri» risponde Paul con un sorriso. «Ho dormito poco stanotte».

«Anch'io, in quello scompartimento sferragliante» dico tanto per dire qualcosa e allentare la mia tensione.

Percorriamo in silenzio il corridoio ed entriamo nell'ampia cucina. Che sensazione gli provoca il fatto di trovarmi ancora viva, di aver consegnato il suo ex compagno d'armi alla polizia francese e di avergli così impedito di uccidermi? In ogni caso, sa nascondere bene le sue emozioni dietro l'aspetto tranquillo che lo contraddistingue.

«Come mai sei tornata prima?» chiede scostando la sua sedia abituale dal massiccio tavolo della cucina. «Dovevi prendere il treno domani, no?»

«Oh, avevo voglia di tornare a casa». Penso di non mentire con queste parole.

Con tutto l'autocontrollo di cui sono capace preparo il caffè, prendo dal frigorifero qualche cioccolatino alle ciliegie e li depongo davanti a noi. Paul si siede e ne prende subito uno. Osservo di sottecchi l'uomo davanti a me e cerco tracce del signore della guerra che un paio di decenni fa con i suoi Falchi grigi ha sparso morte e distruzione in Bosnia. Non le trovo. Certo, il suo viso appare stanco, ma lo sguardo è gentile. «Alla gente puoi guardare in tasca» diceva mio padre, «ma non in testa». Aveva ragione. Mi siedo anch'io.

«Come è andato il Cammino di Santiago?» chiede Paul.

«Speciale». Vorrei dire di più ma le parole non mi vengono. Respiro a fondo e prendo il rapporto di Omer da sotto i giornali. Ho le mani di nuovo sudate e si appiccicano alla carta.

«Ho ricevuto questo da Omer Zečinić». Le parole escono a fatica. «So di te e Milan, *alias* Emil». Spingo il documento verso di lui e glielo lascio davanti. L'umidità della mia mano lascia un'impronta rigonfia sui fogli. Respiro a fondo e raccolgo il coraggio, come facevo da ragazza quando mi trovavo sul trampolino più alto della piscina, prima di tuffarmi giù. «E so che sei ricercato per crimini di guerra, Paul, e che in realtà ti chiami Boris Atanasković, e che Mikhail Mijaković ha cercato di uccidermi. E che tu sei riuscito a impedirglielo. È morto, fra l'altro. Ha avuto un incidente l'altroieri, mentre tentava la fuga».

Paul mi guarda, quasi immobile, ma poi la sua testa comincia a dondolare piano avanti e indietro e le sue labbra cominciano a tremare.

«Ho sempre saputo che la verità sarebbe venuta fuori» sussurra dopo un istante di silenzio, poi si alza di scatto e va a prendere dalla credenza la sua vodka Beluga. «E anche Emil».

L'orologio antico di mia nonna batte le sei. Io e Paul ci giriamo allo stesso tempo verso il pendolo di legno che interrompe il nostro silenzio imbarazzato. Potremmo sembrare sereni, anche l'odore del pane riscaldato suggerisce un'atmosfera piacevole, ma la realtà è un'altra. Con l'indice sposto le briciole sul piatto da destra a sinistra e traccio linee untuose con gli avanzi del brie. Paul beve un altro sorso di vodka. Se continua così si ubriacherà. Prendo la bottiglia e la allontano da lui. Paul ignora il mio gesto. È nel suo mondo. L'ultima volta che l'ho visto così a pezzi è stato tre anni fa, quando Caroline è stata portata in ospedale con la febbre alta e temevamo che avesse la meningite. Tutto è finito bene, ma Paul è rimasto fuori di sé per settimane e ha ricominciato a bere, cosa che aveva fatto anche quando è morta Marjo. Irresponsabile per un cardiopatico.

Cerco di assorbire il suo racconto. Ha parlato tutto d'un fiato e in modo molto aperto, come se provasse sollievo a poter parlare con qualcuno. Aveva dovuto tenersi tutto dentro da quando Emil si era suicidato. Quando era ancora vivo erano l'uno per l'altro il loro piccolo circolo di veterani e a volte parlavano della guerra quando uno dei due se la passava male. Del resto, non potevano rivolgersi a nessun altro. E anche se non se lo sono mai fatti diagnosticare, entrambi mostravano sintomi di disturbo post-traumatico da stress. Paul soffriva da anni di depressione, incubi e insonnia e c'erano periodi in cui beveva molto. Inoltre, dopo la morte di Marjo, gli riusciva sempre più difficile stabilire contatti sociali. A livello lavorativo funzionava, ma nella sfera privata no. Perciò non aveva più avuto altre relazioni. Non ci riusciva. Io e Caroline eravamo le uniche persone con cui si sentiva a suo agio. Emil, in tutti quegli anni, stava abbastanza bene, ha detto Paul. Lavorava duro e cercava di avere sempre tante cose per la testa, così la guerra è scivolata in secondo piano. È stato solo quando ha avuto il cancro che le cose hanno cominciato a peggiorare, e sono arrivati gli attacchi di ansia e altri sintomi vaghi.

L'ho guardato e ho ripensato al periodo triste in cui Emil aveva periodicamente allucinazioni, emicranie, giramenti di testa e tachicardia. Allora attribuivo le alterazioni del suo stato psichico al cancro e alla chemioterapia. Ma non era solo questo. E quando ha cominciato a percorrere il Cammino di Santiago e nella sua testa è scesa la calma, ha ricominciato a dover fare i conti con la guerra, in quella chiesetta che gli ricordava le donne e i bambini che aveva bruciato vivi, e poi è crollato e si è seduto a piangere su quel muretto. Mentre Paul parlava i pensieri si accavallavano nella mia testa. Sentivo risuonare la calda voce di Nicolas e mi apparivano le immagini dei tre bambini che nuotavano nel fiume, diventavano adolescenti e correvano ridendo sull'altipiano, poi sono arrivate altre immagini, di soldati che sparano con i fucili mitragliatori su uomini che cadono uno dopo l'altro e finiscono nella fossa alle loro spalle, come tessere del domino che si ribaltano sul pavimento. Mondi opposti. Guerra e pace. Nemici e amici. Odio e amore. Estremi. Come è potuto accadere? Come hanno potuto Paul e il mio Emil scivolare dall'altra parte? Cosa è andato storto?

Paul ha risposto che anche lui si è dibattuto con quell'interrogativo una volta uscito dal gorgo della violenza e rientrato in una vita normale. L'odio era stato seminato nella sua infanzia, ha detto, poi ha parlato della sua giovinezza passata in miseria in un paesino non lontano da Banja Luka e del nazionalismo serbo della sua famiglia. Ha parlato della sua scelta di fare carriera nell'Armata popolare iugoslava, la Jna, dopo il servizio militare. Come Emil, vedeva nell'esercito e nel partito comunista un'occasione di uscire dalla povertà. Quando nel 1990 all'inizio della guerra civile la Jna è crollata, è rimasto a lungo incerto ed è caduto preda della retorica di Slobodan Milošević e successivamente di Radovan Karadžić, per poi entrare nei Falchi grigi.

Paul, *alias* Boris aveva già incontrato Emil, *alias* Milan, nel 1986 in Kosovo. In breve tempo Paul era diventato un ufficiale della Jna ed Emil era una recluta della sua unità. In Kosovo, Emil ha salvato la vita a Paul in una scaramuccia con dei combattenti di origine albanese. La cicatrice rossa sulla sua guancia era un ricordo di quell'episodio. I due sono diventati amici malgrado la differenza di grado. Dopo il Kosovo il loro nazionalismo serbo è cresciuto fino a divenire quella che Paul ora definisce «un'ossessione», e sono finiti entrambi in un vortice di violenza. Mikhail Mijaković era entrato fin dai primi tempi nei Falchi grigi e durante la guerra si è rivelato uno sterminatore con tratti sadici.

Quando l'opinione pubblica mondiale si è rivoltata contro i serbo-bosniaci dopo la caduta di Srebrenica e l'eccidio dei musulmani, Paul, da ufficiale con una buona istruzione quale era, sapeva che la fine della guerra era alle porte e che ci sarebbe stata una Norimberga per la Iugoslavia. Aveva già degli incubi in cui si vedeva pendere da una corda. Emil si è liberato dall'annebbiamento mentale causato dalla guerra nello stesso periodo. È successo all'inizio di agosto del 1995, dopo una perlustrazione nei boschi sopra Bihać, poco prima dell'inizio dell'Operazione Tempesta. Durante quell'azione la sua ex fidanzata era stata uccisa da uno dei suoi miliziani e qualcosa nella sua testa si era spezzato, ha detto Paul. Non riusciva più a sparare, non riusciva più a uccidere, doveva andare via. Il racconto di Paul si mescola con le parole di Nicolas. Dunque la svolta è arrivata con la morte di Nadja.

Paul ed Emil hanno quindi deciso di scappare insieme. Entrambi avevano raggranellato dei soldi durante le razzie della loro milizia e potevano permetterselo. Mikhail era venuto a sapere dei loro piani e voleva seguirli. Disponeva di contatti in Germania, aveva detto perorando la sua causa, e parlava bene il tedesco. Paul sapeva del passato mafioso di Mikhail e aveva deciso che poteva essere utile. Insieme formavano una buona squadra.

Grazie ai criminali con cui Mikhail era in contatto e ai soldi di Paul ed Emil erano riusciti a ottenere una nuova identità e il permesso di soggiorno tedesco, poi Mikhail si è trasferito a Saarbrücken e Paul ed Emil ad Aquisgrana, una scelta casuale. Tutti e tre hanno iniziato una nuova vita, si sono sposati e sono diventati dei bravi cittadini. Tutto stava andando bene, finché Emil non si è suicidato e io ho scoperto che in realtà non era Emil e ho dato incarico a Omer di scoprire quale fosse la sua vera identità. Poi Paul ha telefonato a Mikhail per avvisarlo, affinché verificasse di non aver fatto passi falsi negli ultimi anni che potessero mettere Omer sulle sue tracce. Quando poi ho deciso di fare il Cammino di Santiago, entrambi hanno deciso che Mikhail mi avrebbe seguito per fare in modo che non trovassi informazioni compromettenti. Mikhail aveva deciso autonomamente che dovevo morire in modo apparentemente accidentale. Quando Paul l'ha scoperto è rimasto scioccato e ha immediatamente comunicato alla polizia dove si trovava Mikhail, sapendo che questi, una volta arrestato, lo avrebbe tradito. Il gioco era finito, era arrivato il momento di pagare il conto. Ma Mikhail si è ammazzato in un incidente e ora Paul è qui.

I raggi del sole entrano nella cucina e illuminano le molliche di pane sul tavolo. Le raccolgo con la mano e ne faccio un mucchietto. Paul appoggia la testa sulle mani, trema in tutto il corpo. Cerco di collegare le atrocità raccontatemi da Omer con l'uomo spezzato che ho davanti, ma non ci riesco. I miei pensieri tornano a quel bel giorno di primavera del 1997, quando Paul ed Emil sono entrati nella vita di Marjo e nella mia. Marjo non si è mai accorta del mostro che abitava dentro il suo grande amore. Neanche lei poteva guardare dentro la sua testa. Ne traggo una strana consolazione.

Tento di dare ordine al racconto di Paul e di trovare spiegazioni per le loro azioni. Ripenso alle parole di Nicolas sull'enorme nuvola di storni che ronzava e alle persone che si confondono in uno sciame. Cerco motivi esterni alle loro persone e voglio attribuire la colpa alle circostanze. Voglio vederli entrambi come animali gregari, trascinati dai loro capi verso il loro destino, verso quel luogo di perdizione. E mi riecheggia dentro di nuovo anche il lungo monologo appena pronunciato da Paul. Ha detto che lui ed Emil nel corso degli anni hanno parlato molto di cosa li avesse spinti a fare quello che avevano fatto. Soprattutto quando Emil ha avuto il cancro e attendeva di essere chiamato per l'operazione. Emil era nel panico e di fronte a una morte imminente temeva che esistesse un inferno, in cui avrebbe bruciato per l'eternità. Insieme erano giunti alla conclusione che le cause che li avevano spinti a commettere quelle atrocità erano molteplici. A cominciare dal passato di guerra non rielaborato dei loro genitori e dei loro nonni, che durante la Seconda guerra mondiale erano stati vittime degli ustascia croati. Loro avevano imparato fin da giovani a odiare i croati e i bosniaci, aveva detto. Mi sono venuti i brividi e ho ripensato a come Nicolas aveva descritto il tredicesimo compleanno di Emil, con la nonna ubriaca che aveva tirato fuori il coltello per sgozzare e aveva poi descritto le sue esperienze nel campo di concentramento di Jasenovac.

E poi naturalmente la povertà. Entrambi venivano da famiglie contadine senza prospettive di un futuro migliore. Il disfattismo si passava di generazione in generazione ormai da secoli. L'aspettativa di una vita migliore sotto Tito era durata poco, ci avevano creduto da adolescenti, nelle possibilità per tutti, ma erano andate perdute con la crisi economica degli anni Ottanta, quando già si annunciava la fine della Iugoslavia. Anche loro sarebbero diventati quello che erano stati i loro progenitori: dei cafoni serbi agli ordini dei croati e dei bosniaci. Le sconsolanti prospettive avevano attizzato la loro paura e avevano cercato il modo di sfuggire al futuro cui erano predestinati. L'esercito e poi i Falchi grigi hanno offerto loro una via d'uscita. Lì erano qualcuno. Avevano potere.

Un altro elemento da considerare era che le loro famiglie poco istruite non riconoscevano il valore dell'istruzione. Entrambi erano portati per lo studio, ma a quindici anni hanno dovuto optare per una formazione tecnica, anche se avrebbero potuto frequentare il liceo senza problemi e in seguito magari l'università, che era finanziata dallo stato. Ma no, avevano dovuto mettersi a lavorare al più presto perché in famiglia c'era bisogno di soldi.

E poi c'era ovviamente la menzognera macchina propagandistica del governo serbo-bosniaco che faceva abilmente leva sui sentimenti secolari dei diversi gruppi etnici. Incitavano a lottare contro i bosniaci. I musulmani avrebbero fatto della Bosnia uno stato islamico retto dalla *sharia* dove non ci sarebbe più stato posto per i serbi ortodossi, secondo le menzogne dei populisti serbi. I «turchi» avrebbero eliminato i serbi, come i fascisti croati avevano tentato di fare con i loro nonni. Perciò dovevano intraprendere la lotta e battersi per il loro paese. Questa era la narrazione che i leader inculcavano nei serbi giorno dopo giorno attraverso i giornali, la radio e la televisione.

«E oggi la gente ha più mezzi a disposizione da cui ottenere informazioni. Noi non li avevamo» ha detto Paul. «Non c'era Internet nel 1990, non c'erano i social media, dove forse avremmo trovato opinioni diverse. Nel 1990 vedevamo e leggevamo solo quello che volevano i populisti serbi. Siamo stati manovrati come marionette e giorno dopo giorno bevevamo storie grottesche sui bosniaci cui poi abbiamo finito per credere. E non vivevamo in una democrazia, Lotte. La Iugoslavia era una dittatura. Non c'era l'abitudine di discutere tra noi le nostre opinioni. Eravamo stati educati a essere cittadini che facevano quello che i dirigenti dicevano loro di fare. Quando nel 1992 è scoppiata la guerra in Bosnia avevamo subito un tale lavaggio del cervello dai nostri tiranni che ci siamo volontariamente lasciati portare al fronte per combattere per la «nostra» Bosnia. L'odio era stato coltivato, il nemico individuato.

Paul ha interrotto più volte il suo racconto per mandare giù vodka e fissare a capo chino un punto del tavolo. Mi ha detto anche che aveva dei buchi nella memoria. Quando in seguito, in Germania, aveva guardato le foto del genocidio udiva solo voci e suoni, ma non ricordava immagini. Non sapeva più dove era stato e cosa aveva fatto. A Emil succedeva lo stesso, ma per momenti diversi. Avevano parlato molto tra loro di quella mancanza di ricordi.

Paul si è soffermato a lungo anche sul momento in cui è scoppiata la guerra e lui ed Emil hanno deciso di unirsi ai Falchi grigi, una milizia paramilitare creata da un mafioso serbo. Si sentivano speciali, nessun altro gruppo era più forte e duro dei Falchi grigi. Loro erano uomini veri, e quella virilità tossica andava continuamente espressa e dimostrata anche a se stessi. E più crudeli erano gli omicidi compiuti, più alta era la considerazione di cui godevano all'interno del gruppo.

L'ho interrotto e gli ho detto di un episodio scioccante che avevo letto nel rapporto di Omer, a proposito di una donna musulmana che Emil aveva trascinato fuori della sua casa, fino in giardino, mentre il figlio quattordicenne era scappato nei boschi. Emil ha strappato i vestiti alla donna e l'ha violentata. Lei urlava di dolore e allora il figlio è uscito dalla vegetazione ed è corso da lei per difenderla. Emil lo ha preso e lo ha sgozzato davanti alla madre.

Paul stava a testa bassa e graffiava il piatto con la forchetta mentre gli raccontavo queste cose.

«È vero, Paul?» gli ho chiesto sperando che mi smentisse. «Lo ha fatto?»

Paul ha sollevato il mento e ha mosso il viso quasi impercettibilmente su e giù.

Allora era vero. Mi sono portata le mani alla bocca, volevo gridare ma non mi usciva nessun suono. Ero impietrita. I ragazzi... Cosa vorrà dire tutto questo per i ragazzi?

Poi Paul ha detto che tutti e due in quel periodo vivevano su un altro pianeta, in una bolla, una subcultura con leggi e rituali propri.

«Chiamalo come vuoi, Lotte» ha detto asciugandosi le lacrime dagli occhi, «ma non era un mondo reale, era un mondo parallelo».

Erano sempre in movimento con i loro commilitoni, insieme tra camerati, dormivano male, mangiavano male e bevevano molto, e ovunque era un putiferio: spari, scoppi, grida, urla e soprattutto quel martellante turbo-folk con la sua eccitazione, un mix di musica popolare serba e sintetizzatori, con testi banali intrisi di esaltazione del sesso e della violenza.

E andavano di paese in paese, di città in città. Il ritmo del giorno e della notte era stato spezzato, non avevano più una casa, nessun luogo dove poter stare da soli, nessun contatto affettivo e poco a poco hanno perso contatto anche con se stessi, perché nel frattempo avevano disimparato a tenere un monologo interiore su ciò che facevano. Il gruppo dominava sull'individuo. Uno diventava il gruppo, e il gruppo era violenza.

Inoltre, combattevano ogni giorno per la propria vita contro un nemico che operava come in guerriglia. Il pericolo delle granate, delle mine e dei cecchini era ovunque: nelle case abbandonate, nel fitto del sottobosco, negli appartamenti distrutti. La minaccia costante ha portato a una disumanizzazione del «nemico».

«I bosniaci non erano più esseri umani per noi, Lotte» ha detto Paul a voce bassa, poi si è alzato e ha aperto la finestra della cucina. Si è appoggiato al davanzale e ha respirato con forza, come se gli mancasse l'ossigeno.

«Uomini, donne, bambini, neonati, anziani: erano diventati cose» ha detto piano, curvando la schiena. «Erano cose che dovevamo eliminare, che dovevamo spazzare via. Come cavallette che divoravano i raccolti. Questo erano per noi».

Paul si è girato di nuovo, lentamente, ed è tornato a sedersi al tavolo, con il volto contratto.

«In realtà io ed Emil eravamo solo uomini deboli e stupidi, perché abbiamo assunto l'identità di ciò che accadeva intorno a noi. Non pensavamo né agivamo per noi stessi. Eravamo bellicosi in tempo di guerra e pacifici in tempo di pace. Ci lasciavamo trascinare dal nostro ambiente e allora non avevamo la forza né le capacità intellettuali di seguire una strada nostra. Solo quando più tardi, in Olanda, ci siamo radicati nelle nostre famiglie ci siamo resi conto di quanto eravamo stati idioti a vent'anni. Ma non abbiamo potuto sfuggire a quegli assassini che eravamo stati in gioventù».

Ho ripensato alla lettera di Nicolas e mi sono spuntate di nuovo le lacrime agli occhi.

«Non ci si libera del proprio passato nemmeno quando ce lo si è lasciato alle spalle» ho detto riprendendo le sue parole «e quanto più è oscuro, più pesante è il fardello».

«Proprio così, Lotte. È proprio vero! Chi lo ha detto?»

«Uno che ho incontrato sul Cammino di Santiago». Ah, Nicolas.

«E ora?» chiede. «Cosa farai?»

Ci guardiamo e analizzo l'uomo che ho davanti a me.

Mi accorgo che la mia testa vuole smistare e riordinare le cose. Le immagini di guerra nella casella a destra e quelle di famiglia a sinistra. Così era allora. Così è adesso. Così era allora. Così è adesso. Sospiro e mi muovo sulla sedia. Lo sguardo mi cade sulle sue belle mani, così curate. Ma... come apparivano allora, in Bosnia? Quando con quelle belle dita affusolate impugnava una pistola e premeva il grilletto uccidendo donne e bambini? Aveva fango sulle unghie? O sangue? All'improvviso appare l'immagine del corpo nudo di Emil che scivola con dolcezza sopra il mio, ma poi si trasforma e compare la foto del rapporto di Omer. Una donna sdraiata a faccia in giù sul cemento freddo, la gonna sollevata, il profilo delle natiche in vista. L'ha schiacciata sul pavimento duro con tutto il suo peso, l'ha penetrata da dietro e a forza di colpi le ha sfondato l'intestino, secondo una testimonianza citata da Omer. Mio Dio. Boccheggio in cerca di aria. Eccoci qua. Fine del riordino. È tutto un macello.

Respiro a fondo più volte.

«Lotte?»

La sua domanda. Cosa farò? Mi mordo il pollice.

«Non lo so, Paul. Sono confusa e ho tante domande. Che conseguenze avrà tutto questo sui nostri figli? Stefan e Joran sono adulti, forse riusciranno a elaborarlo. Ma Caroline? No, è in piena adolescenza ed è molto vulnerabile. Se si arriva a un processo vedrà le immagini di quegli assassinii. Il tuo passato violento segnerà la sua vita. Posso fare una cosa del genere a Caroline? È la cosa giusta? Qual è la mia responsabilità? Quella verso i miei figli o quella verso i bosniaci che meritano giustizia? Non lo so, Paul. Ho bisogno di tempo. E di tranquillità. Soprattutto questo. Ora non sono in grado di prendere nessuna decisione».

Paul annuisce e butta giù ancora un buon sorso di vodka.

Premo con l'indice su un punto indolenzito delle spalle per ridurre la pressione. Ma la contrazione peggiorerà, lo so. Devo parlare con qualcuno di questa faccenda, ma con chi? Passo in rassegna i volti degli amici e scuoto la testa. No, non posso parlarne con nessuno. È un segreto troppo grande, non si può condividere con qualcun altro. In pratica ci sono solo due persone su questa terra con cui avrei il coraggio di parlarne, Paul stesso e Nicolas. Un criminale e una vittima.

Paul si china in avanti, riavvicina la bottiglia dalla sua parte e si riempie il bicchiere fino all'orlo.

«Bevi troppo, Paul. Pensa al cuore. E poi tanto non aiuta».

«Lasciami fare. È solo per un po'. Per adesso».

Lo osservo e sposto la sedia un po' indietro. Mi vengono in mente questioni pratiche. Non posso proprio più abitare con lui sotto lo stesso tetto. Il suo passato mi spaventa. Lui mi fa paura. E non voglio nemmeno che stia vicino a Caroline. No di certo, se continua a bere così tanto, e lo farà per un po' di tempo. È stato così anche dopo la morte di Marjo. Solo qualche mese dopo si è rimesso in riga. Deve tornare nell'appartamento di Marjo. No, non è abbastanza lontano. Non deve più avvicinarsi a noi. Deve andarsene proprio via. Lontano. Molto lontano. Lontano. Ma quando glielo dico? E cosa dirà Caroline? Protesterà. Non lo capirà. Maledizione, in che diavolo di situazione sono finita?

Il mio respiro accelera. Fuori il sole illumina le colline. Le siepi disegnano strisce scure lungo il paesaggio e giù nella valle c'è gente che passeggia sul prato. Mi torna in mente l'Aubrac e il tratto del Cammino che si snoda su per i pendii brulli. Il sentiero mi offriva un orizzonte, in lontananza, dove il sole si posa, e andava sempre avanti e mi liberava dal peso della preoccupazione costante che aveva dominato la mia vita per un anno. Sì, quello che preferirei fare è rimettermi lo zaino in spalla e riprendere a camminare. Fin quando posso e fin dove arrivo. Andarmene.

«Stasera torno nell'appartamento di Marjo. Hai paura di me. Lo vedo. E ti supplico, Lotte, non dirlo a Caroline».

Sbatto le ciglia e mi volto verso Paul.

«Caroline non può affrontare questa verità» dice raccogliendo con la lingua una lacrima che gli è scivolata sulle labbra. «Non voglio addossarle il peso del mio passato di guerra. Le rovinerà la vita».

Mi risiedo.

«Sì, lo temo anch'io». Le parole di Nicolas mi scorrono davanti agli occhi. *Milan è morto per proteggere te e i tuoi figli dal confronto con i suoi crimini, che ha così espiato. Lo ha fatto anche per voi.*

«Questa è anche la ragione per cui Emil si è tolto la vita» dico mordendomi un pezzo di pelle indurita dell'indice. «Una ex vittima lo ha riconosciuto sul Cammino di Santiago e perciò ha scelto di morire. Non voleva addossare ai nostri figli e a me il peso del suo passato di guerra. Sucidarsi è stato il suo modo di espiare».

«Cosa? Non me lo avevi detto».

«È vero, ma lo so solo da questa mattina».

Paul si appoggia allo schienale e scuote la testa. Come se negasse il messaggio. «Così Emil si è suicidato per risparmiarvi lo strazio della scoperta dei suoi crimini».

«Sì».

«Che coraggio».

«Senza dubbio. Ma la sua morte inattesa ci ha procurato anche molto dolore e molti interrogativi. Anche se ora ho le risposte».

«Chi altro è a conoscenza del mio passato?» chiede con uno sguardo indagatore. Ha gli occhi rossi di pianto.

«Secondo me nessuno. Omer Zečinić e Sabine Ehring sono morti. Ma è possibile che la polizia francese ti rintracci per via delle tue comunicazioni con Mikhail Mijaković».

«Non credo. Sono stato prudente». Paul indica il rapporto di Omer. «E questo? Cosa ne farai?»

«Te l'ho già detto, non ne ho idea. Sono ancora confusa. Poco fa ne ho consegnata una copia al notaio. Se dovessi morire improvvisamente, ne sarà inviato un duplicato ai miei figli. Ma è possibile che vada a riprendermelo. Dipende da cosa deciderò».

Cala il silenzio, poi Paul si alza. Sembra che gli giri la testa e si afferra al tavolo per sorreggersi. «Vado nell'appartamento di Marjo. Vado a dormire». Si dirige con passo incerto verso la porta della cucina. I quaranta gradi della sua vodka stanno facendo il loro lavoro.

«Va bene» dico mentre esce. «Io vado a fare una passeggiata».

La porta d'ingresso scricchiola, poi le rotelle del suo trolley risuonano sull'acciottolato del cortile. Mi sento sollevata. Se n'è andato e grazie al cielo non dormirà più in casa mia.

Giorno 12: martedì 6 agosto, sera
Vijlen: la moglie del morto
Variabile. 22°

Ansimando raggiungo la sommità della collina di Vijlenerberg. Mi fermo a riprendere fiato e guardo in direzione di Aquisgrana. Le torri beige dell'ospedale brillano sotto i raggi del sole pomeridiano. Mentre il mio sguardo scorre sui quartieri periferici della città, i pensieri tornano a quel momento nel marzo del 1997 in cui io e Marjo abbiamo incontrato i nostri mariti. Ci siamo sposate con dei criminali di guerra. Ah, Marjo! Provo un'ombra di gratitudine. Questo per fortuna le è stato risparmiato. Le immagini di Paul in veste di assassino l'avrebbero trascinata nell'abisso emotivo dove, come zia Annie, sarebbe sprofondata nel vuoto della morte.

Scendo il sentiero attraverso il bosco in direzione della Madonna Bianca e passo davanti alle sobrie stazioni della via crucis che rappresentano le sofferenze di Gesù. È un luogo in cui regna la pace, costruito dagli abitanti del mio paese per celebrare il fatto che durante la Seconda guerra mondiale qui non ci sono state vittime. La serenità è palpabile, perché quest'angolino quieto si trova su un pendio riparato dal maltempo e da sguardi indiscreti. Sulla destra ci sono i margini del bosco e si apre una splendida vista sul paesaggio collinare.

Solo dopo la lettera di Nicolas ho provato davvero gratitudine per il fatto di essere cresciuta in un paese in cui la pace era scontata e senza differenze etniche che covassero sotto la cenere e a ogni generazione riattizzassero il fuoco. I tre amici erano marchiati fin dalla nascita e finché vivevano in Bosnia erano destinati a massacrarsi l'un l'altro.

Cosa comporta questo per una persona? E cosa succede quando uno si trasferisce all'improvviso in un altro paese? In un posto in cui le sue origini etniche non hanno importanza? In realtà solo allora uno può scoprire il suo vero «io». Ho provato qualcosa di simile percorrendo il Cammino di Santiago. Quando mi sono liberata della routine quotidiana e mi sono consegnata al ritmo del cammino, ho scoperto aspetti sconosciuti di me stessa e ho osservato le cose in modo diverso. Sono stata solo per qualche giorno sul Cammino, eppure sono cambiata. È stato così anche per Paul ed Emil? Entrambi hanno riscoperto se stessi in quanto padri amorevoli e mariti fedeli. Hanno costruito una nuova esistenza interamente intorno alle loro famiglie. Per entrambi il mondo esterno era rilevante solo se lo era per la famiglia. Come devo considerarli adesso? Nei miei ricordi le immagini del mio affettuoso Emil e di Milan l'assassino si mescolano e si fondono in una sola persona. Per questo poco fa avevo paura anche di Paul. I suoi crimini di guerra hanno oscurato l'immagine che avevo dell'uomo premuroso con cui ho vissuto nella stessa casa per nove mesi. Può tornare anche adesso a essere il boia che è stato in passato, questo è il pensiero che mi gira nella testa. Ma è così?

Prendo il telefono e cerco la foto del testo trovato sul registro dei visitatori di Chapelle Saint-Roch.

«Tanto tempo fa, nell'altra mia vita, mi trovavo presso una chiesetta come questa e ho udito donne e bambini gridare. Sono stati bruciati vivi lì dentro. Odo ancora le loro grida. Il fetore dei loro corpi carbonizzati mi dava i conati», questa era la traduzione inviatami da Selma.

In un'altra vita. L'ha scritto l'anno scorso. Nella sua vita, perché da questa mattina so che lui stesso era uno dei militari serbo-bosniaci che hanno dato alle fiamme quella chiesa ed è rimasto fuori a guardare le donne e i bambini che bruciavano vivi. Milan Illić non conosceva pietà, ha scritto Omer.

Ma cosa era rimasto di quell'assassino quando mi ha sposata? L'uomo con cui ho vissuto in tutti quegli anni è stato aggressivo una sola volta, quando aveva avuto la diagnosi del cancro, la sera, dopo l'inevitabile bevuta, e si era subito scusato, scioccato dalla sua stessa reazione. Una volta uscito da quel gorgo di violenza, si era trasformato in un uomo diverso. La nostra amorevole famiglia e la stabilità dell'Olanda avevano un effetto benefico su di lui? Deve essere così. Non si può recitare per vent'anni. Ma cosa faccio con i ragazzi? Cosa gli dico? Riaffiorano le immagini della croce grigia vicino a Conques. Emil ha espiato...

Raggiungo la Madonna Bianca e mi siedo sulla panchina. Al centro, dietro l'altare di roccia c'è un alto pilastro tondo con in cima una Madonna candida con il Bambino. La madre di Dio guarda trasognata oltre le colline alle mie spalle. Somiglia alla Maria delle tante foto speditemi da Emil. Ormai credo di avere un'idea del perché lungo il Cammino di Santiago sia rimasto tanto affascinato da quelle statue. Durante il cammino, nella sua testa si è fatto silenzio ed è tornato a udire quella madre che gridava pietà quando ha sfoderato il coltello e ha sgozzato suo figlio. Ma lui non ha avuto pietà, ha violentato la donna e ucciso il ragazzo. Poi l'ha lasciata lì, diceva il rapporto di Omer, come un corpo usato, accanto allo sguardo del figlio, alla casa data alle fiamme, e se ne è andato con la sua milizia, verso la casa seguente... Ha condannato quella povera donna a un inferno. Sarà ancora viva? In tal caso forse penserà ormai da vent'anni che il demonio che le aveva fatto questo sia morto durante l'Operazione Tempesta. Che effetto le farebbe se venisse a sapere che si era costruito una nuova e felice vita in Olanda? Non lo so. Peraltro, non riesco più a ragionare con chiarezza. Possibile che quel mostro fosse mio marito?

Mi passo le mani sulle gambe e provo di nuovo quella sgradevole sensazione che mi aveva travolto quando ero venuta a sapere che si era suicidato. L'idea di aver vissuto tanto intimamente con un estraneo, con un uomo che mi ha nascosto la sua vera essenza. Non si fidava abbastanza di me per confidarmi il suo passato in guerra. Questo è quanto è accaduto. È stata colpa sua o mia? Credo anche mia. Parlavamo di tutto, ma non di ciò che avevamo davvero nell'animo. C'era una parte di me cui lui non aveva accesso, e viceversa. Certo, era mio marito e il padre dei miei figli, ma non era connesso alla mia essenza più profonda. Solo lungo il Cammino ho capito che non mi ero mai interessata davvero a Emil.

Alzo lo sguardo al cielo azzurro, che si va riempiendo di nuvole scure, e i miei ricordi mi riportano alla tempesta durante la pericolosa discesa verso Aubrac, con i profondi solchi scavati nei secoli dalle mucche che pascolano in quei paraggi. Camminavo su una pista del genere e la seguivo attentamente, passo dopo passo sul mio stretto sentiero, poi i pensieri mi hanno riportato l'immagine di quella strada diritta, con accanto la stradina di servizio, e io ed Emil che pedalavamo felici uno accanto all'altra pensando di andare nella stessa direzione, ma non era così perché quando siamo arrivati a una nuovo bivio della vita le nostre strade hanno preso una direzione diversa. Emil è andato verso la morte e io ho raggiunto quella notte il mio nuovo orizzonte tra le braccia di Nicolas.

Guardo il telefono, cerco la foto di Nicolas e accarezzo con un dito i contorni del suo viso. Nelle sue parole c'era la saggezza di chi è passato per i più reconditi recessi della sventura e infine ha trovato la pace in se stesso, nel suo qui e ora. «Una persona può vivere in una sola dimensione. Nel passato, nel futuro o nel presente. Infatti, lì dove sono i tuoi pensieri, sei anche tu». Nicolas ha ragione. Se continuo a scavare nel passato di Emil e Paul, non sarò qui. E se continuo a preoccuparmi del futuro dei ragazzi, neppure. E così non vivrò davvero. Nicolas ha scelto infine di liberarsi di Emil, perché non voleva restare invischiato nel proprio passato. Ha detto addio alla guerra e si è dedicato alla sua vera passione, la fotografia naturalistica.

E io cosa farò? Se racconto ai ragazzi e a Caroline dei crimini dei loro padri, si metteranno inevitabilmente a scavare nel loro orribile passato. Si legheranno a un paese che non è il loro, diventeranno parte di un gruppo etnico che non è il loro. Nel momento in cui consegnassi ai miei figli il rapporto di Omer indirizzerei la loro vita inevitabilmente verso la guerra e la violenza. «Una persona può vivere in una sola dimensione. Nel passato, nel futuro o nel presente». Voglio condannare i miei figli a vivere nel passato? Non lo so, perché dall'altra parte i miei sentimenti gridano che i ragazzi hanno diritto di sapere la verità sul loro padre.

Respiro con affanno e mi alzo a fatica. Il dolore nel cuore e il caos nella mente mi risucchiano di nuovo tutte le energie. Come un anno fa. Ma non voglio ricadere in un simile buco nero. Devo lottare per evitarlo. Ora sono più forte e so che dopo il dolore può tornare la gioia e dopo il caos l'ordine. Ne ho fatto esperienza. E quello che si riesce a fare una volta, si può fare anche una seconda volta. Ricomincio a camminare, come ho fatto lungo il Cammino di Santiago, passo dopo passo. Al mio ritmo costante, procedo verso il mio paese.

Si sta facendo buio e i lampioni illuminano le case che mi lascio dietro. Cammino già da due ore. Ancora un quarto d'ora e sarò a casa. Le vesciche tra le dita dei piedi fanno di nuovo male a ogni passo e per me è una buona cosa. Il dolore mi distrae dall'inquietudine della mente e mi calma. Passo accanto alla casa in cui Caroline sta facendo il suo pigiama party. Come starà? Non sarà troppo stanca? Ce la farà? Prendo il telefono e chiamo Ellen.

«Pronto?»

«Ciao Ellen, sono Lotte. Stavo passeggiando e ho pensato: vediamo come sta Caroline. Ha fatto un viaggio così lungo».

«Tutto a posto. Sta benissimo».

«Ah, bene, allora sono tranquilla. A domani».

«Sì, a domani. A proposito, Lotte, Paul ha chiamato poco fa». C'è una certa esitazione nella sua voce.

«Ah sì?» chiedo allarmata. «A che ora?»

«Verso le sette».

«Ah, era successo qualcosa?»

«Non proprio. O forse sì». Ellen sembra esitare.

«E cosa allora?» insisto.

«Be', voleva parlare con Caroline, ma lei non rispondeva al cellulare. L'ho chiamata, le ho passato il telefono e sono andata ad aiutare le ragazze a montare la tenda. Dopo un po' sono tornata in cucina a prendere le tapas e ho visto che Caroline era ancora al telefono con suo padre. Quando più tardi è tornata in giardino le ho chiesto se andava tutto bene e lei ha annuito. Ma dopo quella conversazione è rimasta in silenzio. Ora è di nuovo tutto normale. Le ragazze stanno nella tenda e si divertono. Ho sentito che ridevano. Quindi non preoccuparti. Era solo un po' curioso ricevere una telefonata così lunga durante una festa. E la sua voce era un po' strana, Lotte. Voglio dire, quando ho risposto. Sembrava confuso e parlava molto lentamente e in modo un po' sconclusionato. Mi ha fatto un'impressione diversa dal solito. In genere è così preciso».

La mia mano stringe il telefono. Guardo la collina dietro cui si trova la fattoria Bonnet.

«Ah, sarà il jet-lag, Ellen» dico automaticamente mentre comincio ad accelerare il passo. «Era molto stanco quando è arrivato. Si sarà fatto un bicchierino e sarà andato subito a dormire. Buon divertimento. Ci vediamo domani. Chiamami se Caroline ha qualche problema, casomai la vengo a prendere».

«D'accordo».

Interrompiamo la conversazione e mi affretto verso casa mentre telefono a Paul. Continuo a provare, ma non risponde. Maledizione! Ellen ha ragione. Non è normale, no? Parlare tanto a lungo con la figlia durante un pigiama party. Cosa avrà detto a Caroline? Qualcosa sul suo passato? No, no. Non credo. Ma era diventata taciturna, ha detto Ellen. Perché? Devo sapere cosa le ha detto. Povera bambina. Mi cresce dentro la rabbia. Sì, ed era anche già abbastanza ubriaco quando è uscito dalla cucina. Avrei dovuto togliergli quella bottiglia. Che idiota! So già da anni che si mette a bere quando si sente male. Che stupida. Stupida. Stupida.

Arrivo alla fattoria e attraverso il cortile. La Bmw di Paul è ancora lì. Allora mi ero sbagliata, non se n'è andato. Le ultime centinaia di metri sul sentiero poco illuminato che porta alla mia casa hanno mescolato le immagini del Paul attuale con le foto del rapporto di Omer, facendolo tornare il soldato che era un tempo, un soldato che fa i suoi calcoli e che si vedeva di nuovo appeso a una corda, e perciò si dava alla fuga, un soldato che mi avrebbe eliminata perché sapevo troppo. Per questo aveva telefonato a Caroline, per dirle addio, pensavo, e poi era scappato. E invece no. È rimasto qui. Ansimante e disorientata alzo lo sguardo verso la finestra del primo piano. C'è luce nella stanza da letto dell'appartamento. È ancora sveglio e probabilmente legge. Lo fa sempre quando non riesce a dormire. Cosa faccio? Aspetto fino a domani o vado adesso da lui?

Mi dondolo nervosamente sui piedi doloranti. Glielo chiedo adesso, perché devo sapere cosa voleva da Caroline o non riuscirò a dormire. Quindi entro, afferro la maniglia, ma poi la lascio subito e faccio un passo indietro. No, no, devo fare attenzione. Mi tornano in mente le parole di Omer. Era uno spietato assassino. Quel che era un tempo può tornare a essere ora. No? Oh sì, certo. Ho il cuore in gola. Sì, è lo stesso uomo! Perciò prima devo prendere un'arma. Mi giro di scatto, corro a casa mia, apro la porta, corro in cucina e prendo un coltellino dal cassetto, riattraverso il cortile e mi fermo all'ingresso dell'appartamento. Quando arrivo davanti alla porta a un tratto mi chiedo se entrare direttamente o suonare il campanello e aspettare che Paul apra. Ma non ho mai suonato prima, perché l'appartamento di Marjo per me è come casa. Scelgo una via di mezzo e busso con forza. La porta non si apre. Mi allontano e guardo verso l'alto.

La finestra della stanza da letto è spalancata e le zanzare volano attorno alla zanzariera.

«Paul? Stai già dormendo?»

Nessuna risposta. Allora dorme? Con la luce accesa? No. Prendo la chiave, apro la porta ed entro impugnando il coltello. C'è la luce accesa dappertutto, ma non è di sotto. Salgo le scale e arrivo nel corridoio. La porta del bagno è aperta, ma Paul non c'è. La porta della stanza di Caroline è chiusa. La apro e accendo la luce. Tutto è rimasto esattamente come quando si è trasferita nella casa principale.

«Paul?» dico a voce alta. «Tutto bene?» mentre pronuncio queste parole mi accorgo di quanto debbano sembrare strane. Non c'è proprio niente che vada bene.

Mi fermo davanti alla sua stanza da letto. La porta è socchiusa e la luce è ancora accesa.

«Paul? Sei qui?» Nessuna risposta. Apro la porta e sbircio dentro. Paul è sdraiato sulla schiena sul suo lato del letto con le braccia distese lungo i fianchi. È come se avesse appena fatto yoga e si trovasse in posizione di riposo. Ha ancora addosso la polo celeste di prima e quindi non ha fatto la doccia e non si è spogliato. Il lenzuolo bianco è spiegazzato accanto a lui. Le gambe sono nude e i jeans sono appesi alla sedia accanto al comò antico di Marjo. Sul comodino ci sono un bicchiere vuoto e la bottiglia di vodka. Non c'è più nulla dentro. Per questo non risponde, è ubriaco come una spugna. O no? Mi avvicino con cautela. Accanto alla sveglia c'è l'abituale scatola di sonniferi. Con il coltello in pugno mi chino su di lui. Il petto non si muove. Trattengo il respiro e lo tocco su un braccio. La pelle è fredda.

«Paul?»

Epilogo

5 mesi dopo,
31 dicembre, Capodanno alla fattoria Bonnet

Le fiamme nel camino fanno luccicare il mio cognac come un frammento di quarzo citrino ben levigato. Roteo il bicchiere e mi godo l'aroma speziato del costoso Louis Royer, regalatomi anni fa da un partner commerciale. Fino a questa sera la scatola con la splendida bottiglia era rimasta chiusa in un armadio nel mio laboratorio, perché la trovavo troppo preziosa per berla. Che assurdità, in questo modo mi sono davvero privata di qualcosa, che bevanda deliziosa!

Mi tergo il sudore dalla fronte e sbottono la parte superiore del pigiama di molton. Fa molto caldo a stare così vicino al fuoco, ma non ho voglia di trascinare la poltrona con poggiapiedi al centro della stanza. Scalcio via dalle gambe il plaid e spuntano le calze spiritose che mi ha regalato Stefan a Natale, e mi strappano un sorriso. Sugli alluci ci sono degli smile giallo fluorescente che mi strizzano l'occhio. Cosa non s'inventano al giorno d'oggi.

«Per rallegrarti quando ti metti le scarpe, mamma» ha detto la settimana scorsa, quando abbiamo scartato i regali il giorno di Natale. E in effetti mi è venuto da ridere. E anche ora. Guardo l'orologio sopra il camino. Un quarto d'ora a mezzanotte. Ho appena spento il televisore perché non avevo più voglia di quell'allegria artificiale e non mi andava per niente di andare in paese e immergermi nel frastuono della festa. Perciò mi sono dichiarata volontaria per organizzare il pigiama party di Caroline e delle sue amiche nella fattoria Bonnet. Dispongo di spazio e posti letto a sufficienza, ed è un posto sicuro. Dato l'isolamento del posto, le ragazze non possono andare a combinare pasticci da nessuna parte. Ma per sicurezza ho chiuso il portone. Non si sa mai con le tredicenni. A quell'età ero assolutamente imprevedibile.

Le otto ragazze festeggiano nell'appartamento di Marjo. Se si ascolta con attenzione si sente il rimbombo della loro musica, ma si comportano bene, come ho constatato poco fa in una breve visita per controllare che tutto fosse in ordine. Si stavano dando da fare con le unghie. Una di loro aveva ricevuto per Natale una «Nail Art Box», con cui stavano facendo esperimenti. Il tavolo sembrava la tavolozza di un pittore. Non ho detto niente, perché sono contenta che Caroline si diverta dopo i mesi duri che abbiamo vissuto.

Sorseggio il mio cognac e ripenso al periodo caotico che è seguito alla sera in cui ho trovato Paul senza vita nel suo letto. All'inizio ho pensato che si fosse suicidato, ma c'erano dubbi in proposito. Certo, si era bevuto tutta la bottiglia di vodka e poi aveva anche preso i sonniferi, ma nello stomaco non c'erano tracce di reazioni. Alla fine, è deceduto per arresto cardiaco. «Alcol e sonniferi sono rischiosi per chi ha il muscolo cardiaco indebolito» ha detto il medico. Il rifiuto di adeguare il proprio stile di vita alla sua cardiopatia gli è stato fatale.

Ho creduto alla spiegazione medica, ma sono certa che la tristezza in cui era piombato abbia fatto arrestare il suo cuore. Dopo l'incidente di Marjo in lui il fuoco si era spento ed era diventato un uomo binario capace di esistere solo in modo funzionale come uomo d'affari di successo e buon padre. Credo sia stata questa la ragione per cui non mi sono sentita attratta da lui, non c'era più nulla che ardesse in lui, la sua anima si era spenta e quello che restava erano un bel corpo e un cervello calcolatore.

Nelle prime settimane Caroline era inconsolabile, ma quando a settembre è entrata al liceo le mille novità hanno relegato il dolore in secondo piano. Per quanto riguarda il suo mondo stabile e sicuro a casa, per fortuna non è cambiato molto. Paul è stato per anni un padre che andava e veniva, a seconda della sua agenda. A volta si mangiava insieme, a volte no. A volte le rimboccava le coperte, a volte no. A volte l'accompagnava al tennis, a volte no. E ora io e Caroline viviamo nel nostro nuovo equilibrio, con le inevitabili abitudini, dettate principalmente dalla scuola, dalle amiche e dallo sport. Quando parliamo di suo padre, racconta soprattutto le cose belle che hanno fatto insieme. Paul tinge i suoi ricordi di momenti affettuosi. Questo è uno dei motivi per cui taccio sui suoi crimini di guerra, anche con Stefan e Joran. Il passato violento di Paul ed Emil renderebbe solo più complicata l'elaborazione del lutto. Ho tranquillizzato la mia coscienza dicendomi che devo aspettare l'occasione giusta per affrontare un tema così delicato. E una donna non ha questa tranquillità se deve organizzare un funerale e poi sbrogliare una complessa eredità in Germania, tanto più in quanto madre sola lavoratrice, con una figlia al primo anno di liceo e in età ancora vulnerabile, e due figli che devono sgobbare all'università e impegnarsi a fondo per mantenere il passo. In una situazione del genere una madre non va a confessare loro il terribile passato di guerra dei padri. Tantomeno se lei stessa combatte ancora con quel passato. Il mio sguardo su Emil non è più limpido, è come se si trovasse dietro un vetro macchiato dal fango e dalla sporcizia dell'inverno. Voglio che i miei figli abbiano delle memorie così sconvolgenti? No, non ha senso. E Nicolas poi l'ha detto: Emil ha espiato la sua colpa...

All'inizio di dicembre ho telefonato al comandante Roland Huret e gli ho chiesto se c'erano stati progressi sul mio caso. Dopo una breve esitazione ha detto che la polizia francese non aveva nuovi spunti per delle indagini. Dalle sue parole ho dedotto che non avevano potuto individuare «Boris». L'ho ringraziato e mi sono sentita sollevata. Dopo la telefonata sono andata allo studio del notaio a Gulpen per riprendermi il rapporto di Omer. L'ho bruciato quella stessa sera nel camino insieme all'originale. La sola cosa che ho conservato è un esemplare passato allo scanner memorizzato sul computer tra le ricette del cioccolato. Mi chiedo già da qualche settimana se buttarlo nel cestino ed eliminarlo. Non voglio confessarlo a me stessa, ma so già da tempo che continuerò a tacere sui crimini di guerra di Paul ed Emil. Faccio bene o faccio male? E chi ha il diritto di giudicare in merito? I miei amici, la «società», le vittime della Bosnia? O Dio? Un soggetto qualsiasi? Mi appoggio allo schienale e strofino il pollice sul bicchiere di cognac. No, non voglio lasciarmi imporre opinioni sul bene e il male. Troppo spesso cambiano le mie. E i soli che potrebbero giudicare sono i miei figli, perché riguarda solo loro. Se parlassi dovrebbero portare sulle loro spalle il fardello dei crimini dei loro padri per tutta la vita. È questo che voglio? E perché dovrei volerlo? Perché «quelli» hanno diritto alla «verità»? E cos'è poi la verità? Una verità viene proclamata in base al luogo e al tempo. Qui in Olanda consideriamo ripugnanti gli atti commessi da Emil e Paul, ma in Serbia nel 1995 erano entrambi dei grandi eroi, e per alcuni lo sono ancora. Perciò qual è la verità giusta? E cosa faranno i ragazzi se consegnassi loro il rapporto di Omer? Abbandonerebbero tutto per andare in Bosnia a tuffarsi nel loro passato? Diventerebbero clienti fissi dello psicologo? Non lo so, ma una cosa è certa: quel rapporto provocherebbe una valanga di dolori e trascinerebbe con sé anche la relazione con i miei figli.

Infatti, cosa penserebbero di me? O meglio, del mio silenzio? A giugno in Bosnia, dopotutto, sono entrata con loro in quel fiume fino alle ginocchia, ho aperto l'urna e sparso le ceneri di mio marito sull'acqua e ho gridato «Addio, Emil». Avrei dovuto confessare tutto ai miei figli già prima di quella cerimonia, ma ho taciuto, e il mio silenzio si è trasformato in una menzogna. Quello che ora so con certezza è che c'è un solo momento giusto per raccontare una verità e quando lo si perde e si tace il tempo trasforma inesorabilmente il silenzio in una menzogna, e correggerla dopo non è più possibile. Mi spuntano di nuovo le lacrime.

Dio mio, che dilemma! Respiro a fondo un paio di volte e muovo le dita dei piedi. Gli smile gialli mi sorridono di nuovo. Sì, l'ultima volta che ho riso con leggerezza e allegria è stato con Nicolas in quel bosco sopra Golinhac, tra l'erba alta che ci faceva piacevolmente il solletico sulla pelle nuda, poco prima che trovassi il localizzatore nel mio zaino e tutto si capovolgesse. Mi tiro su a sedere e a un tratto la mia attenzione si focalizza. Aspetta un po'! Io ho perso il mio momento della verità, ma non è stato così anche per Nicolas? Lo ha perso anche lui. È stato quando non mi ha detto chi era veramente su quel pianerottolo dell'hotel a Le Puy-en-Velay. Anche Nicolas ha taciuto, inizialmente per proteggere sé, ma anche qualcun altro, ossia me. Anche lui non voleva fare male a nessuno con l'orribile passato di guerra di Emil. E poi mio marito aveva espiato, aveva scelto il suicidio per proteggere la sua famiglia da quel passato. E quando Nicolas ha lasciato passare quel momento, il suo silenzio si è trasformato in una menzogna. Proprio come è accaduto a me con i miei figli. E quanto è più grave il suo silenzio su Emil di quel 27 luglio rispetto al mio del 13 luglio? L'unica differenza tra me e lui è che lui è stato smascherato e io no. Evidentemente sono più brava a camuffare i fatti. Congratulazioni, Bonnet. Alzo di nuovo il cognac verso il fuoco e ne mando giù un buon sorso.

Il mio sguardo si dirige verso il camino con le numerose cartoline di Natale e si sofferma su quella di Nicolas. Mi ha mandato una bella foto di una croce ricoperta di neve sull'altopiano di Golinhac. L'ho riconosciuta subito. Si trova a meno di venti metri dal posto in cui abbiamo fatto l'amore. Quando siamo arrivati ansimanti nei suoi pressi dopo la ripida salita, Nicolas ha preso un sasso bianco piatto, con una penna ci ha disegnato sopra un cuore con le nostre iniziali e poi ci siamo dati un bacio. Ci è venuto spontaneamente da ridere per il nostro comportamento adolescenziale. Sarà ancora lì quella pietra, sotto quel cumulo di neve?

La cartolina natalizia è stato il suo primo messaggio dopo cinque mesi di silenzio. Aveva dato ascolto alla mia richiesta di mantenere le distanze. Fino a quella cartolina di auguri. Ma in realtà sono stata io a dare il primo segno di vita un paio di giorni prima mettendo un like a quella stessa foto su Instagram. L'ho fatto d'impulso. Ero nella sala d'attesa del dentista e mentre sognavo a occhi aperti il Cammino di Santiago guardavo delle foto dell'Aveyron, ho trovato quella scena invernale e ho provato una gioia infinita e ci ho messo un like. E in quello stesso istante ho riconosciuto anche lo stile e il nome di Nicolas e sapevo che aveva scattato lui quella foto del nostro posto. Ma non ho cancellato il like e ho lasciato il cuoricino in rosso. Qualche giorno più tardi la cartolina di Natale con quella foto era nella mia cassetta delle lettere. Stefan è entrato in cucina con la posta, ha aperto la busta e ha fischiato prendendomi in giro. Poi ha letto teatralmente il testo sul retro, scritto con tratti armoniosi.

È sempre stato così, l'amore non conosce la sua profondità
fino all'ora della separazione
– Khalil Gibran

Nicolas

«Ehi, mamma, senti qui cosa dice. E chi è questo Nicolas?»

Gli ho strappato la cartolina dalle mani, ho guardato la foto e mi sono sentita ardere in tutto il corpo. I miei occhi fissavano la croce innevata e non avevo il coraggio di guardare Stefan.

«Ah, un pellegrino che ho incontrato sul Cammino di Santiago» ho risposto un po' incerta, poi ho infilato la cartolina nella giacca e mi sono girata rapidamente verso il banco della cucina.

«Aha, mia madre ha uno spasimante...» ha detto Stefan ridendo, poi mi ha abbracciato da dietro accarezzandomi. «Bello, mamma, non devi vergognarti. Va tutto bene».

«Devo andare in bagno». Mi sono sciolta dal suo abbraccio e sono uscita in fretta dalla cucina.

Una volta in camera da letto ho osservato con le dita che mi tremavano la splendida foto e le parole scritte con eleganza e sono scoppiata a piangere.

Poso la foto sulle ginocchia, prendo il telefono, apro Facebook e dopo una breve esitazione cerco «Nijaz Arnautović». Appaiono i suoi post. Mentre scorro le foto trattengo il respiro e provo di nuovo una strana eccitazione, come se guardare le sue opere d'arte fosse illegale, come il suo lavoro fosse proibito. Una sciocchezza, naturalmente, perché sono io che dopo quello scoppio di rabbia a Conques ho deciso di interrompere il contatto, ma non riesco a stare lontana da lui. Nicolas continua ad attirarmi, perché è legato a me. Dopo la menzogna di Emil la mia parte razionale è diventata diffidente ed è quella parte ad aver messo Nicolas al bando, non il mio cuore, che invece continua a battere per lui e non si cura dei rimproveri della mente. E la mia mente è sul punto di capitolare, perché ora capisco che a Nicolas è successo lo stesso che a me: la verità ci è sfuggita tra le dita nel momento in cui andava detta, e poi il silenzio è diventato una menzogna.

Chiudo Facebook e vado all'account «Nijaz Arnautović» su Instagram. Quattro giorni fa Nicolas ha pubblicato la sua ultima foto. Era una bella immagine di una fattoria in pietra isolata in un paesaggio ghiacciato. È la sua casa? E dove sarà adesso? E con chi? Esito un po', poi cerco il numero di Nicolas su WhatsApp. Questa sera era ancora attivo. Di slancio comincio a scrivere.

Ciao Nicolas, grazie per la cartolina di Natale. Mi ha fatto piacere riceverla. Ti auguro un felice anno nuovo. Lotte ❤

Fisso un po' confusa lo schermo e il messaggio che ho inviato. Accidenti, ci ho messo anche un cuoricino. Maledizione. Non sarò stata inopportuna? Sta scrivendo... Il cuore mi batte più forte e trattengo il respiro.

Mon amour, come stai? Facciamo una videochiamata? Così inauguriamo insieme il nuovo anno? Abbiamo ancora cinque minuti!

Una videochiamata? Hmm... Scatto in piedi, corro allo specchio in corridoio e mi guardo sotto la flebile luce a 60 W. Resterà deluso da questa faccia stanca. Ho le occhiaie, le labbra smunte, la ricrescita grigia, non sono truccata e la pelle luccica per il grasso della crema da notte. E ho addosso il mio vecchio pigiama invernale! Non va, non va! Comincio a sbuffare. Ma che importa, idiota? Lungo il Cammino non ero mica truccata. Cosa mi prende? Nicolas non vede il mio involucro, vede me! Non ha scritto *mon amour*? Una videochiamata? E iniziare insieme l'anno nuovo? Guardo l'orologio. Ancora tre minuti. Sì o no? Corro di nuovo in camera, prendo il telefono, scrivo la mia risposta e la invio.

Sì!!!!!!
♥♥♥♥♥♥♥♥♥♥♥♥

Ringraziamenti

Molte persone mi hanno sostenuto nella realizzazione di questo libro. Grazie perciò a tutti coloro che mi hanno aiutato prestandomi libri, condividendo esperienze e raccontando aneddoti.

Un ringraziamento speciale va a:

I compagni di pellegrinaggio che ho incontrato percorrendo un tratto della Via Podiensis nel 2019. Avete dato colore al mio Cammino.

Mirjam Schroeder, direttrice e proprietaria della Chocolate Company di Kerkrade, per aver condiviso con entusiasmo tutte le informazioni sul cioccolato e i dettagli relativi alla sua produzione, e per i piccoli segreti che ha rivelato nella sua fabbrica-laboratorio a Kerkrade, dove insieme a suo marito progetta e realizza i suoi prodotti.

Il team della Tortik Annushka School di Mosca, dove ho potuto seguire un workshop sulla progettazione e la farcitura di tartufi e cioccolatini.

Hans Bouman, decano del decanato di Heerlen, per le informazioni sul pellegrinaggio in altre epoche e per aver partecipato alla lettura e alla riflessione fin dall'inizio. Gli sono anche riconoscente per le preziose persone con cui mi ha messo in contatto e per i ragionamenti che mi ha suggerito.

Irma Specht, direttrice di Transition International, antropologa con esperienza ventennale nel campo del reinserimento di ex soldati. Mi ha fornito una miniera di informazioni sul fenomeno del disturbo post-traumatico da stress e uno scorcio sulla possibilità di ricominciare una vita per i criminali di guerra alla fine di un conflitto. Mi ha inoltre messo in contatto con persone molto interessanti che mi hanno insegnato molto sulle loro esperienze al fronte, in precedenza e dopo.

Ho parlato del loro paese con diversi cittadini della ex Iugoslavia. In particolare, voglio ringraziare Slobodan Alićehajić, Enes Dizdarević e Gordana Dragović per la loro ospitalità, per le molte ore passate con me e le storie interessanti che mi hanno raccontato sul loro paese di nascita. Mi avete arricchita!

Alex Phielix nel 1993 è stato osservatore militare in Bosnia per l'Unprofor (United Nations Protection Force). Gli sono particolarmente grata per la sua lettura e per avermi illustrato la situazione durante la guerra in Bosnia.

Mikhail Kantariya è stato osservatore militare in Bosnia nel 1992 e 1993 per conto della Federazione russa e mi ha fornito preziose informazioni per quanto riguarda le basi della «macchina bellica» dei gruppi etnici in Bosnia e mi ha insegnato a guardare da diverse prospettive i crimini di guerra che sono stati commessi.

Ringrazio anche i miei correttori di bozze per aver letto una o più versioni di questo libro:

Hans Bouman
Rosita Custers
Brigitte Hessels-Debougnoux
Merel Huysse
Mona Kunkels
Jessica Niewierra
Dorthe Schipperheijn
Aggie Schrijvers
Winnie Weelen

Un sentito ringraziamento va anche alle mie colleghe del collettivo Moordwijven: Liesbeth van Kempen, Isa

Maron, Ingrid Oonincx e Marlen Visser. Il loro umorismo e la loro amicizia mi hanno dato gioia e capacità di relativizzare.

A Eva Disselhoff va il mio plauso per il suo eccellente e minuzioso lavoro di editing.

Naturalmente un sentito ringraziamento va anche a Lili de Ridder, mia insegnante e appassionata redattrice, e a Maarten Basjes, mio ispiratore e amico presso Luitingh-Sijthoff. Questo è anche il vostro libro.

Infine ringrazio il mio amato marito, Frans Wagemans, il vento sotto le mie ali. Senza il suo costante incoraggiamento, la sua partecipazione alla riflessione e il suo aiuto questo libro non sarebbe stato scritto.

Riferimenti bibliografici

Durante le ricerche per questo libro ho letto numerosi articoli, ho visto molti film e frammenti di video e ho parlato con vari esperti interessanti.

Di seguito riporto un elenco non esaustivo dei libri che ho letto e che mi hanno ispirato o aiutato a capire le situazioni e a collocarle nel loro contesto.

Sulla Bosnia Erzegovina e i crimini di guerra, le loro conseguenze (traumatiche) e su come inquadrarli e giudicarli:

Andrić, Ivo, *Il ponte sulla Drina*, trad. it. di D. Badnjević, Mondadori, Milano 2016.

Anonyma, *Eine Frau in Berlin*, BTb, München 2008.

Anzulović, Branimir, *Heavenly Serbia. From Myth to Genocide*, Hurst, London 1999.

Bougarel, Xavier, Helms, Elissa e Duijzings, Ger (eds), *The New Bosnian Mosaic. Identities, Memories and Moral Claims in a Post-War Society*, Routledge, London 2007.

Bregman, Rutger, *Una nuova storia (non cinica) dell'umanità*, trad. it. di M.C. Coldagelli, Feltrinelli, Milano 2020.

Browning, Christopher R., *Uomini comuni. Polizia tedesca e «soluzione finale» in Polonia*, trad. it. di L. Salvai, Einaudi, Torino 1995.

Canetti, Elias, *Massa e potere*, trad. it. di F. Jesi, Adelphi, Milano 2015.

Cleef, Alfred van, *Verloren wereld. Een Bosnische familiegeschiedenis*, Cossee, Amsterdam 2014.

Donia, Robert J. e Fine, John V.A. Jr., *Bosnia and Herce-govina*, Columbia University Press, New York 1994.
Elzenga, Nils, *Balkan Blues*, Signatuur, Amsterdam 2020.
Faber, Mare, *Novi Dani, Nieuwe dagen. Oorlog en biografie in Banja Luka, Bosnië-Herzegovina*, Aksant, Amsterdam 2001.
Gallagher, Tom, *Outcast Europe: the Balkans, 1789-1989. From the Ottomans to Milošević*, Routledge, London 2013.
Galloway, Steven, *Il violoncellista di Sarajevo*, trad. it. di P. Bertante, Mondadori, Milano 2008.
Hajdarpasic, Edin, *Whose Bosnia? Nationalism and Political Imagination in the Balkans, 1840-1914*, Cornell University Press, Ithaca (NY) 2015.
Harari, Yuval Noah, *Sapiens. Da animali a dèi. Breve storia dell'umanità*, trad. it. di G. Bernardi, Bompiani, Milano 2014.
Harari, Yuval Noah, *21 lezioni per il XXI secolo*, trad. it. di M. Piani, Bompiani, Milano 2018.
Heeskens, Jörg, *Bosnia and Herzegovina in Your Hands. Travel Guide*, Komsche, Beograd 2014.
Kaplan, Robert D., *Gli spettri dei Balcani. Un viaggio attraverso la storia*, Rizzoli, Milano 2000.
Le Bon, Gustave, *Psicologia delle folle*, trad. it. di L. Morpurgo, Tea, Milano 2022.
Mak, Geert, *Il sogno dell'Europa nel XXI secolo. Viaggio in un continente in crisi*, trad. it. di C. Cozzi, A. Liberati e F. Sfondrini, Fazi, Roma 2024.
Mak, Geert, Chris Kijne, *Grote verwachtingen*, Atlas Contact, Amsterdam 2020.
Nation, Craig R., *A History of the War in the Balkans*, Perennial Press, Vachendorf 2018.
Novic, Sara, *Girl at War*, Little, Brown, London 2015.
Nuhanović, Hasan, *De tolk van Srebrenica*, Querido Fosfor, Amsterdam 2020.
Posner, Gerald, *Hitler's Children: Sons and Daughters of Third Reich Leaders*, Random House, London 1991.
Precht, Richard David, *Ma io, chi sono? (ed eventualmen-*

te, quanti sono?). Un viaggio filosofico, trad. it. di F. Reinders, Garzanti, Milano 2012.
Precht, Richard David, *Ken de wereld. Een geschiedenis van de filosofie*, Ten Have, Utrecht 2016.
Radojčić-Kane, Natasha, *Ritorno a casa*, trad. it. di R. Serrai, Adelphi, Milano 2004.
Rieff, David, *Slaughterhouse. Bosnia and the Failure of the West*, Simon and Schuster, New York 1996.
Roth, Ari e Peter Sichrovsky, *Born Guilty*, S. French, New York 1994.
Rynck De, Korneel, *De tuin van Tito. Een reis langs de spoorlijn Belgrado-Sarajevo*, Epo, Berchem 2011.
Seierstad, Åsne, *Med ryggen mot verden – fremdeles portretter fra Serbia*, Cappelen, Oslo 2004.
Störig, Hans Joachim, *Geschiedenis van de filosofie*, Het Spectrum, Utrecht 1961.
Stossel, Scott, *My Age of Anxiety*, Heinemann, London 2012.
Todorova, Maria, *Imagining the Balkans*, updated edition, Oxford University Press, New York 2023.
Verheij, Alain, *God en ik. Wat je als weldenkende 21e-eeuwer kunt leren van de Bijbel*, Atlas Contact, Amsterdam 2019.
Vulliamy, Ed, *The War is Dead, Long Live the War. Bosnia: the Reckoning*, Vintage, London 2013.
West, Rebecca, *Viaggio in Iugoslavia: la Bosnia e l'Erzegovina*, trad. it. di S. Reina, Edt, Torino 1994.
Westerman, Frank, *De slag om Srebrenica. De aanloop, de val, de naschok*, Querido Fosfor, Amsterdam 2018.

Sul cioccolato

Marcolini, Pierre, *Cacao: de la fève à la tablette*, Éditions de La Martinière, Paris 2015.
Pietersen, Claire, *Het Gouden Chocoladeboek*, Uitgeverij 10P, Zottegem 2011.
Wiersma, Anja, *De kleine chocolade voor Dummies*, BBNC Uitgevers, Amersfoort 2015.

Schokoladenmuseum Lindt, *Dem Geheimnis der Schokolade auf der Spur*, 2018.

Sul Cammino di Santiago e sulle lunghe distanze a piedi

Awhina, Simone - Menheere Jessica, *Ik ga op reis en laat achter*, The House of Books, Vianen 2011.
Coelho, Paulo, *Il cammino di Santiago*, trad. it. di R. Desti, La nave di Teseo, Milano 2022.
Frey, Nancy Louise, *Pilgrims Stories. On and Off the Road to Santiago*, University of California Press, Berkeley 1998.
Clouteau Lauriane - Clouteau Jacques, *Miam Miam Dodo, le guide: GR 65. Via Podiensis. Section 1. Le Puy en Velay/Cahors, Chemin de Compostelle*, Éditions du Vieux Crayon, Les Sables-d'Olonne 2019.
Hewitt, Tim, *Take a Hike! A long walk on the Appalachian Trail*, MyOstrich Press, audiolibro, 2018.
Howie, Pearl, *Camino de la Luna – Take What You Need* (Part 1), Author's Republic, audiolibro, 2019.
Kerkeling, Hape, *Ich bin dann mal weg. Meine Reise auf dem Jakobsweg*, Piper Verlag, München, 2009.
MacLaine, Shirley, *Il cammino. Il mio pellegrinaggio verso Santiago de Compostela*, trad. it. di L. De Angelis, Sperling & Kupfer, Milano 2005.
«Jacobsstaf», rivista della Nederlands Genootschap Van Sint Jacob, annate 2019 e 2020.
Nüesch, Jürg, *Der Camino. Ich lebte einen Traum Jakobsweg van Le Puy en Velay nach Santiago, Finisterre und Muxía. Reisetagebuch*, Books on Demand, Norderstedt 2016.
Paulus van Pauwvliet, Cathelijne, *Op hoge hakken naar Santiago*, Ten Have, Utrecht 2011.
Simsion, Graeme - Buist, Anne, *Camino*, Uitgeverij Luitingh-Sijthoff, Amsterdam 2018.
Strayed, Cheryl, *Wild*, trad. it. di S. Puggioni, Piemme, Milano 2015.
Teggelove, Monique, *My Camino. 30 Days on the Ways of Saint James*, Books on Demand, Norderstedt 2021.

Sentier vers Saint-Jacques-de-Compostelle via Le Puy Figeac, Moissac, Rocamadour, La Romieu, Topo-guides, FFRandonnée, Paris, 2020.
Voors, Tim, *Alleen. De Pacific Crest Trail: te voet van Mexico naar Canada,* Fontaine Uitgevers, Amsterdam 2020.
Vuijsje, Herman, *Pelgrim zonder God. Een voettocht van Santiago de Compostela naar Amsterdam,* Atlas Contact, Amsterdam 2009.

Indice

Questo libro è stampato da Grafica Veneta S.p.A.
con un processo di stampa e rilegatura certificato 100% carbon neutral
in accordo con PAS 2060 BSI

Stampato per conto di
Neri Pozza Editore, Vicenza
da Grafica Veneta S.p.A., Trebaseleghe (PD)
nel mese di ottobre 2024
Printed in Italy